U0559626

古典与现代

民国大学的

潮与岸

沈卫威 著

团结出版社

© 团结出版社，2024 年

图书在版编目（ＣＩＰ）数据

古典与现代：民国大学的潮与岸 / 沈卫威著．
北京：团结出版社，2024.9
ISBN 978-7-5234-0856-8

Ⅰ．I206.6

中国国家版本馆 CIP 数据核字第 2024DC0348 号

责任编辑：李　可
封面设计：谭　浩

出　　版：团结出版社
　　　　　（北京市东城区东皇城根南街 84 号　邮编：100006）
电　　话：（010）65228880　65244790
　　　　　（010）65238766　85113874　65133603（发行部）
　　　　　（010）65133603（邮购）
网　　址：http://www.tjpress.com
E-mail：zb65244790@vip.163.com
经　　销：全国新华书店
印　　装：三河市东方印刷有限公司

开　　本：170mm×240mm　16 开
印　　张：22.25　　　　　　　字　　数：297 千字
版　　次：2024 年 9 月　第 1 版　　印　　次：2024 年 9 月　第 1 次印刷

书　　号：978-7-5234-0856-8
定　　价：78.00 元
　　　　　（版权所属，盗版必究）

自 序

在完成《"学衡派"谱系——历史与叙事》《"学衡派"编年文事》之后，想对民国（特指 1912—1949 年这一时段）学术的几个兴奋点进行重新阅读、叙事。于是就选择相对熟悉的大学文脉、首届院士、教授荣誉进行档案查阅，并试图进入民国学术现场。

本书不是严格意义上的"史学"著作，我只是在民国大学之中，特别是南北两所代表性大学（南京高等师范学校—东南大学—中央大学与北京大学）的差异性上，由文入史，关联人事，进行解读、讲述。我不求全面，而是有意设置话题，突出差异，然后在情景叙事中解答。

有意设置一组对立或差异性关键词：异口同声、顺势逆反、旧学新知、雅言俗语、激烈稳健、学分南北、积极消极、古典现代、激进保守等，在南北两所大学，寻求史实，并关联相近大学的人事，展示文学与学术演进脉络。最后利用档案，讲述危急时刻大学的南渡西迁。

大学内部，校长、教师、学生，乃至工友，本是丰富多彩的互动场所，也是有风雅故事的地方，文学呈现，有诗歌、小说、散文或戏剧形式。当往日的大学成为历史，驳杂繁复的史料，乃至各类逸闻趣事，笑话八卦，这些虽说是回不去的从前，却都是我关注的东西。这本谈论民国大学的文脉，与随后谈论院士、教授的《教授与院士：民国教育的文与质》，我都在呈现史实的同时，有意将人性、人情与趣味一并加进，自将磨洗，行文策略为情景叙事，而非分析推理。这也是我多年来见人见物，质立文随，求行之远，更求好读的行文追求。江清月近人，笔锋常带感情的文字，更容易与读者接近。

本书写作时间较长，尚未完成时，便于 2014 年，将一半内容，先行以《民国大学的文脉》为题，作为一册小书，在大陆、台湾同时刊印。这里将新写出的五章并入，并对原来的文字进行较大删改，成一本完整的《古典与现代：民国大学的潮与岸》。

沈卫威

2023 年 6 月 28 日

南京大学

目　录

第十二章　南渡西迁

绪　论

"民国文脉"这一融合学术史与文学史的研究路向,是我长时段的一个学术关注点。我试图重返民国历史现场,通过重新叙事,梳理大学文脉,把握人文理路,明晰民国学统。

　　在民国这个巨大的知识和思想的时空里,首先是外敌入侵、残酷的党争、内战以及自然灾害笼罩,谁也摆脱不开。知识分子所面临的首先是驱除外敌,结束内战,进而促进统一多民族国家重建。旧有的道统、学统和家法,新学的科学、民主、自由理念,在这个特殊的时代,需要被一个整体包容的氛围,有条件地吸收、整合。延续晚清的一些学理之辩,如华夷、汉宋、古今、中西、新旧、有用无用,已经被一些新的政治观念和国家话语如主义、政党、革命、反革命、战争、和平、解放所取代,或被王国维这样的学者主动放弃。在这个学术与政治纠缠,公德与私情纠结,个体与社会、家国难分的特殊时代,知识分子的个人担当和国家、民族对个体的责任,都无法说得清楚,甚至谁都不能完全兑现各自的承诺。因此才会有种种矛盾、对立和不公平。问题的复杂性和特殊性,都是后来探究者所必须正视的。了解的同情固然是一个好的托辞,同时也要提醒自己,事实本身不容以任何理由人为地遮蔽,特别是日本侵华和国共两党之争这两个无法绕过的历史事实。我以北京大学、东南大学—中央大学为主要考察对象,还原历史语境,本着为见树木,必入森林的原则,力求通过多个关键词和兴奋点,揭示民国大学文脉与学统间复杂的内在关联和理路,并感受细节的力量。当然,民国大学的丛林很多,我关注的只是其中一部分;进入民国大学丛林的路径很多,我走的只是属于自己的这一条。

晚清以向西方学习为基本路径的维新变法，对文化教育最为直接的冲击就是1905年9月2日科举废，学堂兴。这是汤因比文明论"冲击—回应"模式中所谓"主动建设性的大策略"，是国家政治行为中重大的文化教育变革，完全有别于之前民间被动性接受传教士的传教办学模式。教育模式发生如此重大变革，直接改变了中国人生活方式和晋身方式，也为与世界交往开辟了新路。私塾、书院、科举废除，特别是国外现代大学办学模式和教育理念的移植，给中国传统文化教育模式带来前所未有的变革。教育体制变革是显性的，而传统士大夫内心撕裂却是隐性的。通常认为传统士大夫，或遗老遗少隐隐作痛的发声是旧文学，留学生和新青年欢呼雀跃的呐喊是新文学。所不同的是语言表现形式：文言与白话，或雅言与俗语。两种不同的路向，在抗战的特殊年代，又因民族危机，而呈现相互包容共生、求同存异的事态。

从京师大学堂时取法日本，到蔡元培取法德国，再到郭秉文、蒋梦麟、胡适等取法美国，李石曾取法法国，教育家在逐步探索中，为中国高等教育开启多元共生的新局面[1]。因此，我以为，中国大学兴盛的头功应记在归国留学生名下。其中作为交流的语言工具，因"有科举的维持，故能保存二千年的权威"[2]的古文也逐步转变为白话。教育是兴国立人最为基础性的方式，它不仅使人摆脱蒙昧，而且逐步改变人生观、世界观和价值观。如果中国人的人生观、世界观和价值观发生了根本改变，一人一家皇权统治瓦解也就为时不远了。自1905年9月2日科举废除始，6年过去，276年的王朝就分崩离析。随着民国新建，大学体制形成和初具规模，中国社会从几千年"官学"与"私学"并存的教育形态，向国民"公学"[3]的公民社会转型。从小学、中学到大学，国民教育公共空间的变化，是文明进步的重要体现，也是现代社会生活的建设基础。小学与中学建制，这里不讲。本书会先讨论进入民国大学的路径，然后，再选择性地就文学史和学术史上一些有趣的话题展开。

"大学"这一外来文化教育模式，要在中国落地生根，需要时间，需要有人来培育。因此，除政府财政扶植和民间资本（私人财团和教会）资助外，蒋梦麟所说的大学内部校长、教授和学生三种力量，通常也会形成一种互相促进和互相牵制的合力，成为大学的自身力量。

注释：

[1] 具体论述参见茹宁：《中国大学百年：模式转换与文化冲突》，知识产权出版社，2012。

[2] 胡适：《白话文学史》（上卷），季羡林主编《胡适全集》第11卷第226页，安徽教育出版社，2003。

[3] 最初许多学校都以"公学"命名，如南洋公学、复旦公学、中国公学。

第一章

入林见树

激进与保守

宋儒张横渠（名载，字子厚）所谓"为天地立心，为生民立命，为往圣继绝学，为万世开太平"的学术胸襟和志业，在民国大学的学术环境下，被西化的大学理念和大学精神所取代。同时，传统大儒文史哲兼通的知识结构和思想一元的文化取向，也被新的学术体制、精细的学科分类，人为地割裂成系科内的学术元素。《易经·系辞·下传》中所说的智者能"仰则观象于天，俯则观法于地，观鸟兽之文与地之宜，近取诸身，远取诸物"的"以通神明之德，以类万物之情"的境界，在科学发达的现代，更是成为玄学的邻舍。胡适说：科学就是拿证据来！要能证实，同时更要能证伪。这就是求是。胡适 1922 年 8 月 26 日在与日本学者今关寿麿交谈时特别强调："我们的使命，是打倒一切成见，为中国学术谋解放。我们只认方法，不认家法。"[1]

"革命"是认识 20 世纪中国一个最为重要的关键词，不论是社会、政治、经济、文化、文学等大的公共领域，还是婚姻、家庭等私人空间的一切变化，都与这一话语关联。"革命"这个关键词，实质就是求变。而每一位教授、学生的个人命运，又与"党派"这个关键词相关联。这是中国大学所处的特殊语境，也是其不同于外国大学之关键。研究 20 世纪中国大学，就必须面对这一历史事实。也就是说，民国大学处在革命年代，与党派政治共生存。而我这里，只是以"激进"和"保守"，作为进入民国大学的路径，并在民国的知识和精神领域展开一次漫游。

刊有胡适《文学改良刍议》的《新青年》封面．选自南京大学图书馆

民国时期，北京大学、东南大学—中央大学分别代表激进和保守，也就是"新青年派"和"学衡派"的两种传统。其激进和保守，作为文化姿态，在各自大学校园内展示出来，也显示出其所支撑的思想资源与文化背景，同时造就出不同类型的思想观念、学术观念和文学风格。

如今，强调学术规范和坚守大学精神，因此各个大学的校史研究和高教研究，都开始关注各自大学的历史和学术生态现状，注重学风建设和强化学术规范意识。特别是北京大学与新文化运动的关系、清华国学研究院的研究，都已取得很好的成果。各个大学也都整理出自己的校史，出版相应的专题论著，基本上还原了民国大学旧貌。叶文心《民国时期大学校园文化（1919—1937）》一书中提出1927年以后北京、上海、南京三城对比交错下的大学校园文化图谱：北京丰厚文化资源和悠

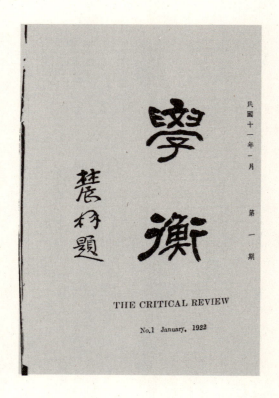

《学衡》创刊号封面，选自南京大学图书馆

久传统下的国学；上海丰厚经济资源、新锐专业知识下的西学；南京国家意识形态下高等教育体系形成后所展示的党国文化[2]。叶文心甚至形象地将这一图谱用大学师生的服饰来展示：长袍、西装和制服（中山装）[3]。

"学统"是"大学精神"和"学术传统"的合称，并非一个周延的概念。这里我提出"激进"与"保守"作为"民国大学两大学统"[4]的命题，试图在大学学术史层面进行探究，沿着大学兴起的历史轨迹和具体事件，发掘背后的文化精神，把握大学精神和学术传统形成及发展流变的内在脉络，在学理上超越校史写作模式，向大学学术史靠近。在对比中，展示民国两大学统的异同，从中发掘出新的思想资源、学术资源和文学资源。

什么是激进？只要看一下北京大学哲学门（系）1917—1922年间学生名录，看看他们与五四新文化—新文学运动的互动，审视他们和中共早期革命或国民党的关系，就明白：张申府、陈公博、朱自清、吴康、谭平山、康白情、顾颉刚、区声白、徐彦之、邓中夏、张国焘、罗章龙、刘仁静、陈雪屏、杨晦等均出自该门。其他系科的学生，如傅斯年、毛子水、俞平伯、杨振声、罗家伦、梅思平、黄日葵、许德珩、周炳琳、姚从吾等，与哲学门（系）学生共同构成五四新文化运动和中国革命的唱将。所以才有朱家骅日后对大学哲学系和史学系的重视。出任过中山大学、中央大学校长的朱家骅，曾对陶希圣说过这样一段话："一个大学的哲学和史学部门往往决定它的思想的方向。五四运动是北京大学学生发起的，但是新文化运动的发源不是北大的法学院，而是文学院的哲学和史学系。自五四以后，北大在思想界居于领导地位，哲学和史学部门之重要由此可见。现在首都是南京。中央大学应该在全国思想界发生重大影响。所以我决心把文学院这两系充实起来。"[5]

朱家骅也曾在北京大学任教，1940年以后，长期出任中央研究院代院长。五四运动前后，北京大学还有蔡元培、蒋梦麟、陈独秀、胡适、李大钊、李石曾这样的大树，而我关注的是生长这些大树的丛林。

就世界范围内保守主义本身来说，其内部流派众多。拉塞尔·柯克在《保守主义思想》中总结出保守主义的六项基本内涵：确信良知、珍爱传统、守护秩序、保护私产、相信习惯、排斥激进。[6]这自然包含保守主义思想主要内容。大化于政治、经济、哲学之上的文化，和保守主义关联，在这里被称为文化保守主义。同时，我把关注对象落实在南京高师—东南大学—中央大学。作为文化保守主义者，其个体身份担当应该是以持中、自律、负责的态度，守护良知、正义、传统、秩序，抗拒激进变革，并行使监督、批评的权力。特别是在激进、革命年代，明知不可为而为之，往往成为受难者或殉道者。

同时，我强调，陈独秀及《新青年》杂志同人，在五四之前，为新青年家园请来德先生（Democracy）、赛先生（Science）；胡适教新青年说引车卖浆之徒说的大白话，引导他们写作白话新文学，进而成就了文学的国语，国语的文学。

一百年过去，我们依然不断追求德先生、赛先生，唯有引车卖浆之徒说的白话成了国语（普通话）。可以说白话及白话新文学的成就最大。

文脉与学统

民国的文学生态与以往任何历史时期不同。新的知识、思想、情感和表现形式，特别是白话国语的异口同声，以及报刊、图书等在现代印刷业推动下的传播形成具有现代性的新文学。政治、党派、思潮、个体和新文学文本之间呈现出更为复杂的关系。民国大学是生长新文学的重要土壤。胡适借助北京大学对早期白话新诗创作的呵护和推动，张彭春借助南开大学对早期话剧的培育和推进，以及对青年作家的培养，都史迹清晰。1922 年以后，关注民国新文学的"新文学研究"课程，先后在燕京大学、清华大学、北平师范大学、中国公学、武汉大学、青岛大学、北京大学、四川大学、西南联大开设。许多新文学作家进入大学，成为文学教授，从创作转向文学研究，同时培养文学新人。这样，也就有了几代青年作家从大学里相继走出，传递新文学薪火的局面。

一批民国新文学作家的全集显示，他们多是在创作、翻译和学术研究三个方面都有建树。他们的创作，有国学、西学的双重支撑。许多作家同时也是大学教授。一些并不以文学名世的学者，他们的全集中也都包含有文言古体诗文。民国往矣，今我来者，当知差距所在。我不可以和他们比西学，更无法和他们比国学了。也许有人狂妄自大，那就给当下文科教授或作家一本没有标点的《左传》《汉书》，看看有几人能读得下去，更不要说让其进行文字、音韵、训诂的解释。至少我这个在中文系受过十年专业训练的人，对此就有切实的畏怯。我的一位老师在批评自己研究古典文学的同事时说：你怎么连《左传》的"注"都读不懂了！

民国文学实际上由四个版块构成。这四者之间，有时互相排斥，有时交叉叠加，有时各自独立。以语言形式区分民国文学，可以清楚呈现为：文言古体文学（诗词曲文）、白话新体文学（诗歌、散文、小说、话剧）、文白混搭的通俗文学、非汉语写作的殖民地文学（香港少数作家英文写作、台湾以及"满洲国"时期少数作家日文写作）。当然，这并不是十分周延的划分法。古体诗词，是晚清民国时期文人生活化的东西，是他们诗意生活的栖息方式。这与他们从小所受教育相关联，更是中国文学传统在他们血脉中的流动。许多早年写作白话新诗的作者，后来都转向写作古体诗词。五四新文学运动高潮时期，反对古体文学的胡适、罗家伦、鲁迅、周作人、郭沫若、郁达夫、茅盾、叶圣陶都留下大量的古体诗词。古体诗词甚至成为他们晚年文学创作的主要收获。白话新诗作者大都是年轻人，诗龄不长，留下的诗作相对较少，而终身坚持写作古体诗词的诗人动辄就有上千首诗词。若以诗人的数量和诗作的产量来说，文言古体诗人诗作在整体上大于白话新体诗人诗作。写作白话新诗的年轻人原本很多，但受到发表和出版机会的限制（主要是经济条件）；相反，写作古体诗词的诗人，从晚清遗老遗少到民国新贵，多数有钱自己印刷（"私家刻本"），即便没有出版，也有保存下来的条件和可能。在大学分别从事植物学和动物学教学研究的著名教授胡先骕、欧阳翥也因终生喜爱写作古体诗词，而留下大量文学作品，科学与文学双重追求，在他们生命中实现有机融合。就连中共的多位领导人，1949年后都有古体诗词出版。而非汉语写作的殖民地文学，在香港只有少量的英文作品，在日本统治台湾时期，用日文写作的作家较多。

文言古体文学作者众多，我这里仅以"义宁陈氏"家族和"章黄学派"为例。陈三立和他的五个儿子都是诗人，陈三立对黄庭坚及宋诗的推崇，影响"同光体"诗派，更为直接地影响了他的孩子。陈三立（《散原精舍诗文集》[7]、《散原精舍诗文集补编》[8]）、陈衡恪（《陈衡恪诗文集》[9]）、陈隆恪（《同照阁诗集》[10]）、陈寅恪（《陈寅恪诗集》[11]）、陈方恪（《陈方恪诗词集》[12]）都留下有古体诗集，且诗作数量很大。而写作白话新文学作品（小说《留西外史》）的却只有陈登恪（春随）一人，后来也转向写作古体诗词。"义宁陈氏"家族成员诗文的整理出版，成为我关注"义宁诗学"的重要依据。即便是多在大学执教研究学问的"章黄学派"成员，同时也都是诗人。"章黄学派"成员 20 世纪 20 年代把持北京大学文史学科，1928 年以后一部分势力开始转移到中央大学文（汪东、黄侃）、史（朱希祖）两系。章太炎、黄侃、汪东、鲁迅、周作人、朱希祖、钱玄同、沈兼士、马裕藻、吴承仕等都留下有古体诗词。仅齐鲁书社 1985 年出版的《梦秋词》中，就收录汪东词 1380 首。"周氏兄弟"的白话新诗很少，文言古体诗词居多。鲁迅《野草》中收录的一首白话新诗是《我的失恋》（早期在《新青年》上发表的六首白话新诗，后来收录在《集外集》中）。1929 年 11 月出版的《过去的生命》是周作人唯一的白话新诗集。

民国年间，抗拒白话新文学的"学衡派"成员，自然是以坚持写作古体诗词为其文化策略之一，同时，这种坚守背后有更大的思想文化上的抵抗。特别值得注意的是，几位"学衡派"重要成员的这种坚守和抵抗，一直持续到 20 世纪 70 年代。吴宓 1954 年 6 月 21 日致柳诒徵（字翼谋）信中写道："宓虽刊文自责忏，内心仍完全是《学衡》初刊时之思想耳。"[13]1960 年 8 月 22 日，他在致李赋宁信中强调："宓惟一系心之事，即极知中国文字之美，文化之深厚，尤其儒家孔孟之教，乃救国救世之最良之药。惜乎，今人不知重视，不知利用，为至极可痛可惜者也。"[14]1962 年，吴宓在给李赋宁信中列举不愿到北京工作的六个理由，其中之一是不愿接受思想改造："宓最怕被命追随冯、朱、贺三公，成为'职业改造家'，须不断地发表文章，批判自己之过去，斥骂我平生最敬爱之师友。"[15] 这里冯、朱、贺三公，是指当时被"改造"的三位著名教授典型冯友兰、朱光潜、贺麟。

另据 1961 年 8 月 30 日—31 日南下访问陈寅恪的吴宓日记所示：

> 寅恪兄之思想及主张，毫未改变，即仍遵守昔年"中学为体，西学为用"之说（中国文化本位论）……但在我辈个人如寅恪者，则仍确信中国孔子儒道之正大，有裨于全世界，而佛教亦纯正。我辈本此信仰，故虽危行言殆，但屹立不动，决不从时俗为转移……[16]

吴宓特别感慨陈寅恪"威武不能屈"的事实：

> ……不作"颂圣"诗，不作白话文，不写简体字，而能自由研究，随意研究，纵有攻诋之者，莫能撼动。[17]

这种坚守实际是"由学统到道统的守护"。

文白混搭的通俗小说（言情、武侠、公案等），有自己都市文化土壤和特殊读者群体，这与都市、口岸、市民、报刊、出版有直接关联，同时，将中国自宋以来老白话传统与五四新白话形式有机地结合，形成相对独立自足的文学空间。文白混搭的通俗小说，兼容文白两种语言优势，争取、培育和控制了属于自己的读者群体。通俗小说家可以不屑文言古体诗词曲作家的鄙视，不顾白话新体文学作家的反对，在上海、天津、北京、南京、苏州等一些重要城市，依靠自由写作生活得很好，如包天笑、周瘦鹃、张恨水。他们甚至超越新旧文学之争，更逃离白话新体文学作家党同伐异和你死我活的派系斗争。1949 年以后，这一文学形式，被梁羽生、金庸、古龙、倪匡在自由繁荣的香港文化市场发扬光大。

掌握批评和学术话语权者，以所谓"主潮""主流"名义进行命名，往往具有语言暴力和话语霸权。1949年以前，以胡适（白话活、文言死的二分进化演进论）、周作人（载道与言志互为消长的循环论）为首，其弟子朱自清、杨振声、沈从文、苏雪林、废名等参与开创，以"新文学"来命名白话文学，有意把文言古体文学和文白混搭的通俗小说排斥在外，或用批评方式加以曲解，以视而不见方式加以遮蔽，甚至还以偏执思维方式否定其存在。1949年以后，一个时期内，在新意识形态主导下，"新文学"改换成"现代文学"，"国语"改换成"现代汉语"。美国作家弗·司各特·菲茨杰拉德《了不起的盖茨比》开篇有这样一句经典的话："每当你觉得想要批评什么人的时候，你要记住，并不是所有人都有你所拥有的优势。"我不会去苛求前辈，只自己努力保持清醒的认识。

1979年随后这四十多年，对文白混搭通俗小说的研究、文言古体文学研究，在整体实力上，还无法动摇已形成的"新文学"和"现代文学"研究格局，尤其是业已形成的所谓新传统、新范式。中国人多，不同教学层次有大量教科书需求，不能也无法要求每一位教师都去从事专门学术研究。一百多种以"新文学"或"现代文学""现当代文学"命名的文学史，多是教材编写，雷同者居多。也有一些研究"现代文学"者，条件所限，没有翻阅过一本原始的民国文学期刊、一份民国报纸，研究对象也只是一部删改后的白话新文学作家全集或文集。当然，社会在进步，民国文学研究的现状在逐步改变，但要从根本上改观，还需要时间。自身学识、学术环境和学术分工不同，学者的表现自然各不相同，但从其研究论著中可以看出其所处的生活状态和学术姿态。学者如何面对民国大学与民国文学这一复杂问题值得研究。民国乃共和国之前身，历史发展从来都是继往开来，盘根错节，我们应该正视它，然后才能进入研究状态。2011年纪念辛亥革命100周年时，我在南京大学课堂上对博士生、硕士生、本科生做了三次课堂调查，三个层次的学生对中华民国哪年成立的回答有两个：1911 年和 1912 年。几乎是对半比例（此后，我每年在课堂上，都做这样的测试、补课）。在南京读书的学子，经常出入于"1912 街区"，流连于"中山陵""总统府"，亦尚有一半人不知道中华民国成立于 1912 年 1 月 1 日，更可想其他地方的学子了。这种状况下，对于学生的民国历史和基本常识，就不知道如何测试了。

具体到民国的文脉与学统，新文学领域有相对的一致性和同一性，即在追求现代性的同时，现实的、浪漫的、唯美的、现代的等各种思潮并存共生。而作为新文学反对派存在的"学衡派"中人，却是在一个文化保守的"精神共同体"内，存有比较明显的差异性：文章中，"言志"（吴宓）与"载道"（梅光迪）并存（吴宓说自己"最恨人称宓为'韩愈''曾文正'"[18]；而梅光迪却相反）。诗歌中，"诗史"（胡先骕、陈寅恪、柳诒徵）传统与"抒情"（吴宓、吴芳吉）传统共守。

民国学者群体，大致分布在大学、研究所和民间，其中多数聚集在新兴的大学校园。由于民国新建，科学研究的基础薄和实力弱，研究院或研究所规模、条件都很有限。民间学术力量（如"中国营造学社""静生生物调查所"）越来越弱，而且主要是集中在传统经史子集的四部之学，或家学、师承的所谓绝学。因为现代科学兴起后，理工农医商法都是"洋学问"，这些领域有成就者，都是从海外留学归来。

民国两大学统中，"学衡派"内部又有"尊德性"与"道问学"的巨大差异。我在《吴宓传》里，曾就《红楼梦》研究中吴宓"尊德性"与胡适"道问学"的不同，引用黄宗羲《宋元学案》所言，陆九渊（象山）之学，以"尊德性"为宗；朱熹之学，则以"道问学"为主。宗朱者诋陆为"狂禅"，宗陆者毁朱为"俗学"。两家之学各成门户，几如冰炭。这是胡适与吴宓新旧文学、新旧学术之间的壁垒。但在"学衡派"内部，吴宓"尊德性"与王国维、陈寅恪、叶玉森"道问学"同样沟壑相隔。受白璧德影响的"学衡派"成员中，个性迥异。白璧德"尊德性"的观点，直接影响《学衡》主编吴宓，师徒二人的观点如出一辙。吴宓是典型的"尊德性"，而对"道问学"的纯粹知识性学问，有极端的偏见。在《空轩诗话》中，他把《学衡》作者叶玉森的甲骨文研究视为"糟粕"。他说：

> 叶君又工为词，且研究甲骨文。著《殷契钩沉》等三篇，刊登《学衡》杂志（二十四期、三十一期）。当时，宓为总编辑，视此类文章（谓甲骨文，及考证金石、校勘版本、炫列书目等）直如糟粕，且印工繁费（须摄制锌版），极不欲登载。勉为收入，乃历年竟有诸多愚妄之人（法国伯希和氏亦其一）远道来函，专索购该二期《学衡》。近且有人取此三篇，放大另印，每册售价数元（其实仅出五角之微资，购此二册《学衡》，即可全得），而《学衡》中精上之作（如三十一期中，刘、胡、吴、景诸君长篇论文），众乃不读，或拆付字簏。此固中国近世学术界文艺界一般不幸情形，而亦宓编撰《学衡》杂志多年，结果最痛心之一事也。[19]

即便因循文人相轻的习性，他视从事专门学术研究的国际著名学者为"愚妄之人"，也可见其偏颇。吴宓在这方面一直是坚持己见。他在1925年12月30日给溥仪英文老师庄士敦的信中说自己"对目前从事的所谓国学研究不感兴趣，因为它避开了所有对古代圣贤和哲人伟大道德理念的哲学讨论，却将目前中国的问题和政策作为重要方向，而在那方面，我们只是做些枯燥无用的研究，或是对我们宝贵的传统进行大量毫无根据并有害的攻击"[20]。1931年，吴宓游学法国，在给浦江清信中提及见到自己"不喜之""考据学者"伯希和，说："彼纯属有形的研究，难与语精神文艺。彼视《清华学报》《述学社国学月报》为有价值之杂志，彼以李济、董作宾为上等学者。"[21] 因为李、董在河南安阳从事殷商考古发掘，为该领域享有国际声誉的著名学者。1931 年 8 月 17 日《大公报·文学副刊》登有张季同《评〈先秦经籍考〉》。张文说近二十年中国"国学"研究可以对抗日本学者的有王国维、郭沫若的甲骨学，陈垣、陈寅恪的中亚语言历史，胡适、冯友兰的哲学史，傅增湘的目录学，杨树达、奚侗的训诂学。这里提到的胡适、冯友兰、陈垣、陈寅恪、杨树达，在 1948 年都当选为中央研究院院士。

教育立法

体制变革，给民国大学与民国文学带来巨大的生机和活力，也是个体力量所无法抗拒的。我这里重点强调六个关键时刻和事件：

1. 1905 年 9 月 2 日科举废止；

2. 1911 年—1912 年皇权废除（辛亥革命与民国新生）；

3. 1912 年教育部《大学令》（10 月 24 日）确立文、理、工、法、商、医、农"七科"之学；[22]

4. 1913 年，教育部颁布的《教育部令第一号》（1913 年 1 月 12 日）的《大学规程》第二章《学科与科目》，又将文学门分为国文学（中国文学）、外国文学、言语学，[23]中国文学系在文科建制中也日趋独立；

5. 1920 年 1 月 24 日《教育部令第七号》（通令全国各国民学校先将一、二年级国文改为语体文）；

6. 1930 年 2 月初《教育部通令中小学校励行国语教育——禁止采用文言教科书，实行部颁国语标准》。[24]此文起草者为新文学作家刘大白。

科举废止，国民教育兴盛，小学、中学、大学纷纷兴建，个体将接受公民教育，成为公民；旧文体形式，不再成为科举考试和个体晋升的唯一工具，文体形式解放，由此开始。

皇权终结，三纲五常伦纽松解，公民成为自由人，国家确立新的

"国语"，同时带来文学创作、出版的自由繁荣。从事自由创新的个体，不会再像"戊戌六君子"那样，因变法而被慈禧一声令下砍头。所以，胡适在《白话文学史》（上卷）中说，科举"真是保存古文的绝妙方法。皇帝只消下一个命令。定一种科举的标准，四方的人自然会开学堂，自然会把弟子送去读古书，做科举的文章。……科举若不废，国语的运动决不能这样容易胜利"[25]。个体的启蒙、解放，首先从教育开始。男女教育平等、职业平等、自由恋爱、自由结婚，这些都为白话新文学作家和文言古体文学作家，提供新的创作素材，同时新旧交替，时代生活、情感的复杂性和丰富性，也在作家笔下纷纷呈现。民国女作家，基本上都是受过国民小学、中学乃至大学教育的新女性。女作家辈出的前提，是因为有了民国的大学教育。女子中学、女子师范学校、女子师范大学之外，是男女同校，两性平等的国民教育时代，由此而来。白话新文学和文言古体文学所展示的"女学生""摩登女郎""新女性""知识女性""女兵""女革命者"形象，关联了民国大学与民国文学的内在机制。

通过教育立法，实行国民教育。特别是教育部两次通令，为白话新文学保驾护航，使白话文（"语体文""国语"）进入国民教育体制，进而让白话新文学获得文学的正统地位，白话新文学作家也顺势掌握了文学话语权。最为明显的事例，就是坚持用文言文的天津《大公报》，在1931年5月22日一万号时，张季鸾听从胡适建议，将报纸改用白话文。[26]反对者（文言古体诗词曲文坚守者）即便是自己坚持抵抗，却也不得不让子女到国民学校，接受白话文和白话新文学，并为孩子们在白话文和白话新文学的教育下智力和知识迅速进步而高兴。梅光迪就是这样的代表。

教育立法促使文学制度及学术制度建立，这自然是一种行政化行为。而对传统文学精神和文学形式的坚守人，或传统学术范式的守护者来说，却面临生存艰难或遭受横逆，须付出巨大代价。这是社会转型时期的特有现象，也是此一历史发展阶段中，作为个体的文学中人或学术中人，必须承受的。

注释：

[1] 胡适:《日记 1922 年》，季羡林主编《胡适全集》第 29 卷第 725 页。

[2] 叶文心:《民国时期大学校园文化（1919—1937）》（冯夏根等译）第 113 页，中国人民大学出版社，2012。

[3] 叶文心:《民国时期大学校园文化（1919—1937）》（冯夏根等译）第 152 页。

[4] 沈卫威:《现代大学的两大学统》，《学术月刊》2010 年第 1 期。

[5] 陶希圣:《敬悼朱骝先（家骅）先生》，沈云龙主编《近代中国史料丛刊》第三编第十一辑《朱家骅先生纪念册》第 262 页，（台北）文海出版社有限公司，1986。

[6] 拉塞尔·柯克:《保守主义思想》（张大军译），江苏凤凰文艺出版社，2019。

[7] 陈三立著，李开军校点:《散原精舍诗文集》，上海古籍出版社，2003。

[8] 陈三立著，潘益民、李开军辑注:《散原精舍诗文集补编》，江西人民出版社，2007。

[9] 陈衡恪著，刘经富辑注:《陈衡恪诗文集》，江西人民出版社，2009。

[10] 陈隆恪著，张求会整理:《同照阁诗集》，中华书局，2007。

[11] 陈寅恪:《陈寅恪诗集》，清华大学出版社，1993。

[12] 陈方恪著，潘益民辑注:《陈方恪诗词集》，江西人民出版社，

2007。

[13]吴学昭整理、注释、翻译:《吴宓书信集》第401页,生活·读书·新知三联书店,2011。

[14]吴学昭整理、注释、翻译:《吴宓书信集》第379页。

[15]吴学昭整理、注释、翻译:《吴宓书信集》第384页。

[16]吴宓:《吴宓日记续编》第五册第160页,生活·读书·新知三联书店,2006。

[17]吴宓:《吴宓日记续编》第五册第161页。

[18]吴学昭整理、注释、翻译:《吴宓书信集》第205页。

[19]吴宓:《吴宓诗集·空轩诗话》第183-184页,中华书局,1935。

[20]吴学昭整理、注释、翻译:《吴宓书信集》第151页。

[21]吴学昭整理、注释、翻译:《吴宓书信集》第181页。

[22]中国第二历史档案馆编:《中华民国史档案资料汇编》第三辑《教育》第108页,凤凰出版社,1991。

[23]中国第二历史档案馆编:《中华民国史档案资料汇编》第三辑《教育》第116页。

[24]《教育部通令中小学校励行国语教育——禁止采用文言教科书,实行部颁国语标准》,1930年2月3日《民国日报》。引自胡适:《日记 1930年》,季羡林主编《胡适全集》第31卷第604页粘贴的剪报。胡适特别在剪报旁批说:"这是白话的令文,当是刘大白先生的手笔。十九,二,三。"刘大白此时任教育部秘书、常务次长。部长为蒋梦麟。

[25]胡适:《白话文学史》(上卷),季羡林主编《胡适全集》第11卷第225页。

[26]沈卫威:《"学衡派"谱系——历史与叙事》第151-152页,江西教育出版社,2007。

第二章

异口同声

维新变法之势再起

晚清大变局下，文化教育在"冲击—回应"的历史转折关口，由睁眼看世界的有识之士引领，勇敢迈出从传统走向现代的最初步伐。1902年，是大清王朝在屈辱中艰难地走向新世纪的第二年；也是在日本教育家启发下，作为"官话"的"京城声口"，被士大夫文化精英阶层有识之士有意识地确立为"国语"，在京、津等地逐步实验推广，并与国家、民族命运发生重要关联的一年；更是文化教育借助维新变法再起之势摆脱激进政治绑架，发生稳健转折的开始。星火之蓄势，得变法之劲风，"国语"、国民教育与中国大学的兴起，也由此开始紧紧地连在一起。统一多民族国家文化共同体内，"车同轨，书同文，行同伦"的"大一统"文化观念中，又多一个"口同声"。这如同18世纪罗蒙诺索夫（1711—1765）以莫斯科语为基础，规范俄语词汇，创造统一规范化的俄罗斯"国语"。

1902年，迫于前一年《辛丑条约》（因是针对之前庚子教案，故又称"庚子赔款"）屈辱的压力，中断三年多的维新变法再起。一批受"戊戌变法"牵连的官员重新被启用。特别是在前一年两江总督刘坤一和湖广总督张之洞《江楚会奏变法三折》的实际推动下，欲变法先兴学的呼声甚为高涨。1902年1月10日，吏部尚书张百熙被任命为管学大臣，掌管京师大学堂。在南京兴学，掌管江南陆师学堂及新附设矿务铁路学堂的俞明震，受刘坤一指令，在3月24日，以江南陆师学堂总办名义，亲自护送陈衡恪、陈寅恪、周树人（鲁迅）、芮石臣（顾琅）、张协和（邦华）、伍仲文（崇学）等24人，由南京出发，乘日轮"大贞丸"去日本留学，同时考察日本教育[1]。5月8日，山西巡抚岑春煊和英国传教士李提摩太联合，利用山西省被迫支付英国"庚子赔款"的五十万两白银，成立山西大学堂。

　　同年2月8日，因"戊戌变法"而亡命日本横滨的梁启超创办《新民丛报》；11月27日（农历十月二十八日），《新小说》在横滨创刊。该刊附设于《新民丛报》，创刊号上，梁启超发表《论小说与群治之关系》《新中国未来记》，在倡导"新民"和"新小说"的同时，极力推崇并践行"新文体"。黄遵宪（字公度，1848—1905）因此致信称赞说："《清议报》胜《时务报》远矣。今之《新民丛报》又胜《清议报》百倍矣。惊心动魄，一字千金。人人笔下所无，却为人人意中所有，虽铁石人亦应感动。"[2]与此同时，针对《天演论》译者严复的"以为文界无革命"，黄遵宪也专门有书信给他，明确提出文界"无革命而有维新"[3]。黄遵宪在给严复的信中说："以四千余岁以前创造之古文，所谓六书，又无衍声之变，孳生之法，即以书写中国中古以来之物之事之学，已不能敷用，况泰西各科学乎？……今日已为二十世纪之世界矣，东西文明，两相接合，而译书一事，以通彼我之怀，阐新旧之学，实为要务。公于学界中又为第一流人物，一言而为天下法则，实众人之所归望者也。仆不自揣，窃亦有所求于公。第一为造新字，次则假借，次则附会，次则涟语，次则还音，又次则两合。……第二为变文体。一曰跳行，一曰括弧，一曰最数（一、二、三、四是也），一曰夹注，一曰倒装语，一曰自问自答，一曰附表附图。此皆公之所已知已能也。"[4]黄遵宪与严复都是晚清著名思想启蒙者，是较早走出国门放眼看世界的维新之士。严复是吴汝纶门生，《天演论》出版时，吴汝纶为之作序。文学家和政治家变革文体的自觉意识，将与国语教育家变革读音识字方法的"国语统一"思想合流，成为维新改革的重要动力。

也正是这一年，两位杰出教育家出访日本，考察、学习日本国民教育：京师大学堂总教习吴汝纶（字挚甫、挚父，1840—1903）；天津严家学馆（1904 年改为南开学校）创办人严修（字范孙，1860—1929）。两人都留下翔实的考察日记，分别为《东游丛录》《壬寅东游日记》。严修在赴日船上即对日本友人富士德太郎表示："近顷，吴京卿亦奉朝旨东游，待其归国当有建白。"[5] 两位教育家这次日本之行收获很大，并迅速引发中国教育改革。就国民教育而言，这一改革是多方面的，我这里着重关注"国语"这一具体问题，并在国民教育的大历史中，追寻"国语"推行之前的小细节。

从"东京语"到"京城声口"

1902 年 2 月，管学大臣张百熙向并无实权的光绪皇帝奏荐吴汝纶为京师大学堂总教习。吴汝纶虽以不懂西学为由再三推辞不就，但皇帝诏书难违，他又不敢公开抗旨，于是就提出先到日本考察学制，取法日本国民教育模式，为中国教育开改革新路。吴汝纶 6 月 9 日（农历五月四日）从天津出发，10 月 22 日（农历九月二十一日）回到上海。严修是 8 月 10 日（农历七月七日）自天津启程，10 月 30 日（农历九月二十九日）回到上海。

对此事，吴汝纶之子吴闿生在《先府君事略》中写道："壬寅春，天子惩往事之过，发愤图强，参考中外良法，诏行省府州县咸立学堂，首于京师创立大学堂为之倡。管学大臣吏部尚书张百熙，以为学堂之立，首在主持之得人，亲枉驾过先君客邸，坚请出相助，不可，则扶服以请，先君犹不应。张公不待许诺，直奏闻之于上，得俞旨赏加五品卿衔，充大学堂总教习。"[6] 贺铸在《吴先生墓表》中详述并衔接事由："先生既受张公之聘，以谓诸国学制，岁更月修，久而后定，仿其规范而不

严修为贵州学政时所题印山书院匾额（沈卫威拍摄）

能得其精意，恐难见功，故有日本之行。日人素信慕先生，及见先生之来，喜吾国有意图新，又感先生之勤于所事而虚己以求也，自文部大臣及以教育名家与凡有事于学之人，争思有以自效，其立学以来文牍，外人所不得见者，皆出之，以备观采。"[7]

实际上，1902 年提出"国语统一"[8]这个口号的，正是这位"桐城派"后期作家、京师大学堂总教习吴汝纶。此时，他是曾国藩门下四大弟子中年龄最小也是唯一健在者，同时也是学问最好、文章最好的一位。同门师兄张裕钊（1823—1894）、黎庶昌（1837—1898）、薛福成（1838—1894）均未能高寿。相对于薛福成出任驻欧洲英、法、意、比四国公使 4 年，黎庶昌在欧洲多国使馆做文化参赞 5 年、两度出任驻日本公使 6 年的特殊经历，吴汝纶说自己不懂西学是事实。但从他日记可知，他对严复等人的译介，对介绍西方或西学翻译著作，如《天演论》《盛世危言》《四国志略》《实学指针》《学校管理术》有广泛涉猎，并有详细的阅读笔记。对当时介绍西学的报刊如《格致新报》《水陆军报》，美国的《学问报》《学文报》《纽约喜罗报》，法国的《博学报》《格物报》，德国的《七日报》，英国的《太阳报》，日本的《邮报》，俄国的《彼得堡时报》等均有阅读札记。

1902 年 6 月 9 日，吴汝纶奉清廷之命，带领李光炯等赴日本考览学制，行程中的见闻、访谈、书信、日记等合编成《东游丛录》（书中时间均为农历）。访日三个多月，他曾拜访朝野各界人士，深受当时日本所推行国家观念至上的"国民教育"影响。在他所拜访的各界人士中，先后有四位向他谈到国语统一与文字改革问题。他们依次是：山川健次郎、伊泽修二、土屋弘（伯毅）、胜浦鞆雄。

访日时，为吴汝纶充当翻译的，是明治大学留学生章宗祥，即后来成为民国政府要员，1919 年 5 月 4 日被游行学生要求严惩的"卖国贼"（北洋政府被迫于 6 月 10 日将曹汝霖、章宗祥、陆宗舆等免职）。

在日期间，东京帝国大学总长、理学博士山川健次郎就明确地向他建议，要重视"国语"统一的具体问题。说："凡国家之所以存立，以统一为第一要义。教育亦统一国家之一端。故欲谋国家之统一，当先谋教育之统一。教育之必须统一者有三大端：（一）精神；（二）制度；（三）国语。"[9]山川健次郎又进一步向他解释推行"国语"的重要性："国语似与教育无直接之关系，然语言者，所以代表思想，语言不齐，思想因此亦多窒碍，而教育之精神，亦必大受其影响。此事于他国无甚重要，以贵国今日之情形视之，则宜大加改良，而得一整齐划一之道，则教育始易着手。"[10]

7 月 21 日（农历六月十七日），吴汝纶拜访东京高等师范学校校长、著名教育家伊泽修二（曾在台湾兴学，著有《支那语正音发微》）之后，在当天日记中写道："访伊泽修二，留饭久谈，谆谆以国语一致为统一社会之要。"[11] 这次谈话，颇有细节的冲击力量：

（伊泽修二）又曰：欲养成国民爱国心，须有以统一之。统一维何？语言是也。语言之不一，公同之不便，团体之多碍，种种为害，不可悉数。察贵国今日之时势，统一语言，尤其亟亟者。

答：统一语言，诚哉其急！然学堂中科目已嫌其多，复增一科，其如之何？

伊泽氏曰：宁弃他科而增国语。前世纪人犹不知国语之为重，知其为重者，犹今世纪之新发明，为其足以助团体之凝结，增长爱国心也。……既而德王威廉起，知欲振国势，非统一联邦，则不足以跻于盛壮；欲统一联邦，非先一语言，则不足以鼓其同气；方针既定，语言一致，国势亦日臻强盛。……

答：语言之急宜统一，诚深切著明矣。敝国知之者少，尚视为不急之务，尤恐习之者大费时日也。

伊泽氏曰：苟使朝廷剀切诰诫，以示语言统一之急，著为法令，谁不遵从！尊意"大费时日"一节，正不必虑。[12]

接下来，伊泽修二以事实为例来劝说吴汝纶：

即如仆信州人，此阿多君（时席上有此人）萨摩人，卅年前对面不能通姓名，殆如贵国福建、广东人之见北京人也，然今日仆与阿多君语言已无少差异。敝国语言之最相悬殊者，推萨摩，初建师范学校时，募萨摩人入学，俾其归而改良语言，今年春仆曾游萨摩，见学生之设立普通语研究会者，到处皆是。所谓普通语者，即东京语也，故现在萨摩人殆无不晓东京语者。以本国人而学本国语，究不十分为难，况乎今日学理之发明，哑者尚能教之以操语言，况非哑者乎？惟不试行之为患耳。苟其行之，假以岁月，其效显著于齐、鲁、闽、粤之间，可操券决也。[13]

这里所呈现"东京语"对日本各地人与人交往的改变，特别是学校教育中"普通语"教学的实际情况，相对于二十四年前的日本，却是另一种景象：书面语（国话）与口语，书面语与方言，州郡之间方言与方言很难沟通，虽本国人也"未能悉辨"，"亦不能解"。这在驻日公使黄遵宪 1878 年（戊寅）《与日本人笔谈》中可见一斑。我录两段当时黄遵宪与源桂阁（大河内辉声）的谈话为证：

1878 年 10 月 29 日（农历十月四日）

桂阁（我指着北京官话本《正音提要》中的话说）："老慷慨""老四海"，何语意？

枢仙：老字是北京话中口头语，如"好久"之意。

桂阁：是书官话了，不知别有纂北京土话者否？如那《红楼梦》中话，则照之而好否？

公度：其为北音一也。编《红楼梦》者乃北京旗人，又生长富贵之家，于一切描头画角，零碎之语，无不通晓，则其音韵腔口，较官话书尤妙。然欲学中国音，从官话书学起，乃有门径。譬如学日本语，不能从《源氏物语》诸说入门也。[14]

1878 年 12 月 14 日（农历十一月二十一日）

公度：此间本有翻译冯姓者为之，然仆观之，不译亦知其事也。通西人语言文字者多，通日本语言文字者少。

桂阁：我邦文字之作用有数样，虽邦人未能悉辨，《万叶集》《源氏物语》《伊势物语》等数本，是谓之国语，犹贵邦之官话，然今人寡知之者。邦人硕学鸿儒，读贵邦典籍，又少知之者。其外平生普通之言异，于其州郡而又异焉，所以邦人亦不能解。[15]

因此，黄遵宪在《日本国志》中，特别强调："盖语言与文字离，则通文者少；语言与文字合，则通文者多，其势然也。然则日本之假名有裨于东方文教者多矣。……欲令天下之农工商贾妇女幼稚，皆能通文字之用，其不得不于此求一简易之法哉。"[16]此书1895年底出版后，这个说法即为王照所关注并摘录，放在其1906年重印版《官话合声字母》中，作为附录合刊发行。

日本教育界人士对中国的语言文字有感情，他们对日语改革后"东京语"成为国语的现实成效，也有十分清醒的认识，因而他们对吴汝纶"虚己以求"，给予的建议都是很切实、很细化的。土屋弘（伯毅）在给吴汝纶信中强调："盖工业之所以速成，一在用器之利便。教育以文字为利器，文字之简易利便者，莫若五十音图。敝邦普通教育，以五十音图为先，五十音之为用，宇宙百般之事，无不可写者，而其为字仅五十，虽幼童可辄记之，以此施于初级教育，其进步之速，曾何足怪！"[17]9月23日（农历八月二十二日），吴汝纶随即给土屋弘回信，说："惠书论贵国以五十音施之初级教育，其进步之速以此；欲令敝国采用此简便之物，以达教育速奏之效。……国人王某，曾为省笔字，大意取法贵国五十音，改为四十九字，别以十五喉音配之，可以赅尽敝国之音，学之数日可明。拟以此法传之敝国，以为初级教育，庶几所谓九十九人者皆得识字知书，渐开智慧，是亦与来教之旨暗合者。"[18]

9月25日（农历八月二十四日），东京府第一中学校长胜浦鞆雄在与到访的吴汝纶交谈中得知中国"近有人作省笔字"，大为惊奇，立即向吴汝纶表示："中国若果行此，普通教育进化必速也。"[19]吴汝纶在10月1日（农历八月三十日）回复胜浦鞆雄信中特意解释说："查新制之省笔，非下走所制，乃敝国王某所为，政府未必遵用。其所制字，仆决将来必须用此，教育乃能普及。"[20]当然，日本友人所说"普通教育进化必速"手段是要用"省笔字"。吴汝纶深知中国教育改革过程艰难和时势复杂，所以此时他尚没有坚定的信心和决断的能力，只好寄希望于"将来"。

10月9日（农历九月八日），吴汝纶拜访早稻田大学创办人大隈重信（大隈伯），大隈重信的一席话，使他对日本"学校"教育，有更为深刻的认识：

> 八日乙丑，访大隈伯。其称学校造就四等：一、造就个人，即德育智育体育是也。二、造就国民，即普通教育，团结社会，齐心爱国是也。三、造就公民，即使有政治之学，足以领袖平民是也。四、造就世界人，即交通万国、取长辅短、相与并立是也。[21]

这是晚清以来，借鉴日本经验，追求个人"德育智育体育"全面发展最为直接和最为明确的依据。

曾国藩弟子中，吴汝纶的文学成就最高。几位日本教育家的言论，使他深受刺激，他深明语言作为言志和载道工具，更清楚晚清以来白话、官话对社会变革的实际推动。在日期间，吴汝纶心中就已产生如法炮制的念头：即以"京城声口"（北京话、官话）对应"东京语"，效法日本国语统一，以加速中国言文合一，异口同声，进而推动国民教育。这种对日本国民教育效仿、借鉴的明确态度，立即呈现在吴汝纶书信中。10月12日（农历九月十一日），他把日本"阅视各学日记"抄呈管学大臣张百熙（字野秋、冶秋，因曾官至多部尚书，通常称其张尚书）时，还有专门的《与张尚书》，信中写道：

> 今日本车马夫役，旅舍佣婢，人人能读书阅报，是其证
> 也。中国书文渊懿，幼童不能通晓，不似外国言文一致。若小
> 学尽教国人，似宜为求捷速途径。近天津有省笔字书，自编修
> 严范孙家传出，其法用支微鱼虞等字为母，益以喉音字十五、
> 字母四十九，皆损笔写之，略如日本之假名字，妇孺之兼旬，
> 即能自拼字画，彼此通书。此音尽是京城声口，尤可使天下语
> 言一律。今教育名家，率谓一国之民，不可使语言参差不通，
> 此为国民团体最要之义。日本学校，必有国语读本，吾若效
> 之，则省笔字不可不仿办矣。[22]

这就是严修之前所预料到的"建白"。信中所说自编修严范孙家传
出"省笔字书"，和在《答土弘伯毅》书中说"王某，曾为省笔字"，
以及对胜浦鞆雄所说中国"近有人作省笔字"，即是后来颇得胡适褒扬
的王照（字小航，号芦中穷士，1859—1933）《官话合声字母》。胡适
1931 年为《王小航先生文存》写序时，称道王是"革新志士，官话字
母创始人"[23]。说王小航"主张教育之要旨在于使人人有生活上必须之
知识；主张教育是政治的主脑"[24]。由于严范孙在吴汝纶之后也到日本
考察教育，并在东京、西京与吴相会，还多次一起参加活动的缘故，吴
汝纶对王照（小航）《官话合声字母》有特别了解。

王照生于 1859 年，1894 年中进士后入翰林院，与 1883 年中进士
的严范孙同为翰林院编修。1898 年，王照卷入"戊戌变法"，遭追捕前
逃亡日本。在日本期间，受日本片假名直接影响，创制中国官话字母
表。潜回中国后，到天津，得严范孙接济。1900 年，王照受严范孙所
送清初李光地《音韵阐微》的启发，知晓是康熙皇帝将满语"合声"之
法传给李光地，使得他应用于汉文字音，写成《音韵阐微》。于是，他

把 1900 年成书的《官话合声字母》先在严范孙家学馆中试用。1901 年，此书传到日本江户，被中国留学生翻印。黎锦熙说："严氏家里，人人都练习得很熟；丫头老妈子厨子车夫都是能看《拼音官话报》，能用官话字母写信作文的。"[25] 这是缘于 1898 年严范孙在天津自家设立学馆（"严馆"），"半日读经书，半日读洋书"[26]。随后，严范孙与时俱进，相继创办"女塾"（1902 年）、"工艺学堂"（1903 年）、"小学堂"（1903 年）、"南开学校"（1904 年）。欲维新变法、改良社会，必须先从办教育入手的理念，在严范孙是越来越明确，并成为他后半生的不懈追求。

王照在《官话合声字母》序言中写道："今各国教育大盛，政艺日兴，以及日本号令之一，改变之速，固各有由，而言文合一，字母简便，实其至要之原。"[27] 他更是强调："各国文字虽浅，而同国人人通晓，因文言一致，字母简便，虽极钝之童，能言之年即为通文之年。故凡有生之日，皆专于其文字所载之事理，日求精进。无论智愚贵贱，老幼男女，……而吾国通晓文义之人，百中无一。占毕十年，问：何学？曰：学通文字耳。钝者或读书半生，而不能作一书柬。惟其难也。故望而不前者十之八九，稍习即辍者又十之八九。文人与众人如两世界，凡政治大意、地理大略、上下维系、中外消长之大概，无从晓譬。"[28] 如何能使语言文字合二为一？王照积极主张采用已经成为"官话"的"京话"，来统一中国语言："用此字母，专拼白话。语言必归画一，宜取京话。因北至黑龙江，西逾太行宛洛，南距扬子江，东傅于海，纵横数千里，百余兆人，皆解京话。外此诸省之语，则各不相通。是京话推广最便，故曰官话。官者公也，公用之话，自宜择其占幅员人数多者。"[29]。在《出字母书的缘故》中，王照更是明确表示："借着字母，就认得汉字，日子多了，就可以多认汉字，以至连那无有字母的书，也都可以会看了，真是大有益处。以后咱们中国人，都能念书，添点学问，长点见识。这就是我们作字母书的，所很指望的了。"[30]

1901 年，王照进京拜见李鸿章，李托病（不久即病逝），令于式枚代见。于王两人对话，可见王照明世事、通大理的改革之志：

> （于式枚）欢然曰："老前辈！今从海外归来，亦将有策略以救中国乎？"
>
> 照曰："天下事岂一策一略所能为？今全国共计二十万秀才举人进士，比日本五千万受过普通教育的人民少二百五十倍；以一敌二百五，还有什么策略可说？中国政府非注重下层教育不可！欲去下层教育的障碍，非制出一种沟通语文的文字，使言文合一不可！"[31]

李鸿章 1901 年去世后，王照便让门人王璞趁张百熙出任管学大臣之际，以王璞个人名义，在 1902 年 12 月（农历十一月）直接上书张百熙，陈说老师王照所作所为将会对普及教育产生重要影响：

> 惟于民之宜人人能看书，人人能看报，人人能读诏书示谕，知其切要。急思便捷之法……苦心焦思，惟有之受业师某老先生所作官话字母，拼合自然，无音不备，至为简当。若以之译《圣谕广训》，饬州县遣生贡之无事者，布之民间，虽目不识丁之人，教字母十余日，自能解读，自必鼓舞，欢欣颂扬德意，由此而得作书信纪录簿之能，且有他日读书读示谕等类之益，则转相传授，增添之速，不可思议。[32]

其实，吴汝纶在访问日本之前，已经读到王照《官话合声字母》一书。他在 1902 年 3 月 24 日（农历二月十五日）日记中写道：

> 近年南省多仿外国字母另立省笔字母，用反切拼音，教妇孺识字者。小航用《音韵阐微》之例，别制字母并喉音字，为

北方不识字之人便于俗用。其拼音用国书合声之法，缓读则为二字，急读则成一音。其上一字用支、微、鱼、虞、歌、麻诸韵之字，下一字用喉音，谓天下之声皆出于喉而收于喉，皆阐微例也。其书名《官话合声》，字母喉音十五，……字母四十九。……凡字分四声，则依声加点于字母，并喉音字之四隅。北人无入声，今但分上平、下平、上、去四声。[33]

吴汝纶生于安徽皖江北岸桐城（枞阳），此时他家乡私塾的确是在用反切拼音教学。这在台北"胡适纪念馆"档案中可以找到证据。1903年，胡适 12 岁，他与私塾老师胡禹臣（观象）、同学胡近仁、胡观爽，在皖南绩溪家乡上庄开始学反切，老师是一位从江西来的游方学者徐奋鹏，课本是《反切直图》。这个课本如今还保存在台北南港"胡适纪念馆"里。[34] 而北方，则是王照《官话合声字母》的影响力在日益增大。

袁世凯为官话字母作"护法"

1903 年 12 月 29 日（农历十一月十一日），直隶大学堂学生王用舟、何凤华、刘奇峰、张官云、世英、祥懋等上书直隶总督袁世凯，请他"奏明颁行官话字母，设普通国语学科，以开民智而救大局事"[35]。他们首先说明"近见自严太史修家所传出之《官话合声字母》，系仿国书合声之法，制为字母五十，喉音十二，转换拼合。凡口中所能言之音，无不能达，且专以京音为主，便利通用，莫逾于此。诚能推行，则亿万众愚夫愚妇，能言者即能文，无用者亦有用矣"[36]。他们特别强调统一语言以结团体，"夫国人所赖以相通相结者，语言也。言不类则心易疑，此涣散之本也。彼泰西各国，类皆文言合一，故团体最固。至于日本，尤以东京语为普通教育，诚握要之图也。我国无事不规仿泰西，步武日

　　　　　　古典与现代：民国大学的潮与岸

本，独于此漠然置之，可惜孰甚"[37]。这里提到日本以"东京语"为普及教育方式，和吴汝纶在日本所获得的事实完全一致。

袁世凯在批示中明确写道："据禀已悉，国民普及教育，必由语文一致，而成为东西各国之通例。该学生等所呈《官话合声字母》以及切合音之法，包括一切语文，与吾国古时文字单简假借同音之例，初不相背，果能通行无阻，诚如日本伊泽氏所谓简要器具者。"[38]但他同时担心，社会上层与下层的成见，一时难以接受，无法推广。所以他主张"必先引其端倪而后可收成效，姑候行。学校司体察情形，如何试办，妥酌具复饬遵缴"。结果是本年腊月，经学校司复后，"督批饬保定蒙养半日各学堂并驻保定各军营试办"[39]。

吴汝纶在日本"阅视各学日记"和以"京城声口"（北京话、官话）对应"东京语"的表达，直接影响到 1904 年 1 月 13 日（农历 1903 年十一月二十六日）张百熙和荣庆、张之洞起草的《重订学堂章程折》《奏定大学堂章程》《奏定学务纲要》。其中《奏定学务纲要》中"各学堂皆学官音"，就是吴汝纶的主张：

> 各国言语，全国皆归一致，故同国之人，其情易恰，实由小学堂教字母拼音始。中国民间各操土语，致一省之人，彼此不能通语，办事动多扞格。兹拟以官话统一天下之语言。故自师范以及高等小学堂，均于中国文一科内附入官话一门。其练习官话，各学堂皆应用《圣谕广训直解》一书为准。将来各省学堂学员，凡授科学，均以官音讲解，虽不能遽如生长京师者之圆熟，但必须读字清真，音韵朗畅。[40]

1903 年 2 月 9 日（农历一月十二日），吴汝纶在安徽桐城老家因急发疝气导致肠梗阻去世，未来得及实际履新京师大学堂总教习职位，更未能得见他主张的"京城声口"作为"国语"被推广和普及。他这份潜在的与"国语"、北京大学的关系，虽无法同罗蒙诺索夫与俄罗斯"国语"、莫斯科国立大学之事功相提并论，但相似性和先行性是一致的。

吴汝纶在去世前，曾要门人把王照《官话合声字母》带回家乡，供新创办的桐城小学堂使用，希望能将其传遍江淮。王照在《挽吴挚父先生联语并序》中评介他"生平谓古文外，必无经济。自游日本，顿悟普通教育之意，乃特命其同乡门人五人习芦中穷士所作《官话合声字母》"[41]。"夫能以文章名世者，莫挚父先生若也。而先生独能虚心折节，以倡俗话之学。盖先生心地肫挚，目睹日本得力之端，在人人用其片假名之国语，而顿悟各国莫不以字母传国语为普通教育至要之原"[42]。

同年（1903），王照自天津到北京创立官话字母义塾，木版刻印《官话合声字母》。直隶总督袁世凯长子袁克定得其书，授其弟袁克文，袁克文年幼，能无师自通。袁世凯因此高兴，而赞成官话字母[43]，所以黎锦熙说"给王照的'官话字母'作护法的，除严修、吴汝纶两氏外，还有一个力量更大的，便是太子少保北洋大臣直隶总督袁世凯"[44]。这里实指《官话合声字母》对袁世凯所属军人的直接影响。因为从1904年初（农历1903年底即光绪二十九年腊月）开始，王照的官话字母教学，就与袁世凯北洋军系的军事教育相结合。这从王照"光绪三十年九月替常备军第三镇作的"《对兵说话》一书序言《衍说学官话字母要紧》可以知道："自从光绪二十九年腊月，袁宫保就商量，教各军营里的人，学习这官话字母。如今商量定了，教咱们军营的人，无论官长头目兵丁，都得学习"[45]。

1904年10月（农历九月），直隶学务处针对丰润县王金绶等禀，起草呈袁世凯复文："今该生等所呈字母拼音书与日本之片假名略同，而纯拼单音尤为省便。桐城吴京卿所谓妇孺习之兼旬即可自拼字画，彼此通书，盖确有证据之言，非虚语也。此教育普及之说也。……今该生等所呈官话字母拼音，虽仅为下等人急就之法，而用意亦隐与暗合，且能解此法，于习官话者尤为捷便。吴京卿所谓此音尽是京城声口，尤可使天下语音一律，亦非虚语也。此语言统一之说也。"[46] 这里进一步明确验证了吴汝纶所说，用"京城声口"统一天下语音达到语言统一的主张，"非虚语也"。

改革者的命运通常是磨难重重。也正是 1904 年，王照因受谭嗣同好友沈荩株连，自行到步军统领衙门投案，并在狱中生活两个多月。王照的注音字母研究和教学实验，由门人王璞继续。

与之同时，另一股民间势力在涌动，那就是冠以"俗话""白话"或"京话"的各种报刊创刊，如《无锡白话报》(1898 年 5 月 11 日)、《杭州白话报》(1901 年 6 月)、《京话报》(1901 年 9 月，北京)、《中国白话报》(1903 年 12 月 19 日，上海)、《安徽俗话报》(1904 年 3 月 31 日，安庆—芜湖)、《京话日报》(1904 年 8 月 16 日，北京) 等在全国主要城市大量出现，与学堂"官话"教学形成合力，进一步促使"国语"推行。

当然，历史也会给先行者一个回报。1905 年，延续千年的科举取士终结，传统的精英教育向公共的国民教育顺利转型。如此，国语作为普通教育中一个最为重要的工具，才有被普遍使用的可能。京师大学堂在民国时期，由海外留学归来的教育家引领，顺利向具有现代国际视野的国立北京大学转型。1912 年民国新开，北京大学首任校长正是吴汝纶弟子严复；1902 年、1904 年两次赴日本，1918 年又专程赴美考察学制教育的严修，和赴美留学归来的门生张伯苓，将一个私塾学馆、小学堂、中学堂，成功转化为民国时期上好的私立南开大学；王照、王璞师徒也在民国教育体制下，有为于"读音统一会""国语统一筹备会"；如同"小站练兵"一样奇迹凸现，由袁世凯作"护法"的《官话合声字母》曾经"传习至十三省之境"[47]，用这种字母编印的"初学修身伦理历史地理地文植物动物外交等拼音官话书，销至六万余部"[48]。吴汝纶、严修、王照、袁世凯的合力作用，更是将作为"官话"的"京城声口"推进到"国语"位置，于是"国语统一"才逐步变成现实。1917 年，在胡适《文学改良刍议》、陈独秀《文学革命论》的推动下，"国语的文学—文学的国语"成为"建设的文学革命论"的核心问题，"用白话作各种文学"[49]逐步成为创造新文学的大趋势，也就自然成就了梁启超所期待的，真正、现实的"新中国未来记"。

接下来，我用档案实证，看教育体制对南京高等师范学校接收、推行国语的规约：

1918 年

6 月 1 日，教育总长傅增湘签发教育部训令第二三五号，令南京高等师范学校，对郭秉文提议南京高等师范学校附设国语讲习科等案，"俱妥洽可行"，令"该校遵照办理"。

6 月 15 日，南京高等师范学校国语科主任教员周槃（有时用"磐"，字铭三，南洋公学毕业，曾任商务印书馆编辑员）为江苏、江西、浙江、安徽、福建、广东六省国语统一，南京高等师范学校担任举办国语讲习班一事，致信校长郭秉文。随后教育部决定南京高等师范学校负责江苏、江西、浙江、安徽四省国语讲习班。

6 月 27 日，教育总长傅增湘签发教育部指令第七七三号，令南京高等师范学校，对所呈报的《筹办国语讲习科拟定简章》，"应准照行，继续办理"。

1919 年

1 月 28 日，教育总长傅增湘颁布教育部训令第三一号，令南京高等师范学校，推选该校教员申请加入国语统一筹备会，成为会员。

3 月 22 日，教育总长傅增湘签发教育部指令第三五七号，令南京高等师范学校，对所呈送的《江苏六十县国语讲习科简章及计划书》请示，"应准照行"，"均准照行"。

3月24日，教育总长傅增湘签发教育部指令第三六七号，令南京高等师范学校，对所呈送的《注音国语班简章》请示，"应准备案"。

1920 年

1月17日，教育次长、代理部务傅岳棻签发教育部训令第二五号，令南京高等师范学校，据国语统一筹备会函送《注音字母发音图说》一书，请予转行分给各校，作国语科参考用书；第二六号，令南京高等师范学校，教授国文语言当与文字并重，本部于中小各学校令施行细则及师范学校规程内均经明白规定，请查照转行所属中等以下各学校，注意采用，俾收言文并行之效。

2月2日，教育次长、代理部务傅岳棻签发教育部训令第五三号，令南京高等师范学校，据国语统一筹备会函送《新式标点符号全案》，请予颁行。

4月22日，教育次长、代理部务傅岳棻签发教育部训令第二一二号，令南京高等师范学校，派送一名公费现任国文教员，到北京参加教育部附设国语讲习所第二班学习。令遵照办理。

5月12日，教育次长、代理部务傅岳棻签发教育部训令第二四六号，令南京高等师范学校，在秋季开学前就地筹办国语讲习所，俾使各小学教员陆续入所讲习，以广造就而利推行国语。令遵照办理。

5月15日，教育次长、代理部务傅岳棻签发教育部训令第二五〇号，令南京高等师范学校，据国语统一筹备会函送《国语学讲义》一书，请转知各学校，作为讲习国语及参考用书。

　　作为方言的"京城声口"（"北京语"）成为"国语"标准语言，这需要民国教育体制推动，同时也需要在更广泛的文化、教育界讨论，以求得认同、接受。1920年，浙江省教育会经亨颐主持的《教育潮》第9期，刊发了南京高等师范学校英文科主任张士一（谔）《国语统一问题》，代表江浙学界，特别是南京高等师范学校，表示接受"国语统一"。理由是方言作为标准国语，"有这个资格的也是北京语"。

　　"异口同声"——所以我说中国现代语言学、现代文学大历史真正的精彩，是闪现在这个由构想成为现实的关键词之中。

注释：

　　[1]鲁迅博物馆鲁迅研究室编：《鲁迅年谱》（增订本）第1卷第87-88页，人民文学出版社，2000。陈衡恪、周树人、张协和回国后，都到教育部任职。

　　[2]黄遵宪：《致梁启超书》，黄遵宪撰，吴振清、徐勇、王家祥编校整理《黄遵宪集》下卷第490页，天津人民出版社，2003。

　　[3]黄遵宪：《与严复书》，黄遵宪撰，吴振清、徐勇、王家祥编校整理《黄遵宪集》下卷第480页。

　　[4]黄遵宪：《与严复书》，黄遵宪撰，吴振清、徐勇、王家祥编校整理《黄遵宪集》下卷第479-480页。引文中括号内的解释文字，在所引用时省略。

　　[5]严修：《壬寅东游日记》，严修撰，武安隆、刘玉敏点注《严修东游日记》第8页，天津人民出版社，1995。

　　[6]吴闿生：《先府君事略》，施培毅、徐寿凯校点《吴汝纶全集》

第 4 卷第 1159 页，黄山书社，2002。

[7]贺铸:《吴先生墓表》，施培毅、徐寿凯校点《吴汝纶全集》第 4 卷第 1149 页。

[8]黎锦熙:《国语运动史纲》第 101 页，商务印书馆，2011。近有刘进才《语言运动与中国现代文学》第 23-37 页，中华书局，2007 年版，详论此事。

[9]吴汝纶:《东游丛录》，施培毅、徐寿凯校点《吴汝纶全集》第 3 卷第 788 页。

[10]吴汝纶:《东游丛录》，施培毅、徐寿凯校点《吴汝纶全集》第 3 卷第 789 页。

[11]吴汝纶:《日记》，施培毅、徐寿凯校点《吴汝纶全集》第 4 卷第 714 页。

[12]吴汝纶:《东游丛录》，施培毅、徐寿凯校点《吴汝纶全集》第 3 卷第 797-798 页。

[13]吴汝纶:《东游丛录》，施培毅、徐寿凯校点《吴汝纶全集》第 3 卷第 798 页。

[14]黄遵宪:《与日本人笔谈》，黄遵宪撰，吴振清、徐勇、王家祥编校整理《黄遵宪》下卷第 725 页。

[15]黄遵宪:《与日本人笔谈》，黄遵宪撰，吴振清、徐勇、王家祥编校整理《黄遵宪集》下卷第 746 页。

[16]黄遵宪:《日本国志》卷三十三第 346-347 页，上海古籍出版社，2001。

[17]吴汝纶:《东游丛录》，施培毅、徐寿凯校点《吴汝纶全集》第 3 卷第 749 页。

[18]吴汝纶:《答土弘伯毅》，施培毅、徐寿凯校点《吴汝纶全集》第 3 卷第 427 页。

[19]吴汝纶:《东游丛录》，施培毅、徐寿凯校点《吴汝纶全集》第

3 卷第 738 页。

[20]吴汝纶:《答胜浦鞈雄》,施培毅、徐寿凯校点《吴汝纶全集》第 3 卷第 430 页。

[21]吴汝纶:《日记》,施培毅、徐寿凯校点《吴汝纶全集》第 4 卷第 714-715 页。

[22]吴汝纶:《与张尚书》,施培毅、徐寿凯校点《吴汝纶全集》第 3 卷第 435-436 页。

[23]胡适:《〈王小航先生文存〉序》,季羡林主编《胡适全集》第 4 卷第 486 页。

[24]胡适:《〈王小航先生文存〉序》,季羡林主编《胡适全集》第 4 卷第 488 页。

[25]黎锦熙:《国语运动史纲》第 101 页。

[26]严修自订,高凌雯补,严仁曾增编,王承礼辑注,张平宇参校《严修年谱》第 127 页,齐鲁书社,1990。

[27]王照:《〈官话合声字母〉原序》,王照:《官话合声字母》第 3 页,文字改革出版社,1957。此书是根据 1906 年北京"拼音官话书报社"翻刻本《重刊〈官话合声字母〉序例及关系论说》影印。

[28]王照:《〈官话合声字母〉原序》,王照:《官话合声字母》第 1-2 页。

[29]王照:《新增例言》,王照:《官话合声字母》第 9 页。

[30]王照:《出字母书的缘故》,王照:《官话字母读物》(八种)第 5-6 页,文字改革出版社,1957。

[31]黎锦熙:《国语运动史纲》第 108 页。

[32]王璞:《宛平县生员王璞谨呈为请用俗话字母广传》,王照:《官话合声字母》第 33-34 页。

[33]吴汝纶:《日记》,施培毅、徐寿凯校点《吴汝纶全集》第 4 卷第 676-677 页。

[34]胡颂平编著:《胡适之先生年谱长编初稿》第1册第50-51页，（台北）联经出版事业公司，1984。

[35]《十一月十一日上袁宫保禀》，王照:《官话合声字母》第73页。

[36]《十一月十一日上袁宫保禀》，王照:《官话合声字母》第76页。

[37]《十一月十一日上袁宫保禀》，王照:《官话合声字母》第77页。

[38]《十一月十七日督宪袁批》，王照:《官话合声字母》第93页。

[39]《十一月十七日督宪袁批》，王照:《官话合声字母》第94页。

[40]《奏定学务纲要》，王杰、祝士明编著:《学府典章》第257页，天津大学出版社，2010。

[41]王照:《挽吴挚父先生联语并序》，王照:《官话合声字母》第37页。

[42]王照:《挽吴挚父先生联语并序》，王照:《官话合声字母》第39-40页。

[43]黎锦熙:《国语运动史纲》第108页。

[44]黎锦熙:《国语运动史纲》第103页。

[45]王照:《对兵说话》，王照:《官话字母读物》（八种）第79页。

[46]《直隶学务处复文》，王照:《官话合声字母》第67-68页。

[47]《内容说明》，王照:《官话合声字母》扉页。

[48]《内容说明》，王照:《官话合声字母》扉页。

[49]胡适:《建设的文学革命论》，季羡林主编《胡适全集》第1卷第60页。

第三章

顺势逆反

1915年，《青年杂志》创刊的直接原因，虽然是针对袁世凯称帝和其打出"孔教"的文化旗帜，但思想资源却是西学民主（"德先生"）、科学（"赛先生"）的基本口号、概念。回首看百年前《青年杂志》—《新青年》引领的新文化运动，相对而言，民主、科学成就最小，后起白话新文学成就最大。具体说来，民主要诉求宪政、法制、人权、自由、公正等基本的制度性建设。科学要求有稳定、健全的体制，群体间才能达成科学共识，形成科学共同体，进而使个体发挥实事求是的科学精神，展开物化性创造。经历十六年政治动荡之后（称帝、复辟、军阀割据），1928年，国民党实现政党政治，具有议会、选举的民主化初级进程遭受扼制，唯有个性解放（自由恋爱、自由婚姻）得以实现。也就是说，个体的公共政治属性，从先前的帝制被规约到党制（罗隆基称之为"党天下"），被训诫到服从；个体的私人爱欲属性，从先前的父母之命、媒妁之言中脱出，由自己做主。而后者，主要是在享受现代教育后的知识青年阶层。私人爱欲的解放，首先得力于新式学校给了男女平等受教育的机会和权利，其次是得益于张扬个性解放的白话新文学启蒙。国语运动启智，新文学运动催情。

　　任何一种意识形态、文化形态的破与立，都离不开语言这一重要工具。晚清民初白话文运动，主要得力于五种力量的互动：传教士传经讲道需要白话、都市市民阶层萌生、近代印刷技术使都市报刊出版业兴盛、科举废止后新式小学教育普及、民间白话俗文学暗流涌动。但1917年1月是个节点，即白话文运动和新文学运动合流，白话在诗歌创作中找到突破口。中国文学数千年载道、格律的堤坝，因这个口子而溃堤。而开启"这个口子"的胡适，和守护文学传统"堤坝"的梅光迪，都感受到来自美国"新潮流"的冲击。于是，二者开始了一场变革文学传统与守护文学传统的较量，并引发了随后"新青年—新潮派"与"学衡派"的群体对决。

面对"新潮流"来势的不同姿态

一个时代新的文学涌动、出现，必有一个先导和代表来引领。

1915 年 9 月 17 日，梅光迪（觐庄）要往哈佛大学师从文学批评家白璧德深造。临行前，胡适送他一首长诗，其中一句提及"新潮之来不可止"和"文学革命其时矣"：

> 梅生梅生毋自鄙！神州文学久枯馁，百年未有健者起。新潮之来不可止；文学革命其时矣！吾辈势不容坐视。且复号召二三子，革命军前杖马棰（沈按：手稿原文为"箠"，全集整理时改为"棰"），鞭笞驱除一车鬼，再拜迎入新世纪！以此报国未云菲：缩地戡天差可儗。梅生梅生毋自鄙！[1]

至 1916 年 7 月 24 日，梅光迪批评胡适，说他白话文主张，是"剽窃"欧美文学"新潮流"。8 月 21 日，胡适在日记中写道：我主张用白话作诗，友朋中很多反对的。其实人各有志，不必强同。我亦不必因有人反对，遂不主张白话……。新文学之要点，约有八事：（一）不用典。（二）不用陈套语。（三）不讲对仗。（四）不避俗字俗语。（五）须讲求文法。（六）不作无病之呻吟。（七）不摹仿古人。（八）须言之有物。[2]

他同时在 1916 年 8 月 21 日这一天致信《新青年》主编陈独秀，与其讨论文学革命之事。而梅光迪在致胡适信中却说：

> 文章体裁不同，小说词曲固可用白话，诗文则不可。今之欧美，狂澜横流，所谓"新潮流""新潮流"者，耳已闻之熟矣。有心人须立定脚根〔跟〕，勿为所摇。诚望足下勿剽窃此种不值钱之"新潮流"以哄国人也。
>
> 其所谓"新潮流""新潮流"者，乃人间之最不祥物耳，有何革新之可言？[3]

梅光迪列举的"新潮流"是指：文学上的未来主义、意象主义、自由诗；美术上的象征派、立体派、印象派；宗教上的波斯泛神教、基督教科学派、震教派、自由思想派、社会革命教会、星期天铁罐派。[4]

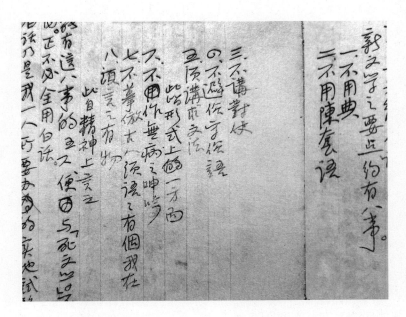

胡适《文学改良刍议》最初的"八事"内容，此为留在日记中的原稿影印件，选自胡适日记手稿

其中意象主义、自由诗，是梅光迪与胡适讨论文学革命交锋的重点，也是后来最有争议的问题。胡适与梅光迪诸友讨论文学革命的时间，恰是美国"意象派"诗人文学主张的讨论时期。1915 年 4 月，罗厄尔编辑出版一本《意象主义诗人》。在序言中，她把弗林特的三条规则和庞德的几个"不"改写成六条规则，这被后人视为意象派或印象派诗人宣言，又称"六戒"：

1. 运用日常会话的语言，但要使用精确的词，不是几乎精确的词，更不是仅仅是装饰性的词。

2. 创造新的节奏——作为新的情绪的表达——不要去模仿老的节奏，老的节奏只是老的情绪的回响。我们并不坚持认为"自由诗"是写诗的唯一方法。我们把它作为自由的一种原则来奋斗。我们相信，一个诗人的独特性在自由诗中也许会比在传统的形式中常常得到更好的表达，在诗歌中，一种新的节奏意味着一个新的思想。

3. 在题材选择上允许绝对的自由……

4. 呈现一个意象（因此我们的名字叫"意象主义"）……我们相信诗歌应该精确地处理个别，而不是含混地处理一般……

5. 写出硬朗、清晰的诗，决不要模糊的或无边无际的诗。

6. 最后，我们大多数人都认为凝炼是诗歌的灵魂。[5]

1916年底，胡适看到《纽约时报》的转载。他把这"六条规则"剪下，贴在12月份日记上，同时批注说："此派所主张，与我所主张，多相似之处。"[6] 胡适所说的"相似"，是因为他文学革命"八事"（后来改为"八不"）主张已经成熟，并已经寄回国内，将在1917年1月《新青年》上发表（《文学改良刍议》）。这说明胡适既把握了中国白话文学的历史发展趋势，又顺应了世界文学的发展潮流。美国文学"意象派"的"新潮流"，尽管只是诗歌上的"新潮流"，但对急于改革中国文学现状的胡适来说，却有积极的直接启发，使得他找到变革诗歌语言的突破口，进而引发整个文学革命。这也自然成为胡适立足中国文学现实（当时他尤其反对"南社"成员文学复古、拟古的"宗唐""宗宋"主张），借助晚清以来"白话文运动"高涨的推力，顺势创造性转化"意象派"主张，使之"聚化成了自己的文学革命理论"[7]。胡适事后说，他是被梅光迪等"逼上梁山"的。"民主""科学"的理念，借助"白话文学"的语言载体，得以广泛传播。后来，胡适把这一划时代的文学革命和文化运动，称为"中国的文艺复兴"。

与此同时，北京大学教授钱玄同也投身到新文化阵营，他在1917年1月20日的日记中写道："欲昌明本国学术，当从积极着想，不当从消极着想。旁搜博采域外之智识，与本国学术相发明，此所谓积极着想也，抱残守缺，深闭固拒，此所谓消极着想也。"[8] 紧接着，因陈独秀《文学革命论》的强力推动，"新文化运动"从白话新文学上获得重大突破。陈独秀反"载道"的文学思想革命，将胡适文体形式改良引向文化变革的前沿，进而形成一种具有强大发散力的文化运动。后来，胡适在《陈独秀与文学革命》一文中称道：

> 他这篇文章有可注意的两点：（一）改我的主张进而为文学革命；（二）成为由北京大学学长领导，成了全国的东西，成了一个严重的问题。他说庄严灿烂的欧洲是从革命来的，他高张文学革命军大旗，为中国文学开辟一个新局面，他有三大主义……这就是变成整个思想革命！
>
> 最后，归纳起来说，他对于文学革命有三个大贡献：
>
> 一、由我们的玩意儿变成了文学革命，变成三大主义。
>
> 二、由他才把伦理道德政治的革命与文学合成一个大运动。
>
> 三、由他一往直前的精神，使得文学革命有了很大的收获。[9]

随之，胡适与钱玄同、黎锦熙、刘半农、赵元任等联手，又在教育、文化界着实展开"国语运动"。以民主、科学为两大旗帜的《新青年》得到语言文学的变革工具，即"白话新文学"的助推，思想革命、文化革命与文学革命、国语运动合流，以"新文化运动"的态势在全国各地迅速蔓延。

1918 年 12 月 17 日，章士钊在北京大学二十周年纪念会上发表演说《进化与调和》。文稿刊登在《甲寅》周刊第 1 卷第 15 号上（章士钊1914 年在日本东京创办《甲寅》月刊，1925 年 7 月 18 日北京复刊改为周刊）。章士钊认为《甲寅》之初即是主张"调和立国论"。"愚意不如以调和诂化。既能为社会演进之实象。而与诸家之说。亦无乖迕。盖竞争之后。必归调和。互助亦调和之运用。创造不以调和为基。亦未必能行。精神生活。尤为折衷诸派之结论。""大学者号称学府者也。其中尤赖富于调和之精神。"章士钊甚至主张以"调和"解决一切问题："盖调和者进化自然之境也。所有意见。若者政治。若者文学。若者科学。若者宗教。祗须当时思想之所能及。均皆充其逻辑所赋之力。使之尽量发展。人人之所求者。真理而已。……各种科学。皆得在此调和之真基础上。奋力前进。相剂相质。而何病焉。吾国人不通此理。二千年来。习以儒术专制。至反乎所谓圣人之道者。一切废斥。今圣人之道之遭废斥者亦同。调和之理。诚吾人所亟宜讲也。"[10]

胡适不满章士钊"调和"之论，并在随后的文章中，高标他坚决反对"调和"的个人主张。他在 1919 年 12 月 1 日《新青年》第 7 卷第 1 号刊出《新思潮的意义》，说新思潮的根本意义只是一种新态度。这种新态度可叫作"评判的态度"。这种评判的态度在实际上表现出两种趋势，并成为新思潮的手段：研究问题、输入学理。新思潮对于旧文化的态度，在消极一方面是反对盲从，是反对调和；在积极一方面，是用科学的方法来做整理的功夫。新思潮的唯一发展路向："是再造文明。"[11]

任何新的运动，都会遇到来自不同方面的阻力。归国留学生参与创办的《民心》周报，首先对新文化运动展开批评。1919 年 12 月 6 日，《民心》周报在上海创刊发行。此刊由聂慎余兄弟和尹任先捐款，张幼涵（贻志）担当总编，吴宓是此刊的美国联络组稿人、发行人。主要作者有尹任先、张贻志、梅光迪、吴宓、君柔、峙冰、晓钟、刘云舫等。这个刊物一度关联在美留学生和归国学子。张幼涵毕业于麻省理工学院，1916 年袁世凯称帝时，他是美国波士顿地区留学生反袁组织"中国国防会"（"救国会"别名）会长。

1920 年 1 月 17 日，梅光迪的《自觉与盲从》，刊《民心》周报第

1卷第7期。梅光迪认为，现在中国的文化阶段，早已超越了改革物质文明的阶段，而居于精神文明改革的时代洪流中。在这个阶段，国内思想界领袖的变迁性压过保守性，而在短促的时间内经历如许变迁，思想浅陋是理势上的必然。他尤其不满京沪大量新出版物所谓顺应"世界潮流"的说法。他认为这些浅陋的西洋思想，多贩自日本。留学西洋者，大多年少而学未所成，其于西洋思想，多不能贯彻会通，也没有评判取舍之能力。这些"西洋思想"所产生的"世界潮流"，让国内之青年靡然从风，以顺应其学说，顺应其潮流，是有问题的。因此他"两耶一乎"，提出三点质疑：

> （一）现时吾国人之所谓世界潮流者，果为真正之世界潮流耶？
> （二）吾国人对于所乐道之各种主义，果能了解其实在价值，有取舍之能力耶？
> （三）现在吾国所流行之各种主义，果适用于吾国今日之社会乎？[12]

此时，胡适已经由文学革命转向新文学建设，提出并实践他文学的国语与国语的文学主张，无暇顾及梅光迪的这类批评文字。

新文化领袖人物陈独秀当即注意到新诞生的《民心》，他写了《告上海新文化运动的诸同志》，刊在 1920 年 1 月 1 日《时事新报·学灯》。他明确表示："我很希望在上海的同志诸君，除了办报以外，总要向新文化运动的别种实际的改造事业上发展……就以办报而论，也要注重精密的研究，深厚的感情，才配说是神圣的新文化运动……我们所希望的，持论既不谬，又加上精密的学理研究才好……某杂志骂倒一切书报，除研究自然科学的都是鼓吹谬论，又没有举点证据出来，固然是很糊涂，我恐怕他这样非科学的笼统论调，要生出向后反动的流弊，所以上面不得不稍稍辩驳几句；至于他主张'发表一篇文字都要有学理的价值'，胡适之先生不主张离开问题空谈学理，我以为拿学理来讨论问题固然极好，就是空谈学理，也比二十年前的《申报》和现在新出的《民心》报上毫无学理八股式的空论总好得多。"[13]据宗白华刊登在1920年1月3日《时事新报·学灯》上的《答陈独秀》一文所示，陈独秀这里所说的"某杂志"是指《少年中国》，[14]他在批评宗白华、魏嗣銮写给《少年中国》编辑的两封信时，顺便联系到《民心》周报。

1月23日，张东荪在"研究系"掌控的《时事新报》上刊发了《读"自觉与盲从"》。[15]张东荪表示自己的看法与梅光迪在《民心》上的文章"未尽相合"，同时也表示出对梅部分支持的态度，认为梅说出了一些真理，并赞同梅认为新思潮确实有浅陋一面的观点。张认为梅不是在"单调的反对新思潮"，呼吁大家都来当新思潮的诤友，而不是做媚友。张东荪认为当诤友的第一条件是提意见要具体，不可笼统，而梅就犯了这个笼统的错误。

若依照张东荪所说，此时，梅光迪的看法还只是犯了这个"笼统"的错误。那么，接下来，《学衡》所提出的问题就大大超过《民心》。这主要是《民心》周报内部发生了变化，其批评新文化的力量也随之减弱。1920年3月28日，吴宓在日记中记有："近接张幼涵君来信，知已卸去《民心》报总编辑职务。缘《民心》资本，由聂氏兄弟及尹君任先捐出。幼涵持论平允，不附和白话文学一流。聂慎余赴京，胡适、陈独秀向之挑拨，于幼涵漫加诟辱。聂氏兄弟与尹君，本无定见，为其所动，遂改以其戚瞿君为总编辑，而将幼涵排去。"[16]

4月13日，林语堂在哈佛大学致信胡适，尽管他此时所写的白话文还欠通顺，但意思清楚。他说："近来听见上海有出一种《民心》是反对新思潮的，是留美学生组织的，更是一大部分由哈佛造出的留学生组织的。这不知道真不真，我这边有朋友有那种印刊，我要借来看看。但是我知道哈佛是有点儿像阻止新思想的发原。"他读了胡适《尝试集》

自序后，对胡适说，梅光迪与胡适争论时所讲的许多问题，都是哈佛大学白璧德教授的东西。白璧德这个人对近代文学、美术，以及写实主义的东西，是无所不反对的。梅光迪师从白璧德研究几年，必然受到影响。"况且这其中未尝没有一部分的道理在里边。比方说一样，我们心里总好像说最新近的东西便是最好的，这是明白站不住的地位。但是这却何必拿他来同白话文学做反对。我也同 Prof. Babbitt 谈过这件事，好像他对尔的地位的主张很有误会。我碰见梅先生只有一次，不知道他到底是甚么本意；看尔那一篇里他的信，摸不出来他所以反对白话文学的理由。本来我想白话文学既然有了这相配有意识的反对，必定是白话的幸福，因为这白话文，活文学的运动，一两人之外，□□^[17]说，大多数人的心理，有意识中却带了许多无意识的分子，怎么都没有一个明确的文学理想。但是现在我想有意识的反对是没有的东西；所以反对的，不是言不由心，便是见地不高明，理会不透彻，问题看不到底。……我看见尔《新潮》《新青年》的长篇大论，真不容易呀！"[18]

虽然《民心》周报的第一波抗争出局，但持续高涨的新文学运动在东南大学，却遇到第二波强大的抗拒势力。1922 年 1 月《学衡》创刊，留美归来的梅光迪、吴宓、胡先骕等聚众祭旗，公开反对新文化，反对白话新文学，坚守古体诗词创作，成为钱玄同 1917 年即感知到的"从消极着想"。梅光迪在《学衡》第 1 期刊出《评提倡新文化者》，说陈独秀、胡适等"其言教育哲理文学美术，号为'新文化运动'者，甫一启齿，而弊端丛生，恶果立现，为有识者所诟病。"[19]。胡先骕在《学衡》第 1、2 期连载批评胡适的长文《评〈尝试集〉》，将其开新文学风气的作用一笔抹杀，说胡适"复撷拾一般欧美所谓新诗人之唾余"[20]，判定"《尝试集》之价值与效用，为负性的"[21]。胡先骕同时劝导青年不要"模仿颓废派"[22]，"今日新诗人创作新诗之方法错误"，说明"此路不通"[23]。

吴宓对新文学最为仇视，并在日记上有极端表现。留学期间，他看到北京大学的《新潮》杂志，便产生了强烈的敌视情绪[24]。他和梅光迪等相约，学成回国后与胡适、陈独秀等相对为垒，大战一场。他在3月4日日记中写道："宓归国后，必当符旧约，与梅君等，共办学报一种，以持正论而辟邪说。"[25]3月28日，吴宓在日记中记有："幼涵来书，慨伤国中现况，劝宓等早归，捐钱自办一报，以树风声而遏横流。宓他年回国之日，必成此志。此间习文学诸君，学深而品粹者，均莫不痛恨胡、陈之流毒祸世。张君鑫海谓羽翼未成，不可轻飞。他年学问成，同志集，定必与若辈鏖战一番。"[26]他对陈、胡的愤恨达到"其肉岂足食乎"[27]和"安得利剑，斩此妖魔，以拨云雾而见天日耶"[28]的程度。

吴宓在《学衡》第4期刊出《论新文化运动》[29]一文时，言辞有所收敛，谩骂之声隐去。胡先骕在1934年所刊《梅庵忆语》中说《学衡》杂志"刊行之后，大为学术界所称道，于是北大学派乃遇旗鼓相当之劲敌矣"[30]。《学衡》对新文化—新文学领导人的批评，具有挑战性和颠覆性，只可惜，如同胡适所说，文学革命过了讨论时段，进入创造收获期，反对党力单势弱，作为"语体文"的白话新文学，于1920年1月已经通过教育立法，进入小学一二年级课本。

胡适派文人牢牢掌握新文化运动话语权之时，也是其话语霸权形成之日。白话新文学作家风起云涌般的势头，也正显示出他们在报刊媒体上，已经争得到新文学的话语权。据当时在东南大学西洋文学系读书的胡梦华《评〈学衡〉》一文所示："《学衡》未面世以前，就有人鼓吹：《学衡》出版以后，对于现在的新文化运动要下一针砭，并养成一种反现在潮流的学风。"[31]"反现在潮流"的共同主张，体现出当时东南大学"学衡派"同人文化观念的一致性。

梅光迪、胡先骕、吴宓、刘伯明等人，在胡适派文人的话语霸权下，亮出一招绝地反击，他们批评胡适等新文化领导人导入中国的"新潮流"，并非欧美文化的正宗和精华，青年一代盲从，导致学风、校风败坏，学潮高涨，社会动乱。梅光迪致信胡适，要他对大学校风败坏和学潮负责，说"今之执政与今之学生皆为极端之黑暗（学生之黑暗，足下辈之'新圣人'不能辞其责焉）"[32]。他同时在《学衡》刊文《论今日吾国学术界之需要》，指责胡适误导了"吾国学术界"。胡先骕在《学衡》第 4 期上直言"今日教育之危急"。刘伯明在《学衡》连续发表《论学者之精神》（第 1 期）、《再论学者之精神》（第 2 期）、《论学风》（第 16 期），也有影射胡适的成分。"学衡派"同人此时明确地将白璧德"人文主义"旗帜高举，是有意抗衡、牵制胡适得自杜威"实验主义"的实用理性。他们以反现在潮流，牵制胡适派文人的文化激进，阻挡高涨的新潮流蔓延。

《学衡》出版发行后，立即招来新文学阵营重要人物的批评。1922 年 2 月 4 日，北京《晨报》有周作人署名"式芬"的文章《评〈尝试集〉匡谬》。9 日，鲁迅在《晨报》以"风声"为笔名发表《估〈学衡〉》。21 日，《时事新报》所附《文学旬刊》第 29 号刊出沈雁冰（茅盾）署名"郎损"的《评梅光迪之所评》。这是当时新文学阵营最具代表性的意见。而旧文学及学术阵营张謇、柳翼谋、黄侃、金毓黻等，则对《学衡》的言论持赞同意见，但多在通信或日记中，没有社会影响力。

当事人回忆自己的新式婚礼，真实再现了当时两派势力的交锋。1923 年 12 月 1 日，东南大学西洋文学系学生胡梦华与同班同学吴淑贞，在南京花牌楼中国青年会举行新式婚礼。胡传、胡适父子与胡梦华爷孙三代世交，胡适此时在南京讲学，应邀作证婚人。梅光迪、楼光来为男女双方介绍人，老师杨杏佛、柳翼谋、吴宓、李思纯到场。胡梦华的同学徐书简为主席。也正是这样一个难得的场面，使北大"新青年派"的胡适与东南大学"学衡派"的梅、吴、柳，有一次当面交锋的时机。胡梦华说，在青年会这个婚礼喜堂上，"吾家博士适之叔展出文学革命观点，梅、吴二师提出希腊大师苏格拉底、柏拉图、亚里斯多德以示当时名遍中国学术界的杜威、罗素二博士，未必青胜于蓝，更不足言后来居上。接着柳师还提出子不学的孟轲助阵，适之叔单枪匹马，陷入重围；

杏佛师拔刀相助，雄辩滔滔。事后，淑贞与我研究，认为他们雄辩引经据典，俱有根底，给我们婚仪添了佳话。吾家博士主张文学革命提倡白话，展开新风气。迪生老师坚持白话应提倡，但文言不可废，则是不朽之论"[33]。

柳诒徵《白门行》一诗中有"一时才俊如云集，大学分科号升级。梅光迪吴宓文艺振金声，缪凤林景昌极风标森玉立。谈天博士竺法兰竺可桢，杨云杨铨清辩如翻澜。张其昀陈训慈矻矻钩史籍，胡先骕邵潭秋眇眇张诗坛。梵夹旁参五天竺，秦书近括三神山。蹴踏杜威跨罗素，呵叱杨墨申孔颜。万言立就走四裔，百宝麔聚无一难（此述《学衡》及《史地学报》）"[34]。也专门提及此事。

柳诒徵在群聚南京的《学衡》社员 1924 年解散后，从学风上为《学衡》社员抗击新文化的行为作了一个评说。他在《送吴雨僧之奉天序》中说："梅子吴子同创杂志曰《学衡》以诏世。其文初出，颇为聋俗所诟病。久之，其理益章，其说益信而坚。浮薄怪谬者屏息不敢置喙，则曰，此东南学风然也。"[35]

与《学衡》反新文学、反新文化同时行进的，是东南大学柳诒徵和他学生创办的《史地学报》，他们以"信古"反对北京大学"古史辨"派的"疑古"。在双方论争中顾颉刚明确地认识到"这是精神上的不一致"[36]。钱玄同、魏建功都感到这是"我们的精神与他们不同的地方"[37]。魏建功还特别指出柳诒徵等人因"旧材料与旧心理"的缘故，阻碍了学术进步。由精神不同，到"我们"与"他们"群体对立，进而也就出现南北学术差异。这是北京大学新文化同人，从时代精神上为南北之争作出的解释。

1927 年 7 月 19 日，本年度留学美国学生选拔考试，在清华学校举行，吴宓主持的西洋文学门类中有范存忠、郭斌龢两人考取。吴宓对郭斌龢考中尤为高兴，他在日记中写道："而宓对于郭斌龢之录取，尤为喜幸，以吾党同志中，更多一有力之人矣。"[38]因为郭斌龢五年前自香港大学毕业回南京教书时，即与吴宓相识。据吴学昭整理、注释、翻译的《吴宓书信集》所示，"文革"期间审查郭斌龢与吴宓关系的"外调人员"，专程到重庆找过吴宓。事后，吴宓在 1969 年 12 月 24 日致郭斌龢信中说："兄到北京考取官费留学美国，宓时在清华主持考事。来查询之人员曰：'郭已承认：汝曾给予逾格之私助，俾郭得考取。'宓据实答曰：'宓仅告以希腊文一门，如何出题而已——即是由长篇希腊文译成英文，另作希腊文短句而已。'"[39]

1930 年 6 月 21 日，江泽涵写信告诉胡适美国留学生近况："还有一位郭斌龢君，他是同我同车到美国的。他的言论性情最与梅光迪先生相近，学问或者还高些。他当然是最痛恨你们。他回国后主办《学衡》杂志，并在东北教书。他在哈佛学拉丁文与希腊文，从 Irving Babbitt 学。他也许不去见你们（这里的东南大学的学生很有几位，很奇怪的是他们都反对白话文）。"[40]

此时，已经是国民党中央执行委员会批复，令教育部通饬全国中小学校在最短期间厉行国语教育四个月之后。通令说："前大学院曾经通令所属各机关，提倡语体文，禁止小学采用文言文教科书。这是厉行国语教育的第一步。第二步的办法，应由各该厅、局，一面遵照前令，切实通令所属各小学，不得采用文言教科书，务必遵照部颁小学国语课程暂行标准，严厉推行；一面转饬所属高中师范科或师范学校，积极的教学标准国语，以期养成师资，这是很紧要的。望各该厅、局查照办理。"[41]

胡适、陈独秀等在北京大学"拉帮"，梅光迪、吴宓等在东南大学"结派"。对于郭斌龢，吴宓直接称呼"吾党同志"。一个自由争鸣的文化时代，双方都在寻求并争取话语权。

在"学衡派"同人批评胡适及新文化领导人没有掌握正宗西方文化，更没有获得西学真谛后，胡适在 1926 年 7 月 10 日《现代评论》第 4 卷第 83 期发表《我们对于西洋近代文明的态度》，重申早在 1917 年写作博士论文时即表明的积极态度。他认为"拿证据来"是近世宗教的"理智化"，并具体呈现为以人为中心的"人化"和道德的"社会化"。最后，胡适在东西文明比较中，确立了自己对西洋近代文明的态度："这样充分运用人的聪明智慧来寻求真理以解放人的心灵，来制服天行以供人用，来改造物质的环境，来改革社会政治的制度，来谋人类最大多数的最大幸福，——这样的文明应该能满足人类精神上的要求；这样的文明是精神的文明，是真正理想主义的（Idealistic）文明，决不是唯物的文明。"[42]

在"学衡派"同人那里，理论和实践却是严重相悖。尽管吴宓在《学衡》杂志《简章》中标榜"总期以吾国文字，表西来之思想，既达且雅，以见文字之效用，实系于作者之才力。苟能运用得宜，则吾国文字，自可适时达意，固无须更张其一定之文法，摧残其优美之形质也"。但实际上，所谓"无须更张其一定之文法"即是拒绝白话文，拒绝使用教育部颁布的新式标点符号。吴宓主持《大公报·文学副刊》，他所撰写的《本副刊之宗旨及体例》中有这样一段表述："文学副刊之言论及批评，力求中正无偏，毫无党派及个人之成见……即对于中西文学，新旧道理，文言白话之体，浪漫写实各派，以及其他凡百分别，亦一例平视，毫无畛域之见，偏袒之私。"但实际上，刊物排斥白话文、白话新诗，也排斥新式标点符号。

1931 年 5 月 22 日，《大公报》万号特刊上刊出胡适《后生可畏——对〈大公报〉的评论》。胡适在文中称《大公报》为"中国最好的报纸"，同时也提出"有几个问题似乎是值得《大公报》的诸位先生注意的"：

　　第一，在这个二十世纪里，还有那［哪］一个文明国家用绝大多数人民不能懂的古文来记载新闻和发表评论的吗？

　　第二，在这个时代，一个报馆还应该依靠那些谈人家庭阴私的黑幕小说来推广销路吗？还是应该努力专向正确快捷的新闻和公平正直的评论上谋发展呢？

第三，在这个时代，一个舆论机关还是应该站在读者的前面做向导呢？还是应该跟在读者的背后随顺他们呢？[43]

张季鸾在《一万号编辑余谈》中明确表示"适之先生嫌我们不用白话，所以我们现在开始学著写白话文，先打算办到文语并用"。

《大公报》随后全面改用白话文，这标志着中国北方最大新闻媒体全面接受白话文。其虽晚于上海《申报》等大报刊媒体，但毕竟显示，胡适引领"国语运动"，又下一城。从中小学校教育到大众传媒，白话文及白话新文学占据绝对优势。梅光迪、吴宓、胡先骕等"学衡派"同人这时仍反对新文化，排斥新文学，拒绝使用白话文，是明显的语境错位，逆新文化大潮流、大趋势而艰难前行。其"消极"作用也十分显著。

激烈、改革与稳健、保守

"新潮流"流入中国后，对其持不同态度的双方，形成北京大学"新青年—新潮派"与东南大学"学衡派"。两方核心人物，就是当年在美国对立交战的胡适、梅光迪。有潮起就有潮落。"新潮流"过后，对其进行历史反思的学人，因所受教育背景的不同，或所处立场的缘故，就出现截然相反的意见。这里，我选取相对客观和富有学理的几种说辞。时间的历史性检验和空间的个体性体验，都有其相应的自足性和排他性。但在客观展示中，可以明晰"新潮流"流向的方位，以及所产生的发散效应。

1926年12月1日，钱基博在为《国学文选类纂》写《总叙》时，

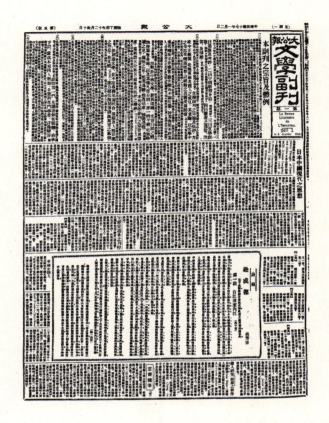

吴宓主编的《大公报·文学副刊》创刊号，选自南京大学图书馆

对民国初期学分南北的局面作出概括，首次从学理上提出"北大派"与"学衡派"之说，并分出两个不同的路向：

> 清廷既覆，革命成功，言今文者既以保皇变法，无所容其
> 喙；势稍稍衰息矣！而章氏之学，乃以大白于天下！一时北京
> 大学之国学教授，最著者刘师培、黄侃、钱玄同辈，亡虑皆
> 章氏之徒也！于是古学乃大盛！其时胡适新游学美国归，方
> 以誉髦后起讲学负盛名，……于是言古学者，益得皮傅科学，
> 托外援以自张壁垒，号曰"新汉学"，异军突起！……而新汉
> 学，则以疑古者考古……在欲考见"古之所以为古之典章文

物"……万流所仰，亦名曰"北大派"，横绝一时，莫与京也！独丹徒柳诒徵，不循众好，以为古人古书，不可轻疑；又得美国留学生胡先骕、梅光迪、吴宓辈以自辅，刊《学衡》杂志，盛言人文教育，以排难胡适过重知识论之弊。一时之反北大派者归望焉，号曰"学衡派"。世以其人皆东南大学教授，或亦称之曰"东大派"。然而议论失据，往往有之！又以东大内畔，其人散而之四方，卒亦无以大相胜！[44]

1928 年 5 月 21 日中午，胡适在南京出席全国教育会议后，应中央大学校长张乃燕之请，与蔡元培等到中央大学出席宴会。胡适在宴会上发表演说。他说了这样一段话："想中央大学在九年前为南高，当时我在北大服务。南高以稳健、保守自持，北大以激烈、改革为事。这两种不同之学风，即为彼时南北两派学者之代表。然当时北大同人，仅认南高为我们对手，不但不仇视，且引为敬慕，以为可助北大同人，更努力于革新文化。"[45]

胡适这里特别强调"当时北大同人，仅认南高为我们对手，不但不仇视，且引为敬慕，以为可助北大同人，更努力于革新文化"。1928 年 8 月 24 日，胡适门生罗家伦出任清华大学校长前夕，曾通过陈寅恪，向吴宓转达罗家伦对赵元任说的话：清华可留用吴宓，不以文言白话意见之相反而迫使吴宓离开清华。

但南京高师—东南大学的学者，却是另一种心态。前文所引吴宓在日记中表达出对胡适、陈独秀"豺狼当道""其肉岂足食"的极端言论；胡先骕在《评〈尝试集〉》时对胡适的"翻脔剔骼"和"讥弹"，都表现出他们十分敌对的立场。

1935 年，胡先骕为纪念南京高师二十周年所作《朴学之精神》一文，也有意从学术精神上分出南北人文主义与实验主义的不同路径。他说：

当五四运动前后，北方学派方以文学革命、整理国故相标榜，立言务求恢诡，抨击不厌吹求。而南雍师生乃以继往开来，融贯中西为职志。王伯沆先生主讲四书与杜诗，至教室门为之塞，而柳翼谋先生之作《中国文化史》，亦为世所宗仰，流风所被，成才者极众。在欧西文哲之学，自刘伯明、梅迪生、吴雨僧、汤锡予诸先生主讲以来，欧西文化之真实精神，始为吾国士大夫所辨认，知忠信笃行，不问华夷，不分今古，而宇宙间确有天不变道亦不变之至理存在，而东西圣人，具有同然焉。自《学衡》杂志出，而学术界之视听以正，人文主义乃得与实验主义分庭抗礼。

南雍精神不仅在提创科学也。文史诸科，名师群彦，亦一时称盛……

幸今日秉国钧者，知欲挽救国难，首在正人心，求实是，而认浮嚣激烈适足以亡国灭种而有余。于是一方提创本位文化，一方努力于建设事业。南雍师生二十年来力抗狂潮勤求朴学之精神，亦渐为国人所重视。吾知百世之下，论列史事者，于南雍之讲学，必有定评。[46]

中央大学史学教授金毓黻为《史学述林》写"题辞"时，在大历史观念下，有"俗语"与"雅言"之说，为新文化运动走向增添了新的解释：

尝谓吾国古今之学术，因长江大河之横贯，显然有南、北两派之差别。先秦诸子，孔、孟居北，而老、庄居南，儒、道二家，于以分途。魏、晋、南北朝之世，经学传授亦有南、北两派，颇呈瑰玮璀璨之光。至唐初《五经正义》成书，而其焰以息。清代学者初有汉、宋二派，继则经学家有古文、今文之分，宋学及古文学多属北派，而汉学及今文学多属南派，皆有显然之途轨可寻。史学亦然，廿载以往，北都学者主以俗语易雅言，且以为治学之邮，风靡云涌，全国景从。而南都群彦则主除屏俗语，不捐雅言，著论阐明，比于诤友，于是有《学衡》杂志之刊行。考是时与其役者多为本校史学科系之诸师，吾无以名之，谓为史学之南派，以与北派之史学桴鼓相闻，亦可谓极一时之盛矣。[47]

梅光迪在《人文主义和现代中国》《评〈白璧德——人和师〉》两篇文章中，把1920—1930年代"学衡派"反对"新潮流"及新文化的活动，视为中国的人文主义运动，他甚至说这是"儒家学说的复兴运动"。同时梅光迪也承认"这样的一次运动没有引起广泛的注意，得到公平的待遇"，是"因为缺乏创造性等因素"[48]，自然也是"中国领导人的失败"[49]。其失败原因有两点曾被我引述：

> 一是因为它与中国思想界胡适等新文化派，花了一代人的时间与努力想要建成和接受的东西完全背道而驰。二是因为他们自身缺乏创造性，甚至没有自己的名称和标语口号以激发大众的想象力。从一开始，这场运动就没能提出和界定明确的议题。领导人也没有将这样的问题弄清楚，或者只看到了其中的一部分。因此，它对普通学生和大众造成的影响不大。《学衡》的原则和观点给普通的读者留下的印象是：它只是模糊而狭隘地局限在一些供学术界闲时谈论的文史哲问题上。梅光迪的反思和总结与罗杰·斯克拉顿在《保守主义的含义》中所说的相通："因为，保守主义者缺乏明确的政治目标，因而无法提供任何能够激发大众热情的东西。"[50]

竺可桢在 1946 年 1 月 27 日梅光迪追悼会后所写的日记中，特别指出梅光迪的个性："关于迪生之为人有三点：（一）标准极高，（二）不求名利，（三）外冷而内富热情。其喜欢批评胡适之，亦以适之好标榜，而迪生则痛恶宣传与广告也。"[51] 这正是梅光迪反思自己作为领导人失败的原因之一，即"没有自己的名称和标语口号以激发大众的想象力"。对此，梁实秋之说更为简明："只是《学衡》固执的使用文言，对于一般受了五四洗礼的青年很难引起共鸣。"[52]

　　综合上述之说，我个人以为"他们自身缺乏创造性"和"固执的使用文言"是"失败"主因。在《学衡》杂志上，批评新文化—新文学的几篇重要文章出自梅光迪、胡先骕、吴宓之手，但他们无法提出富有创造性、建设性的具体意见。

　　胡适的激进与梅光迪的保守之战仍在继续。1927 年 2 月，胡适访问美国，梅光迪正在哈佛大学教汉语。因 1926 年在巴黎的一次误会（梅光迪请胡适吃饭，胡适负约，说自己临时忘记）惹恼梅光迪，致使他们连再坐到一起吃饭的机会也失去了。9 日，梅光迪致信胡适说："若你始终拿世俗眼光看我，脱不了势利观念，我只有和你断绝关系而已。……我的白话，若我肯降格偶尔为之，总比一般乳臭儿的白话好得多。但是我仍旧相信小说、戏剧可用白话；作论文和庄严的传记（如历史和碑志等）不可用白话。"[53] 梅光迪的朋友特别指明其英文比中文写得好。这里他说"我的白话，若我肯降格，偶尔为之，总比一般乳臭儿的白话好得多"，就具有戏剧表演性，因为他根本不写，也不会写白话文，更不可能"比一般乳臭儿的白话好得多"。他在 1930 年所作《人文主义和现代中国》一文中，承认自己在《学衡》创办伊始的言论是因为"心中的逆反情绪"[54]。这种"逆反情绪"的表演性展示，自然而然带有戏剧化倾向。

　　胡适的荣光使梅光迪显得生活黯淡。他眼高手低，没有写出学术著作。1945 年 12 月 27 日，梅光迪在贵阳病逝。31 日，竺可桢在日记中记有梅光迪"有不可及者三：（一）对于作人、读书，目标甚高，一毫不苟。如读书，必读最佳者，甚至看报亦然。最痛恶为互相标榜、买空卖空。不广告，不宣传。（二）其为人富于热情。……（三）不骛利，不求名，一丝不苟。……但因陈义过高，故曲高和寡。为文落笔不苟，故著述不富，但临终以前尚有著作之计划"[55]。作为与梅光迪复旦相识、哈佛同学（有一年同住一室），有着36年交情的竺可桢，在1946年1月29日日记中记有这样一事："迪生性甚孤介，一文不苟取，家境亦不裕，自然困顿终身，颇欲得一休假年，以执笔作文。当李天助去筑陪同看病，留筑二旬，将回时询迪生有何嘱托。迪生谓有数点要告校长，即本学期不能授课，希望支薪，且此项薪水，在告假期内支者，不扣除其应得一年休假之薪，同时希望继续由洽周代理。此自然是迪生病前一贯态度，以为其不致即去世，亦不自知其病在垂危也。此次星期六在团契，星期日在龙王庙，李医生均报告此数语，而梅太太又告允敏，欲得迪生应可休假一年之薪俸，不知迪生死后与迪生生前之言情形完全不同，安能死人而可告假而可代理耶！"[56]30日，竺可桢专门给教育部常务次长杭立武写信，"为迪生请一年休假金，此实无法可给，但请渠另设法耳"[57]。

梅光迪厌恶胡适"好标榜"，而他自己却陷入另一种"逆反情绪"下保守的戏剧化表演姿态。所谓保守主义者"戏剧化表演姿态"，即假戏真做，弄假成真或言行不一，名实逆差。

作为"学衡派"主要成员，同时也是将《学衡》文化精神延续到台湾的张其昀，在1960年12月25日为《中华五千年史》写的《自序》中，站在"三民主义"的立场上，对新文化运动有尖锐批评。他说："新文化运动很多治史学的人，但他们把史学狭窄化，甚至只成为一种史料学，他们往往菲薄民族主义，以民族主义为保守，这是错误的。历览前史，惟有民族主义才是国家民族继继绳绳发荣滋长的根本原因。当时南京高师，就学风而言，的确有中流砥柱的气概。……中国文艺复兴的真正种子，不是所谓新文化运动，而是国父所创造的三民主义。"[58]
他这番话明显是针对胡适、傅斯年、顾颉刚而发的。

以文学革命为先导的"新潮流"，极大地促进、推动了思想革命和社会变革。中华民族在追求自立、强盛、福祉的路径上，已经迈步百年，民主、科学精神开拓出和平渐进式改革的明确路向，特别是白话新文学和国语运动带来语言工具的进步，极大地影响了每个中国人的思想和实际社会生活。《学衡》"反现在潮流"的稳健、保守，事实上起到了另一种作用，即以理性精神，制衡、牵制"新青年—新潮派"激进、革

清华大学校园内王国维纪念碑拓片

　　　　　　　　　　　古典与现代：民国大学的潮与岸

命及个性过分膨胀所导致的文化失范。批评、监督和制衡的积极作用，在于使新文化运动行进于更加稳健、正确的轨道。容忍批评、争论，吸纳不同意见，是五四一代启蒙思想家的胸襟，也是改革者应有的责任担当。胡适后来自由主义思想成熟的标志性内涵中，就是容忍批评反对意见，和平渐进的改革（1947年他在《自由主义》一文中提出自由主义的四个基本原则：自由、民主、和平渐进的改革、容忍反对党）。可以说，在中华民族文化复兴的大方向上，研究问题、输入学理、整理国故、再造文明的"新青年—新潮派"与昌明国粹、融化新知的"学衡派"是一致的。特别是政治上的自由主义，是两派思想的共识。

大方向行进中的同一性、一致性，并不能掩盖其中文化冲突的矛盾性，和长期存在于纷争中的宗派性。即胡适将"新潮流"导入中国，与正在高涨的新文化运动交融后，出现北京大学"新青年—新潮派"积极响应，与东南大学"学衡派"消极抵抗两大势力的对决，进而形成实验主义与人文主义的精神路径，激烈、改革与稳健、保守的两大"学统"及"学分南北"的局面。"新青年—新潮派"知识分子群体政治上的自由主义与文化上激进主义，"学衡派"知识分子群体政治上的自由主义与文化上保守主义，将在同一政治体制和文化空间内共存共进。

我在不同讲课场合时强调，1918年—1922年徐世昌出任大总统期间，是民国最为自由的年代，标志性事件：白话新文学运动、五四运动、男女同校、自由恋爱、共产党诞生。

随后，文化激进主义和文化保守主义，都受到民族危急时刻迅速高涨的极端民族主义和党派政治绑架。《新青年》有更激进的政治转向，成为中国共产党的党派刊物，又很快停刊；《学衡》坚持十三年，停刊后，其在南京中央大学的"学衡派"成员创办《国风》，转向倡扬民族主义。抗战时期八位"学衡派"主要成员聚集浙江大学，他们创办《思想与时代》，转向关注多民族国家统一与重建的问题。而始终能够坚守"独立之精神、自由之思想"者，则成为极少数。

庐山陈寅恪夫妇墓地，"独立之精神、自由之思想"为黄永玉书，图为胡宗刚先生提供

注释：

[1]胡适：《四十自述》，季羡林主编《胡适全集》第18卷第104页。

[2]胡适：《留学日记 卷十四》，季羡林主编《胡适全集》第28卷第439页。

[3]胡适：《留学日记 卷十四》，季羡林主编《胡适全集》第28卷第421—422页。

[4]胡适：《留学日记 卷十四》，季羡林主编《胡适全集》第28卷第422页。

[5]胡适日记整理本中，粘贴有"印象派诗人的六条原理"。胡适：《留学日记 卷十五》，季羡林主编《胡适全集》第28卷第495—496页将其中译。本文引用裘小龙的中文译本。彼德·琼斯编、裘小龙译《意象派诗选》第158—159页，漓江出版社，1986。

[6]《胡适留学日记》(《胡适札记》手稿本）第 13 册第 22 页，上海人民出版社，2015。

[7]沈卫威：《传统与现代之间——寻找胡适》第 199 页，河南大学出版社，1994。

[8]杨天石主编《钱玄同日记》(整理本）上册第 303 页，北京大学出版社，2014。

[9]胡适：《陈独秀与文学革命》，季羡林主编《胡适全集》第 12 卷第 231-232 页。

[10]孤桐：《进化与调和》，《甲寅》周刊第 1 卷第 15 号。

[11]胡适：《新思潮的意义》，季羡林主编《胡适全集》第 1 卷第 699 页。

[12]梅铁山主编、梅杰执行主编《梅光迪文存》第 65-66 页，华中师范大学出版社，2011。

[13]此处原文资料由专门研究"'研究系'与新文化运动"的陈捷博士提供。据《宗白华全集》第 1 卷第 154-155 页校对。本文未收入《独秀文存》，作为附录收入林同华主编《宗白华全集》第 1 卷第 149-155 页，安徽教育出版社，1994。

[14]林同华主编《宗白华全集》第 1 卷第 143 页。

[15]此处原文资料由专门研究"'研究系'与新文化运动"的陈捷博士提供。

[16]吴宓：《吴宓日记》第二册第 144 页，生活·读书·新知三联书店，1998。

[17]沈注：无法辨认的字。

[18]耿云志主编《胡适遗稿及秘藏书信》(手稿本）第 29 册第 313-315 页，黄山书社，1994。

[19]梅铁山主编、梅杰执行主编《梅光迪文存》第 132-137 页。

[20]张大为、胡德熙、胡德焜合编《胡先骕文存》(上卷）第 26

页，江西高教出版社，1995。

[21]张大为、胡德熙、胡德焜合编《胡先骕文存》（上卷）第59页。

[22]张大为、胡德熙、胡德焜合编《胡先骕文存》（上卷）第59页。

[23]张大为、胡德熙、胡德焜合编《胡先骕文存》（上卷）第59页。

[24]吴宓:《吴宓日记》第二册第90-91页。

[25]吴宓:《吴宓日记》第二册第134页。

[26][27]吴宓:《吴宓日记》第二册第144页。

[28]吴宓:《吴宓日记》第二册第152页。

[29]初刊《留美学生季报》第8卷第1号（1921年春季号），1922年4月《学衡》第4期转载。

[30]胡宗刚撰:《胡先骕先生年谱长编》第82页，江西教育出版社，2008。

[31]胡梦华、吴淑贞合著:《表现的鉴赏》第143页，1984年自费再版本（台湾）。

[32]梅铁山主编、梅杰执行主编《梅光迪文存》第550-551页。

[33]胡梦华:《重印〈表现的鉴赏〉前言》，胡梦华、吴淑贞:《表现的鉴赏》，1984年自费再版本（台湾）。

[34]据南京大学历史系武黎嵩博士提供的《劬堂诗存》整理稿。

[35]柳诒徵:《送吴雨僧之奉天序》,《学衡》第33期（1924年9月）。又见吴宓:《吴宓诗集·辽东集》第1页，中华书局，1935。

[36]顾颉刚:《答柳翼谋先生》，刊《北京大学研究所国学门周刊》第15、16期合册（1926年1月27日）。

[37]魏建功:《新史料与旧心理》，刊《北京大学研究所国学门周刊》第15、16期合册（1926年1月27日）。

[38]吴宓:《吴宓日记》第三册第 374 页,生活·读书·新知三联书店,1998。

[39]吴学昭整理、注释、翻译:《吴宓书信集》第 422-423 页。

[40]耿云志主编《胡适遗稿及秘藏书信》(手稿本)第 25 册第 159-160 页。

[41]胡适:《日记 1930 年》,引自季羡林主编《胡适全集》第 31 卷第 604-605 页粘贴剪报。报纸为 1930 年 2 月 3 日《民国日报》。

[42]胡适:《我们对于西洋近代文明的态度》,季羡林主编《胡适全集》第 3 卷第 13 页。

[43]胡适:《后生可畏——对〈大公报〉的评论》,季羡林主编《胡适全集》第 21 卷第 452 页。

[44]钱基博著、傅宏星编校《国学文选类纂》第 11-12 页,华东师范大学出版社,2010。

[45]胡适:《日记 1928 年》,季羡林主编《胡适全集》第 31 卷第 117 页。第 20 卷第 108 页又收录此演讲词,文字上略有出入。

[46]胡先骕:《朴学之精神》,《国风》第 8 卷第 1 号(1936 年 1 月 1 日)。

[47]金毓黻著:《金毓黻文集》,编辑整理组校点《静晤室日记》第 6 册第 4629 页,辽沈书社,1993。

[48]梅铁山主编、梅杰执行主编《梅光迪文存》第 186 页。

[49]梅铁山主编、梅杰执行主编《梅光迪文存》第 243 页。

[50]沈卫威:《"学衡派"谱系——历史与叙事》第 455-456 页。

[51]竺可桢:《竺可桢全集》第 10 卷第 27 页。上海科技教育出版社,2006。

[52]梁实秋:《影响我的几本书》,《中华散文珍藏本·梁实秋卷》第 133-134 页,人民文学出版社,2001。

[53]梅铁山主编、梅杰执行主编《梅光迪文存》第 552-553 页。

[54]梅铁山主编、梅杰执行主编《梅光迪文存》第187页。

[55]竺可桢:《竺可桢全集》第9卷第600页,上海科技教育出版社,2006。

[56]竺可桢:《竺可桢全集》第10卷第29-30页,上海科技教育出版社,2006。

[57]竺可桢:《竺可桢全集》第10卷第30页。

[58]张其昀:《中华五千年史·自序》,《张其昀先生文集》第20册第10837-10838页,(台北)中国文化大学出版部,1989。

第四章

旧学新知

"国语统一"是现代统一多民族国家文化建设的重要标志，恰如统一货币和度量衡那样重要。据"国语统一"运动亲历者黎锦熙 1934 年出版的《国语运动史纲》所示，"国语运动"开始于 1897 年，与商务印书馆开幕、湖南时务学堂创办同时。先知者的宣传，当属《时务报》1896 年 11 月刊出的《沈氏音书序》（梁启超著），文中提出"此后吾中土文字，于文质两统可不偏废，文与言合，而读书识字之智民可以日多矣"[1]。即随后所谓的"言文一致"。当时虽无"国语"之说，但重视"白话"言论和"诗界革命"、"小说界革命"的呼声里，都蕴含着对新思想和新文体的期待。裘廷梁在《论白话是维新之本》一文中，把中国不富强的原因归结为"此文言之为害矣"[2]。黄遵宪主张"我手写吾口"[3] 和梁启超的"新文体"，为诗体解放和文体解放，开启一条尝试之路。随后，才有吴汝纶在 1902 年叫出"国语统一"[4] 的口号。

　　1903 年，直隶大学堂学生王用舟、何凤华、刘奇峰等上书直隶总督袁世凯[5]，请他奏明皇上，颁行官话字母，设普通国语学科，以开民智而救大局事的请求，也是年轻学子寻求变革的心声。

　　语言变革，迎来文学革命的好时机，火借风势，风助火威。

文学革命的推动

　　1912 年中华民国政府由南京北迁后，教育总长蔡元培便着手准备成立"读音统一会"。12月，教育部成立"读音统一会筹备处"，由吴敬恒（稚晖）任主任，并制定读音统一会章程八条。章程确立了读音统一会职责，就是要审定每一个字的标准读音作为"国音"。同时议定各省两名代表，蒙、藏和华侨各一名，专家若干人。1913年2月15日—5月22日，语音统一大会在北京召开，审定生字读音和注音字母。[6]

1915年，教育总长张一麐（公绂），呈请袁世凯批准设立注音字母传习所（所长王璞），希望能够"借语言以改造文字，即借文字以统一语言；期以十年普及全国"[7]。

同时，"文学革命"问题，开始在留美学生胡适、梅光迪等人中引起讨论。国内以《甲寅》派政论家黄远庸（远生）的主张最为明确。他在为梁漱溟《晚周汉魏文钞》写的序言和《新旧思想之冲突》《致〈甲寅〉杂志记者》等文章中指出，"欲发挥感情，沟通社会潮流，则必提倡新文学"[8]；"欲浚发智虑，输入科学，综事布意，明白可观，则必提倡一种近世文体"[9]。特别是他《致〈甲寅〉杂志记者》的信，被胡适称之为"中国文学革命的预言"[10]。

1916年10月，黎锦熙、汪懋祖、朱文熊、彭清鹏等在京人士成立"中华国语研究会"。[11]1917年12月11日，黎锦熙、陈颂平、董茂堂等国语研究会成员，与北京大学国文门研究所国语部沈尹默、钱玄同、刘半农、朱希祖、胡适等联合，在国史编纂处讨论国语统一之事，国语研究会会长、北京大学校长蔡元培出席指导。[12]

1917年1月，胡适在北京大学文科学长陈独秀主持的《新青年》上刊出掀起文学革命浪潮的《文学改良刍议》，并极大地引发全社会的文化变革，同时也迅速推进国语运动的展开。胡适随之被推到国语统一和文学革命的潮头。

1918年4月15日，胡适在《新青年》第4卷第4号上发表《建设的文学革命论——国语的文学·文学的国语》，他强调，自己在《文学改良刍议》中所提出的"八不主义"，都是从消极的、破坏的一方面着想：

（一）不做"言之无物"的文字。（二）不做"无病呻吟"的文字。（三）不用典。（四）不用套语滥调。（五）不重对偶——文须废骈，诗须废律。（六）不做不合文法的文字。（七）不摹仿古人。（八）不避俗话俗字。[13]

现在，胡适把这"八不主义"都改为肯定的口气，又作出四条概括：

（一）要有话说，方才说话。（二）有什么话，说什么话。话怎么说，就怎么说。（三）要说我自己的话，别说别人的话。（四）是什么时代的人，说什么时代的话。[14]

胡适明确强调，他所提倡的文学革命，只是要替中国创造一种国语的文学。有了国语的文学，方才可有文学的国语。要达到目标，就必须依照这个完备的方案（节录）：

（一）工具：多读模范的白话文学；用白话作各种文学。

（二）方法：

（1）集收材料的方法：推广材料的区域；注意实地的观察和个人的经验；要用周密的理想作观察经验的补助。（2）结构的方法：剪裁；布局。（3）描写的方法：写人；写境；写事；写情。（4）翻译西洋文学：只译名家著作，不译第二流以下的著作；全用白话韵文之戏曲，也都译为白话散文。

（三）创造。[15]

黎锦熙在《国语运动史纲》一书中特别强调，胡适"这篇文章发表后，'文学革命'与'国语统一'遂呈双潮合一之观"[16]。

1918 年 11 月 23 日，教育部以总长傅增湘（沅叔）名义，颁布《教育部令第七五号》，正式公布注音字母。

时值 1919 年，"国语统一"、"言文一致"运动和《新青年》的"文学革命"运动完全合流，仅"国语研究会"会员就增加至九千八百零八人[17]。1920 年，"国语研究会"会员达一万二千人。1921 年，"国语研究会"在上海成立支部。1922 年，"国语研究会"出版了会刊《国语月刊》。1925 年 6 月 14 日，钱玄同与黎锦熙主编《京报》副刊之一《国语周刊》创刊发行。与此同时，新文学阵营的文学社团大量涌现，文学刊物也如雨后春笋。

教育部为国语立法

胡适因首倡文学革命，被北洋政府教育部聘为"国语统一筹备会"成员。这是他由文学革命向"国语统一"和国语教育渗透所迈出的关键一步。为此，胡适十分积极地为"国语统一"献计献策。1919 年 11 月 29 日，他为"国语统一筹备会"起草了标点符号议案修正新案[18]。这份由马裕藻、周作人、朱希祖、刘复、钱玄同、胡适作为"提议人"，并由胡适最后修正的《请颁行新式标点符号议案（修正案）》，在 1920 年 2 月以《教育部通令采用新式标点符号文》为名，作为"训令第 53 号"发出。训令称这是"据国语统一筹备会函送新式标点符号全案请予颁行等因"而颁发。[19]

1919 年 11 月 30 日，胡适开始为"国语统一筹备会"起草议案。[20] 12 月 21 日，继续为"国语统一筹备会"谋划。[21]1920 年 5 月 21 日—24 日，"国语统一筹备会"在北京召开大会。作为"国语统一筹备会"大会主席，胡适的号召力很强，在他主持下，各项议案得以顺利通过。

[22] 依照章程，此次会议上推举张一麐为会长，袁希涛、吴敬恒为副会长。

其中，马裕藻、周作人、朱希祖、刘复、钱玄同、胡适等提出的《国语统一进行方法》议案中有"改编小学"课本，理由是"统一国语既然要从小学校入手，就应该把小学校所用的各种课本看作传布国语的大本营；其中国文一项，尤为重要。如今打算把'国文读本'改作'国语读本'"[23]。

这项 1919 年底已经议定的议案，先行由"国语统一筹备委员会"组织委员会呈报施行。1920 年 1 月 24 日以代理教育总长（教育次长代理部务）傅岳棻（治芗）名义，发出《教育部令第七号》，通令全国各国民学校先将一二年级国文改为语体文：

> 案据全国教育会联合会呈送该会议决《推行国语以期言文一致案》，请予采择施行；又据国语统一筹备会函请将小学国文科改授国语，迅予议行各等因到部。查吾国以文言分歧，影响所及，学校教育固感受进步迟滞之痛苦，即人事社会亦欠具统一精神之利器。若不急使言文一致，欲图文化之发展，其道无由。本部年来对于筹备统一国语一事，既积极进行，现在全国教育界舆论趋向，又咸以国民学校国文科宜改授国语为言；体察情形，提倡国语教育实难再缓。兹定自本年秋季起，凡国民学校一二年级，先改国文为语体文，以期收言文一致之效。合亟令行该□转令遵照办理可也。[24]（沈按：原引文中□，保留）

胡适认为"这个命令是几十年第一件大事。他的影响和结果，我们现在很难预先计算。但我们可以说：这一道命令把中国教育的革新至少提早了二十年"[25]。

同日发出的《教育部令第八号》，通令全国改小学"国文"科为"国语"科，"首宜教授注音字母，正其发音。次授以简单语词语句之读法、书法、作法。渐授以篇章之构成。并采用表演、问答、谈话、辩论诸法，使练习语言。读本宜取普通语体文，避用土语，并注重语法之程序。其材料，择其适应儿童心理并生活上所必需者用之"。[26]

这也就实现了基督教北长老会传教士狄考文（Calvin Wilson Mateer 1836—1908）1896 年在《官话读本》第一版前言中的预见："总有一天，丰富、准确、高雅的官话会成为中国流行的口语和书面语言。"[27]

同年 4 月，教育部召集各省有志研究国语者，在北京开办国语讲习所。胡适在这里面讲演十多次。他在为这个讲习所《同学录》写的序言中强调："推行国语便是定国语标准的唯一方法；等到定了标准再推行国语，是不可能的事。"[28]

此后，胡适被聘为中小学十一年学制方案起草人。[29]

所以，钱基博在 1933 年初版、1936 年增订版的《现代中国文学史》中明确指出："一以'国语的文学，文学的国语'十字为宣传，是则适建设的文学之树以为鹄者也。于是教育部以民国九年颁'小学课本改用国语'之令；而白话文之宣传，益得植其基于法令焉。"[30]

随之，胡适有意识地将国语由小学教育、大学教育试验、整理国故和新文学作家的文学创作尝试，做一整合，并推向整个国民教育。他试图将文学的雅俗、教育的长幼、学术的新旧完全打通，以求新文化运动状态下全社会动员。在 1921 年 8 月 5 日演讲《国语运动与国语教育》时，他有如此明确的思路：

一、国语运动：

（1）白话报时代：以白话为"开通民智"的利器。

（2）字母时代：以简字或拼音文字为不识字人求知识的利器。

（3）读音统一会：谋国语的统一，作注音字母。

（4）国语研究会：①推行注音字母。②以国语作教科书。

（5）国语文学的运动：以前皆以国语为他们小百姓的方便法门，但我们士大夫用不着的，至此始倡以国语作文学，打破他们与我们的区别。以前尚无人正式攻击古文，至此始明白宣言推翻古文。

（6）联合运动：今日与今后。

二、国语教育：

（1）国语不止是注音字母。

（2）国语教育不单是把文言教科书翻成白话。

（3）国语教育当注重"儿童的文学"，当根本推翻现在的小学教科书。卢骚说，"教育儿童不可图节省时间，当糟蹋时间。"此意最宜注意。[31]

国语统一运动还有一股重要推动势力，是北京几位大学教授组成的"数人会"。1925 年 9 月 26 日，有志于研究国音与国语的黎锦熙、刘复、林语堂、赵元任、钱玄同、汪怡六人，组成"数人会"。相约每月开会一次，每人担任轮值主席，拿一个问题来讨论。[32] 其中汪怡对注音和速记贡献尤多。

至 1926 年，教育部国语统一筹备会布告，决定推行由王璞、赵元任、钱玄同、黎锦熙、汪怡、白镇瀛（字涤洲）为起草委员所修订的国语标准音，即以北京语音为标准，罗马字母辨认拼切。[33]

"国语统一"与"文学革命"合流之后所带来的巨大变化，显现在小学、中学和大学教育的各个层面，同时也带动图书出版、报刊传媒的迅猛发展。一切都呈现出崭新面貌。仅就大学中文系文学课程、语言课程建设而言，北京大学、北京高师、清华学校（大学）的教授们贡献最大，并由此带动起方言调查、歌谣搜集整理。与随之而起的殷商考古、敦煌文献整理、明清大内档案整理和方言调查，共同形成语言学研究中"文献整理＋田野调查"的学术研究模式，将传统"小学"（文字、音韵、训诂）研究，提升到参与民族国家重建过程中的文化支柱地位，使得科学落后的中国，因自身人文学术研究崛起，而能参与世界文明"对话"。北京大学也因此确立了文学研究、语言学研究百年来的绝对优势。

时值 1935 年 8 月 3 日，教育部第一〇五一八号部令公布《教育部国语推行委员会规程》[34]，进一步明确了 1935 年 7 月 18 日部令"国语推行委员会"上承 1913 年 2 月 15 日"读音统一会"、1919 年 4 月 21 日"国语统一筹备会"、1928 年 12 月 12 日"国语统一筹备委员会"，将国语推行列为教育部常规工作。

新旧势力搏击

"国语统一"和"文学革命"合流的历史进程中，也遭遇了反对之声。因为"思想解放即从文字的解放而来；解放之后，新机固然大启，就是一切旧有的东西，都各自露其本来面目"。[35] 反对派林纾，当时就以文化贵族式的傲慢与偏见，对"文学革命"发出谩骂，引起新文化阵营的强力反攻。他的这种反对力量，客观上反而加速了"国语统一"和"文学革命"的进程。

1922 年 1 月，东南大学的《学衡》杂志，向胡适及新文学、新文化运动开火。1924 年 11 月北京临时政府成立后，代表反"国语"势力的章士钊到京就任司法总长，并于次年 4 月 15 日兼任教育总长，他与同人以《甲寅》摆出"虎阵"，成为"国语运动的拦路虎"[36]。一时间，反对力量，形成南北夹击新文学和国语运动的声势。针对反"国语"、反"新文学"势力，胡适坦然应对。他 1922 年所著《五十年来中国之文学》一文认为文学革命不仅大胜，而且已经过了讨论时期，进入创作的试验和收获期，"反对党已经破产"[37]。黎锦熙说他们新文化阵营，应对反对势力的联合作战计划，布出了三道防线：白话文、国语教科书（包括一切国语读物）、教育法令。黎锦熙认为白话文，是第一道防线，"担任的军队是急先锋的新文学家、不曾落伍的教育界、受了训练的青年们。总司令胡适之（胡先生担任这路总司令，并不是谁派的，也不是大家推举的，尤不是他自己要干的，乃是敌军只认他为总司令）"[38]。因为《学衡》《甲寅》的火力，就是直接对准他发的。

这时，出阵迎敌的先锋大将，仍是钱玄同。当年，文学革命初澜，他欲置"选学妖孽""桐城谬种"于死地；如今，则在《京报》上创办《国语周刊》，作为"大家发表关于国语的言论机关"和与敌人交火的阵地。《国语周刊》发刊辞中有这样的表述：

1．我们相信这几年来的国语运动是中华民族起死回生的一味圣药，因为有了国语，全国国民才能彼此互通情愫，教育才能普及，人们的情感思想才能自由表达。所以我们对于最近"古文"和"学校的文言文课本"阴谋复辟，认为有扑灭它之必要；我们要和那些僵尸魔鬼决斗，拼个你死我活！

2．我们相信正则的国语应该以民众的活语言为基础，因为它是活泼的，美丽的，纯任自然的，所以我们对于现在那种由古文蜕化的国语，认为不能满足；我们要根据活语言来建立新国语。

3．我们相信中华民族今后之为存为亡，全靠民众之觉醒与否；而唤醒民众，实为知识阶级唯一之使命。……讲到唤醒民众，必须用民众的活语言和文艺，才能使他们真切地了解。……[39]

《国语周刊》先是作为《京报》副刊之一种出版。自 1925 年 6 月

14 日—12 月 27 日，共出版 29 期。1926 年 4 月，《京报》也被张作霖查封停刊。1931 年 9 月 5 日，《国语周刊》又作为《世界日报》的副刊新出第一期。以后一直出到 300 期（1937 年 7 月）。[40] 抗战期间，因北平师范大学等高校迁至汉中，合建西北联合大学，黎锦熙将《国语周刊》在陕西南郑复刊（1941 年 3 月 8 日），1944 年 1 月改在甘肃兰州出版，又相继出版发行 60 期（1941 年 3 月 8 日—1946 年 5 月 10 日）。

1925 年 9 月 2 日，钱玄同在为顾颉刚编选的《吴歌甲集》所写序言中，明确指出："国语应该具有三个美点：活泼，自由，丰富。"他说自己有"国语热"，所以连带着有"国语文学热"。"我极相信文学作品对于语言文章有莫大的功用，它是语言文章的血液。语言文章缺少了它，便成了枯槁无味的语言文章：低能儿的语言。"国语文学应当用"真的活人的话语"来做。[41]

三年前，《学衡》出来反对新文学与新文化时，鲁迅、周作人有积极回击。吴宓、梅光迪、胡先骕、柳诒徵、胡梦华的言论，都引起了周氏兄弟的尖锐批评。鲁迅（署名"风声"）在《晨报副镌》上的文章就有：《估〈学衡〉》（1922 年 2 月 9 日）、《"一是之学说"》（1922 年 11 月 3 日）、《对于批评家的希望》（1922 年 11 月 9 日）、《反对"含泪"的批评家》（1922 年 11 月 17 日）。

同年，周作人以"式芬"为笔名在 2 月 4 日《晨报副镌》和 2 月 13 日《时事新报·学灯》上发表《〈评尝试集〉匡谬》（胡适在日记中认为周文持中、公正）。2 月 12 日周作人又以"仲密"为笔名，在《晨报副镌》刊出《国粹与欧化》，反对梅光迪关于模仿的主张。4 月 23 日《晨报副镌》又刊出周作人（仲密）《思想界的倾向》，悲观地说："现在思想界的情形……是一个国粹主义勃兴的局面；他的必然的两种倾向是复古与排外。"因仲密文章中提到《学衡》，所以，胡适在 27 日《晨报副镌》上刊出《读仲密君〈思想界的倾向〉》一文，作针对性回应。他说梅光迪、胡先骕"不曾趋时而变新，我们也不必疑他背时而复古"，

"知道梅、胡的人，都知道他们仍然是七八年前的梅、胡。他们代表的倾向，并不是现在与将来的倾向，其实只是七八年前——乃至十几年前——的倾向。不幸《学衡》在冰桶里搁置了好几年，迟到一九二二年方才出来，遂致引起仲密君的误解了"[42]。

随后，周作人又变换笔名，在《晨报副镌》上刊登多篇批评文章。沈雁冰针对梅光迪及其他"学衡派"同人，也有多次尖锐的批评。[43]鲁迅和胡适的态度相似，不屑同复古势力和反对新文学的章士钊等再战。他在给《国语周刊》主编钱玄同的信中说道："此辈已经不值驳诘，白话之前途，只在多出作品，使内容日见充实而已。"[44]同时，在1925年8月28日《莽原》周刊第19期上刊发《答KS君》中，再次强调，"因为《甲寅》不足称为敌手，也无所谓战斗"；"倘说这是复古运动的代表，那可是只见得复古派的可怜，不过以此当作讣闻，公布文言文的气绝罢了"[45]。

大学学科建设的差异性

从传统经、史、子、集"四部"，经晚清到民国初年教育部《大学令》（1912年10月24日）确立大学文、理、工、法、商、医、农"七科"。[46]第二年，《教育部令第一号》（1913年1月12日）的《大学规程》第二章《学科与科目》，又将文学门分为国文学（中国文学）、外国文学、言语学。中国文学系在文科建制中也日趋独立。

大学文科之科目中，文学门又分为八类，其中，国文学类课程分为：

一、文学研究法	二、说文解字及音韵学
三、尔雅学	四、词章学

五、中国文学史 　　　　　　六、中国史

七、希腊罗马文学史 　　　　八、近世欧洲文学史

九、言语学概论 　　　　　　十、哲学概论

十一、美学概论 　　　　　　十二、伦理学概论

十三、世界史[47]

　　北京大学（前京师大学堂）文科"课程"设置，也就自然成为国内新起大学效仿的榜样。为此，我专门找来北京大学文科中国文学系1919年9月—1920年6月，学年（一、二、三年级）课程设置：

　　　　科学概论（一、二，王星拱）。

　　　　哲学史大纲（一，胡适）。

　　　　社会学大意（一、二、三，陶孟和）。

　　　　文字学（二、三，钱玄同）。

　　　　文学史（三，吴梅）。

　　　　文学史（二，刘毓盤）。

　　　　中国诗文名著选（一，朱希祖）。

　　　　中国文学史（一，朱希祖）。

　　　　中国文学史要略（一，朱希祖）。

　　　　欧洲文学史（一，周作人）。

　　　　十九世纪文学史（二，周作人）。

　　　　诗（二、三，黄节）。

　　　　文（二、三，刘毓盤）。

　　　　词曲（二、三，吴梅）。[48]

　　这份课程表中没有刘师培和黄侃。因为刘师培此时病重，1919年11月20日病逝。黄侃1919年7月底即离开北大，到武昌高师任教。[49]

据北京大学1921年10月制定的《中国文学系课程指导书》所示[50]，此时北大已经堪称现代大学，其所确立的基本教学模式和内容，体现出循序渐进、层次分明的现代课程设置特征。

在文学课、语言课之外的"杂文学之类"，即后来又统称为"古籍校订"或"文献学"方向，也体现出这种特征。教师黄节（《兼葭楼诗》）、刘毓盘（《濯绛宦词》）、张尔田（《初日山房诗集》）、吴梅（《霜崖诗录》《霜崖曲录》《霜崖词录》）都是诗人，擅长诗词或词曲，且在各自学术领域都有专门研究。

此时北大教师中，崔适、沈兼士、马裕藻、朱希祖、陈汉章、钱玄同、周树人、周作人均为浙江人，且都是章太炎同学、门生，所以被视为浙江派取代"桐城派"文人，控制北京大学中国文学系。日后教育界闹风潮时，出现"某籍某系"之说即特指此现象。

王星拱、陶孟和留学英国，胡适留学美国，萧友梅留学日本、德国，其他有海外留学经历者，都是从日本回来的，除四川人吴虞外，多是章太炎弟子。他们与晚清反满革命有关，自然也与浙人蔡元培出任教育总长、北京大学校长关系密切。

为北京大学开设"科学概论"课，陶孟和有自己的想法，他在《大学课程问题》中解释说：

> 在大学第一二年级设科学概论一科（Survey Course or General Survey Course），把各种科学联络起来，给学生一个对于科学的鸟瞰。……现在哥伦比亚大学设有"现代文明"一科，为第一年生所必修，即是此意。[51]

胡适、周树人（鲁迅）、周作人、钱玄同，都是新文学作家，沈兼士、马裕藻、朱希祖虽不创作新文学作品，却是新文学阵营的盟友。萧友梅是著名音乐教育家。吴虞被胡适称为"只手打孔家店的老英雄"。

他们共同处在新文化阵营里，使北京大学成为新文化运动的引领者。

需要特别说及胡适《哲学史大纲》这门课。它先在哲学系赢得信誉，才在国文系开设，并成为文科的品牌课程。据顾颉刚《〈古史辨〉自序》所言，正是胡适"有眼光，有胆量，有断制"[52]的思想方法，赢得学生的信赖和支持，也使他站稳北大讲台。在之后五四运动中，傅斯年、顾颉刚、毛子水、罗家伦、杨振声等最著名的几个人物，都成了胡适门生。学生中傅斯年（北京大学代校长、台湾大学校长）、罗家伦（清华大学校长、中央大学校长）、杨振声（青岛大学校长），后来成为著名大学的校长，承传他的办学理念，聘请新文学作家到大学执教（朱自清、俞平伯进清华，沈从文、闻一多、梁实秋等进青岛大学等），并将新文学研究和创作指导推进到大学国文系。胡适还推荐新文学作家陈源（西滢）出任武汉大学文学院院长，之后沈从文、苏雪林也被聘任，并将"新文学研究"课程"开进"武大。

1921 年 10 月，东南大学正式成立，原南京高等师范学校与之两名称并存；1922 年 12 月 6 日两校评议会、教授会联席会议通过，南京高师归入东南大学。

国文系首任系主任是原两江师范学堂学生，1917 年夏毕业于北京大学哲学门（后又为文科研究所研究生）的陈中凡（钟凡）。他实际是回母校任教。而另一位教授吴梅是从北京大学到东南大学执教，所以他的词曲课从北大开到东大。

据 1923 年 4 月印行的《国立东南大学一览》所示，此时（1923 年 1 月统计）国文系师资为：

陈钟凡（斠玄）　系主任、教授

顾　实（惕森）　国文教授

陈去病（佩忍）　诗赋散文教授

吴　梅（瞿安）　词曲国文教授

周　盤（铭三）　国语主任教员

邵祖平（潭秋）　国文助教

周　澂（哲準）　国文助教

国立东南大学国文系课程开设可以参考和比拟的，只有国立北京大学中国文学系。[53] 显而易见，这是东南大学学习北京大学，取法北京大学的结果，可见国立北京大学国文系有其首先创办的示范作用。不同之处在于，北京大学中国文学系计划开设"新诗歌之研究、新戏剧之研究、新小说之研究"，是新文化运动和新文学运动的大势所趋。这恰恰是东南大学"学衡派"成员所排斥、所反对的东西。国文系任课教授中，陈去病、顾实曾留学日本。其中陈去病又是"南社"著名诗人。此时顾实还撰写有《东南大学国学院整理国学计划书》[54]，却与北京大学同人所倡导的"整理国故"，特别是与《国立北京大学研究所整理国学计划书》的主张（民国九年十月，马叙伦撰写）[55]，存在巨大差异。"古史辨"讨论，就是在北京大学与南京高师—东南大学的师生之间展开的。古史观念中，南北分歧被顾颉刚称之为"精神上的不一致"[56]。这就形成了胡适所说的："南高以稳健保守自持，北大以激烈改革为事。这两种不同之学风，即为彼时南北两派学者之代表。"[57]

事实上，就南京与文学的关系而言，1950 年胡小石有专门的《南京在中国文学史上的地位》一文，刊发在金陵大学《中国文化研究汇刊》第九卷上。他强调南京在文学史上影响后世至巨，特别是"文学教育，即文学之得列入大学分科"[58] 一事，"此与唐代自开元起以诗取进士，有同等重要"[59]。

但 1917 年以后的情形，却有悖南京在文学上开风气之先的历史传统，变成文化保守的一个代表。尤其是大学教育，许多年间，东南大学—中央大学的文学教授不允许新文学进大学课堂。

晚清"排满"革命运动中，以章太炎为首的革命派，强调并提升汉语言文字的特殊地位，使之成为民族革命时的文化力量整合和斗争策略，但进入民国，特别是五四运动之后，以白话为主体的"国语统一"运动，和"新文学"建设，极大地消解了章黄学派的地位和学术范式。这样，1928年黄侃到中央大学后，对传统"小学"的坚守和章太炎始终排斥甲骨文，就都成了文化守成的明显实例。

据1923年4月印行的《国立东南大学一览》所示，国文系为配合新兴的国语运动，特别是1920年1月教育部通令小学一二年级课本废除古文改用国语后的实际需要，为本系国语组开设十门课程：注音国语、实用国语会话、国语语法、国语教学法、小学国语试验、国语语音学、中国语音史、中国语言史、方言研究、国语问题。

原南京高师课程是师范教育体系，国立东南大学成为综合大学之后，这份国文系课程，是陈中凡参照国立北京大学中国文学系课程设置制定的。特别是为国语组开设了十门课程，更是国文系系主任陈中凡受北京大学的影响，顺应时代潮流。但他1924年11月到新成立的广东大学任文科学长后，东南大学国语组的课程体系便落空。他也再没能回到东南大学—中央大学任教。

此时，东南大学保留1902年南京兴学时三江（江苏、安徽、江西）师范学堂的生源特点，又增加了浙江学生。这样一来，在东南大学读书的学生中有江淮方言、吴方言、徽州方言、赣方言、客家话（部分江西学生）等几大语言壁垒。在大学和师范教育系统首先推行国语运动，是新文化—新文学进入教育体制的一个重要环节，也是为提高全民文化素质和教育普及所迈出的关键一步，更是统一多民族国家文化认同和文化建设的基础性工作。

实际上，这份课程设置"取法其上"，有许多理想的成分。如当时的师资，就根本无法开出"本国人论东西洋各国之文""外国人研究中国文学之情形"这样的课程。1930年代，北京大学国文系有类似"外国人研究中国文学之情形"的课程开出。如留学英法归来后，刘复所开

"欧文所著中国学书选读";曾留学日本的钱稻孙所开"日本文所著中国学书选读"。

北京大学国文系的创新机制

1915 年，在美中国留学生讨论"文学革命"，是因胡适为"美东中国学生会"的"文学科学研究部"年度论题"中国文字问题"提交《如何可使吾国文言易于教授》而引发，随着讨论逐步深入，胡适被"逼上梁山"，变成"文学革命"的旗手。文学革命从文言—白话的形式变革，到思想新质的内容呈现，进而迎来文学的白话时代，教育普及也因此展开。当新文学运动开展十年之后，新文学教育也顺势被提到大学、中学、小学的议事日程，即新文学进入课堂。

1930 年代，"国语统一"被"革命文学"及"文艺大众化"运动所挟持，呈现更为激进态势。此时，"国语统一"主要依靠教育法令和教科书来保障。

先说教育法令。1930 年 2 月，国民党中央执行委员会令教育部通饬全国中小学校在最短期间，厉行国语教育。

先有教育部请示，接着就有国民党中央执行委员会批复：

> 各国都有标准语通行全国。我国自教育部国语统一筹备委员会议决以北平语为标准以来，各小学并不注意实行，仍以方言教学。我国人心不齐，全国人数虽多，竟如一盘散沙，毫无团结力量。这虽然不全是因为言语隔膜缘故，可是言语隔膜，也是一个最大的原因。为此，恳请中央令教育部通饬全国中小学校在最短期间，厉行国语教育。
>
> 前大学院曾经通令所属各机关，提倡语体文，禁止小学采

用文言文教科书。这是厉行国语教育的第一步。第二步的办法，应由各该厅、局，一面遵照前令，切实通令所属各小学，不得采用文言教科书，务必遵照部颁小学国语课程暂行标准，严厉推行；一面转饬所属高中师范科或师范学校，积极的教学标准国语，以期养成师资，这是很紧要的。望各该厅、局查照办理。此令。[60]

再说教科书编辑出版。实际上，教科书编辑出版者，大都是新文学作家和语文教育家，具有中小学教育的实际经验。如"开明本"教科书，就是叶绍钧、夏丏尊、朱自清、朱光潜、丰子恺、俞平伯、刘大白、刘薰宇等当年浙江省立第一师范学校、白马湖畔"春晖中学"、上海立达学园同人努力的结果。朱自清、朱光潜、俞平伯、刘大白随后在大学国文系，继续推进新文学研究和课程开设。

就 1931 年 9 月 14 日《北京大学日刊》登出的北京大学文学院中国文学系（1931 年 9 月至 1932 年 6 月）课程（沈按：下面是将课表分解，课时和学分略）来看，其与时俱进的程度不可小视，而且对 1921 年的课程有较多修改，引进许多新课。[61]

其中开设"中日韩字音沿革比较研究"的金九经是朝鲜人。他与此前到朝鲜京城帝国大学（今首尔大学）法文学部任中国语讲师的北京大学中国文学系毕业生魏建功相识（1927 年）。金九经 1927 年 9 月辞去帝国大学图书馆的职位，1928 年到北京求职，经魏建功介绍，住在未名社。在北京他结识胡适、鲁迅、周作人、钱稻孙、刘半农、台静农、韦素园、韦丛芜等。1928 年，魏建功回北京大学中国文学系任教，随后便介绍金九经到北大教授日语和朝鲜语。在北京期间，金九经帮助胡适校写整理出版敦煌写本《楞伽师资记》（胡适从伦敦大英博物馆、巴黎国立图书馆带回的两个影印本）。[62] 他也曾到沈阳、长春的大学任教，辑译《满洲祭神祭天典礼》。回国后执教于京城帝国大学。

上述 1931 年 9 月 14 日《北京大学日刊》所刊课表中的"单位"，是指课时。A 类为语言学科课程。语言文字学研究一直是北京大学的强项，并形成较好的传统。尤其是满、蒙、藏少数民族语言文字研究，是其特色。实际上，A、B、C 三类课程就是语言文字、文学、古籍校订三组。

仅从上述开课教师看，俞平伯、刘复（半农）、冯淑兰（沅君）、傅斯年、魏建功、周作人、钱玄同都是新文学作家。刘复所开"语音学实验"就是从英法大学学来的。相比之下，此时，由东南大学易名中央大学后的国文系，则是绝对排斥新文学。

上述课程表所列"新文艺试作（单位未定）"，一周后就得到落实。《北京大学日刊》1931 年 9 月 24、25、26 日连续三日，登出 1931 年 9 月 23 日拟定的《国文学系布告》：

> 新文艺试作一科暂分散文、诗歌、小说、戏剧四组。每组功课暂定为一单位（每一单位一小时或二小时）。诸生愿选习此科者，可各择定一组（多至两组）。将平日作品一篇缴至国文系教授会，俟担任指导教员作评阅后加以甄别。合格者由本学系布告（其一时未能合格者可至下学期再以作品请求甄别）。学年终了时，以试作之平均分作为成绩（但中途对于试作不努力者，如作辍无恒或草率从事之类，得令其停止试作）。
>
> 本学年担任指导教员
>
> 散文（胡适　周作人　俞平伯）、诗歌（徐志摩　孙大雨）、小说（冯文炳）、戏曲（余上沅）。
>
> （以后增聘教员，随时由本学系布告）
>
> 九月二十三日 [63]

1932 年，经周作人推荐，文学院院长兼国文系主任胡适聘原北大英文系毕业生、作家废名（冯文炳）为讲师，主讲散文写作、现代文艺。[64]

北京大学文学课如此，语言文字学科的强势也在逐步扩大。据长期追随钱玄同从事"国语运动"的魏建功所述，1919 年，罗常培从北京大学中国文学系毕业（升入哲学门研究生），入北京大学预科。随之，他便参与"整理国故"讨论和国语推广。1930 年代中期，曾参与过新文学运动的老一辈教授，多不在课堂第一线执教，课程转进一个新阶段，开始分文学、语言文字、古籍校订三组。魏建功和罗常培于 1936 年合拟《中国文学系语言文字学组课程总纲》，分为：中国语言学、中国文字学，并开出 23 门课程。[65]

这一课程纲要，长期指导北京大学国文系的语言学科。1949 年以后，中国大学的语言学科，北京大学始终保持绝对强势，显示出其历史积淀和学术传承。至于"现代汉语"取代"国语"，"现代文学"取代"新文学"作为课程名称的时间及客观因素，随后将着重讨论。

中央大学的保守姿态

相对北京大学国文系课程而言，由原南京高师—东南大学改制中央大学后的国文系课程，就显得保守多了。

先看 1932 年秋冬学期（1932 年 9 月—1933 年 1 月）中央大学文学院中国文学系课程一览（沈按：因表格占据大量篇幅，下面是将课表分解，课时和学分略）：

各体文选一（钱子厚）、各体文选二（黄耀先）、国学概论一（钱子厚）、国学概论二（黄耀先）、方言（或文字学）（汪旭初）、文学史纲要（胡小石）、目录学（汪辟疆）、修辞学（王晓湘）、文学研究法（黄季刚）、练习作文（王伯沆）、汉书（黄季刚）、音韵学（黄季刚）、周以后文学（胡小石）、诗歌史（汪辟疆）、唐诗（陈仲子）、诗名著选（汪辟疆）、乐府通论（王晓湘）、宋诗（陈仲子）、词曲史（王晓湘）、词学通论（吴瞿安）、专家词（梦窗）（吴瞿安）、南北词简谱（南词）（吴瞿安）、论孟举要（王伯沆）、毛诗（陈仲子）、庄子（徐哲东）、左传（徐哲东）、书经举要（王伯沆）、汉魏六朝诗（伍叔傥）、钟鼎释文名著选（胡小石）、楚辞（徐哲东）。[66]

北京大学与中央大学中国文学系课程相比，差别很大。后者没有新文学研究课程。1928 年中央大学所确立的课程中有"甲骨文研究"，这是 1920 年代清华国学研究院时期，王国维、陈寅恪所达成共识，并反复强调的"三大新学问"之一。但这一学期中央大学中国文学系没有开设，随后长时间也没能开设，胡小石只开了"钟鼎释文名著选"。这与"章黄学派"排斥甲骨文有关。[67] 汪旭初（东）、黄季刚（侃）为章太炎弟子。汪旭初长期为国文系主任。

与此同时，相邻学校金陵大学，中国文学系所开设课程就与北京大学中国文学系有趋同之处。这是教会大学开放性和创新性的另一表现形态。

先说金陵大学中国文学系师资：

胡光炜（小石）	兼任教授
佘贤勋（磊霞）	讲师
吴　梅（瞿安）	兼任教授
吴徵铸（白匋）	助教
胡翔冬（俊）	教授

高炳春（柳桥）　　讲师

张守义（君宜）　　讲师

黄　侃（季刚）　　兼任教授

刘继宣（确杲）　　教授

章树东　　　　　　助理员 [68]

胡小石等三位兼任教授，属于中央大学。以下课程具体内容可以显示出两校中国文学系区别：

> 补习班国文、各体文选（上下）、文字学大纲、目录学、文学概论、现代文艺、古代诗选、唐诗选、赋选、高等作文、文学史（上下）、词选、诸子文选、小说选、小说概论及小说史、文艺批评、说文、声韵学、训诂学、经学通论及经学历史、诗学概论、词学通论及词史、金元戏曲选、曲学概论及曲史、专家词、屈原赋、专家诗、专家文、甲骨文、钟鼎文、专经研究、诸子专著研究、佛教文学、国文教学法、毕业论文。[69]

这里，"现代文艺"是"讲授近代文学之源流及转变趋势并选读批评近代文学家作品"；"高等作文"是"讲授国文作法每两周并须作文一次以资实习"；"国文教学法"是"研究教材之选择及支配并实习教授方法"。所谓的"现代文艺"和"高等作文"，以及"国文教学法"都是新东西，与国语运动和新文学关系极为密切。课程中"甲骨文"为胡小石所开，在保守的国立中央大学国文系没法开，他只好在金陵大学国文系开讲。

北平师范大学国文系课程建设

接下来看师范大学国文系课程设置。

钱玄同、黎锦熙长期在北京高等师范学校（北平师范大学）任教，两人一直是国文系两大台柱，具有绝对话语权。1928 年以后，钱玄同任北平师范大学国文系系主任，黎锦熙出任文学院院长。1937 年，国立北平大学、国立北平师范大学和国立北洋工学院西迁组建国立西北联合大学，黎锦熙出任文学院院长、师范学院院长。

为配合文学革命，钱玄同 1922 年发表著名的《汉字革命》，提倡写"破体字"和"白字"。这样做符合汉字"六书"中"假借"的演进规律和造字方法。1935 年，他又起草《第一批简体字表》。这里我选用黎锦熙、钱玄同为师范大学拟定的课程大纲暨《师范大学国文系科目表说明书》[70]，看其中的内涵（具体内容见附注）。

由于师范大学培养师资的特殊属性，国文系课程就具有相应独立性。"国语发音学概要""新文学概要""白话文选""简体字研究及练习"等课程，是培养教师"解决今后国文的新趋向之能力"的基本训练，这和国立综合大学国文系的培养目标不同。开设"甲骨金石文字研究"课程，是北方学人对新材料、新学问重视的体现。

综上所示，现代大学"七科"之学，有六科都是纯粹的西学。大学学科建制过程中，日本师范教育（1912 年确立六所高等师范：北京高师、南京高师、沈阳高师、武昌高师、成都高师、广东高师）体制的影响逐步消退，中国大学学科体制被德国和美国的学科体制取代。1927 年以后，除北京高师变为师范大学外，都改制为国立综合大学。各校国文系也都取法北京大学国文系课程体系，在文科建制中日趋独立。我此前曾专门讨论过北京大学、中央大学、中山大学、武汉大学、浙江大学、清华大学六所国立大学国文系 1930 年代的课程，分辨了各校国文系课程的差异及原因。这里我所要强调的是，国文系课程最具中国特色，并且具有同西学并立、对峙的强劲势头。中国语言、文学和典籍，是中华民族的文化载体和精神传承的依托。国文系课程由北京大学所确立的文学课、语言课、典籍整理三个版块构成，正是统一多民族国家文化重建和多民族团结融合过程中，各家大学国文系取法的依据。北京大学国文系百年来一直坚持这种学科建制。同时，国语统一、文学革命所带来的新课程，以及"三大新学问"也进入国文系课程体系，强化国文系学科的前沿性、时代性和学术性，造就出陈寅恪所看重的掌握"新材料"，发现"新问题"，得时代学术新潮流的一代学人。同时也实现胡适所希望的，中国自己的人文学科与西方人文学科平等对话。

注释:

[1]黎锦熙:《国语运动史纲》第 85 页，商务印书馆，2011。梁启超:《饮冰室合集·饮冰室文集之二》第 1 册第 2 页，中华书局，1989（据 1936 年版影印）。

[2]郭绍虞主编《中国历代文论选》第 399-403 页，上海古籍出版社，1979。

[3]黄遵宪著、钱仲联笺注《人境庐诗草笺注》卷一第 15 页，古典文学出版社，1957。

[4]黎锦熙:《国语运动史纲》第 101 页。

[5]《十一月十一日上袁宫保禀》，王照:《官话合声字母》第 73-77 页。

[6]黎锦熙:《论注音字母》，黎泽渝、刘庆俄编《黎锦熙文集》（下）第 364 页，黑龙江教育出版社，2007。

[7]黎锦熙:《论注音字母》，黎泽渝、刘庆俄编:《黎锦熙文集》（下）第 374 页。

[8]黄远庸:《〈晚周汉魏文钞〉序》,《远生遗著》卷二第355页,上海中国科学公司,1938(据上海书店影印本)。

[9]黄远庸:《〈晚周汉魏文钞〉序》,《远生遗著》卷二第356页。

[10]胡适:《五十年来中国之文学》,季羡林主编《胡适全集》第2卷第310页。

[11]黎锦熙:《国语运动史纲》第133-134页。

[12]王世儒编撰《蔡元培先生年谱》(上)第201-202页,北京大学出版社,1998。

[13]胡适:《建设的文学革命论——国语的文学·文学的国语》,季羡林主编《胡适全集》第1卷第53页。

[14]胡适:《建设的文学革命论——国语的文学·文学的国语》,季羡林主编《胡适全集》第1卷第53页。引文稍有省略,省略部分为胡适对"八不主义"改为肯定口气的说明。

[15]胡适:《建设的文学革命论——国语的文学·文学的国语》,季羡林主编《胡适全集》第1卷第60-68页。

[16][17]黎锦熙:《国语运动史纲》第136页。

[18]胡适:《日记 1919年》,季羡林主编《胡适全集》第29卷第25页。

[19]阿英编选《中国新文学大系·史料·索引》第240页,上海良友图书印刷公司,1936。

[20]胡适:《日记1919年》,季羡林主编《胡适全集》第29卷第26页。

[21]胡适:《日记1919年》,季羡林主编《胡适全集》第29卷第43页。

[22]胡适:《日记1920年》,季羡林主编《胡适全集》第29卷第173-177页。

[23]黎锦熙:《国语运动史纲》第160页。

[24]黎锦熙:《国语运动史纲》第161页。书中附有《教育部令第七号》原文。

[25]胡适:《〈国语讲习所同学录〉序》,季羡林主编《胡适全集》第1卷第224页。

[26]黎锦熙:《国语运动史纲》第161-162页。书中附有《教育部令第八号》原文。

[27]郭查理:《齐鲁大学》(陶飞亚、鲁娜译)第125页,珠海出版社,1999。

[28]胡适:《〈国语讲习所同学录〉序》,季羡林主编《胡适全集》第1卷第227页。

[29]胡适:《日记1928年》,季羡林主编《胡适全集》第31卷第116页。

[30]钱基博:《现代中国文学史》第425-426页,华中师范大学出版社,2011。

[31]胡适:《日记1921年》,季羡林主编《胡适全集》第29卷第399-400页。

[32]钱玄同:《记数人会》,《钱玄同文集》第3卷第292-293页,中国人民大学出版社,1999。

[33]黎锦熙:《国语运动史纲》第203页。

[34]中国第二历史档案馆五—12284《教育部国语推行委员会规程及会务报告等文件》第7页。

[35]黎锦熙:《国语运动史纲》第136页。

[36]魏建功:《打倒国语运动的拦路虎》,《国语周刊》第12期(1925年8月30日)。《魏建功文集》第5卷第433-434页,江苏教育出版社,2001年版。魏建功《继往开来出力多》一文中说自己是1928年回北京大学服务,"追随本师钱玄同先生从事'国语运动'"。《魏建功文集》第5卷第589页。

[37] 胡适：《五十年来中国之文学》，季羡林主编《胡适全集》第 2 卷第 342 页。

[38] 黎锦熙：《国语运动史纲》第 176 页。

[39] 钱玄同：《〈国语周刊〉发刊辞》，《钱玄同文集》第 3 卷第 156–157 页。

[40]《国语周刊》南郑版第 1 期（民国三十年三月八日）有黎锦熙著《国语周刊南郑版发刊词》，开头说："国语周刊是教育部国语推行委员会的一个机关报，是民国二十年九月在北平发刊的，到二十六年七月，恰出到三百期，而'七七'国难日，停版。二十九年七月，教育部令本会扩大组织，调整工作，召开第二届全体大会于重庆，本刊就在二十九年双十节的前一日，□刊于中央日报。"（沈按：无法辨认的字用□表示）若按照黎锦熙的话，是出版 300 期，但就目前所看到的材料，是到第 286 期（1937 年 4 月 3 日）。

[41] 钱玄同：《〈吴歌甲集〉序》，《钱玄同文集》第 3 卷第 361–373 页。此序言摘录先刊发在 1925 年 9 月 6 日《国语周刊》第 13 期上。

[42] 胡适：《读仲密君〈思想界的倾向〉》，季羡林主编《胡适全集》第 21 卷第 265 页。此问题的详论参见沈卫威：《"学衡派"谱系——历史与叙事》第 448–450 页。

[43] 郎损：《评梅光迪之所评》，《时事新报·文学旬刊》第 29 期（1922 年 2 月 21 日）。郎损：《近代文明与近代文学》，《时事新报·文学旬刊》第 30 期（1922 年 3 月 1 日）。郎损：《驳反对白话诗者》，《时事新报·文学旬刊》第 31 期（1922 年 3 月 11 日）。雁冰：《"写实小说之流弊"？》，《时事新报·文学旬刊》第 54 期（1922 年 11 月 1 日）。雁冰：《文学界的反动运动》，《文学周报》第 121 期（1924 年 5 月 12 日）。

[44] 鲁迅：《致钱玄同》，《鲁迅全集》第 11 卷第 452 页，人民文学出版社，1981。

[45]鲁迅:《答 KS 君》,《鲁迅全集》第 3 卷第 112 页。

[46]中国第二历史档案馆编《中华民国史档案资料汇编》第三辑《教育》第 108 页,凤凰出版社,1991。

[47]中国第二历史档案馆编《中华民国史档案资料汇编》第三辑《教育》第 116 页。

[48]《文科中国文学系第三二一学年课程时间表》,《北京大学日刊》1919 年 10 月 25 日。

[49]黄焯:《黄季刚先生年谱》,《黄侃日记》第 1115 页,江苏教育出版社,2001。

[50]据《中国文学系课程指导书》(十年十月订),《北京大学日刊》1921 年 10 月 13 日所示,具体科目如下:

科目	教员	单位
文字学概要(说明音形义之大略,俾得应用之以读古书)	沈兼士、马裕藻	4
古籍校读法(乙)(述前代学者治学之方法)	马裕藻	1
文学史概要(乙)(说明中国文学之流别及其利弊)	朱希祖	3
诗文名著选(选授历代诗文之名著,藉以知文学之梗概)	吴虞、刘毓盤	4

以上为本系一年生必修之科目(入外国文学诸系及史学系哲学系者,选修)

科目	教员	单位
文字学 A 音韵(乙)	钱玄同	3
文字学 B 形义	沈兼士	3
经学通论 A 今文家学说	崔适	3
经学通论 B 不分今古文家学说	陈汉章	3
史传之文(或选读各史,或专读一史,或兼读数史)	张尔田	3

诸子之文（或选读各家论文，或专读一家，

或兼读数家） 吴 虞 3

诗（乙） 黄 节 3

骚赋 黄 节 2

词 刘毓盤 3

戏曲 吴 梅 3

杂文 吴 虞 3

外国文学书之选读 周作人 3

戏曲史 吴 梅 2

词史 刘毓盤 2

欧洲文学史 周作人 3

普通音理及和声学初步 萧友梅 3

中国古声律（凡今日以前中国所传之声律皆属） 吴 梅 2

以上为本系二三年生选修之科目

文学史概要（甲） 朱希祖 3

古籍校读法（甲） 马裕藻 1

以上为二年生补修之科目

文字学（音韵）（甲） 钱玄同 3

诗（甲） 黄 节 3

戏曲（甲） 吴 梅 2

小说史（甲） 周树人 1

以上为三年生补修之科目

　　凡有 符者，必须兼作札记。有 符者，得自由为作文之练习。
（沈注：原课表"有 符者"实际上没有显示出来）

　　本系待设及暂阙各科要目如左（沈按：原文为竖排文字）。本学年
若有机会，拟即随时增设。

　　文学概论、经学通论、古文家学说、解诂之文一切解经诂史之文、

小说、诗史、小说史（乙）、新诗歌之研究、新戏剧之研究、新小说之研究

中国文学之特别研究科目假定如左（拟自下学年起逐渐增设）：

第一类　文字学之类

甲骨金石文字及说文解字诸书、古韵学及切韵以降韵学诸书、尔雅以次诂训诸书、发音学之研究、闰音之研究、方言之研究、语法之研究

第二类　纯文学之类

诗经、乐府诗、骚赋、古今谣谚、两汉迄唐诸名家诗、唐以降诸名家诗、唐以降诸名家律诗、唐宋金元以降诸名家词（附清）、元明清诸名家戏曲、唐以前诸小说、唐以后诸小说

第三类　杂文学之类

书礼周官左传国语及汉以前诸史志、两汉迄唐史志诸书（正史以外诸史志皆属之）、唐律等书、易春秋及周秦诸子（儒、道、墨、名、法及其他）、唐以前儒名法及杂家、魏晋玄言、佛学经论译者、两汉迄唐议礼论政之文、宋明诸儒语录、周髀算经及九章算术诸书、素问灵枢诸书、大小戴记及春秋公羊谷梁传、两汉迄唐解经诂史之文、唐宋人笔记、清儒考订之文、昭明文选派之文、唐宋八家及桐城派之文

[51] 陶孟和：《大学课程问题》,《孟和文存》第 166 页，上海书店出版社，2011。

[52] 顾颉刚：《〈古史辨〉自序》,《古史辨》第 1 册第 36 页，北京朴社，1926。

[53] 课程有详细的内容，这里引用文字有省略，详见《国立东南大学一览》，东南大学编印，1923 年 4 月（南京大学图书馆藏）。

国文系开设的课程为五类，分别是：

本科学生课程（第一类）：

国学概要一（群经通论）、国学概要二（诸子通论）、国学概要三（史传通论）、国学概要四（典籍总略）、散文一（经典解诂之文）、散

文二（学术思想之文）、散文三（传记之文）、散文四（书牍杂文）、古今诗选、历代赋选、词选、曲选、小说选

辅系学生自选课程（第二类）：

文字学、声韵学、训诂学、文章学、诗赋通论、词学通论、历代文评

他科学生自选课程（第三类）：

中国文学史、诗赋史、词史、曲剧史、小说史

本科学生研究科目（第四类、第五类）：

三礼文、春秋三传文、论语文、群经文、国策文、史记文、汉书文、三国志文、晋书宋书文、老子文、庄子文、墨子文、孟子文、荀子文、韩非子文、吕子文、周秦诸子文、贾谊文、淮南文、扬雄文、曹植文、陆机文、汉魏名家文、六朝文、韩愈文、柳宗元文、唐宋名家文、文选派之文、唐宋八家派之文、诗经、楚辞、汉魏乐赋、建安七子诗文、阮嗣宗诗、陶渊明诗、谢康乐诗、八代名家诗、文选派之诗、李太白之诗、杜子美之诗、唐宋名家诗、江西派诗、元明清名家诗、唐五代词、北宋人词、南宋人词、宋元以来名曲、宋以后小说、本国人论东西洋各国之文、外国人研究中国文学之情形、特别研究

这五类课程是国文系学生所必修、选修的课，之所以又分出类别中第二类、第三类，是分别供同学科辅系（如历史、哲学）学生和不同学科的他科学生选修的。

此史料我第一次使用是在《文科建制与中文系课程设置的经典化过程——从东南大学—中央大学到南京大学》，《文学评论丛刊》第11卷第1期（2008年）。

[54] 初刊东南大学主办的《国学丛刊》第1卷第4期（1923年12月）。1924年3月15日、18日，《北京大学日刊》第1420、第1422号作为"专件"分两期连载。

[55] 《国立北京大学研究所整理国学计划书》（民国九年十月），《北京大学日刊》1920年10月19日。

[56] 顾颉刚:《答柳翼谋先生》,《北京大学研究所国学门周刊》第15、16期合册（1926年1月27日）。

[57] 胡适:《在中央大学宴会上的演说词》,季羡林主编《胡适全集》第20卷第108页。

[58] 胡小石:《胡小石论文集》第139页,上海古籍出版社,1982。

[59] 胡小石:《胡小石论文集》第141页。

[60] 胡适:《日记1930年》,季羡林主编《胡适全集》第31卷第604—605页粘贴的剪报。刊登的报纸为1930年2月3日《民国日报》。

[61]《二十年度北京大学理文法学院各系课程大纲》,《北京大学日刊》1931年9月14日所示:

共同必修课科目

中国文字声韵概要（沈兼士、马裕藻）、中国诗名著选（附实习）（俞平伯）、中国文名著选（附实习）（林损）、中国文学史概要（冯淑兰）

1. 分类必修及选修科目

A类

语音学（刘复）、语音学实验（刘复）、言语学大意（暂停）、中国文字及训诂（沈兼士）、石文研究（沈兼士）、甲骨及钟鼎文字研究（商承祚）、说文研究续（三）（钱玄同）、中国音韵沿革（钱玄同）、清儒韵学书研究（三）（马裕藻）、古音系研究（三）（魏建功）、中日韩字音沿革比较研究（三）（金九经）、中国古代文法研究（郑奠）、满洲语言文字（寿春）、蒙古语言文字（奉宽）、西藏语言文字（未定）

凡注（三）字者,为三年以上之科目。

B类

中国文学

毛诗续（三）（黄节）、楚辞及赋（张煦）、汉魏六朝诗（黄节）、唐宋诗（林损）、词（俞平伯）、戏曲及作曲法（许之衡）、先秦文（林

损）、汉魏六朝文（刘文典）、唐宋文（暂停）、近代散文（周作人）、小说（俞平伯）、修辞学（下学期开）（郑奠）

中国文学史

中国文籍文辞史（傅斯年）、词史（赵万里）、戏曲史（许之衡）、小说史（暂停）

文学批评

文学概论（徐祖正）、中国古代文学批评（暂停）

文学讲演（临时通知，不算单位）

新文艺试作（单位未定）

C 类

目录学（余嘉锡）、校勘学（暂停）、古籍校读法（余嘉锡）、经学史（马裕藻）、国学要籍解题及实习（郑奠）、考证方法论（上学期开）（郑奠）、三礼名物（吴承仕）、古声律学（许之衡）、古历学（范文澜）、古地理学（郑天挺）、古器物学（暂以历史系的金石学代之）、欧文所著中国学书选读（刘复）、日本文所著中国学书选读（钱稻孙）

2. 共同选修课科目（他系开设，本系学生必须选修外国语文一二种）

3. 国语（为本校各系开，本系一年级学生须选作文）

4. 外国语（另有规定）

5. 毕业论文（大四开始）

此史料我第一次使用是在《现代大学的知识体系与新文学的生存空间——以六所国立大学中文系课程为例》，《扬子江评论》2007 年第 2 期。

[62] 胡适：《〈楞伽师资记〉序》，季羡林主编《胡适全集》第 4 卷第 257 页。

[63]《国文学系布告》，《北京大学日刊》1931 年 9 月 24、25、26 日连续刊登。

[64] 陈建军编著：《废名年谱》第 235-238 页，华中师范大学出版

社，2003。

[65]魏建功:《继往开来出力多》,《魏建功文集》第5卷第591页的具体内容如下:

《中国文学系语言文字学组课程总纲》

甲　中国语言学

　A语言

　　一　语言学（2.3）★○二

　　二　语义学（训诂）（2.3）★二

　　三　中国训诂学史纲（3）★○二

　　四　方言研究（2）二

　　五　东方语言研究

　　六　汉语学择题研究（联绵格、殷周词类）（3.4）★○二

　　七　中国文法研究（古文法、现代语法）（3.4）★○二

　B声韵

　　一　语音学（附实验）（1.2）★○三

　　二　中国声韵学概要（横的叙述）（1）★○二

　　三　中国声韵学史纲（纵的叙述）（2）★○二

　　四　古音考据沿革（3.4）★○三

　　五　韵书系统（3.4）★○三

　　六　等韵图摄及音标运动（3.4）★○三

　　七　域外中国音韵论著研究　二

　　八　方言调查实习　二

　　九　声韵学·择题研究（汉魏六朝音）（3.4）★○二

乙　中国文字学

　　一　中国文字学概要（1）★○二

　　二　汉字变迁史纲（2）★○二

　　三　中国文字学史（3.4）★○三

四　古文字学导论（3.4）＊○　二

五　甲骨文字研究　三

六　钟鼎文字研究　三

七　文字学择题研究（3.4）＊○　二

加＊者必修。分年者加１.２.３.４字样。照分年必修之规定如有应修未修者，必须补修。

教育系辅系生选习科目加○，除一年级功课须必修，余为选修。

[66]《国立中央大学日刊》1932 年 10 月 7 日。

[67]章太炎是始终排斥甲骨文的。在 1935 年 9 月 16 日苏州开讲的"章氏国学讲习会"第一期中，有《小学略说》。据王乘六、诸祖耿记录，孙世扬校的《章氏国学讲习会讲演记录》所示，章太炎说："至如今人哗传之龟甲文字，器无征信，语多矫诬，皇古占卜，著龟而外，不见其它。……兽骨龟厌，纷然杂陈，稽之典籍，何足信赖？……至于龟甲，则矫诬之器、荒忽之文而已。"引自南京大学中文系古典文学教研室、南京大学学报编辑部编印《章太炎先生国学讲演录》（非卖品）第 20-21 页。另外，1935 年 6 月至 8 月章太炎与金祖同有四封讨论甲骨文的通信，他说："甲骨之为物，真伪尚不可知，其释文则更无论也。"马勇编《章太炎书信集》第 960 页，河北人民出版社，2003。

据《黄侃日记》所示，他晚年对甲骨文的看法有所转变。他购买多种有关甲骨文的书，但多没有来得及读。杨树达在《积微翁回忆录》1936 年 12 月 27 日的日记中记有："林景伊来，告余云：黄季刚于没前大买龟甲书读之。尝语渠云：'汝等少年人尽可研究甲骨，惟我则不能变，变则人将诋讥我也。'……余谓，季刚始则不究情实，痛诋龟甲，不免于妄；继知其决非伪物，则又护持前错，不肯自改，又不免于懦矣。"见杨树达：《积微翁回忆录·积微居诗文钞》第 126 页，上海古籍出版社，1986。

[68]《私立金陵大学一览》（1933 年 6 月）第 385-386 页。

[69]《私立金陵大学一览》（1933年6月）第164-170页。

[70]《师范大学国文系科目表说明书》，《西北联大校刊》1938年8月15日第1期，第41-50页。（此表由我的博士生赵林同学提供）

师范大学国文系科目表说明书

国立北平师范大学文学院院长

国立西北联合大学国文系主任　黎锦熙

国立北平师范大学国文系主任　钱玄同　　拟

（甲）本系设置目标

造就中等学校国文科教师，并培养学生用历史的态度与科学的方法研习中国古今语言文字，以解决今后国文的新趋向之能力。

（乙）本系课程要旨

因为中等学校的国文教材，语体文与文言文并选，关于文体，则记叙文，抒情文，说明文，议论文等等都要分别讲授，高中的国文课程，则纯文艺及关于文学源流，学术思想的文章，都要选讲其代表作品并须酌授文字学。所以本系的教材，包括（一）语言文字学（内分字形音韵义训，文法诸项），（二）文学（内分文学史，文论修辞学，各体作品诸项），（三）学术思想（整理方法及分析评训并重）三类，其内容注重历史的变迁，使学生明了本国的语文，文学，思想各方面演进的真理，至于文学的技术，则各随其性之所近，自由习作但以能胜指导中等学校学生作文之任为毕业生的最低限度。学生中如有愿作窄而深的研究者，于达到三类平衡的标准之外仍得专精一类，以资深造。

（丙）科目表

年级	必修科目	每周时数		学分	总数	选修科目	附注
		上学期	下学期				
一年级	中国文字学概要	2	2	四	22	散文选 骈文选 新文学概要 白话文选 简体字研究及练习 甲骨金石文字研究 中国修辞学 诗歌史 三百篇选 辞赋选	选修科目—略分三阶段（以虚线为界）第一阶段，一年级以下皆可选修。第二阶段，二年级以下选；第三阶段，三、四年级选。每门学分，于设置时酌定。或逐年间年或三年一设，或删并，或增析随时酌定之。习作—选修科目之"散文选""白话文选"均附习作，凡一年级生国文写作
	国语发音学概要	2	2	四			
	古今文法比较	2	2	四			
	中国文学史大纲	3	2	五			
	书目举要	2	3	五			
二年级	古今音韵沿革	2	2	四	18	汉魏六朝诗（兼乐府）选 唐宋已降诗选 词选 戏曲选 小说史 专言研究	程度过低者，必选。 此外，"骈文选""诗赋选""词选""戏曲选""小说选"等，则由选修学生自由习，交任课教员评改。参考—除有习作之各门外，无论必修选修，凡授课一小时至少须参考自习一小时，始为一学分。
	文体源流	2	2	四			
	周至唐思想概要	3	3	六			
	经学史略	2	2	四			
三年级	文字形义沿革	2	2	四	18	周秦古音研究 近代语研究 中国文学理论史 古书校读法 国文教材及语文工具研究	
	文学概论	2	2	四			
	宋元明思想概要	2	2	四			
	清代思想概要		2	二			
	诸子概论	2	2	四			
四年级	国文教学法	2		二	9	以上选修各门每人合计至多得选至三十学分至少选足二十二学分。	总计本系必选修以九十四学分为准，约占毕业总学分百分之七十
	国文试教及讨论			六			
	专题研究			一			
	以上合计必修六十七学分						

（丁）说明书（沈按：此处从略）

（戊）附注

（一）师范大学有修养类之公共科目（如社会科学概论，自然科学概论，哲学概论，党义，卫生，体育等），约占毕业总学分百分之十；又有专业类之公共科目（如教育概论，教育史，教育行政，中等教育，师范教育等），约占毕业总学分之百分之二十（国文试教六学分另计在本系学分之内），其科目表及说明书另具，此概在略。

（二）他系学生以国文系为副系者，应分年将国文系一年级必修科目计算及四年级之国文教学法（并试教）完全毕业，此外任选何门，或不复选概听其便。

（三）民廿六度国立西安临时大学（廿七年三月部令改名西北联合大学）国文系科目表亦适用之。但实际课程，略有变动。

（四）战期中应添授之民族文学抗战文艺及对民众宣传之语文研究与训练等，概包括于关系之各科目中，不另设立科目。

第五章

雅言俗语

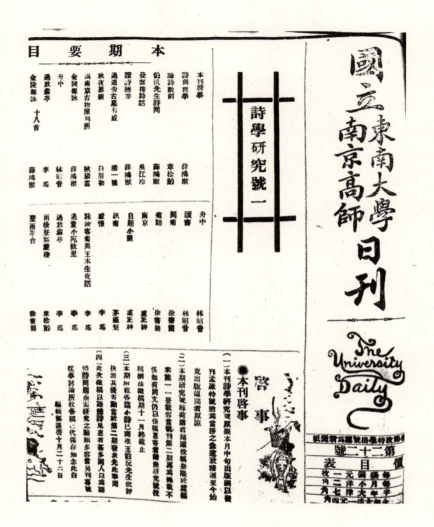

国立东南大学、南京高师日刊中的「诗学研究号一」目录，选自南京大学档案馆

　　这份《国立东南大学南京高师日刊·〈诗学研究号一〉》，是 1921 年 10 月 26 日由南京高师—东南大学学生编辑出版的报纸。该报因《诗学研究号》受到叶圣陶等"文学研究会"成员在《文学旬刊》上的批评而受到关注；随后，又因郑振铎在为《中国新文学大系》编选《文学论争集》写的导言中旧事重提，并加以"复古派"说辞，而载入史册。遗憾

的是，因是校刊，这张报纸没有公开在社会上发行，国内主要图书馆也没有收藏（仅以我个人阅读、查找过的十多家图书馆为例），不易看到。后来史家论者，包括我都没能寻得。因此在数以十计的著作，数以百计的文章中，多是依据叶圣陶、郑振铎等批评者一面之词而进行"缺席审判"。尽管主要当事人后来没有专门文章说清楚此事，但是，他们（如茅盾回忆录《我走过的道路》）和为其编纂年谱的师友（如陈福康《郑振铎年谱》，唐金海、刘长鼎《茅盾年谱》，商金林《叶圣陶年谱长编》）在著作中都写到此事。我的《"学衡派"谱系——历史与叙事》，也只是在翻阅《文学旬刊》后，列举叶圣陶、郑振铎等批评者的文章题目。二十多年前，专治诗学的陆耀东、解志熙两位学者，曾经托我在宁查找这张报纸，我跑了在宁多家图书馆，均无获。近十年，由于我把目光从图书馆转向档案馆，这张报纸便出现在灯火阑珊处。

南北不同论下"东南学风"之说

中国文化中"南与北"的大地理观念，关联着历史地理学和民族人类学的诸多问题，特别是学术思想的南北差异。20世纪以来，刘师培、梁启超、丁文江、杨鸿烈、朱谦之、贺昌群、张其昀、金毓黻、孙隆基、杨念群、桑兵、罗志田、彭明辉等都有专门论述。[1]这里我仅引用金毓黻为《史学述林》"题辞"中的文字，即他在大历史观念下有关民国时期"俗语"与"雅言"之说。[2]

本章所要讨论的正是南京高师—东南大学师生在"北都学者主以俗语易雅言"掀起新文学运动，特别是白话新诗高潮五年后，仍"不捐雅言"，以"诗学研究"为名，集体创作并刊登古体诗词，所引发的一场关于新旧文学之争。

1920年12月7日，国民政府国务会议通过设立国立东南大学。12

月 16 日，以郭秉文为主任的"东南大学筹办处"正式成立。1921 年 6 月 6 日，东南大学校董事会成立；1921 年 10 月，东南大学正式成立，原南京高等师范学校名称与之并存；1922 年 12 月 6 日，两校评议会、教授会联席会议通过，南京高师归入国立东南大学。这是刊物取名《国立东南大学南京高师日刊》的由来。

此前，反对胡适及新文化—新文学运动的成员，是南京高师植物学教授胡先骕和史学教授柳诒徵。胡先骕在《东方杂志》第 16 卷第 3 号（1919 年 3 月）发表《中国文学改良论》（上），此文是转载，文后注有"《南京高等师范日刊》"，原刊未能得见。柳诒徵在《史地学报》创刊号（1921 年 11 月）上发表《论近人讲诸子之学者之失》。随后发生的"古史辨"讨论，是在北京大学胡适、钱玄同、顾颉刚、魏建功师生与南京高师柳诒徵、刘掞藜、缪凤林弟子之间。以史学讨论为主，核心问题是疑古与信古，所谓"北大"与"南高"对立主要是史学。先后有四次交锋：胡先骕与罗家伦（有关文学改良）；柳诒徵与胡适（有关诸子）；柳诒徵、刘掞藜、缪凤林与胡适、钱玄同、顾颉刚、魏建功（有关古史辨）；缪凤林、郑鹤声与傅斯年（有关《东北史纲》）。后三次都有关于史学，因此在史学界又有"南高史学"之说。柳诒徵和他学生堪称民国时期"南高史学"的代表，他们始终有自己的刊物，先后是《史地学报》（南京：南京高师—东南大学）、《史学杂志》（南京：中央大学）、《史学述林》（重庆：中央大学）、《史地杂志》（杭州—遵义：浙江大学）、《思想与时代》（遵义—杭州：浙江大学）。因此，胡先骕在《忏庵丛话》的《柳翼谋先生》一文中说："予初至南京高等师范学校任教时，先生正主讲中国文化史，不蹈昔人之蹊径，史学史识一时无两。其所著《中国文化史》，实为开宗之著作。其门弟子多能卓然自立，时号称柳门，正与当时北京大学之疑古派分庭抗礼焉。"[3] 而"东南学风"之说，也正是柳诒徵在 1924 年 9 月《学衡》杂志上提出的。[4]

1922 年 1 月《学衡》创刊，即"学衡社"（现在学界习惯称"学衡

《史地学报》创刊号封面，选自南京大学图书馆

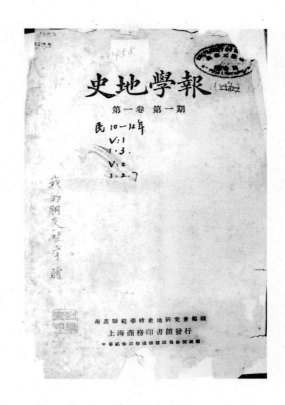

派"）成立。在《学衡》创办之前，反对胡适及新文化—新文学运动的成员在美国，刊物是《留美学生季报》。梅光迪、吴宓的专业是西洋文学，刚开始的讨论自然以文学为主，分歧关键是，写诗要不要遵守格律声韵。事实上，这是梅光迪与胡适在美国（1915—1917 年）"文学革命"讨论的继续，只是地点、刊物从美国的《留美学生季报》变移到南京的《学衡》。

《学衡》在东南大学创刊后，胡先骕、柳诒徵成为"学衡社"成员。史学与文学始终是两股并存的力量。文学教授王伯沆、植物学教授胡先骕、史学教授柳诒徵都喜好写作古体诗词，所以《国立东南大学南京高师日刊》《学衡》排斥白话新诗，坚持刊登古体诗词。他们共同操持"没有格律声韵非诗"的主张，与北京大学《新青年》《新潮》对立，形

成守护古体诗词与白话新诗的两大阵营。即便是吴宓离开东南大学到清华大学后，他主持天津《大公报·文学副刊》六年间，仍然坚持刊登古体诗词，所谓"学衡派"与"新青年—新潮派"文学上的对立，主要是白话新诗与古体诗词的分歧。1945年9月25日，黄萍荪主编《龙凤》第三期刊出的《胡先骕小传》中，称胡先骕"素擅长中国文学，与梅光迪、吴宓创办《学衡》杂志，提倡人文主义，以与当时学术界狂澜抗衡，崭然树立东南学风"[5]。这与胡先骕在1934年《子曰》第四期所刊《梅庵忆语》中说辞一致：

> 五四运动乃北京大学一大事，《学衡》杂志之刊行则东南大学一大事也。蔡孑民先生以革命元勋主持北京大学，遂以革命精神领导北大，先后聘陈独秀、胡适诸人为教授，发刊《新青年》，打倒孔家店，加以五四运动竟奠定外交上之胜利，于是革命精神弥漫全校，偏激诡异之言论，风起云涌，不通蟹行文字之老师宿儒如林琴南辈竟无以应敌，然非举国风从草偃也。余曾单独发表一文论文学改良于南高日刊，不久梅光迪、吴宓诸先生联翩来校，与伯明先生皆感五四以后全国之学风，有越常轨，谋有以匡救之，乃编纂发行《学衡》杂志，以求大公至正不偏不激之态度，以发扬国学介绍西学。刊行之后，大为学术界所称道，于是北大学派乃遇旗鼓相当之劲敌矣。[6]

这里可以清楚看出，是《学衡》创刊，让南京高师—东南大学两股力量集结，并与北京大学"新青年—新潮派"形成明显对决之势，因此才有钱基博1926年12月提出"北大派"与"东大派""学衡派"之说。[7]

但胡先骕《梅庵忆语》所说学生"不守旧"这一点却与事实不符。他说南高东大在创办之初即"养成一种平正质朴之精神"，学生"既不守旧，亦不骛新，于北方各大学之风气，迥然自异，加以学生皆不参加政治运动，咸能屹立于政潮之外，故校中学术空气特浓。此种精神，自《学衡》刊布以后益加强化，流风遗韵尚存于今日焉"[8]。

接下来，要说的正是南京高师—东南大学师生文学上的"守旧"。

文学发展史上"复古派"之说

1934年，郑振铎、傅东华为《文学》一周年纪念特辑编《我与文学》，收录有吴文祺《我为新文学奋斗的经过》一文。吴在文章中说，"民国十年，《南京东大月刊》（沈按：应为《国立东南大学南京高师日刊》）出了一个'诗学研究号'，提倡旧诗。他们所做的诗，实在很不（沈按：原本为"不很"）高明。上海《时事新报》的副刊《文学旬刊》上，首先登载了斯提君的《骸骨之迷恋》一文，痛加指斥。双方的辩难于是乎开始。我也写了一篇《对于旧体诗的我见》，寄给《文学旬刊》。这是我投稿之始。不久，旬刊上又登了一篇缪凤林君的《旁观者言》，替'诗学研究号'的作者辩护，文中论及旧诗（沈按：原本没有"诗"）的韵律等等，颇多扣槃扪烛之谈。我就写了一篇《驳〈旁观者言〉》……这一次辩论，发难于斯提君的《骸骨之迷恋》，告终于我的《驳又一旁观者言》（沈按：应为《〈又一旁观者言〉的批评》）。参加讨论者有许地山、王平陵、刘延陵、台静农、郑重民、王警涛、缪凤林、景昌极、薛鸿猷、欧阳翥……诸君。"[9]这是参与辩论当事人对往事相对客观的说辞，没以恶语相加。1936年4月，吴文祺在上海亚细亚书局出版自己研究新文学的专门著作《新文学概要》（1989年上海书店将此书列入"民国丛书"影印出版）。他文中提到的许地山，此时为燕京大学刚刚毕业留校任教的教师，"文学研究会"成员，1935年以后他在香港大学推广、传播白话新文学。刘延陵为浙江一师教师，并担任学生文学团体"晨光社""湖畔诗社"顾问，1922年与叶圣陶、朱自清等编辑出版《诗》月刊。抗战爆发后，他到新加坡工作，后为南洋大学教授，在新加坡推广传播中国新文学。我两度在南洋理工大学执教，还遇到刘延陵当年指导写作新诗的学生。

1935年10月，郑振铎为《中国新文学大系》编选《文学论争集》，专门有一编叫《学衡派的反攻》，收录胡先骕《中国文学改良论》（上），罗家伦《驳胡先骕君的〈中国文学改良论〉》，梅光迪《评提倡新文化者》，西谛（郑振铎）《新与旧》，玄珠（茅盾）《四面八方的反对白话声》，郢生（叶圣陶）《读书》。这六篇文章中，只有梅光迪的一篇刊发在《学衡》上。胡先骕的文章早在《学衡》创刊三年前发表；其他四篇文章是批评《学衡》的。《文学论争集》中第六编《白话诗运动及其反响》，收录有胡先骕《评〈尝试集〉》和郎损（茅盾）反驳文章《驳反对白话诗者》。《评〈尝试集〉》文后注明是"见《国衡》第一期"，是误写，实际上此文刊登在《学衡》第一、二期上。后来影印出版《中国新文学大系》，此误写仍沿袭。

郑振铎在《文学论争集》序言中，将《学衡》和《国立东南大学南京高师日刊·〈诗学研究号一〉》作为"复古派"一并讨论：

> 复古派在南京，受了胡先骕、梅光迪们的影响，仿佛自有一个小天地，自在地在写着"金陵王气暗沉销"一类的无病呻吟的诗歌。……他们当时都在南京的东南大学教书，仿佛是要和北京大学形成对抗的局势。林琴南们对于新文学的攻击，是纯然的出于卫道的热忱，是站在传统的立场上来说话的。但胡、梅辈却站在"古典派"的立场来说话了。他们引致了好些西洋的文艺理论来做护身符。声势当然和林琴南、张厚载们有些不同。但终于"时势已非"，他们是来得太晚了一些。新文学运动已成了燎原之势，决非他们的书生的微力所能撼动其

万一的了。

　　然而在南京的青年们竟也有一小部分是信从着他们的主张。

　　他们在一个刊物上，刊出一个"诗学专号"所载的几全是旧诗。《文学旬刊》便给他们以极严正的攻击。这招致了好几个月的关于诗的论争。这场论争的结果便是扑灭了许多想做遗少的青年人们的"名士风流"的幻想。同时也更确切的建立了关于新诗的理论。[10]

　　根据这三段文字判断，此时郑振铎手中没有这张报纸。即便是有，也没有查对文字，两处关键文字都写错：将"而今王气暗沉销"写成"金陵王气暗沉销"；"诗学研究号一"写成"诗学专号"。《文学论争集》中也没有收录这张报纸的文章。阿英为《中国新文学大系》编选第十卷《史料索引》，虽专门设有"特刊专号"，也没有收录这张报纸。郑振铎、阿英两位文学史家在当时尚且如此，遑论后来研究者，他们更难看到原刊史料。与《学衡》相关的讨论，这里略去，只谈《国立东南大学南京高师日刊·〈诗学研究号一〉》。

　　《国立东南大学南京高师日刊·〈诗学研究号一〉》出版时间为1921年10月26日。这张报纸共有四个版面，开设栏目有：启事、论著、讨论、诗话、随笔、诗丛，第四版最后注明"未完"。

　　第一版上刊出的"本期要目"如下：

　　　　本刊启事
　　　　诗与哲学　　　　　　　　　　薛鸿猷
　　　　论诗数则　　　　　　　　　　章松龄
　　　　伯沆先生诗问　　　　　　　　薛鸿猷
　　　　曼云楼诗话　　　　　　　　　吴江冷

这只是个"要目"而已，实际诗词多于这个数目。

"本刊启事"有意不用新式标点符号，甚至连句读也没有。内容

如下:

（一）本刊诗学研究号原拟本月中旬出版嗣以发刊孟罗特号犹为当务之急遂致稽迟至今始克出版望阅者原谅

（二）本期研究号辱荷诸君踊跃投稿奈限于篇幅未能一一登载容当发刊第二期再为揭载不误如荷同文仍以佳稿惠寄者请照研究号投稿办法征稿期十一月终截止

（三）本期所载各篇小诗已商准王伯沆先生批评抉出其优劣点当于第二期发表先此奉闻

（四）此次征稿以语体诗见惠者甚多同人以为语体诗问题亟需研究之点颇多容当另刊专号从事讨论所收各稿已代保存知念此白

编辑部谨启十月二十六日

从中可以看到，此次征稿中有大量语体诗即白话新诗投来，编辑部计划另开专号。

《诗学研究号一》中，王伯沆、白眉初是教师，分别讲授国文、地理；其他都是南京高师—东南大学在校学生。

"论著"栏目中，首篇是教育专修科第二班学生薛鸿猷的《诗与哲学》，继之为章松龄的《论诗数则》，因为是发表在报纸上，文章都不长，均为提纲挈领式短文。薛鸿猷在《诗与哲学》后加有"附识"，强调他所说诗与哲学的对象为人生，其作用为批评人生。"换言之，即诗与哲学之对象，大部分为人生，其作用大部分为批评人生。"仅此看来，他的观点，与当年新起"文学研究会"同人所持"为人生而艺术"主张相同。章松龄的《论诗数则》开首即说"诗乃情感流露于文字者，故以抒情写景为尚"，"诗是表人生之一部，作者之人格，可于诗中寻之"。诗贵抒情，偏激不中，不节制，无含蓄，少沉静，不细腻，不高洁，如

"牧儿村姑之狂叫，非好诗也"。"诗之最要者为相像"，"诗为动于中而发者，非酬应之品"。章松龄和薛鸿猷一样，都认同"诗为人生"。但他所说诗如"牧儿村姑之狂叫，非好诗也"则有所指。如此时诗坛上"狂飙"出的一些诗篇，可以对号入座。

"讨论"栏目中刊出薛鸿猷《伯沆先生诗问》，在前面有说明文字，接下来是薛鸿猷问，王伯沆先生回答。这份对话录是整个"诗学研究专号"中最长的一篇。

"诗话"栏目中刊出吴江冷《曼云楼诗话》。吴江冷开篇即说，他喜好龚自珍的诗，"其诗豪气纵横，不为词章所困，非有侠骨而天机颖敏者，不能成此诗"。最后，他强调"打油诗可作，寿诗万不可作"。

"随笔"栏目上刊出薛鸿猷《读诗随笔》，他主要是引述清人的诗与诗话，谈南京与项羽两个主题。文中录有长州彭希郑《秣陵怀古》七首诗，吴晋壬《金陵杂咏》和王渔洋的诗论。

"诗丛"栏目里则全是古体诗，占据第三版七分之一和整个第四版，共计41首。具体作者和篇目如下：

过道旁古墓有感	潘一强
过淮阴侯钓鱼台（五古）	徐书简
中秋前一夕作	吴江冷
对月	吴江冷
溪畔闲立	吴江冷
江滨晚步	吴江冷
红叶怨	茅祖燊
秋夜思亲	白眉初
秋夜寄吴大	徐书简
归思	林昭音
晚归东青	潘一强

秋山远眺	潘一强
秋风	潘一强
谒南京古物陈列所（即明故宫遗址）欧阳翥	
金陵杂咏（十八首）	薛鸿猷

莫愁湖、秦淮河、台城、雨花台、胭脂井、明孝陵、乌衣巷、鸡鸣寺、紫金山、明故宫、北极阁、栖霞寺、玄武湖、胜棋楼、灵谷寺、扫叶楼、天堡城、燕子矶

寄怀谢养纯绥定	周邦道
月夜闻笛	潘一强
问菊	徐书简
菊语	徐书简
送友人归宁波	林昭音
舟中	林昭音
读书	林昭音
南京	卢正绅
自题小照	卢正绅

因最后注明"未完"，所以要目中所列的九首诗没有刊出：

感怀	李 瑶
秣陵客菊与王木生夜话	李 瑶
过董小宛故里	李 瑶
过放翁亭	李 瑶
雨后登豁蒙楼	章松龄
登雨花台	徐书简
月夜	潘一强
秋雁	潘一强

日暮舟汩罗衣　　　曾节之

四十一首古体诗主题相对一致：借景抒情，思人思古思远，或感叹
王朝兴衰更迭。

郑振铎在《文学论争集》导言中举例"金陵王气暗沉销"一句，出
自南京高师—东南大学在校学生欧阳翥《谒南京古物陈列所即明故宫遗
址》，原诗句为"而今王气暗沉销"。其他作者诗中，有两位写到"王
气"，如薛鸿猷《金陵杂咏·紫金山》中有"王气金陵似此多"，卢正
绅《南京》中有"试问六朝金粉地，旧时王气可全收"。

欧阳翥（1898—1954），字铁翘，号天骄，生于湖南望城，童年时
代跟从祖父欧阳笙楼、父欧阳鹏学习四书五经，并习作古体诗词。1919
年考入南京高等师范学校，学习心理学、生物学，师从胡先骕，后留学
法国、德国；1934 年秋回国，任中央大学生物学系教授，1954 年 5 月
25 日夜，在南京大学投井自杀。欧阳翥和他老师胡先骕一样，国学深
厚，喜好文学，在科学研究之外，毕生坚持写作古体诗词。作品有《退
思盦诗草》六卷，《退思盦文稿》两卷，《退思盦诗抄》十三卷，《退思
盦杂缀》三十六卷。现南京大学存有胡先骕诗集《蜻洲游草》，是欧阳
翥捐赠的。这个诗集原本是胡先骕签名后（"铁翘仁弟惠存，胡先骕持
赠"）送给欧阳翥的。

白眉初是刚从北京高师转入南京高师的地理学教授。卢正绅即卢
前（冀野），同时也写作白话新诗，出版有新诗集《春雨》《绿帘》。林
昭音 1925 年出版有《男女性之分析》。周邦道为江西人，1919 年入南
京高师，其主编的《教育年鉴》，1935 年在开明书店出版而广受关注，
1949 年赴台湾后，潜心佛学。

《文学旬刊》对《诗学研究号》的批评、讨论

  1921 年 1 月 4 日，"文学研究会" 在北京成立，周作人、沈雁冰（茅盾）、郑振铎、叶绍钧（圣陶）、孙伏园、耿济之等 12 位为发起人。同年春，郑振铎自北京交通部铁路管理学校毕业，分配到上海西站当实习生。不久因出任上海《时事新报》副刊《学灯》编辑而脱离原来岗位。5 月 11 日，郑振铎经《小说月报》主编沈雁冰介绍进商务印书馆编译所，但仍兼做《学灯》编辑工作。《小说月报》是商务印书馆刊物，不能为某个文学社团所独占，所以沈雁冰说，因为郑振铎担任《学灯》编辑缘故，"我们创办了《文学旬刊》，附在《时事新报》发行"，作为 "文学研究会" 会刊，"上海变成了文学研究会的总部" [11]。

  5 月 10 日，郑振铎主编的《文学旬刊》作为《时事新报》副刊发行。创刊一年后，即 1922 年 5 月 11 日，郑振铎在《文学旬刊》上发表启事，郑重声明《文学旬刊》是 "文学研究会" 的刊物。因此可以看出，对《诗学研究号》和《学衡》的批评、讨论都是郑振铎主持的。十四年后，他为《文学论争集》写作导言时，旧事重提，也是将《诗学研究号》和《学衡》一并清算。

  此时因陈独秀组党，《新青年》转型，《新潮》社主要成员也都出国留学。当 1922 年 1 月《学衡》反对新文学的文章出来时，胡适就明确表示，文学革命早过了讨论期，进入收获阶段，反对者无力开战，《学衡》只是 "学骂" [12]，不值得一驳。这样，批评《诗学研究号》及《学衡》的任务，就落到 "文学研究会" 成员肩上。"文学研究会" 成员对《诗学研究号》及《学衡》的批评，集中在新诗与古体诗的对立上。

  接下来，主要讨论与《诗学研究号》相关的批评、反批评及旁观者。

  检阅双方出场人物：南京高师—东南大学都是在校学生；"文学研究会" 成员多在上海、苏州、海宁、北京，以中小学教师和商务印书馆

编辑、商务印书馆国文函授社教师为主。

1921 年 10 月 26 日《诗学研究号》出版后，郑振铎首先看到，他在 11 月 3 日致信周作人：

> 南高师日刊近出一号"诗学研究号"，所登的都是旧诗，且也有几个做新诗的人，如吴江冷等，也在里面大做其诗话和七言绝。想不到复古的陈人在现在还有如此之多，而青年之绝无宗旨，时新时旧，尤足令人浩叹，圣陶、雁冰同我几个人正想在《文学旬刊》上大骂他们一顿，以代表东南文明之大学，而思想如此陈旧，不可不大呼以促其反省也。写至此，觉得国内尚遍地皆敌，新文学之前途绝难乐观，不可不加倍奋斗也。[13]

接下来，有猛烈的批判。第一位出场的是斯提（叶圣陶），在 11 月 12 日《文学旬刊》第 19 期上发表《骸骨之迷恋》。他首先针对薛鸿猷《诗与哲学》中强调诗与哲学的对象是为人生，其作用是为批评人生提出质问："假定诗的作用是批评人生，表现人生……人生不是固定的。然则为什么有照抄以前的批评人生表现人生的诗学的研究呢？"[14]

他说："冢墓里的骸骨曾经一度有生命……那些以前的生命或者留下些精神给后人。可是后人须认清，这是以前时代的精神，可以供我们参考，给我们研究，但绝不是我们的精神；更有一层，决不能因尊重以前时代的精神，并珍重冢墓里的骸骨。"他认为《诗学研究号》作者"却犯了我所说的反面。旧诗的生命，现在是消灭了"。而《诗学研究号》先生们"却在那里讨论作法，刊布诗篇，我不得不很抱歉地说他们是骸骨之迷恋"。"旧诗何以已成为骸骨？这不必详言，说的人多极了。（一）用死文字，（二）格律严重拘束，就是使旧诗降为骸骨的要因。要用他批评或表现现代的人生，是绝对不行的。'生也有涯'，精神须耗于相当之地，不要迷恋骸骨罢"。[15]

顾颉刚看到《文学旬刊》后，在 12 月 12 日致信叶圣陶："《骸骨之迷恋》我猜是你做的。守廷是谁？"[16]

此文一出，就立刻引起南京高师—东南大学学生的反批评，并由此在《文学旬刊》引发了四个月的讨论。

一般而言，向谁挑战就由谁来应招。11 月 21 日，《文学旬刊》第 20 号《通讯》专栏刊出薛鸿猷 11 月 13 日致西谛（郑振铎）无标点的信，和西谛答复（"编者附记"）。薛鸿猷说《骸骨之迷恋》"全失批评态度又无学理根据殊难令人满意"，因此投稿一篇，申明编辑《诗学研究号》宗旨，"纠正斯提之谬误"。他要求西谛在第二十、二十一期连载。"编者附记"说薛鸿猷投来文章题目为《一条疯狗》，"全篇皆意气用事之辞。本不便登刊……但新旧诗的问题，现在还在争论之中，迷恋骸骨的人也还不少，我们很想趁此机会很详细的讨论一番。所以决定下期把薛君的大稿登出，附以我们的批评"。

12 月 1 日，《文学旬刊》第 21 号头版刊出守廷《对于〈一条疯狗〉的答辩》，此时双方都失去文学论争的底线，开始互相谩骂。守廷文章一开始就称薛鸿猷为迷恋骸骨的"准遗少"，说自己不愿意来同"做'一条疯狗'的薛鸿猷君讨论"，只是斯提在苏州，来不及看薛鸿猷的文章，只得由他来回应。守廷说斯提《骸骨之迷恋》主要是批评《诗学研究号》的古体诗，并不是批评薛鸿猷的《诗与哲学》。这是薛鸿猷的误会。接下来，守廷尖锐地指出，《诗学研究号》上的诗文缺少现代精神，也看不出人生观，如果不是写有"国立东南大学南京高师日刊"几个字，还以为是前清落魄秀才，或三家村学究的作品。他甚至说欧阳翥《谒南京古物陈列所（即明故宫遗址）》一诗，句句都含有"遗老"口气，其中"荆棘铜驼任湮没，而今王气暗沉销"一句，简直是明目张胆地提倡帝制，想要复辟。守廷特别强调所谓"骸骨"，指旧诗形式，并不是指古人所做之诗。我们所有说的是现代人，不应再用旧形式来发表自己的思想与情绪。同时，他批评南京高师—东南大学还在传授旧诗做法，这在学校教育中"决不普遍"。最后，守廷发出："唉，'薛君休矣！'请你先去研究明白文学是什么东西后再来说话。"[17]

第二、三版刊登出薛鸿猷答辩：反攻长文《一条疯狗》。薛鸿猷一开始就说斯提《骸骨之迷恋》"不过是狂吠一阵罢了"，他通过对《骸骨之迷恋》文本分析和自己的论证，认定斯提是三家村的一个恶婆娘，是"一条疯狗"。最后，薛鸿猷提出他对于诗所取的态度（摘录）：

（一）我认文学（诗是一种）这种东西，是人生的奢侈品，应当由各人自由欣赏，不受外力的压迫，喜欢做文言，就用文言，喜欢做白话，就用白话，格律方面，自己须解放自己，但是愿受格律的拘束者听之。

（二）约翰·穆勒所著《自由论》中曾以为世界万全之真理，亦无绝非真理者。我于文学的标准亦然。

（三）我认语体诗是一体，但我不奉之为金科玉律，挂一面"只此一家，别无分铺"的招牌。

（四）我认定我们当在文言诗中，做一番整理的和改革的工夫，在语体诗中，做一番建设的工夫。……决不能因为是前人的作品，就鄙弃之，一笔抹煞，谓之毫无价值，而失学者研究精神。

（五）我认定一个学府中，对于各家学说，当并容兼蓄，决不能受一种学阀之把持。所以"诗学研究号"全发表文言诗，改日尚须另刊语体诗，从长讨论。……

（六）我承认优良的文学，是有普遍性的，永久不变的。……

（七）……若谓模仿古人，便是古人的奴隶，未免是一孔之见。

（八）我认文学是必须模仿的……

（九）我们以前人的文学做食品，我们吃了消化了，很可以滋养我们的身体，增长我们的智力。……[18]

薛鸿猷文中所说的"学阀"，正是日后胡先骕、梅光迪骂胡适的话。紧随其后，是署名"卜向"的《诗坛底逆流》、署名"东"的《看南京日刊里的"七言时文"》、署名"赤"的《由〈一条疯狗〉而来的感想》。前者视《诗学研究号》为"诗坛底逆流"，问他们"这样效忠于骸骨，到底何苦来呢"[19]？"东"的《看南京日刊里的"七言时文"》则说看《诗学研究号》后起了个"恶呕"。他质问薛鸿猷《金陵杂咏》（十八首）："哪一首没有腐乱的别人的口唾气！哪一首，哪一句，是有独到的意境，和清新警策的词句？"[20]署名"赤"的文章中称薛鸿猷为"做'一条疯狗'的先生"，很有些可怜，因为他的神经狂乱。文章最后说道："薛君！再会！恭候你的第二条疯狗！"[21]

由此可见，双方现在摆出的是骂阵！

接下来，12月11日《文学旬刊》第22号上，有缪凤林《旁观者言》、欧阳翥《通讯——致守廷》、守廷《通讯——致欧阳翥》。"编者"特有短文说明："薛鸿猷先生：来信因篇幅关系，且中多意气之辞，不便登出。乞见谅！"

缪凤林为南京高师国文史地部学生，柳诒徵得意弟子，后来成为中央大学历史学教授。他把文章是寄给张东荪，由张转给郑振铎。他首先声明自己不是为《诗学研究号》辩护，因为他"深信其中之诗，无一有文学之真价者"。他提出两个问题：一是双方均以此刊刊登少数人之诗，牵扯到学校，很遗憾；二是斯提、守廷之论都"似以偏概全"[22]。

欧阳翥与守廷通信，主要是讨论"荆棘铜驼任湮没，而今王气暗沉销"一句，是否有提倡帝制，想要复辟的问题。这三篇文章相对温和，而没有骂人的架势。其中缪凤林的文章看似没有"谩骂语"，但从他文章后面郑振铎所加"编者附志"可知，是编者把几段"谩骂语"删除。

"编者附志"说缪凤林:"他的主张较薛鸿猷先生尤为极端。薛君尚承认语体诗是一体,缪君则根本不承认有新诗的存在,并且否认'散文诗'这个名词。这种大胆的极端的主张还没有什么人发表过。"接着,列举两段被删掉的话,其一为:"第自伪新文化运动以来,缪悠之论,层出不穷,盲目之徒,不知是非,腾为口说,以误传误!"

12月21日《文学旬刊》第23号上,有静农《读〈旁观者言〉》、吴文祺《对于旧体诗的我见》、王警涛《为新诗家进一言》、薛鸿猷《通讯——致编辑》。这一期开篇是署名"Y.L"的《论散文诗》,文后有西谛附注,说这篇《论散文诗》似乎稍嫌简单,他将在下一期做一篇较详细的同题目文章。第24期首篇,就是西谛的《论散文诗》。

静农即台静农,此时为北京大学国文系旁听生,他的文章是11月23日从北京寄来的"自然投稿"。他说缪凤林《旁观者言》论诗只讲形式,缪凤林所说诗的特质就是形式,离开平仄就不能成为诗的论断,违背诗歌的历史事实,《诗经》就没有固定平仄。"我想缪先生若没有神经病,决不至如此的荒谬!"[23]他认为接下来缪凤林论述诗的音韵与诗人的天才两个问题,"竟能以音律而限制天才"的说法更是大胆、可笑。

薛鸿猷来信,申明他写文章是个人行为,不代表南京高师—东南大学;"诗学研究号"上的作品,由作者负责,更不能代表全体之思想。他同时指出南京高师学生缪凤林《旁观者言》"于此已有误解","亦多与事实不符"[24]。

1922年1月1日《文学旬刊》第24号上,有署名"幼南"的《又一旁观者言》。1922年1月11日第25号上,有吴文祺《驳〈旁观者言〉》、西谛《通讯——致凤林、幼南》和凤林、幼南的《通讯——致西谛》。

幼南为南京高师学生景昌极,缪凤林的好友。他在文章中说,自己的主张与缪凤林《旁观者言》基本一致,并又有进一步解释,最后幼南"希望西谛君者"有四点:不做谩骂语;不以臆为知;不拘成见;不深闭固拒。西谛的答复是:希望缪凤林放弃死守"诗必须有韵"之旧律这一成见，同时感谢幼南对散文诗讨论的贡献。双方的语气和态度相对平和多了。

1922 年 2 月 11 日第 28 号上，有吴文祺《〈又一旁观者言〉的批评》。吴文祺 1917 年自金陵大学肄业，对南京学界比较了解，此时为商务印书馆国文函授社教师。吴文祺先后有三篇文章，发挥自己研究语言学的特长。在《对于旧体诗的我见》一文中，他列举旧体诗严重格律化后的毛病：（一）陈陈相因，已成滥调，不能充分表现作者的情绪。（二）口吻失真，不合言语之自然。（三）刻削语句，使意义晦涩，或不合文法。（四）牺牲了很有精彩的句子，硬把不相干字句来杂凑。最后，他强调代表前人精神的诗的形式早已枯死而成为滥调，"旧诗的迷信者，可以从梦中醒来了"！[25]《驳〈旁观者言〉》针对缪凤林之说，他明确提出：（一）诗的特质，不在外象的韵律，而在他的具体性。（二）诗的好坏，在乎作者之天才大小有无，诗的形式愈自由变化，天才便愈能尽量表现。（三）诗的音节，既不在句尾的韵，也不在句中的平仄，却在顺着诗意的自然音节。（四）旧诗的内容和形式都是骸骨。他特别批评缪凤林所谓新诗不用韵律所以没有文学价值的武断之说"根本不对"[26]。尤其是在第三篇文章《〈又一旁观者言〉的批评》中，他谈到沈约的"沈韵"，以及陆法言的《切韵》、孙愐的《唐韵》、陆彭年等人的《广韵》、丁度等人的《集韵》、清儒编就的《佩文韵府》等专门研究诗韵问题的著作，阐述自己对新旧诗歌的看法，特别肯定进化而来的无韵律白话散文诗。[27]

随后，《文学旬刊》转向对东南大学那些"极力反对新文学运动"的"欧化的守旧者"[28] 所办《学衡》的批评。检阅后来《学衡》作者，可见参与讨论的缪凤林、景昌极都成了"学衡社"成员。组织、参与批评《诗学研究号》的"文学研究会"成员，多位与首倡白话新文学的北京大学有关。茅盾 1916 年毕业于北京大学预科。叶圣陶 1919 年加入北京大学"新潮社"，1922 年在北京大学预科短期出任讲师。郑振铎在北京读书时参加了 1919 年北京大学学生发起的五四学生运动；组织批评

《诗学研究号》之前，又专门向北京大学教授周作人作了书信汇报。台静农为北京大学旁听生。因此，围绕《诗学研究号》的批评与反批评，可被视为南京高师—东南大学与北京大学的对立。《诗学研究号》只出版一期，"本刊启事"中所说"另刊专号"也没能实现。且由于反新文化—新文学的《学衡》高调登场，他们坚守古体诗词的姿态，鲜明地出现在"学衡派"刊物《学衡》《国风》《大公报·文学副刊》上。

极端对立所显示出的另一现象是，"学衡派"刊物上绝不允许白话新诗出现。东南大学—中央大学也不允许新文学进入课堂。中央大学毕业生钱谷融在《我的老师伍叔傥先生》一文中特别指出："中央大学中文系一向是比较守旧的，只讲古典文学，不讲新文学。新文学和新文学作家，是很难进入这座学府的讲堂的。"[29] 这就是胡先骕所说"学衡派"的"流风遗韵"。

当然，在新文学作家阵营内部，也有对古体诗形式——即"骸骨之迷恋"持不同看法的作家，只是当时他们并没有介入这场讨论，而在随后发表了自己的看法。1925 年 1 月，郁达夫在北京写了《骸骨迷恋者的独语》，他明确表示出自己的主张："目下在流行着的新诗，果然很好，但是像我这样懒惰无聊，又常想发牢骚的无能力者，性情最适宜的，还是旧诗；你弄到了五个字，或者七个字，就可以把牢骚发尽，多么简便啊。"[30] 同时，他也说明自己是大不喜欢像那些老文丐的什么诗选，什么派别，"因为他们的成见太深，弄不出真真的艺术作品来"[31]。最后他特别强调中国人的文化心理："喜新厌旧，原是人之常情；不过我们黄色同胞的喜新厌旧，未免是过激了，今日之新，一变即成为明日之旧，前日之旧，一变而又为后日之新，扇子的忽而行长忽而行短，鞋头的忽而行尖忽而行圆，便是一种国民性的表现。我只希望新文学和国故，不要成为长柄短柄的扇子，尖头圆头的靴鞋。"[32] 这一看法，颇似几年后周作人在《中国新文学的源流》中提出"言志"与"载道"互为消长的"循环论"。

朱自清在《论中国诗的出路》中，讨论了近代以来中国诗发展史上的三次重要变革时期（"诗界革命"——在诗里装进他们的政治哲学，引用西籍典故，创造新的风格；"白话新诗"——大家"多半是无意识的接受外国文学的暗示"，"注重的是白话，不是诗"；"新格律诗"——模仿外国近代诗意境、音节）后，又专门谈到"骸骨之迷恋"的问题，他说：

> 五七言古近体诗乃至词曲是不是还有存在的理由呢？换句话，这些诗体能不能表达我们这时代的思想呢？这问题可以引起许多辩论。胡适之先生一定是否定的；许多人却徘徊着不能说就下断语。这不一定由于迷恋骸骨，他们不信这经过多少时代多少作家锤炼过的诗体完全是冢中枯骨一般。固然照傅孟真先生的文学的有机成长说（去年在清华讲演）一种文体长成以后，便无生气，只余技巧；技巧越精，领会的越少。但技巧也正是一种趣味；况如宋诗之于唐诗，境界一变，重新，沈曾植比之于外国人开埠头本领（见《石遗室诗话》），可见骸骨运会之谯，也不尽确。"世界革命"诸先生似乎就有开埠头之意。他们虽失败了，但与他们同时的黄遵宪乃至现代的吴芳吉，顾随，徐声越诸先生，向这方面努力的不乏其人，他们都不能说没有相当的成功。他们在旧瓶里装进新酒去。所谓新酒也正是外国玩意儿。这个努力究竟有没有创造时代的成绩，现在还看不透；但有件事不但可以帮助这种努力，并且可以帮助上述的种种；便是大规模地有系统地试译外国诗。[33]

一向稳重、谨慎的朱自清没有明确表态，但文中却显露出自己的诗学原则，而"大规模地有系统地试译外国诗"之语，只是一个托辞。

革命年代，以激进姿态做出反传统的种种行为，以政治挟持文化的风火互动，体现出短期效应的所谓进化、进步，这无疑置保守主义者于多重困境：自己的言论，使得自身与激进主义者处于敌对的危险境地，或言论与行为逆差、悖论；受激进挟持的受众对象，把其看作落伍、荒谬和反动；话语霸权的激进主义者对其极端蔑视。

时间和实践是最好的判官。文学家、批评家的历史，有时竟让我们感到如此多姿多彩，新文学作家叶圣陶、茅盾，早年都写作白话新诗，用激烈言词批评南京高师—东南大学师生写作古体诗，但他们两人却在1940年代都转向写作古体诗，迷恋古体诗形式——"骸骨"。如果只说是"形式的诱惑"，显然不足以明事理，因为几千年的诗歌文化元素，在他们心底积淀后所产生的内驱力，有时会超越激进与保守。五四"文学革命"所形成的单一性模式，在钱锺书批评周作人《中国新文学的源流》的文章中有相应的讨论，即主张白话新诗者革了写古体诗的命后，"革命在事实上的成果便是革命在理论上的失败"，始于"革"而终于"因"[34]。

注释：

[1]沈卫威：《学分南北与东南学风》，《新国学研究》第4辑，人民文学出版社，2006。

[2]金毓黻著，《金毓黻文集》编辑整理组校点《静晤室日记》第6册第4629页。

[3]胡先骕：《胡先骕文存》（上）第513页，江西高校出版社，1995。

[4]柳诒徵：《送吴雨僧之奉天序》，《学衡》第33期（1924年9月）。

[5]胡宗刚撰：《胡先骕先生年谱长编》第373页。

[6]胡宗刚撰：《胡先骕先生年谱长编》第82页。

[7]钱基博著、傅宏星编校《国学文选类纂》第11-12页，华东师范大学出版社，2010。

[8]胡宗刚撰:《胡先骕先生年谱长编》第84页。

[9]吴文祺:《我为新文学奋斗的经过》，郑振铎、傅东华编《我与文学》第250-251页，生活书店，1934（上海书店1981年6月复印，我这里是用吴文祺赠吴君恒的校改签名本）。

[10]郑振铎编《中国新文学大系·文学论争集·导言》（上）第13页，上海良友图书印刷公司，1935。

[11]茅盾:《我走过的道路》（上）第181页，人民文学出版社，1981。

[12]胡适:《日记 1922年》，季羡林主编《胡适全集》第29卷第509页。

[13]《郑振铎致周作人》,《中国现代文艺资料丛刊》第五辑第353页，上海文艺出版社，1980。

[14][15]斯提:《骸骨之迷恋》,《文学旬刊》第19期，1921年11月12日。

[16]顾颉刚:《致叶圣陶》,《顾颉刚全集 顾颉刚书信集》卷一第74页，中华书局，2010。

[17]守廷:《对于〈一条疯狗〉的答辩》,《文学旬刊》第21号，1921年12月1日。

[18]薛鸿猷:《一条疯狗》,《文学旬刊》第21号，1921年12月1日。

[19]卜向:《诗坛底逆流》,《文学旬刊》第21号，1921年12月1日。

[20]东:《看南京日刊里的"七言时文"》,《文学旬刊》第21号，1921年12月1日。

[21]赤:《由〈一条疯狗〉而来的感想》,《文学旬刊》第21号，

1921 年 12 月 1 日。

[22]缪凤林:《旁观者言》,《文学旬刊》第 22 号,1921 年 12 月 11 日。

[23]静农:《读〈旁观者言〉》,《文学旬刊》第 23 号,1921 年 12 月 21 日。

[24]薛鸿猷:《通讯——致编辑》,《文学旬刊》第 23 号,1921 年 12 月 21 日。

[25]吴文祺:《对于旧体诗的我见》,《文学旬刊》第 23 号,1921 年 12 月 21 日。

[26]吴文祺:《驳〈旁观者言〉》,《文学旬刊》第 25 号,1922 年 1 月 11 日。

[27]吴文祺:《〈又一旁观者言〉的批评》,《文学旬刊》第 28 号,1922 年 2 月 11 日。

[28]《郑振铎致周作人》,《中国现代文艺资料丛刊》第五辑第 353 页。

[29]钱谷融:《闲斋忆旧》第 144 页,上海人民出版社,2008。

[30]郁达夫:《骸骨迷恋者的独语》,《郁达夫全集》第 3 卷第 110-111 页,浙江大学出版社,2007。

[31][32]郁达夫:《骸骨迷恋者的独语》,《郁达夫全集》第 3 卷第 111 页。

[33]朱自清:《论中国诗的出路》,《朱自清全集》第 4 卷第 292-293 页,江苏教育出版社,1996。

[34]中书君:《中国新文学的源流》,《新月》第 4 卷第 4 期,1932 年 11 月 1 日。

第六章

激烈稳健

每一所大学都有属于自己的"历史"，但不是每所大学，都形成可以言说并属于自己的"大学精神"和"学术传统"。中国大学很多，有学术特色、形成学派的却很少。近三十年，许多大学出现了"暴发户认祖宗、修祠堂"现象，纷纷将自己的创校时间前移，将兴学之时间提前到晚清，成为20世纪50年代将大学创校日（生日）与校庆日分开后（北京大学将原有坚持多年的校庆日12月17日改为5月4日，避开蔡元培的阴历生日、胡适的阳历生日与北大12月17日原校庆日同一天的事实，用五四运动纪念日作为校庆日；南京大学将原有中央大学6月9日校庆日改为5月20日，是选择5月20日京沪杭游行请愿日为校庆日；复旦大学将原有9月14日校庆日改为5月27日共产党军队进驻上海时间），第二次大规模修改校史热潮，造成许多大学的校史，乱象丛生、真假掺杂。一个大学的生日、校庆日都如此乱改，基本事实都不能守正，如何能创新？

　　"学统"是"大学精神"和"学术传统"的合称，并非一个周延的概念。"大学精神"是校长、教授和学生三者合力的社会化展示；"学术传统"是"大师"的魅力发散。我提出激进与保守作为"民国大学两大学统"这一命题，主要指人文学科，这也正是建立在我对多所大学的历史研读之后，同时，也是在"学衡派"研究基础之上的进一步整合、升华，即发现和提出"问题"。既然是"大学统"之说，也就有个别"小学统"存在，不可一概而论，陷入绝对。"两大学统"之论，也只是一个相对说辞。同时存在的，还有某校某学科或某专业，因具体地缘优势和特殊个人开创的某一强大学科，并在梯队和后继者努力下形成的"小学统"。但这种相对单一的学科优势，并不足以左右民国大学人文学科的整体发展走向。

校长的个人魅力

1949年之前，大学基本上是三大版块：公立（国立）大学、私立大学、教会大学。而教会大学实际上也是私立的。

办学首先需要经费，上述三大版块的经费来源明显表现出：公立大学由政府出资、私立大学由民间集资、教会大学由国外教会团体赞助（但抗战及内战期间，十三所教会大学的学生，得到政府公费资助，学校同时也获得政府办学经费支持）。由于经费决定办学，所以就出现大学运作中的三种力量。

公立大学经费来自政府，因而它受制于国家权力和主流意识形态，主要体现在校长任命上。私立大学（如南开大学、复旦大学、厦门大学、中华大学。抗战时，私下募款的路子中断，南开、复旦、厦大被国民政府教育部救助，被迫改为国立）受制于民间财团和个人资助，受校董事会权力制约，但同时受校长人格魅力的强烈影响，因此体现出私学家法的特性，学校尤其注重学生的人格陶冶，校长个人魅力也成为大学生存的一个支柱性力量。这就是严修、张伯苓与南开大学，马相伯、李登辉与复旦大学，陈嘉庚、林文庆与厦门大学，陈时与武昌中华大学，唐文治与无锡国学专门学校的特殊联系。

教会大学在独立于中国国家教育体制、受"治外法权"保护的前提下，自然有必须要遵从教义教规和接受、传播西洋文化的责任，才可能有自由发展的机会。同时，还要承担教会自身力量对学生进行心灵渗透的任务。这就是海波士为《沪江大学》写史时所说的"强调发展学生的基督化品格"[1]，"保持大学的基督教性质是学校开办之初必须面对的问题"[2]。这些，也就体现在卜舫济与圣约翰大学，司徒雷登、吴雷川、陆志韦与燕京大学，陈裕光与金陵大学，陈垣与辅仁大学，韦卓民与华中大学，吴贻芳与金陵女子大学，刘湛恩与沪江大学，钟荣光与岭南大学的直接关联上。

上述两种私立大学，校长权力很大，而教授权力相对弱化。公立大学校长、教授和学生之间三种力量共存，相互制衡，所以闹学潮的往往是公立大学。每次针对校长的学潮，都是学生势力与教授力量联合发力。公立大学必须面对的动荡，就是政治势力作用下的校长任命和学潮。私立大学和教会大学相对要稳定得多。东南大学（1925 年郭秉文）、清华大学（1931 年罗家伦、吴南轩）、中央大学（1932 年段锡朋）、浙江大学（1935—1936 年郭任远）都有过因校长去留和任命发生学潮动乱。好校长，可以稳定、发展和振兴学校。蔡元培、蒋梦麟振兴北京大学，罗家伦稳定发展中央大学九年，梅贻琦稳定发展清华大学十八年，竺可桢稳定发展浙江大学十三年。[3]

这里要讨论的"学统"，以国立大学为对象。首先，引用霍尔丹勋爵《大学和国民生活》中的名言："大学是民族灵魂的反映。"[4] 因为民国时期，国立大学既要承担民族国家重建过程中培育人才、研究学术的重任，又要担当主导民族文化精神、开化社会风气的使命。这是民族国家对国立大学的政治期待和要求。因此，罗家伦 1932 年 10 月 11 日上任伊始，就在演讲《中央大学的使命》中强调："一定要把一个大学的使命认清，从而创造一种新的精神，养成一种新的风气，以达到一个大学对于民族的使命。"[5] 私立大学和教会大学相对独立的自在属性，是国立大学所没有的。因此，国立大学教授们，一直在争取能有更大的"教授权力"，一直在争取教育独立。争取学术独立、学术自由的行为与过程，由其"国立"属性所决定。下面将由多个话题，或详或略，展示激进与保守两大不同学统，和其基本的历史演进轨迹。

大学空间

激进的"新青年—新潮派"学脉

五四运动是新文化运动和青年爱国运动合流，并发展成为"促进中国成为独立自由的现代化国家的运动"[6]。在北京大学，胡适个人魅力影响下的学生，主要是鼓动和参与新文化运动；陈独秀个人魅力影响下的弟子，主要是参与共产党的组织建设。罗家伦在 1950 年 12 月 30 日所写《元气淋漓的傅孟真》一文，有这样一段文字：

> 我们开始有较深的了解，却在胡适之先生家里。那是我们常去，先则客客气气的请教受益，后来竟成为讨论争辩肆言无忌的地方。这时期还是适之先生发表了《文学改良刍议》以后，而尚未正式提出"国语的文学·文学的国语"，也就是未正式以文学革命主张作号召以前。适之先生甚惊异孟真中国学问之博与精，和他一接受以科学方法整理旧学以后的创获之多与深。适之先生常是很谦虚的说，他初进北大做教授的时候，常常提心吊胆，加倍用功，因为他发现许多学生的学问比他强。……这就是指傅孟真、毛子水、顾颉刚等二、三人说的。当时的真正国学大师如刘申叔（师培）、黄季刚（侃）、陈伯弢（汉章）几位先生，也非常之赞赏孟真，抱着老儒传经的观念，想他继承仪征学统，或是太炎学派等衣钵。孟真有徘徊歧路的资格，可是有革命性，有近代头脑的孟真，决不徘徊歧路，竟一跃而投身文学革命的阵营了。以后文学革命的旗帜，因得孟真而大张。[7]

1919 年 5 月 4 日，北京天安门大游行总指挥、扛着大旗走在最前面的是傅斯年，游行时散发的《北京全体学界宣言》（即收入《罗家伦先生文存》的《五四运动宣言》)的起草人是罗家伦。[8] 而傅、罗是当时北京大学校长蔡元培最器重的学生，更是胡适的得意弟子。罗家伦首先提出"五四运动"[9]，他在《蔡元培时代的北京大学与五四运动》一文中，评价北京大学：

> 以一个大学来转移一时代学术或社会的风气，进而影响到整个国家的青年思想，恐怕要算蔡子民时代的北京大学。[10]

北京大学、中山大学、武汉大学、清华大学、青岛大学—山东大学、西南联合大学、台湾大学的人文学科是一个学统。因为它们有师资的内在关联，特别是北京大学文科教授，支持后几所大学学科建设，同时也带来北大求新、求变的学风和自由主义思想资源的发散。《新青年》张扬的民主与科学精神为后者树起标杆。《新潮》对《新青年》继承与超越时，所列新"元素"是：批评的精神；科学的主义；革新的文词。[11] 这自然与胡适作为前者"顾问"、"指导"有密切关系。先看罗家伦的这段回忆文字：

> 傅孟真是抛弃了黄季刚要传章太炎的道统给他的资格，叛了他的老师来谈文学革命。他的中国文学，很有根柢，尤其是于六朝时代的文学。他从前最喜欢读李义山的诗，后来骂李义山是妖，我说："当时你自己也高兴着李义山的时候呢？"他回答说："那个时候我自己也是妖。"傅孟真同房子的有顾颉刚。俞平伯、汪敬熙和我都是他房间里的不速之客，天天要去，去了就争辩。……
>
> 因为大家谈天的结果，并且因为不甚满意于《新青年》一部分的文章，当时大家便说：若是我们也来办一个杂志，一定可以和《新青年》抗衡，于是《新潮》杂志便应运而产生了。

《新潮》的英文名字为 The Renaissance，也可以看见当时大家自命不凡的态度。……当时负责编辑的是我和孟真两个，经理人是徐彦之和康白情两个。社员不过二十多人，其中有顾颉刚、汪敬熙、俞平伯、江绍原、王星拱、周作人、孙伏园、叶绍钧等几位，孟真当时喜欢谈哲学，谈人生观。他还做了几个古书新评，是很有趣味的。我着重于谈文学和思想问题，对于当时的出版界常常加以暴烈的批评，有些文字，现在看过去是太幼稚了，但是在当时于破坏方面的效力，确是有一点的。比较起来，我那篇《什么是文学》在当时很有相当的影响，《驳胡先骕文学改良论》也很受当时的注意。[12]

广东高师向广东大学—中山大学转型，与广州作为国民党革命中心有关，这个转型，实际师资力量来自北京大学。中山大学的雏形，尤其是文科，简直像一个新的北京大学。从广东大学文科学长陈中凡，到改制为中山大学后文学院院长傅斯年，都是北大毕业生。

据 1927 年 8 月 25 日《国立中山大学》第 19 期《本校文史科介绍》教授名单所示，他们大都是出自北京大学。"除须聘傅斯年、顾颉刚、江绍原等人外，新聘的教授有汪敬熙、冯文潜、毛准、马衡、丁山、罗常培、吴梅、俞平伯、赵元任、杨振声、商承祚、史禄国等。"[13] 当然一部分人并没有聘到，但也有前边没有提到的如鲁迅、许寿裳、容肇祖（元胎）、董作宾（彦堂）、何思源（仙槎）、朱家骅（骝先）、伍叔傥（俶）、罗庸（膺中）、费鸿年等都先后到中山大学。从上述所列举成员看，大多是北京大学毕业生（多为"新潮社"、"国故社"核心社员），或北京大学原教授。顾颉刚日记所示，他到中山大学第一个月（4 月 17 日—5 月 17 日）[14]，和 1927 年 10 月 13 日—1929 年 2 月 24 日这段时间，其人事来往和饭局应酬，几乎都是北大故旧[15]。

顾颉刚具有编辑刊物和丛书的实际工作能力，他效仿北京大学文科的做法，为中山大学做如下筹划：

今日议定刊物四种：

（1）文史丛刊　由文科主任及各系主任编之。

（2）语言历史学研究所周刊　余永梁、罗常培、商承祚、顾颉刚等编。

（3）歌谣周刊　钟敬文、董作宾编。

（4）图书馆周刊　杨振声、顾颉刚、杜定友编。[16]

中山大学人文学科，特别是文学院长傅斯年以"语言历史学"为路径和门类所确立的学术研究，开学界新风。他们办的《国立中山大学语言历史学研究所周刊》，是《北京大学研究所国学门周刊》的继续和发展；他们的《民俗》周刊，也是北京大学"民俗学"研究南下。[17] 而"民俗学"中，他们特别看好歌谣等鲜活的民间文学，也是胡适倡导白话新文学的一个重要支撑力量。同时，因顾颉刚、江绍原在中山大学执教，也带动钟敬文、容肇祖、杨成志在民俗学领域崛起。

1928 年 5 月 19 日，胡适在南京参加教育大会，大学院院长蔡元培动员胡适接替经亨颐出任中山大学副校长，胡适以写《哲学史》和担心戴季陶思想反动"恐怕不能长久合作"[18] 为理由谢绝。于是，改由北京大学南来的朱家骅出任副校长。

1930 年代中山大学的文学院院长，是北京大学"新潮社"成员吴康。1949 年以后的陈寅恪、容庚、商承祚、刘节等都是南下教授。中山大学的"民俗学"研究一直是优势学科，教育部人文社科重点研究基地"中国非物质文化遗产研究中心"一直设在这里。[19] 傅斯年认为历史学、语言学在人文学科里最具有科学性，随后，他在中央研究院建立"历史语言研究所"。直到今天台湾"中央研究院"还保留这一建制。

蔡元培任中央研究院院长后，以他原北京大学的三位弟子傅斯年、顾颉刚、杨振声为"历史语言学研究所"筹备人。这三位原"新潮社"成员，此时都在中山大学。他们"三人即在粤商量筹备事宜"[20]，随后，三人返京，傅斯年主事"历史语言研究所"，顾颉刚、杨振声分别到燕京大学和清华大学。当时，北京大学、清华大学、燕京大学都给顾颉刚发来聘书，他选择燕京大学。事后他说，不回北京大学的原因是那里派系太重，教会大学人际关系相对简单。

1949年以后，在中山大学，陈寅恪对"独立之精神，自由之思想"的坚守，王力对北京大学、清华大学语言学研究的承继，都是这一学统的体现。

1928年清华学校改制为清华大学，此时校长罗家伦、秘书长冯友兰、教务长杨振声，教师刘文典、朱自清、俞平伯均来自北京大学。除刘文典外，他们均是"新潮社"成员，胡适的门生和朋友。文学院院长杨振声曾回忆说，清华国文系在他和朱自清手中兴创。[21]

接着，在"大学院"院长蔡元培主持下，北京大学又把武汉大学扶植起来。1928年7月组建武汉大学时，南京政府"大学院"院长蔡元培指派刘树杞、李四光、王星拱、周览（鲠生）、麦焕章、黄建中、曾昭安、任凯南8人为筹备委员。[22]李四光、王星拱、周鲠生为北京大学著名教授，黄建中是北大毕业生，他们和随后从北京大学来的王世杰、陈源为武汉大学建设贡献尤多。其中王世杰、王星拱、周鲠生先后做了武汉大学校长。他们都是胡适的朋友。从自由主义的政治理念和文化精神上看，1928年以后，武汉大学因"太平洋"—"现代评论"派主要成员到来而兴。《太平洋》《现代评论》杂志主要成员王世杰、李四光、王星拱、周鲠生、陈源、凌叔华、沈从文、杨端六、袁昌英、苏雪林等人在这里任教，另外两位新文学作家闻一多、陈登恪（春随）也相继离开中央大学来到武大。陈源也曾邀请顾颉刚来教中国历史，并致信胡适，请他催促顾接受武大之聘。[23]1930年代，胡适曾以武汉大学之盛，作为中国教育进步的典型向外国人展示，这其中自有内在的学统关联因素。

当然，武汉大学国文系抗衡新文学的势力也一直很强，连苏雪林必须研究古典文学才能立身。闻一多没有拿出一部站得住的著作，无法立身，只好离开。因为黄侃（1928 年离开）及弟子刘赜（博平，1917 年毕业于北京大学）的古汉语研究和教学、吴宓清华同学刘永济的古典文学研究和教学，一直是国文系的优势和主力。这是民国大学国文系学科优势的表现，因为古汉语与古文学这"两古"专业，是检验民国大学国文系是否强盛最重要的指标。

在蔡元培、蒋梦麟主导下，1930 年 9 月 21 日，国立青岛大学正式成立。前两任校长是蔡元培的北大学生杨振声、赵太侔。1930 年代，新文学作家云集，文学之盛，得力于北大学统传承。特别是 1930 年代前半期，杨振声、赵太侔、王统照、闻一多、梁实秋、老舍、洪深、孙大雨、沈从文、方令孺、邓以蛰、张道藩、陈梦家等在此设坛，胡适也曾专门到访，师生（学生如臧克家）互动，有矛盾，有故事，更有文学的创造。

抗战胜利后，许寿裳、魏建功、台静农、李何林、俞敏等到台湾推行国语，有的同时执教于台湾大学。1949 年 1 月 20 日，傅斯年出任台湾大学校长，将北京大学的大学精神和部分师资（如毛子水、钱思亮、姚从吾、台静农）带进台大。1950、1960 年代坚守自由主义学统的殷海光、李敖均出自台大。

保守的"学衡派"学脉

南京高师—东南大学—中央大学、浙江大学、中正大学、中国文化大学的人文学科是一个学统。

蒋梦麟看到北京大学帮助中山大学、武汉大学兴盛后，约胡适去办浙江大学文科不成 [24]，浙大因此在动荡中徘徊八年之久。1936 年郭任远校长去职后，陈布雷向蒋介石推荐原东南大学教授，此时任中央研究院气象研究所所长的竺可桢出任校长。1936 年 4 月浙大新聘竺可桢为校长后，文科迅速崛起，师资主要是原南京高师—东南大学毕业生和中央大学教授。竺可桢从中央大学带来两任文学院院长梅光迪、张其昀，国文系、外文系系主任郭斌龢（一度代理校长），教育系主任、教务长郑晓沧。抗战时期，"学衡派"成员主要集中在此校。这一时期，在浙大的"学衡派"成员有梅光迪、张其昀、郭斌龢、张荫麟、王焕镳、缪钺、王庸、陈训慈八人。[25]"学衡派"成员这一时期在浙江大学群聚，与竺可桢有直接关联。因为竺可桢与陈寅恪为复旦公学时"同桌读书的人"[26]，出国留学之前，与梅光迪在上海复旦公学时即相识，到美国后三人又同在哈佛大学学习，其中竺可桢与梅光迪还同宿舍住过一年[27]。

竺可桢出任校长之前的浙江大学文科，特别是文史学科，没有教授，不成体统。他在 1936 年 3 月 9 日日记中写道：

> 办大学者不能不有哲学中心思想，如以和平相号召，则根本郭之做法即违反本意。余以为大学军队化之办法在现时世界形势之下确合乎潮流，但其失在于流入军国主义，事事惟以实用为依归，不特与中国古代四海之内皆兄弟之精神不合，即与英美各国大学精神在于重个人自由，亦完全不同。目前办学之难即在此点。郭之办学完全为物质主义，与余内心颇相冲突也。此外浙大尚有数点应改良：课程上外国语文系有七个副教授，而国文竟无一个教授，中国历史、外国历史均无教授。其次办事员太多，……[28]

抗战时期，江西中正大学因胡先骕而兴。文史系主任、文学院长王易所写《国立中正大学校歌歌词》：

澄江一碧天四垂，郁葱佳气迎朝曦。

巍巍吾校启宏规，弦歌既昌风俗移。

扬六艺，张四维；励志节，戒荒嬉；

求知力行期有为，修己安人奠国基。

继往开来兮，责在斯！ [29]

与 1935 年罗家伦为中央大学新写的校歌，有精神上的相通：

国学堂堂；

多士跄跄；

励学敦行，

期副举世所属望。

诚朴雄伟见学风，

雍容肃穆在修养。

器识为先，

真理是尚；

完成民族复兴大业，

增加人类知识总量。

进取，

发扬，

担负这责任在双肩上！ [30]

从事"民国礼乐"研究时，我查阅过近百所大学校歌，民族国家的
责任担当和个人德行的自我陶冶，是这些校歌的核心内容。

王益霖（1856—1913）、王易（1889—1956）父子两代在三江师
范学堂、中央大学任教。王益霖 1903 年被聘为三江师范学堂经学教习，
当年中进士后，仍回三江任教。王易在中央大学任教多年，抗战期间才

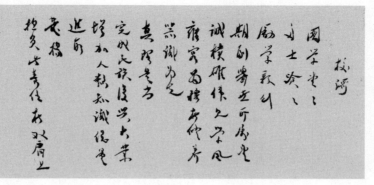

中央大学新校歌原稿，选自南京大学档案馆

回江西主持中正大学文史系和文学院。

1962 年，张其昀在台北阳明山创办中国文化学院（1980 年改为中国文化大学），他说自己这样做，一方面，纪念老师柳诒徵在南京高师—东南大学开设中国文化史课程（他为老师修建纪念堂"劬堂"），一方面，也是为了弘扬中国文化。

这一学统的大学文科，与北京大学、中山大学、武汉大学、清华大学、台湾大学的另一学统，有明显对立和人员聘任上的矛盾。在两大学统统摄下，各自学校教授回忆录中，都有明显的说辞。胡适所说[31] 与胡先骕所作《朴学之精神》[32]，都有意从学术精神上，分出北京大学与南京高师—东南大学的不同。

胡先骕反对新文化，谩骂新诗，坚持写古体诗。他作为科学家的人文关怀，主要体现在对新文化运动的批评和制衡。当他有机会做校长、办大学时，更要展示自己对南京高师—东南大学文化保守精神的守护。

个体姿态

激进与保守有时只是作为一种文化姿态，由个体展示出来。现代文化转型过程中，激进、自由与保守三位一体，成为一个能动的混合变量，三者有相互对立、相互牵扯、互为制衡依存的复杂关系，有时甚至是互相渗透转化。激进与保守只是一个相对说辞，因时间、语境不同，会有不同表现形态，没有绝对激进、绝对保守的人物。北京大学激进大本营中，仍有辜鸿铭的辫子和梁漱溟的文化守成；仅国文系就有刘师培和黄侃的保守，更有自由恋爱、自由婚姻等新思想倡导者胡适的包办婚姻，即对旧伦理的坚守。以至于在老师指导下的学生团体中，也有"新潮社"与"国故社"的对立（师生对立中，又明显兼容并包，如后者的成员罗常培，转变成为胡适派文人的重要成员）。激进与保守在北京大学国文系对立之势结束的明显标志，是刘师培病逝和黄侃出走。从此，在文史哲多个领域同时开进的胡适思想与学术，成为北京大学文科"一贯的主导思想"[33]。这里，引述冯友兰对当时北京大学"兼容并包"的直接感受："所谓'兼容并包'，在一个过渡时期，可能是为旧的东西保留地盘，也可能是为新的东西开辟道路。蔡元培的'兼容并包'在当时是为新的东西开辟道路的。"[34]

说北京大学激进，南京高师—东南大学—中央大学保守，并不是单一所指。这往往体现在办学理念、学科建设及学生的发展趋向上。就文学观、历史观、伦理观和社会变革企图而言，两者都存在有明显的差异或对立。特别是五四时期所形成的整体文化观念对立，为以后大学学统形成，起到关键性作用。后来的诸多矛盾和冲突，都是有来历的。

激进与保守的对立，自然也影响到抗战时期"学衡派"成员集聚的浙江大学。据顾颉刚日记所示，1940 年 4 月 27 日，清华国学研究院国学门第二届毕业生刘节（子植）在成都对顾颉刚说，自己在浙江大学曾受到排挤："子植见告，渠去年到浙大，彼校骂胡适之、骂顾颉刚，成为风气。嫌彼与我接近，曾为《古史辨》第五册作序，强其改变态度，彼不肯，遂受排挤。"[35] 刘节 1939 年 9 月—12 月在迁到贵州的浙江大学只教一个学期的书，便辞职了。

浙江大学 1940 年 2 月在贵州省遵义湄潭落定，《思想与时代》便于 1941 年 8 月在浙大文学院创刊。《思想与时代》没有发刊词，但每期都有"欢迎下列各类文字"（列有 6 项）的启事。胡适认为前两项，就是他们的宗旨：1. 建国时期主义与国策之理论研究。2. 我国固有文化与民族理想根本精神之探讨。

此时，由"学衡派"同人新创办《思想与时代》的"保守""反动"倾向，引起一向对"学衡派"文化保守主义不满的胡适警惕（张其昀到美国哈佛大学访问研究时，带来刊物，送给卸任大使胡适）。他在日记中写道："此中很少好文字。如第一期竺可桢兄的《科学之方法与精神》，真是绝无仅有的了。（张荫麟的几篇'宋史'，文字很好。不幸他去年死了。）张其昀与钱穆二君均为从未出国门的苦学者；冯友兰虽曾出国门，而实无所见。他们的见解多带反动意味，保守的趋势甚明，而拥护集权的态度亦颇明显。"[36]

顾颉刚和他老师胡适对此刊物的反应一致。他在日记中写道："张其昀有政治野心，依倚总裁及陈布雷之力，得三十万金办《思想与时代》刊物于贵阳，又垄断《大公报》社论。宾四、贺麟、荫麟等均为其羽翼。宾四屡在《大公报》发表议论文字，由此而来。其文甚美，其气甚壮，而内容经不起分析。树帜读之，甚为宾四惜。谓其如此发表文字，实自落其声价也。"[37]

其实，顾颉刚对"学衡派"成员不满，早已有之。他在 1938 年 4 月 8 日的日记中写道："看张其昀所著《中国民族志》，此君平日颇能留心搜集材料，惟不能融化，又不能自己提出新问题，发见新事实，故其著作直是编讲义而已。……张君与陈叔谅对我颇致嫉妒，待数百年后人评定之可耳。"[38]

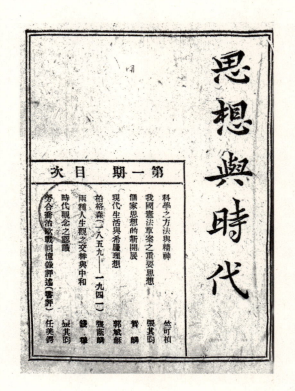

《思想与时代》创刊号封面，选自南京大学图书馆

　　南京高师—东南大学在新文化运动中的保守，主要体现在文史学科，哲学和教育学反倒有非常新的质变。刘伯明开讲的西洋哲学、汤用彤讲授的佛学史，使得原以儒学为宗、金陵佛学为盛影响下的东南大学哲学系，显示出兼容并包的大气象。教育学科更一度成为实验主义新教育的重要阵地，以至于抗战后期，中央大学的教育学科全国最强，在大学"七科"建制中平添一项教育学，形成中央大学的八大学科。

思想操练

实验主义、自由主义

外来思想在中国发散传播需要语境。一切主义，在 1912 年以后的中华民国，都是待实践检验的学说而已，不是绝对真理。胡适、鲁迅等尤其清醒。陈独秀是在 1940 年代才明白。1921 年 7 月，胡适在《东方杂志》第 18 卷第 13 号刊出《杜威先生与中国》，他将杜威实验主义哲学方法概括为"历史的方法"和"实验的方法"。胡适言简意赅地说实验方法有三个层次：

（一）从具体的事实与境地下手；（二）一切学说理想，一切知识，都只是待证的假设，并非天经地义；（三）一切学说与理想都须用实行来试验过；实验是真理的唯一试金石。[39]

在北京大学，蔡元培之后，校长从蒋梦麟、胡适到马寅初，均留学美国哥伦比亚大学。实验主义、自由主义的哲学和教育理念、方法被引入校园，形成具有北京大学特色的实验主义、自由主义，并演化为一种大学精神，形成传统。

新人文主义、民族主义

在南京高师—东南大学，郭秉文、陶行知也曾引进实验主义，但最终为这所大学所拒绝。1925 年郭秉文被迫离开，主张新人文主义的"学衡派"成员胡先骕、梅光迪等均对他表示过不满。陶行知的实验主义教育理念，无法在这所大学推行下去，只好另办晓庄师范学校。大学一方面具有相应的包容性，同时也显示出每个大学自身的文化根基和学统。

南京高师—东南大学是新人文主义倡导者"学衡派"的大本营。1927 年 4 月 18 日国民政府奠都南京，中央大学的地位得以提升，新人文主义者向民族主义顺势转化，呈现出由文化保守向政治保守转变的鲜明特性。《国风》创办，突显出教授群体的民族主义倾向。1931 年以后，因外敌入侵，民族矛盾激化，北平、南京两所大学都有相应的民族主义情绪高涨。虽然都是被政治所催化，但北京大学对自由主义坚守，中央大学对民族主义推波助澜，表现不同。这可从相关的言论，特别是校长的办学理念看出，如罗家伦的"民族主义"大学观。

1947 年 1 月，张其昀在杭州为《思想与时代》写的《复刊辞》中，进一步指明刊物宗旨。他说，就过去几年的工作而言，本刊所追求的目标就是"科学时代的人文主义"[40]。《思想与时代》"以沟通中西文化为职志，与二十年前的《学衡》杂志宗旨相同"[41]。

刊物派别

《新青年》《新潮》

在大学，刊物就是思想的舞台。

身历五四运动的罗家伦强调："凡是运动，必定发生于思想，思想必须藉文字来表达才能传播，刊物的重要就在于此。何况思想的交流与行动的演进之中，又常常互为因果。"[42]

1916 年 7 月 17 日，胡适给许怡荪信中说归国后，"惟有三事终当为之"：读书著书、作教师、作报章文字。其中"办报宗旨约如下方"：

（一）平章政治；

（二）鼓吹社会国家种种需要之改革；

（三）输入新思想新学术；

（四）发扬国学；

（五）造新文学；

（六）监督出版界。[43]

北京大学教师中《新青年》杂志同人、学生中"新潮社"成员，在思想和学术发散时，倾向性明显，围绕刊物的群体活动也表现出极大的派别特点。

胡适对自己初登北京大学哲学系讲台，是"常常提心吊胆，加倍用功，因为他发现许多学生的学问比他强"[44]。他说：

> 那时北大中国哲学系的学生都感觉一个新的留学生叫做胡适之的，居然大胆的想绞断中国的哲学史……而胡适之一来就把商朝以前割断，从西周晚年东周说起。这一班学生都说这是思想造反；这样的人怎么配来讲授呢！那时候，孟真在学校中已经是一个力量。那些学生们就请他去听听我的课，看看是不是应该赶走。他听了几天以后，就告诉同学们说："这个人书虽然读得不多，但他走的这一条路是对的，你们不能闹。"我这个二十几岁的留学生，在北京大学教书，面对着一班思想成熟的学生，没有引起风波；过了十几年以后才晓得是孟真暗地里做了我的保护人。[45]

顾颉刚回忆说：胡适的哲学史课，把他和傅斯年"引进了胡适的路子上去，后来竟办起《新潮》来，成为《新青年》的得力助手"[46]。

傅斯年、罗家伦、顾颉刚被胡适从精神和心理上征服，奉他为精神领袖。1919年1月，北京大学学生所办刊物《新潮》的英文译名为 The Renaissance，对此，余英时说，"毫无疑问，采用'文艺复兴'作为学生刊物的英文副题乃源于胡适的启示"[47]。

《史地学报》《学衡》《国风》《思想与时代》

南京高师—东南大学时期学生中的"史地学会"、教师中的"学衡社"，中央大学时期教授群体中的"国风社"，浙江大学 1940 年代的《思想与时代》杂志社，中正大学的《文史季刊》社，是其学统的展示阵地，也是他们思想的舞台，并保持相对的连贯性和承传性。[48] 王易为中正大学《文史季刊》所做的《发刊辞》，也明显昭示出与《学衡》的文化精神联系：

> 昔汉承秦敝，懔于东周道术分裂，教泽罄竭，乃除挟书之禁，开献书之路，置博士，隆经术，由是百家之言复出，而儒治蔚然成风。欧西中古末期，希腊抱残守缺之士，西适罗马，敷传古学，因以启近世文明之曙光，史家美之，号曰"再生时代"。彼其初，固未尝逆睹其效之若此也。然文治由是而昌，风气由是而振，则其焜耀无足怪焉。夫武足以威天下而用仅一时；权足以驭四海而功惟当代。欲求开物成务，崇德广业，以延续人类永久之生命，发扬民族不朽之精神者，则非学术文化不为功。史迁曰："天下君王至于贤人众矣，当时则荣，没则已焉。"魏文曰："文章经国之大业，不朽之盛事。"故禹抑洪水，周公驱猛兽，皆有显功，而孔子成《春秋》，独垂空文以并美，此无他，效不囿一隅，而道足以济天下也。
>
> ……
>
> 夫学之所贵，在真善美。惟真也，故能断天下之疑，而诞妄穿凿之习宜戒矣；惟善也，故能定天下之业，而诬罔偏宕之情宜戒矣；惟美也，故能通天下之志，而鄙陋狂悖之词宜戒矣。是以古之学者，莫不于此三致意焉："疑事毋质"，"慎言其余"，此求真之说也；"曲能有诚"，"中道而立"，此求善之说也；"君子安雅"，"出言有章"，此求美之说也。三者备

而学无觥骸之患矣。此同人之愿，亦《文史》之鹄也。[49]

胡梦华评论《学衡》时说，刊物针砭新文化运动，是要"养成一种反现在潮流的学风"[50]。事实上，《学衡》虽然标榜"论究学术，阐明真理，昌明国粹，融化新知。以中正之眼光，行批评之职事。无偏无党，不激不随"，但出版后的首要工作，就是批评、攻击新文化运动带来的白话新文学、新思潮、新学风。

再看一种校外的意见。据李健新发现的张謇佚札披露，1922 年 10 月 25 日，南通名流张謇在收到柳诒徵寄赠的《学衡》杂志后有一封回信，盛赞《学衡》及东南大学。他说《学衡》杂志"论新教育、论白话诗，乃无一非吾意所欲言。不意近日白门乃有此胜流，群□（沈按：无法辨认的字用□表示）之乐也。望更寄全分三部，欲分与中学、师范诸校，为流行病之药。吾恶知恶风之不已侵吾域耶？得此庶以为自证，以同自卫"。[51]张謇此时在南通办有师范学校，其门生江谦为南京高师首任校长。他个人的言论在当时一部分旧学者和社会名流中，颇具代表性。

当胡先骕把《学衡》杂志创刊说成是"北大学派乃遇旗鼓相当之劲敌"[52]时，胡适却不以为然。因为胡适已经牢牢掌握了当时的话语权。以至于梅光迪在《九年后之回忆》《人文主义和现代中国》两文中不得不承认，"学衡社"同人反新文化—新文学的人文主义运动失败了——首先是"中国领导人的失败"[53]。如梅光迪与胡适"旗鼓相当"时，输在"懒"上；吴宓"以拜伦自况，而发生一段罗曼史，似尤非白璧德先生信徒所宜有之事也"[54]。但是，他们并没有认清是在历史大趋势上败北。

《国风》创刊号封面，选自南京大学图书馆

文人议政

在中华民国的政治空间里，新文学作家难逃政治的影响，因此，他们也就或多或少与政治有着不可分割的关联。许多新文学作家都进入大学学术体制，具有作家与教授双重身份。民国时期大学教授在自由主义理念上，都标榜"独立""公正"，他们的言论通常以"公论""独立评论"出示。在特殊时候，许多作家的政治影响力，超过政论家和政治学教授。

《时代公论》的政治企图和文化保守

1932 年 4 月 1 日，由杨公达主编、张其昀发行的《时代公论》周刊在南京中央大学创刊。刊物编者后来为合订本编辑目录索引，明确将刊文内容分为：时事述评、政治、外交、法律、经济、教育、中日问题、青年问题、国际、西北、杂著、游记、文艺。张其昀此时正主持南京钟山书局，有编辑、发行的实际经验。他1923年6月自南京高师—东南大学毕业后入商务印书馆，编辑地理教科书。1928年，经老师柳诒徵推荐，他回到改名为中央大学的母校任教。

《时代公论》作者中，研究政治、外交、法律、经济的，多是归国留学生，与中央大学学缘不深，张其昀则不然，他考入南京高师时得柳诒徵帮助（因体检不合格，在复议时得柳说情），回母校任教后，承继《学衡》精神，创办倡扬民族主义的《国风》。但张其昀中途以主持钟山书局和主编《国风》太忙为由，在《时代公论》上刊登启事，宣布退出，不再担任干事。《时代公论》刊行三年，于1935年3月22日出版第155期、第156期合刊后停办。

为刊物写文章的，主要是中央大学法学院政治系、法律系和中央政治学校的教授；专门的经济和教育问题，也是学有专长的教授执笔；历史、地理、杂著和文艺创作者多为文学院教授。三年间，刊物上最有实力的文艺创作者，却是工学院院长顾毓琇。主要作者有杨公达、萨孟武、杭立武、陶希圣、梅思平、何浩若、武堉干、朱家骅、楼桐孙、雷震、傅筑夫、田炯锦、张其昀、阮毅成、王礼锡、叶元龙、曹翼远、马存坤、胡长清、许恪士、罗廷光、刘英士、马寅初、庄心在、崔宗埙、李熙谋、崔载阳、程其保、柳诒徵、缪凤林、景昌极、黄侃、汪东、汪辟疆、王易、向达、汪懋祖、龚启昌、邵祖恭、伍纯武。约六分之一作者是"学衡派"成员，同时也是《国风》作者。个别人员如陶希圣随后流动到北京大学。他们大多是1931年夏天开始酝酿、筹备，1932年9月在南京正式成立的中国政治学会会员。首任干事长杭立武。他们在宪政问题、民主与独裁讨论两个方面，与胡适主持的《独立评论》周刊有明显分歧。这是因为他们多数有国民党党籍的特殊背景，随后，又有多人从政，进入国民党的政府体制。如杭立武、张其昀先后出任教育部长；陶希圣、张其昀分别出任宣传部副部长、部长；杨公达曾任国民党中央党部秘书、组织部秘书、重庆特别市党部主任委员等；雷震从中央大学法学院教授到国民党南京市党部书记长、教育部总务司长（1934—1938）、国民参政会副秘书长、政治协商会议秘书长、制宪国大副秘书长等。而梅思平曾是五四天安门游行的急先锋，参与火烧卖国贼曹汝霖住宅赵家楼，抗战期间却沦为大汉奸，1946年9月14日被国民政府处决。

《时代公论》休刊时，杨公达写有《休刊的话》，说休刊原因是"感觉到言论不自由"。他说三年来刊物的主张有几个方面：于党要求恢复总理制，于国要求组织强有力的政府，于教育以适合国民生活之需要为方针，于社会厉行救济事业，特别替青年失业呼吁。

从杨公达的总结也可以看出，《时代公论》办刊理念的政治色彩十分明显，仅就主要作者的几篇文章来看，即可充分体现出倾向性。[55]

当然，该刊也发表专业学术论文。几位"学衡派"成员，除张其昀有政治寄托和实际行动外，柳诒徵、缪凤林、景昌极、黄侃、汪东、汪辟疆、向达、王易发表的都是学术论文。如汪辟疆在第10号、12号上的《论近代诗》，第11号上的《国蔽与国学》，第14号上的《何为诗》。黄侃在第11号上的《汉唐玄学论》；王易在第12号上的《读稼轩文感言》；中央政治学校教授汪懋祖发表的《禁习文言与强令读经》（第110号）、《中小学文言运动》（第114号），《关于小学国语教材疑问之进一步的探讨》（第136号），直接对1920年1月、1930年2月教育部两次禁习文言，改用白话文的通令，提出反驳意见。

随后，拥护与反对双方都发表了各自的观点。[56]

汪懋祖留学哥伦比亚大学时学习教育学，是梅光迪1915年—1917年在美国反对胡适联盟的重要成员，毕生反对白话新文学。从《新青年》《留美学生季报》《学衡》，到此时《时代公论》《申报》，他所发言论，多是反对白话新文学的。当然，胡适的回应文章写于 1934 年 7 月 9 日，刊登在自己主编的《独立评论》第 109 号，题为《所谓"中小学文言运动"》。文章洋溢着必胜者的自信和现实的喜悦。对于白话这种"我们自己敬爱的工具"，胡适认为广大学子最有发言权。胡适最清楚，语言作为负载思想的"工具"，一旦成为普及教育的"工具"之后，其威力十分强大。十几年白话文教育所养育的一代新人，如何能接受知识和"工具"的倒退呢？

继汪懋祖文章之后，许梦因 1934 年 6 月 22 日在《时代公论》第 117 号刊出《告白话派青年》，呼吁"今用学术救国，急应恢复文言"。任叔永在《独立评论》第 109 号上登出《为全国小学生请命》，在《时代公论》登出《小学国语教材与白话文恶劣》（第 139 号），批评白话文。于是，胡适便在《独立评论》《一〇九号编辑后记》中，针对任叔永的文章发出感慨。他说："今日的白话文固然有许多毛病可以指摘，今日报纸公文的文言文不通的才多哩！"[57] 鲁迅在 6 月 9 日致曹聚仁信中则断言："读经，作文言，磕头，打屁股，正是现在必定盛行的事，当和其主人一同倒毙。但我们弄笔的人，也只得以笔伐之。"[58]

《时代公论》文艺栏目有诗歌（古体诗词）、小说、剧本、散文（多为游记）。开始最为显著的做法，是要推出民族主义文学作品，代表作家为顾毓琇（一樵）。他先后在此刊物连载剧本《岳飞》《白娘娘》（即雷峰塔下白娘子的故事）《国手》《国殇》和传记《我的父亲》。《时代公论》创刊号有他另外一个单行剧本《荆轲》的广告，标明代售处为"南京国立中央大学时代公论社"，并说这个剧本是"民族文艺的新作品"。

创刊号首篇文章，是萨孟武的《战与和》。文章明确提出政治家对于政治问题须完全负责。对于当下所谓"在野的勿唱高调，在朝的勿存畏缩"之说，萨孟武说得更为明确："在野的勿个个想做不负责任的岳飞，在朝的不但不要怕做负责任的岳飞，并且不要怕做负责任的秦桧。"宜战则战，宜和则和，谁是谁非，千载之后自有公论，而在今日，则战和均宜从速决定。配合萨孟武文章出台的剧本,就是顾毓琇的《岳飞》。刘大杰刊登有一篇文学批评译文《诗人罗威尔与美国》(英国高士华绥原著,第112号)。其他白话文学作品并不多,有特色的,是苏建勋(蒙)的一篇白话小说《秋天的春天》(第142号、143号)和三篇散文《去沙漠》(第96号)、《烟》(第113号)、《第一次离乡》(第119号)。独清有散文《南京闲话》(第124号、126号、128号)。诗歌则全是古体诗词。[59]其中第15号上"诗录"作者和诗中涉及到的人物柳诒徵、吴碧柳(芳吉)、陆惟钊(微昭)、陈叔谅(训慈)、王驾吾(焕镳)、浦江清都是"学衡派"成员。他们与白话新文学的对立,此时仍很明显。

《独立评论》的学理取向

1932年5月22日,《独立评论》创刊,为刊物写文章的多是北京大学、清华大学教授,基本队伍是以胡适为中心的北方自由主义文人。成员有胡适、蒋廷黻、傅斯年、丁文江、翁文灏、任叔永、吴景超、钱端升、张奚若等。他们关注五个方面的问题:对日问题、宪政问题、民主、民治与独裁、专制的讨论、政治犯问题、民族反省与文化批判。其中宪政问题和民主、民治与独裁、专制的讨论,南北大学的教授,在两大周刊上意见分歧很大。胡适派自由主义文人群体的独立性和批判性,与萨孟武、杨公达等要挽救、改造、复兴国民党所主张的法西斯主义理论,有理念上的冲突和对立。蒋廷黻、翁文灏后来也都参政,作为却有限。当然,那时的自由主义知识分子,通常不认为办大学当校长是做官,所以《独立评论》的作者中后来产生任叔永、胡适、傅斯年、钱端升四位大学校长。在《自由守望:胡适派文人引论》一书中,就《独立评论》有专章讨论,[60]这里从略。

人事关系

先看教授流动。

胡适与北京大学的关系有各种版本演绎，史家顾颉刚的版本最好，言简意赅。1946 年 12 月 18 日，顾颉刚在给张静秋信中，写到 17 日在南京中山北路国际联欢社北京大学四十八周年校庆聚会上胡适的讲话：

> 首请胡校长致词。他首讲一件巧事，原来他的阴历生日（十一月十七日）是和蔡孑民先生同一天（沈按：蔡元培的阴历生日是十二月十七日。顾颉刚此处是记录错误。应该是胡适的公历生日与蔡元培的农历生日同），而他的阳历生日（十二月十七日）又是和北大校庆同一天。天下有这等巧事，怪不得该做北大校长了。他又说，他在美国读书时，做了一篇《诗三百篇言字解》，寄给章行严，行严把它介绍给陈独秀，独秀又把它介绍给蔡先生，蔡先生一看就请他任教授，兼文科学长。他辞了学长，做了教授。从此以后，他专心治学。如果没有蔡先生的爱才，说不定回来做报馆记者，也说不定做了小政客，所以这是北大的恩惠，应当报答的。他又说，他刚到北大，蔡先生请他任中国哲学史的课，一个留学生讲中国东西，是不能得人信用的，但他年轻胆大，竟答应了。上课之后，才知班上有许多比他读书多得多的人，像顾颉刚、傅斯年、俞平伯、罗志希等等，逼得他不能不用功，于是晚上常到两点三点才睡，这也是北大对他的恩惠。至于一班同事，像钱玄同、马幼渔、朱逷先、沈兼士等等，也是鼓励他，送材料给他，使他做成许多事，这也是北大对他的恩惠。他对北大负了许多债，所以这次命他长校，他不敢不应，为的是还债。一番话说得十分诚恳，得大鼓掌。[61]

五四高潮过后，北京大学国文系吴梅、黄侃（季刚），历史系陈伯弢（汉章）、朱希祖都先后离开北京大学，来到东南大学—中央大学（吴于1922年秋，黄、陈于1928年春，朱于1934年春）。原因是思想、学术观念上的对立。这里出示罗家伦的一段追忆：

　　黄季刚则天天诗酒谩骂，在课堂里面不教书，只是骂人，尤其是对于钱玄同，开口便是说玄同是什么东西，他那种讲义不是抄着我的呢？他对于胡适之文学革命的主张，见人便提出来骂。他有时在课堂中大声地说："胡适之说做白话文痛快，世界上那里有痛快的事，金圣叹说过世界上最痛的事，莫过于砍头，世界上最快的事，莫过于饮酒。胡适之如果要痛快，可以去喝了酒，再仰起颈子来给人砍掉。"这种村夫骂座的话，其中尖酸刻薄的地方很多，而一部分学生从而和之，以后遂成为国故派。

　　还有一个人，读书很多，自命不凡并太息痛恨于新文学运动的，便是陈汉章（陈汉章乃是前清一位举人，京师大学堂时代，本要请他来做教习，他因为自己没有得到翰林，听说京师大学堂毕业以后可得翰林，故不愿为教师而自愿为学生。他有一个兄弟，乃是一个进士。当年他兄弟中进士的时候，要在他家祠堂中央挂一个表，他坚决的反对，他说你的表不能挂在祠堂中央，中央地方要留给我中了翰林时候才可以挂的。那知道他在当年十二月可以得翰林的，八月间便是辛亥革命，所以到了现在，他到祠堂里面尚不敢抬头仰视）。他所读的书确是很多，《十三经注疏》中"三礼"的白文和注疏，他都能个个字背出。他一上讲堂，便写黑板，写完以后，一大蓬黑胡子变成白胡子了。他博闻强记而不能消化，有一次我问他中国的弹词起于何时？他说："我等一会儿再告诉你。"我问他是上午九时，到十一时，接到他一封信，上面写了二十七条都是关于弹词起源的东西，但是没有一个结论，只是一篇材料的登记而已。他自负不凡，以为自己了不得，只有黄季刚、刘申叔还可以和他谈谈，这位先生也是当时北大一个特色。还有朱希祖、马叙伦等人，则游移于新旧之间，讲不到什么立场的。

从《新青年》出来以后，学生方面，也有不少受到影响的，像傅斯年、顾颉刚等一流人，本来中国诗做得很好的，黄季刚等当年也很器重他们，但是后来都变了，所以黄季刚等因为他们倒旧派的戈，恨之刺骨（最近朱家骅要请傅斯年做中央大学文学院长，黄季刚马上要辞职）。[62]

胡适 1931 年重回北京大学时，和 1917 年秋刚到时处境完全不同。1917 年的情景，在罗家伦笔下是这样的：

> 胡适之初到北京大学，我曾去看他，他的胆子还是很小，对一般旧教员的态度还是十分谦恭，后来因为他主张改良文学，而陈独秀、钱玄同等更变本加厉，大吹大擂，于是胡适之气焰因而大盛，这里仿佛有点群众心理的作用在内。[63]

自胡适 1931 年出任文学院院长，到 1934 年 4 月兼任国文系主任，章门弟子把持文史两系系主任位置的局面宣告结束，其中马裕藻（幼渔）任国文系系主任长达十四年。马裕藻下台，傅斯年的意见起了重要作用。他 1929 年给蔡元培的信中强调："旧势力之一扫光如马氏兄弟皆绝无进步之可言，决不容人在其范围中开新局面。"[64] 这样做，首先是给自己敬重的昔日校长汇报，征求意见，希望得到蔡元培的支持；同时也给在北大浙江籍教授所依"靠山"一个解释。随后，傅斯年又在给校长蒋梦麟信中说"国文系事根本解决，甚慰。惟手示未提及马幼渔，深为忧虑不释。据报上所载情形论，罪魁马幼渔也。数年来国文系之不进步，又为北大进步之障碍者，又马幼渔也。林（沈按：林损）妄人耳，其言诚不足深论，马乃以新旧为号，颠倒是非，若不一齐扫除，后来必为患害。此在先生之当机立断，似不宜留一祸根，且为秉公之处置作一曲也。马丑恶贯满盈久矣，乘此除之，斯年敢保其无事。如有事，斯年自任与之恶斗之工作"。[65]

至于哲学系师资和系主任聘任，也多受胡适影响。汤用彤 1930 年经胡适推荐入北京大学，1935 年以后长期出任系主任。他的《汉魏两晋南北朝佛教史》是胡适推荐给商务印书馆的。

1936 年 8 月接替陈受颐出任史学系主任的姚从吾，在 1937 年 3 月 19 日给傅斯年信中，有如此亲切和实在的表达："弟在母校教书以外，只想在适之先生与兄的指导之下，从事私人的研究工作，在最近的将来，先写成一部站得住的《元代通史》或《金代通史》。对于史学系，我只希望先求无过，不愿自我有所更张。这一点似有负适之先生的期待，有时很感不安……我们的史学系，比较已走上轨道，兄既不在北平，适之先生事多，……我的希望是在适之先生与兄的领导之下，循序发展……"[66]

同样的现象也出现在清华大学。1928 年清华学校改制为清华大学后，胡适的学生罗家伦出任校长。他不仅把多位原北大同学带进清华，还于 1929 年春，聘请南开大学研究中国近代外交史的专家蒋廷黻出任历史系主任，使得"历史系的教师、课程和教研取向都有很大的改革。与当时的北大、燕京、辅仁等校的历史系不同"[67]，即要求历史研究必须兼通社会科学。所以，1934 年—1937 年间就读于清华大学历史系的何炳棣强调，"在三十年代的中国，只有清华的历史系，才是历史与社会科学并重；历史之中西方史与中国史并重；中国史内考据与综合并重"[68]。

这些事实，充分说明胡适派学人的实际影响力，以及他们掌握学术话语权后的种种表现。

另一个例子也饶有趣味。南京高师—东南大学心理学教授、诗人陆志韦信奉希腊人理想，要美的灵魂藏在美的躯壳里。因胡适推荐，他的白话诗集《渡河》1923 年 7 月在亚东图书馆出版，出版后又得到胡适在日记中二度称赞。[69]但其新文学活动，却得不到东南大学师生响应，不得不于 1927 年离开南京，到燕京大学任教。这位燕京大学校长，因写新诗又对语音学发生兴趣，并一度从事专门的古音学研究。他之所以离开东南大学，在他诗集《渡河》的《自序》《我的诗的躯壳》中早有预示。他从不为反对新文学的《学衡》写文章，在《我的诗的躯壳》中说，自己所在东南大学"朋辈中排斥白话诗的居大多数"[70]，他自己的意见则和那些朋辈们正好相反。他还特别表示："无论如何，我已走上了白话诗的路，两三年来不见有反弦更张的理由。"[71]恰如其《自序》中所言："我的做诗，不是职业，乃是极自由的工作。非但古人不能压制我，时人也不能威嚇我。"[72]这种果断与决绝，与他十年前求学时因信奉基督教，而被嘉业堂堂主刘承干中断经济资助的情形一样，外在压力难改其志。对于一个从传统向现代过渡的诗人，一个追求从此岸到彼岸的基督徒来说，"渡河"自然是一个颇有寓意的过程。他说自己是耶稣信徒，但在诗歌中并不拥护什么宗教制度，因此"我依旧是自由人"[73]。

吴梅、黄侃、陈伯弢、朱希祖到南京立足的关键，是他们有共同的文化保守立场，这就使得他们的身份、学术和情谊能够真正融入这所大学。而顾颉刚抗战时期任教于重庆中央大学历史系，只是暂时的过客，无法真正将自己的身份、学术理念融入其中，建立同仁情谊更不容易。

再说聘任时的矛盾斗争。

先是 1925 年—1926 年间，清华学校对吴宓推荐东南大学教授柳诒徵的拒绝（原因是说他参与 1925 年倒校长郭秉文风潮），后来是 1940

年代中央大学对清华学校毕业生的拒绝。尤其是中央大学校长顾毓琇推荐梁实秋到校任教时，遭到以楼光来为首文史教授的强烈抵制。梁实秋在清华学校读书时，属于新文学派。1926 年 9 月—1927 年 4 月梁实秋在东南大学任教不足一年。他在《槐园梦忆》中说："我拿着梅光迪先生的介绍信到南京去见胡先骕先生，取得国立东南大学的聘书。"[74] 但他并不适应此时东南大学的人文环境，也从不为《学衡》写文章，只是编了一本《白璧德与人文主义》的文集。他到上海后，成了胡适领导的《新月》总编辑。他在《影响我的几本书》中列八本书，排在前三位的是《水浒传》《胡适文存》、白璧德的《卢梭与浪漫主义》。他说胡适影响他的地方有：明白清楚的白话文、独立思考的思想方法和认真严肃的态度。

1930 年 12 月至 1937 年 7 月，蒋梦麟第二次出任北京大学校长期间，文科师资聘任，多是听胡适、傅斯年师徒两人的意见。蒋梦麟在《忆孟真》一文中写道："当我在民国十九年回北京大学时，孟真因为历史研究所搬到北平，也在北平办公了。九·一八事变后，北平正在多事之秋，我的'参谋'就是适之和孟真两位。事无大小，都就商于两位。他们两位代北大请到了好多位国内著名教授，北大在北伐成功以后之复兴，他们两位的功劳，实在是太大了。"[75]

抗战胜利后，中央大学在南京复校时，学统和派系之间的矛盾集中暴发。1947 年夏，胡小石任国文系主任，在聘用教授上就明显地倾向原东南大学—中央大学的教师和弟子。他一次解聘朱东润等 12 人。原北大毕业生杨晦，清华毕业生吴组缃、李长之，之江大学毕业生蒋礼鸿等都落聘。中央大学国文系的矛盾纠结与抗战期间学校迁徙重庆有关。重庆时期中央大学师范学院有国文系，师资多是北京大学、清华大学毕业生，北京大学毕业生、朱家骅连襟伍叔傥任系主任；文学院也有国文系，系主任是汪辟疆，师资多为两江师范、南京高师、东南大学的毕业生。汪辟疆也是北京大学毕业生，国文系老底子是胡小石、汪辟疆等从南京带过来的。1943年师范学院国文系与文学院国文系合并，伍叔傥任系主任。伍叔傥带来的原国文系师资人多，在合并后的国文系占上风。但背后却遭到文学院国文系胡小石势力的抵抗。《朱东润自传》中有这样一段记载，是关于出身北京大学的甲骨文专家丁山教授在合并后的国文系的遭遇："国文系的丁山教授来了，要开龟甲文的课，这个消息给胡教授知道了，他立刻用文学研究室的名义把图书馆全部有关龟甲文的书借个精光；丁山只有对着图书馆的空书架白瞪眼。"[76]这就是胡小石出任系主任时几乎把原师范学院国文系师资全部清除的缘故。曾任教于清华、中大的郭廷以所说"中大同事中出身本校的和清华的原有界限"[77]，的确属实。

北京大学"新青年派"与南京高师—东南大学"学衡派"的矛盾冲突，一直延续到1949年以后台湾的文化教育界。局外人徐复观指出：张其昀1954年—1958年出任"国民政府教育部"部长时，在台昔日北京大学学子十分紧张，他们极力主张胡适自美国回台出任"中央研究院"院长，以求教育、学术界的力量平衡。[78]

伦理观

"非孝"作为反传统的兴奋点

新青年同人陈独秀、吴虞、胡适、鲁迅等一开始就以高调姿态批判礼教吃人，主张消解五伦，主张幼者本位，反对做孝子贤孙，反对四代同堂，反对纳妾等。这对传统伦理道德观具有极大的冲击力和瓦解力。鲁迅批判礼教"吃人"时，借"狂人"之口，说"我也吃过人"，呼吁"救救孩子"。随之鲁迅在《我们现在怎样做父亲》一文中强调，做父亲的要"用无我的爱，自己牺牲于后起新人"，尽理解、指导、解放的责任；"觉醒的父母，完全应该是义务的，利他的，牺牲的"；解放子女的形象说法就是："自己背着因袭的重担，肩住了黑暗的闸门，放他们到宽阔光明的地方去；此后幸福的度日，合理的做人。"[79]

胡适不赞同把"儿子孝顺父母"列为一种信条，他对自己儿子的教训是："我要你做一个堂堂的人，不要你做我的孝顺儿子"。他尤其强调做父母的，对于子女决不可居功，决不可"市恩"，千万不可把自己看作一种"放高利债"的债主，而要彻底解放孩子。

浙江第一师范学生，日后成为中国社会主义青年团首任书记的施存统（复亮），1919 年响应《新青年》号召，在《浙江新潮》上发表《非孝》一文，主张要以父母、子女间平等的爱，代替不平等的"孝"。

五伦本位作为"学衡派"成员对传统的守护

五伦本位是柳诒徵的伦理观和历史观，他认为中国文化的核心是五伦，他的历史研究和文化史著述都以此贯穿（如《国风》第 1 卷第 3 号的《明伦》）。这一思想观念也直接影响到学生和他所在学校的学风，并由此形成一定的学统。1924 年 2 月 9 日、12 日、14 日《时事新报·学灯》上连载柳诒徵的讲演《什么是中国的文化》，他认为三纲五常在中国文化价值体系中起决定性作用。"伦理上讲孝，是要养成人们最纯厚的性质，人之孝敬父母，并没有别种关系，只是报偿养育之恩。"所以说，"现在小学校里所用的教科书，不是猫说话，就是狗说话，或者老鼠变成神仙，这一类的神话，对于中国的五伦，反是一点不讲，实在是大错特错。……他们由国民学校毕业之后，固然不配做世界上的人，更不配做中国的国民，岂不是要变成猫化狗化畜牲化的国民么？"这显然与胡适、鲁迅、周作人等所强调的"幼者本位"相对立。因为父子纲常是以父亲为本位的。而此时教育部统一管制的小学教科书，也正是胡适派文人参与编写的。

随后，柳诒徵在《国风》第 8 卷 2 号（1936 年 2 月）上刊出《论非常时期之教育》，把外患日重的责任，推给胡适等新文化运动的领导者，说他们"标榜新奇，自欺欺人积为风尚"，"利用学生为武器，蟠踞学堂为地盘"，"黄茅白苇，牛鬼蛇神，提倡自由，推翻礼教，以恋爱为神圣，以拖尸为文明，国学既匪所知，科学亦无深造，彼其栖留异域，游览列邦，举朽质而镀金，腾秽声而辱国，久已甘为奴隶"；这些人"于古今中外作民造邦，宏纲要旨，固未尝一涉脑海"，"亦复无长虑远图，严复所谓短命主义，无后主义，惟教育界中人为最甚"。这种对新文化运动的清算，与当时南京主张读经、恢复文言的言论相呼应，形成一种民族主义的强势高调。

文学观

白话诗文、话剧的试验

在胡适"一代有一代之文学"进化文学观念指导下，新文学先在北京大学校园由师生共同试验，再推向社会。新文学运动第一个十年，文学实践中心在北京，也主要是由北京大学、清华学校、北京女子高等师范学校—北京女子师范大学、燕京大学的师生们发散到报刊上。其中，出版发行 12 期的《新潮》，是北京大学校园新文学实践者的阵地。随后，胡适弟子门生朱自清在清华大学、杨振声在清华大学和燕京大学，沈从文（先被胡适聘为上海中国公学讲师）和苏雪林在武汉大学开设新文学研究。1931 年北京大学国文系开设"新文艺试作"。据周作人致俞平伯书信可知，在国文系新添新文艺试作一项是文学院院长胡适的提议。[80] 从课程表看，参与开设这门课的七位教授胡适、周作人、俞平伯（散文）、徐志摩、孙大雨（诗歌）、冯文炳（小说）、余上沅（戏曲）全是新文学作家，他们在传统知识基础上追求创新，特别是创造新文学。同样，女子大学里的文学青年，北京女子高等师范学校—北京女子师范大学（庐隐、冯沅君、苏雪林、石评梅、陆晶清等）与燕京大学（冰心、凌叔华）的不同之处在于，前者读书期间多负载着包办婚姻（少小订婚）的桎梏，后者则是自由女生。

第一个十年，北京以外响应新文学的，主要是上海的多所高校、浙江一师、武昌高师。上海、杭州师生是新文学新生力量，虽没有像北京大学那样在新文化中心发力，却为 1927 年以后新文学中心南移奠定基础。1924 年—1925 年，新文学作家杨振声、张资平、郁达夫先后在武昌高师任教，在他们影响下，形成学生新文学社团"艺林社"，并培养了胡云翼、刘大杰、贺扬灵等青年作家。这曾引起沈从文的注意，他在《湘人对于新文学运动的贡献》一文中，特别提到由于新文学作家授课，"学生文学团体因之而活动"[81]。武昌高师新文学力量更是形成一个独特刊中刊现象，即他们新文学社团"艺林社"在北京《晨报副刊》上创办《艺林旬刊》。[82] 其中，刘大杰得郁达夫帮助最大，在郁达夫鼓励下，他 1927 年留学日本早稻田大学，研究文学，回国后一度曾为四川大学教授、系主任，将白话新文学创作，尤其是话剧活动带进相对封闭的成都校园。

古体诗词曲的坚守

"学衡派"把持南京高师—东南大学—中央大学校园，不允许新文学进课堂。前面引用中央大学毕业生钱谷融的说法 [83] 即是证据。首先站出来反对新文学的是胡先骕，他在《南京高等师范日刊》上发表有《中国文学改良论》（上）。[84] 当白话新诗歌风行五年以后，《国立东南大学南京高师日刊》刊出"诗学研究号"，仍主张写古体诗。在《学衡》集中力量批评胡适的 1922 年，胡适作序推荐汪静之的新诗集《蕙的风》出版，引来梅光迪、吴宓学生胡梦华的批评，随后北京大学师生鲁迅（兼职）、周作人、章衣萍等加以反击，由此引发文学"道德批评"法则的讨论。

与李劼人一同赴法国留学的"少年中国学会"成员李思纯（哲生），

关注国内文字改革和诗歌创作。1920 年 9 月 19 日，他在巴黎所写《诗体改新之形式及我的意见》中，申明"诗的本体不外是两方面：一面是属于思想的，所谓文学的内容；一面是属于艺术的，所谓文学的外象。内容的方面，是诗的精神，外象的方面，是诗的形式"。在推崇中国古体诗歌的前提下，他说了这样一段话："我以为在旧诗那样固定的形式之下，还能自由运用，以极精巧的艺术，做到了无不能达之意境。那样艺术的美妙可惊，我们只有佩服。反言之，在我们现在这样自由的诗体，无格律的束缚，尽可以纵笔所之，而反做不出更好的诗来，真可以羞惭而死了。"[85] 李思纯明确提出"今后之要务"：一、多译欧诗输入范本；二、融化旧诗及词曲之艺术。这和吴宓"旧瓶装新酒"的诗学主张一致。他写于 1920 年 10 月 15 日的《抒情小诗的性德及作用》，又拿胡适说事，认为胡适的"也想不相思，可免相思苦，几次细思量，情愿相思苦"，便是"失之过愚"的一个证据。他认为"天籁自鸣"的民谣，都是最好的抒情诗，因为有"修辞立诚"的因素。诗的作用完全以抒情为主，抒情之极，至于失之过愚。[86] 李思纯 1923 年夏回国后，到东南大学任教，成为"学衡派"成员，开始在《学衡》上连载他的古体诗和译稿《仙河集》（即《法兰西诗歌集》，仙河为塞纳河的文学译名），便是实践他所提出的"要务"。从这些"要务"看，他并没在新诗形式上有所创造，而是回到古体诗写作老路。他自己的立身专业是历史学，却对古体诗词情有独钟。李思纯在东南大学只教一年书便离去，也没有激烈的反新文化言论，只是在推崇古体诗词方面与胡先骕、吴宓接近。在胡先骕出国、邵祖平与吴宓发生矛盾后，他负责《学衡》杂志"诗录"栏目的编辑。[87] 胡先骕、吴宓、李思纯都是终生坚持写古体诗词。李祖桢说父亲李思纯留下有近千首诗，近百阕词（后收录在出版的文集中）。

1927 年之前，东南大学从事新文学创作者很少。他们是心理学教授陆志韦、1925 年自德国留学回来的哲学教授宗白华，学生卢前、侯曜（1924 年的 "文学研究会会员录" 登录号为 86）、顾仲彝。宗白华出国前是上海《时事新报·学灯》编辑，因和郭沫若、田汉合作出版通信集《三叶集》而引起文坛关注，并于 1923 年继陆志韦之后，在亚东图书馆出版新诗集《流云》。他 1925 年到东南大学后就不再写新诗，只是在 1928 年将《流云》出了新版。事实上当时在东南大学写新诗的教授只有陆志韦一人。

1927 年至 1928 年，东南大学相继改名为第四中山大学—江苏大学—中央大学，闻一多、徐志摩各在外文系任教一年，随之相继出现写新诗的学生陈梦家、方玮德、陆垚、孙俟录、汪铭竹、沈祖棻、常任侠等，写剧本的有陈楚淮，但新文学在校园没有形成势力。几个相对有实力的文学青年因受到徐志摩的影响或提携，如陈梦家、方玮德、陆垚、孙俟录的新诗，储安平、王伯祥、高植的散文，陈楚淮的剧作，在上海《新月》杂志上发表，又通常被 "新月派" 所统摄。[88] 反倒是文学的古典主义复活，并表现出强大的阵势，具体表现在：以黄侃为首组织的诗社（"上巳社""禊社"），以吴梅为首组织的词社（"梅社""如社"）、曲社（"潜社"）相继成立、日渐活跃。在这种古典主义氛围中，卢前 1926 年在南京印行新诗集《春雨》，1929 年编辑完第二本新诗集《绿帘》（1930 年开明书店版）后，全力转向词曲创作，成为吴梅所感叹的弟子中 "唐生圭璋之词，卢生冀野之曲，王生驾吾之文，颉可以传世行后，得此亦足自豪矣"[89]。"有斜阳处有春愁"，原来写作白话新诗的沈祖棻等也走上写作古体诗的路。[90]

注释：

[1] 海波士：《沪江大学》（王立诚译）第 226 页，珠海出版社，2005。

　　　　　　　　古典与现代：民国大学的潮与岸

[2]海波士:《沪江大学》（王立诚译）第82页。

[3]竺可桢稳定振兴浙江大学的手段之一是"用人校长有全权，不受党政之干涉"。竺可桢:《竺可桢全集　日记》第6卷第36页，上海科学技术出版社，2005。

[4]亚伯拉罕·弗莱克斯纳:《现代大学论》（徐辉等译）第2页，浙江教育出版社，2001。

[5]罗家伦:《中央大学之使命》，罗家伦先生文存编辑委员会编辑《罗家伦先生文存》第5册第236页，"国史馆"、中国国民党中央委员会党史委员会出版，1988。

[6]罗家伦:《话"五四"当年》，罗家伦先生文存编辑委员会编辑《罗家伦先生文存》第6册第533页，"国史馆"、中国国民党中央委员会党史委员会出版，1988。

[7]罗家伦:《元气淋漓的傅孟真》，罗家伦先生文存编辑委员会编辑《罗家伦先生文存》第10册第74页，"国史馆"、中国国民党中央委员会党史委员会出版，1989。

[8]罗家伦:《五四运动宣言》，罗家伦先生文存编辑委员会编辑《罗家伦先生文存》第1册第1页，"国史馆"、中国国民党中央委员会党史委员会出版，1976。

[9]罗家伦:《"五四运动"的精神》，首发《每周评论》第23期，1919年5月26日，罗家伦先生文存编辑委员会编辑《罗家伦先生文存》第1册第2-3页。

[10]罗家伦口述、马伟（星野）笔记《蔡元培时代的北京大学与五四运动》，罗久芳、罗久蓉编辑校注《罗家伦先生文存补遗》第52页，"中央研究院"近代史研究所史料丛刊（51），2009。马伟（星野，1909—1991）是中央政治学校毕业生，1928年罗家伦自中央政治学校教务长调任清华大学校长，他北上任罗家伦的校长室秘书，1934年毕业于美国密苏里大学新闻学院。后为中央政治大学新闻系主任、教授，

《中央日报》社社长、国民政府驻巴拿马大使。

[11] 傅斯年:《〈新潮〉之回顾与前瞻》,《新潮》第 2 卷第 1 号（1919 年 10 月）。

[12] 罗家伦口述、马伟（星野）笔记《蔡元培时代的北京大学与五四运动》,罗久芳、罗久蓉编辑校注《罗家伦先生文存补遗》第 56—57 页。

[13] 转引自陈平原:《中国大学十讲》第 223 页,复旦大学出版社,2002。

[14] 顾颉刚:《顾颉刚全集　日记卷二》第 45 卷第 37—47 页。

[15] 顾颉刚:《顾颉刚全集　日记卷二》第 45 卷第 95—256 页。

[16] 顾颉刚:《顾颉刚全集　日记卷二》第 45 卷第 96 页。

[17] 1929 年 11 月 20 日,顾颉刚在北平收到广州中山大学的来信,说《语言历史学研究所周刊》出至 108 期为止,后改季刊。他在日记中写道:"这个《周刊》靠我的'挺',居然能出到百期外,真算极不容易的事了。"见顾颉刚:《顾颉刚全集　日记卷二》第 45 卷第 345 页。

[18] 胡适:《日记 1928》,季羡林主编《胡适全集》第 31 卷第 112—113 页。

[19] 吴定宇主编《走近中大》一书中收录有肖向明:《"民俗学"在中大》,王文宝:《容肇祖与中山大学民俗学会》,四川人民出版社,2000。另有施爱东:《中山大学民俗出版与中国现代民俗学的建立》,《中山大学学报》2009 年第 1 期。

[20] 顾颉刚:《顾颉刚全集　日记卷二》第 45 卷第 160 页。

[21] 参见姜建、吴为公编《朱自清年谱》第 80 页,安徽教育出版社 1996 年版。朱自清进清华是胡适推荐的。他给胡适信中说:"承先生介绍我来清华任教,厚意极感。"见耿云志主编《胡适遗稿及秘藏书信》（手稿本）第 25 册第 293 页。

[22]《国立武汉大学一览》（民国廿四年）第 12—13 页。

[23] 耿云志主编《胡适遗稿及秘藏书信》（手稿本）第 35 册第 82 页。

[24] 胡适日记 1928 年 3 月 25 日记有："蒋梦麟有信来，说要办浙江大学文理科，要我去办哲学，与外国文学两门。我回信辞了，荐通伯任外国文学，哲学请他自兼，请单不庵帮管中国哲学的事。"胡适：《日记 1928 年》，季羡林主编《胡适全集》第 31 卷第 9 页。通伯即陈西滢，浙江大学未聘他，胡适将其推荐到武汉大学。

[25] 这里只讨论文科，竺可桢对浙江大学的全面振兴的方法还包括他从中央大学请胡刚复到浙大做理学院长。

[26] 竺可桢：《竺可桢全集 日记》第 15 卷第 79 页，上海科学技术出版社，2008。

[27] 竺可桢：《竺可桢全集 日记》第 10 卷第 27 页，上海科学技术出版社，2006。

[28] 竺可桢：《竺可桢全集 日记》第 6 卷第 36 页，上海科学技术出版社，2005。

[29] 王易：《国立中正大学校歌歌词》，转引自赵宏祥：《王易先生年谱》第 155 页，线装书局，2012。

[30] 罗家伦：《中央大学之回顾与前瞻——民国三十年七月在国立中央大学全体师生初次惜别会中讲》，罗家伦先生文存编辑委员会编辑《罗家伦先生文存》第 6 册第 110-111 页，"国史馆"、中国国民党中央委员会党史委员会出版，1988。

[31] 胡适：《在中央大学宴会上的演说词》，季羡林主编《胡适全集》第 20 卷第 108 页。

[32] 胡先骕：《朴学之精神》,《国风》第 8 卷第 1 号（1936 年 1 月 1 日）。

[33] 胡适日记中粘贴剪报显示："1951 年 11 月 14 日，北京大学汤副校长（沈按：汤用彤）召集了十三位老教授，座谈北大一贯的主导

思想问题。通过老教授们的亲身体验，并着重从历来的代表人物来进行分析的结果，公认胡适是一个具有代表性的，在旧学术界集反动之大成的人物。"胡适:《日记 1951 年》，季羡林主编《胡适全集》第 34 卷第 148 页。

[34] 冯友兰:《三松堂自序》第 310 页。

[35] 顾颉刚:《顾颉刚全集　日记卷四》第 47 卷第 368 页。

[36] 胡适:《日记 1943》，季羡林主编《胡适全集》第 33 卷第 524 页。

[37] 顾颉刚:《顾颉刚全集　日记卷四》第 47 卷第 602 页。树帜是辛树帜（1894—1977），中国农业史学家、生物学家。1924 年赴英国伦敦大学和德国柏林大学专攻植物分类学。1927 年回国后，历任中山大学生物系教授和系主任、国立编译馆馆长，西北农林专科学校校长、中央大学教授兼主任导师，国立兰州大学校长。1949 年后任西北农学院院长。

[38] 顾颉刚:《顾颉刚全集　日记卷四》第 47 卷第 53 页。

[39] 胡适:《杜威先生与中国》，季羡林主编《胡适全集》第 1 卷第 361－362 页。

[40] 张其昀:《复刊辞》，《思想与时代》第 41 期。

[41] 张其昀:《〈中华五千年史〉自序》（一），《张其昀先生文集》第 20 册第 10841 页，（台北）中国文化大学出版部，1989。

[42] 罗家伦:《五四的时代背景及其影响》，罗家伦先生文存编辑委员会编辑《罗家伦先生文存》第 6 册第 558 页，"国史馆"、中国国民党中央委员会党史委员会出版，1988。

[43] 梁勤峰、杨永平、梁正坤整理《胡适许怡荪通信集》第 65 页，上海人民出版社，2017。

[44] 此是胡适在 1946 年底北京大学校庆之夕，在南京国际联欢社聚餐会上所说的话。罗家伦在《元气淋漓的傅孟真》一文中引用。罗家

伦:《逝者如斯集》第 166 页,（台北）传记文学出版社，1967。罗家伦先生文存编辑委员会编辑《罗家伦先生文存》第 10 册第 74 页,"国史馆"、中国国民党中央委员会党史委员会出版，1989。

[45]胡适:《傅孟真先生的思想》,《胡适作品集》第 25 册《胡适演讲集》(二)第 55 页,（台北）远流出版公司，1986。

[46]顾颉刚:《顾颉刚全集　古史论文集卷一》第 1 卷第 151 页。

[47]余英时:《重寻胡适历程》第 245 页，广西师范大学出版社，2004。

[48]张其昀:《六十年来之华学研究》,《张其昀先生文集》第 19 册第 10257 页。

[49]王易:《发刊辞》,《文史季刊》第 1 卷第 1 期，1941 年 3 月。

[50]胡梦华、吴淑贞合著:《表现的鉴赏》第 143 页，1984 年自费再版本（台湾）。

[51]李健:《由张睿佚札看其对〈学衡〉及新文化运动的态度》,《史学月刊》2005 年第 8 期。

[52]胡宗刚撰:《胡先骕先生年谱长编》第 82 页。

[53]罗岗、陈春艳编《梅光迪文录》第 236 页，辽宁教育出版社，2001。

[54]胡宗刚撰:《胡先骕先生年谱长编》第 84 页。

[55]《时代公论》这类文章有萨孟武《战与和》(创刊号)、《如何增厚党的力量》(第 4 号)《如何挽救过去党治的失败》(第 5 号)、《国民党的出路》(第 12 号)、《中国需要行政部独裁的宪法》(第 77 号)。

杨公达《实现民主政治的途径》(创刊号)、《国民党的危急与自救》(第 4 号)、《再论国民党的危急与自救》(第 7 号)。

陶希圣《国民党与国民代表大会》(创刊号)。

梅思平《党治问题评议》(创刊号)。

张其昀《葫芦岛与东北问题的前途》(创刊号)。

叶元龙《革命的善后》(第4号)。

朱家骅《新生活运动之意义——首都新生活运动促进会开会词》(第104号)。

甚至第6号干脆就是"国民代表会问题专号"。

[56]《时代公论》这类文章有龚启昌《读了〈禁习文言与强令读经〉以后》(第113号)。

余景陶《小学读经与学习文言文》(第115号)。

柳诒徵《小学国语教材之疑问》(第116号)、《关于小学国语教材的疑问之检讨书后》(第132号)。

许梦因《告白话派青年》(第117号)。

曹翼远《卫白话》(第122号)。

杨公达《文言白话与大众语》(第125号)。

吴研因《关于〈小学国语教材的疑问〉之检讨书》(第130号)、《前文非专对柳先生而发》(第134号)、《读汪懋祖先生〈关于小学国语教材疑问之进一步的探讨〉书后》(第136号)。

周淦《小学国语教科书确实成了问题》(第135号)。

任鸿隽《小学国语教材与白话文恶劣》(第139号)。

胡怀琛《语文问题总清算》(第143号、第146号)。

[57]胡适:《一〇九号编辑后记》,季羡林主编《胡适全集》第22卷第128页。

[58]鲁迅:《致曹聚仁》,《鲁迅全集》第12卷第454页。

[59]《时代公论》这类文章,第15号"诗录"有柳诒徵《哀吴碧柳》,陆惟钊《闻东方图书馆被毁感寄叔谅驾吾江清》《除夕》,曹元宇《题画松》《题画》《出太平门并简靖陶》《游北湖》《梅庵月下独坐》。

第53、54号合刊上的诗为黄右昌《春日感事八首》《燕子矶》《游北固山望长江放歌》《登牛头山》。

第56号上为吴昆吾《闻热河陷敌有感》《"九一八"周年有感》,黄右昌《周处读书台》《观石达开诗钞》。

第79号上有郭寿华《步南洋一苇兄原韵并简亲友》六首。

第82号上有黄右昌《村兴》八首。

第111号上有黄右昌《春日农村即事》四首。

[60]沈卫威:《自由守望:胡适派文人引论》,上海文艺出版社,1997。

[61]顾颉刚:《致张静秋》,《顾颉刚全集·顾颉刚书信集》卷五第22—23页。

1942年3月9日下午,中央研究院第二届评议会在渝评议员谈话会,决定蔡元培先生诞辰为清同治六年十二月十七日,即公元一八六八年一月十一日,此后每年以一月十一日为蔡先生之纪念日。(中国第二历史档案馆三九三—1560,第20页。)

[62]罗家伦口述、马伟(星野)笔记《蔡元培时代的北京大学与五四运动》,罗久芳、罗久蓉编辑校注:《罗家伦先生文存补遗》第55页。

[63]罗家伦口述、马伟(星野)笔记《蔡元培时代的北京大学与五四运动》,罗久芳、罗久蓉编辑校注《罗家伦先生文存补遗》第53页。

[64]王汎森、潘光哲、吴政上主编《傅斯年遗札》第1卷第158页,社会科学文献出版社,2015。

[65]王汎森、潘光哲、吴政上主编《傅斯年遗札》第2卷第467页。

[66]王德毅编著《姚从吾先生年谱》第27页,(台北)新文丰出版股份有限公司,2000。

[67]何炳棣:《读史阅世六十年》第67页,广西师范大学出版社,2005。

[68]何炳棣:《读史阅世六十年》第68页。

[69]胡适:《日记 1923年》,季羡林主编《胡适全集》第30卷第

42 页。

[70] 陆志韦:《渡河》第 8 页，亚东图书馆，1923。

[71] 陆志韦:《渡河》第 10 页。

[72] 陆志韦:《渡河》第 5 页。

[73] 陆志韦:《渡河》第 7 页。

[74]《梁实秋文集》编辑委员会编《梁实秋文集》第 3 卷第 542 页，鹭江出版社，2002。

[75] 蒋梦麟:《西潮·新潮》第 332 页，岳麓书社，2000。

[76] 朱东润:《朱东润传记作品全集》第 4 卷第 276 页，东方出版中心，1999。

[77] 郭廷以口述、张朋园等整理《郭廷以口述自传》第 155 页，中国大百科全书出版社，2009。

[78] 沈卫威:《"学衡派"谱系——历史与叙事》第 482-483 页。

[79] 鲁迅:《我们现在怎样做父亲》,《鲁迅全集》第 1 卷第 140 页，人民文学出版社，1981。

[80] 孙玉蓉编纂《俞平伯年谱》第 140 页，天津人民出版社，2001。

[81] 沈从文:《湘人对于新文学运动的贡献》,《沈从文文集》第 12 卷第 198 页，花城出版社、生活·读书·新知三联书店香港分店，1984。

[82] 沈卫威学生史建国以此撰写有硕士论文（2004）；陈璐以《国立武汉大学与新文学》为硕士论文题目（2010）。

[83] 钱谷融:《闲斋忆旧》第 144 页，上海人民出版社，2008。

[84] 后被《东方杂志》第 16 卷第 3 号（1919 年 3 月）转载。原刊时间未查得。

[85]《少年中国》第 2 卷第 6 期（1920 年 12 月 15 日）。

[86]《少年中国》第 2 卷第 12 期（1921 年 6 月 15 日）。

[87]吴宓:《吴宓诗集·空轩诗话》第153页,中华书局,1935。

[88]沈卫威学生葛悦所作硕士学位论文《国立中央大学校园新文学创作研究》(1928—1937),对此有专门研究(2020年)。

[89]卢前:《卢前诗词曲选》第2页,中华书局,2006。

[90]沈卫威:《文学的古典主义的复活》,《文艺争鸣》,2008年第5期。

第七章

学分南北

大历史中的小细节

19 世纪末 20 世纪初，受西方文化冲击，兴学之风日盛。在西方传教士所属教会办学的影响下，清政府自己创办的大学，仅有北洋大学堂（1895，天津）、南洋公学（1896，上海）、京师大学堂（1898，北京）、山东大学堂（1901，济南）、山西大学堂（1902，太原）等。

1912 年中华民国新建，为现代大学体制确立带来前所未有的机会。大学的命运与一个新兴多民族国家重建捆绑在一起。学术研究代表着一所大学的尊严与地位，而"文化是每个时代固有的生命体系"，又是"时代赖以生存的生命体系"[1]。"现代大学"这个新兴场域，将国家、民族、知识、知识分子、教育、公共社会联系在一起。1898 年创建的京师大学堂，在 1912 年 5 月改名为国立北京大学。

1917 年 1 月 9 日，蔡元培在《就任北京大学校长之演说》中特别强调："大学者，研究高深学问者也。"[2] 1918 年 9 月 20 日，他在《北京大学一九一八年开学式演说词》中，进一步阐发了自己的大学理想："大学为纯粹研究学问之机关，不可视为养成资格之所，亦不可视为贩卖知识之所。学者当有研究学问之兴趣，尤当养成学问家之人格。"[3]

1928 年 9 月 18 日，罗家伦就任清华大学校长，他在就职典礼上演说《学术独立与新清华》，明确提出"研究是大学的灵魂"[4]。

1945 年 11 月 5 日，梅贻琦在潘光旦家与闻一多、闻家驷、曾昭抡、吴晗、傅斯年、杨振声等几位教授谈论时局至深夜，回家后他在日记中写道："余对政治无深研究，于共产主义亦无大认识，但颇怀疑；对于校局则以为应追随蔡孑民先生兼容并包之态度，以克尽学术自由之使命。昔日之所谓新旧，今日之所谓左右，其在学校均应予以自由探讨之机会，情况正同。此昔日北大之为北大，而将来清华之为清华，正应于此注意也。"[5]

本章伊始，先引述三位著名大学校长言论，是要确立基本的学术视野。兼容并包、学术自由、研究学问是大学的核心价值观。

学术研究聚焦，有时需要从最细小的地方开始。因为改变时代文化走向和变革历史格局的关键，往往就是那么一时一刻，或这么一点一滴，正如同蚁穴溃堤，或借助东风、火烧连营。数千年家族式皇权统治，溃于辛亥武昌起义，三纲五常铸就的中国文化堡垒被一册《新青年》引发的新文化运动摧毁。

1909年秋的某日，梅光迪在上海吴淞江上经胡绍庭介绍与胡适相识。

1916年12月26日上午9时，蔡元培到前门外一家旅馆找到陈独秀。

新文化、新教育和新文学从此与这四个人的关系密不可分。民国大学学术研究也因此形成新的格局。

据绩溪人汪原放在《亚东图书馆与陈独秀》一书中引用其大叔《孟邹日记》：1916年12月26日上午9时，也就是蔡元培被任命为北京大学校长的当天，蔡就到前门外一家旅馆找到陈独秀，聘其为北京大学文科学长。[6]同时陈独秀向蔡元培推荐胡适，说胡适实属可胜任文科学长一职的最上人选。随之，陈独秀立即致信胡适，说"蔡孑民先生已接任北京总长之任，力约弟为文科学长，弟荐足下以代，此时无人，弟暂充乏。孑民先生盼足下早日回国，即不愿任学长，校中哲学、文学教授俱乏上选，足下来此亦可担任"[7]。

皖人进入北京大学，背后实际有"皖系"强大政治势力推动，及"皖系"间可利用的关系或可钻乘的政治空隙。陈、胡借助《新青年》

搅动中国大政治、大文化。随后胡适派文人，逐渐取代浙江章太炎弟子，控制北京大学文科。原本属于反清革命或与革命有关联的浙籍学者控制的北京大学文科，在1930年代被胡适派文人所取代。大历史背后有小细节，而所有细节都是人为的。新文化、新北大、新文学关联陈独秀、蔡元培、胡适三个人物。这里所展开的讨论，与周策纵在《五四运动史》中强调"一校一刊"，同时关注蔡元培的"保姆"作用，有史实与学理上的一致性。民国学术新旧、左右之分，西学中学、激进保守之别，也与之相关。

与此同时，另一股文化势力也正蓄势待发。

宣城梅氏为清代名门望族，因文艺家与数学家辈出，被梅光迪誉为"在中国族姓中实为最光荣之一也"[8]。为了家族的荣耀，梅光迪和胡先骕一样，12岁即参加科举考试。在1905年科举废止后，他们成了真正的文化遗民。尽管后来有留学机会，但他们要保守自己这份文化身份和曾经的荣光。1910年和胡适已经成为朋友的梅光迪，同胡适一起赴北京参加留美庚款考试落榜，次年重考赴美。1915年—1917年，他与胡适就白话文、白话新诗问题展开激烈的论战，把胡适"逼上梁山"。胡适受陈独秀之邀，乘新文化运动大势归来，登高而招，顺风而呼，大获成功。最初，这本是两个朋友之间的事，却因此改变了民国文学的历史，也决定了两个人的命运。

接下来，东南大学"学衡派"诸子与北京大学"新青年—新潮派"对立，关键人物就是梅光迪。他1918年8月与吴宓相遇，因谈话投机而相约回国后与胡适再战。据《吴宓自编年谱》所示：

> 今胡适在国内，与陈独秀联合，提倡并推进所谓"新文化运动"，声势煊赫，不可一世。故梅君正在"招兵买马"，到处搜求人才，联合同志，拟回国对胡适作一全盘大战。……
>
> 梅君慷慨流涕，极言我中国文化之可宝贵，历代圣贤、儒

者思想之高深，中国旧礼俗、旧制度之优点，今彼胡适等所言所行之可痛恨。昔伍员自诩"我能覆楚"，申包胥曰："我必复之"。我辈今者但当勉为中国文化之申包胥而已，云云。宓十分感动，即表示：宓当勉力追随，愿效驱驰，如诸葛武侯之对刘先主"鞠躬尽瘁，死而后已"，云云。[9]

1921 年，梅光迪放弃南开大学教职到南京，联合吴宓创办《学衡》，就是要纠集力量，东山再起。1921 年 5 月 24 日，尚未回国的吴宓，在致老师白璧德信中写道：

梅君的策略是我们能在中国的高等教育机构站稳脚跟，而不是在北京大学。他强烈地反对我们中的任何人去北京大学，或受北大影响控制的北京其他大学。梅君为了实施他的策略，催促我们迅速回国。他写道，不应错失任何机会，不应继续允许文化革命者占有有利的文化阵地。[10]

在评介《梅光迪文存》时，我有这样一段文字：

由《学衡》的创办而形成所谓的"学衡派"，是中国现代思想史、文学史和学术史上的一次震荡性起伏。《学衡》杂志的实际存在是 1922 年 1 月—1933 年 7 月。"学衡派"成员的活动却不限于这个具体的时间。"学衡派"是反对新文化—新文学的，是以保守来反对、牵制和制衡激进的新文化—新文学运动。在反抗新文化—新文学的话语霸权时，是以求中西思想融通、尊孔、国学研究和古体诗词创作来作为对抗手段的。我认为，有一个历史的坐标是十分明确的，那就是在 20 世纪文化激进主义和政治激进主义得势的这种特定的历史背景下，在主流话语的霸权作用下，《学衡》派的文化保守主义思潮是逆当时的时代大潮，处于文化时尚和社会时尚的劣势，其影响也是十分微弱的。当然是否合乎时尚，是否与主流一致，并不是我这里所预设的价值判断标准。我也不是以成败论英雄。我所要强调的是，《学衡》派的历史作用和价值恰恰在于其和时尚及主流的不符。其制衡文化激进主义导致文化的失范的功效虽然微弱，但其本身学理上的理性精神，和超越现实的文化意识，却是强大的。以及由此所呈现的道德力量和文化信念的忠诚感，也是难能可贵的。[11]

"学衡派"与"新青年—新潮派"南北对立之后，便出现学术观念与治学方法上的差异。

1924年秋，群聚东南大学的"学衡派"势力分裂，四大主力相继离开。梅光迪、胡先骕远走美国，吴宓先到沈阳，半年后转回清华，《学衡》杂志编辑部落脚北京。1925年柳诒徵也带着弟子缪凤林北上，执教东北大学。

中国的现实社会，给梅光迪、吴宓开了个残酷的玩笑，使他们陷入自己挖坑陷进去的困境。梅光迪从此失语，隐退文坛，淡出学界。他承认"学衡派"离散是"中国领导人的失败"[12]。这是话中有话，因为有一个细节可昭示现实改变了西洋文学系主任梅光迪：一个"慷慨流涕，极言我中国文化之可宝贵，历代圣贤、儒者思想之高深，中国旧礼俗、旧制度之优点，今彼胡适等所言所行之可痛恨"的人，到东南大学两年后，爱上女学生李今英，于是将"中国旧礼俗、旧制度之优点"给予他的包办婚姻"革命"了（有家室的梅光迪，因师生恋陷入困境。赵元任回国，推荐曾在哈佛留学的陈寅恪接替自己在哈佛大学的教职，陈说除波士顿的龙虾，那里没有什么可留恋的。于是他又改推荐梅光迪，以帮助他摆脱困境。1927年梅光迪回国安排前妻和儿子的生活后，与李今英正式结婚，在南京短期任职，又去美国执教）。反对"新文化""新思潮"的梅光迪，接受"新道德""新伦理"，抛弃妻子和儿子，在这一条道上，比"所言所行之可痛恨"的新文化倡导者，主张自由恋爱、自由结婚而自己却就范包办婚姻的鲁迅、胡适走得更快、更远；和完成"家庭革命"的郭沫若、徐志摩、郁达夫等成了同路人。面对新文化运动，那就只有闭上批评别人的嘴巴，远走他乡，讲授汉语，传播中国文化。吴宓紧随梅光迪之后，更浪漫了。两个以反对卢梭浪漫主义著称的白璧德门徒、西洋文学教授，却走上中国现实的浪漫文人之路，在言行分裂、情感与理智矛盾的极度痛苦中失语（梅光迪），或靠写情诗、写日记（吴宓）来排遣。

在这个让梅光迪、吴宓感到意外的特殊时刻，"学衡派"成员郭斌龢致信吴宓，说他因婚外情导致离婚，有损于他们所倡导的人文主义的实践，指出他的思想行为陷入浪漫主义的泥潭。[13]陈寅恪说他"昔日在美国初识宓时，即知宓本性浪漫，惟为旧礼教、旧道德之学说所拘系，感情不得发舒，积久而濒于破裂"。[14]吴宓因此承认自己生性是个浪漫主义者。[15]随后他在与女友卢葆华交往中，也认识到自己行为里有人文主义道德与浪漫诗情的矛盾。[16]尤其是在毛彦文嫁给熊希龄后，极大地刺激了吴宓，使他一度陷入迷乱。吴宓曾以《学衡》总编自豪，此时最恨人称其为《学衡》编者。他在 1936 年 5 月 29 日给陈逵信中写道：

> 宓以种种感触，对于道德、名誉、爱国、民族主义、改良社会、共产、革命 etc.etc，一体厌恶，痛恨。对于家庭、朋友、种种关系人，一体忘怀漠视。宓今所爱读者，为 Shakespeare's Timon of Athens，等一类文章。宓最恨人称宓为"韩愈""曾文正"或《学衡》编者，《忏情诗》作者，etc。今社会中人，绝不察各人个性，及以往历史，而只责我

与心一离婚之不合道德，不责 M 女士之甘为 gold—digger，
而反说宓为"始乱之而终弃之"，……总之，今社会中人，无
情又无识，不智，不仁；可恨，不可怜。我们若为反抗（as
a protest）社会而自杀，已不值得，悔不于十五六岁起，即
作大恶之人，则今日必快乐又享受美誉也。[17]

梅光迪、吴宓的个人行为，实际上是把前引《吴宓自编年谱》中昔
伍员自诩"我能覆楚"，申包胥曰"我必复之"这句话改写成了——胡
适、鲁迅说："我能倡导"，梅光迪、吴宓曰："我必实践"。

相对于胡适派文人的话语霸权和胡适要"为中国造历史，为文化开
新纪元"的野心，以批评姿态来反对新文化的"学衡派"处于弱势。胡
适 1921 年 10 月 11 日《在北大开学典礼会上的讲话》中，有这样一段
措辞强硬的话：

我刚才说起北大的门限很高，外界人又说我们是学阀。我
想要做学阀，必须造成像军阀、财阀一样的可怕的有用的势
力，能在人民的思想上发生重大的影响；如其仅仅是做门限是
无用的。所以一方面要做蔡校长所说有为知识而求知识的精
神，一方面又要成为有实力的为中国造历史，为文化开新纪元
的学阀；这才是我们理想的目的。[18]

1922 年 12 月 17 日在《北京大学第二十五周年纪念日的演说》中，
他更是明确强调："现在我们的努力应该注重在使北大做到'又开风气
又为师'的地位。"[19]

古典与现代：民国大学的潮与岸

文化理念

反孔批儒作为文化革命的兴奋点

《新青年》因孔教会成立、袁世凯称帝、张勋复辟而奋起反孔，鼓吹思想革命。陈独秀从民族国家重建的角度来谋划中国新生，并针对"孔教"这一传统中国的精神支柱写了《宪法与孔教》一文，呼吁："欲建设西洋式之新国家，组织西洋式之新社会，以求适今世之生存，则根本问题，不可不首先输入西洋式社会国家之基础，所谓平等人权之新信仰，对于与此新社会新国家新信仰不可相容之孔教，不可不有彻底之觉悟，猛勇之决心；否则不塞不流，不止不行！"[20]因为："儒者三纲之说，为一切道德政治之大原：君为臣纲，则民于君为附属品，而无独立自主之人格矣；父为子纲，则子于父为附属品，而无独立自主之人格矣；夫为妻纲，则妻于夫为附属品，而无独立自主之人格矣。率天下之男女，为臣，为子，为妻，而不见有一独立自主之人者，三纲之说为之也。缘此而生金科玉律之道德名词——曰忠，曰孝，曰节——皆非推己及人之主人道德，而为以己属人之奴隶道德也。"[21]

这种"孔子之道"作用下的传统中国文化，与西洋文明形成明显差异。陈独秀认为要在中国实施民主、共和、宪政，就必须废除孔教儒经，代之西洋现代学理和政治规范，所以，他在《孔子之道与现代生活》一文中反复强调在伦理上进行革命的重要性和必要性，认为要从学理上弄清"孔子之道"是何物，然后才能使"现代生活"开始起步。同时，陈独秀明确地指出，"伦理的觉悟，为吾人最后觉悟之最后觉悟"，"吾人果欲于政治上采用共和立宪制，复欲于伦理上保守纲常阶级制，以收新旧调和之效，自家冲撞，此绝对不可能之事"[22]。

陈独秀认为此时左袒孔教者，都是心怀复辟企图之辈，因此要毁掉孔庙，废弃儒教。他甚至不无偏激地指出，"全部十三经，不容于民主国家者盖十之九"[23]，须焚禁此物，方可使社会进步。随着陈独秀的革命性呼喊，吴虞、钱玄同、胡适、易白沙、鲁迅、周作人、李大钊等都作出积极响应，向儒教"伦理文化"开战，且在言论和思想上，又都较陈独秀更进一步。吴虞更激烈地打"孔家店"，要对儒教进行彻底革命："儒教不革命，儒学不转轮，吾国遂无新思想、新学说，何以造新国民。"[24] 时值五四高潮到来，在强烈文化批判的冲击波下，这一封建文化主体，儒教"经学也就气息奄奄，危如朝露"了[25]。以至于在新学制中，传统经学被分解在文、史、哲三大新学科中。

1931 年入清华大学哲学系任教的张申府，认为尊孔救不了中国，主张将儒家和孔子在意识形态上加以区分，他的信条是"打倒儒家，拯救孔子"[26]。

在北京大学、清华大学，从《新青年》时期文科学长陈独秀，及教授吴虞、胡适、鲁迅（兼课）、周作人，到"文革"后期"四皓"（冯友兰、魏建功、林庚、周一良），有一个十分明显的反孔批儒师承线索。当然，两个时期的历史背景不同，有主动与被动之别。北京大学是新文化运动的大本营，思想革命的中心任务之一是反孔、批孔。打孔家店是北大一部分教授的重要活动。反孔、批孔是文化激进主义的行为之一。1970 年代中国大地的"评法批儒"、批孔浪潮，同样是初澜于北大。胡适直到晚年，仍然拒绝担任台湾"全体大专院校校长集会"组织的"孔孟学会"发起人。他在致新竹清华大学校长梅贻琦（月涵）信中说："我在四十多年前，就提倡思想自由，思想平等，就希望打破任何一个学派独尊的传统。我现在老了，不能改变四十多年的思想习惯，所以不能担任'孔孟学会'发起人之一。"[27] 因为他觉得"过于颂扬中国传统文化了，可能替反动思想助威"。

尊孔作为文化保守的立足点

1906 年—1911 年，李瑞清任两江优级师范学堂监督（校长），在《诸生课卷批》中，主张"奉孔子为中国宗教家，吾愿吾全国奉孔子为教主"[28]。两江优级师范学堂改制为南京高师时，校长江谦所写校歌歌词中，有"千圣会归兮集成于孔"，尊孔是这所学校的传统。

1922年1月，《学衡》杂志创刊号上刊登的图片是孔子和苏格拉底。《学衡》公开表示尊孔，与《新青年》对立。"学衡社"最初成员大多数是哈佛大学白璧德的门徒，因为"白璧德倡导新人文主义，对于孔子备极推崇，以孔子为人文主义极大权威"[29]。为《学衡》写文章的沈曾植、朱祖谋、陈三立、张尔田、孙德谦，同时也是1912年10月7日在上海发起成立的"孔教会"重要成员。其中沈曾植、朱祖谋、陈三立在13位发起人之列。沈曾植也是1915年袁世凯称帝、1917年张勋复辟的积极支持者。而张尔田、孙德谦为1913年2月创刊的《孔教会杂志》编辑。张、孙两人为《学衡》写文章，是吴宓1923年9月3日亲自到上海约稿的。

"孔教会"与中华民国新建有直接关联。此前中国有所谓儒学、儒教之说，此时，新兴多民族国家重建，特别是1912年1月1日中华民国建国，基于对国家意识形态和宗教礼仪的考量，一批文化遗老借鉴基督教、佛教、回教仪礼，倡议并发起成立"孔教会"，向政府申报确立"孔教"为国教，试图在1913年10月10日选举产生中华民国首任总统时（此前孙中山、袁世凯均为临时大总统），操作总统就职大典。

五四新文化运动反孔、打孔家店高潮时，柳诒徵开始在南京高师讲中国文化史。他说："孔子者，中国文化之中心也。无孔子则无中国文化。自孔子以前数千年之文化，赖孔子而传；自孔子以后数千年之文化，赖孔子而开。即使自今以后，吾国国民同化于世界各国之新文化，然过去时代之与孔子之关系，要为历史上不可磨灭之事实。"[30]1932年9月28日是孔子诞辰，中央大学教授在《国风》第3号出了"圣诞特刊"，以纪念孔子。卷前有孔子像、曲阜孔林照片各一幅。这期纪念孔子的"圣诞特刊"，也是"学衡派"对五四运动批孔反孔的总反攻、总清算。当然也含有林语堂所说，提倡尊孔者"借此以报复青年者"的另一层因素。该期特刊中有柳诒徵《孔学管见》《明伦》，梅光迪《孔子之风度》，缪凤林《谈谈礼教》《如何了解孔子》，郭斌龢《孔子与亚里士多德》，范存忠《孔子与西洋文化》，唐君毅《孔子与歌德》。他们从整体上为孔子重塑形象，也是从古代出发，重新确立其现代价值。这是五四新文化运动以后，中央大学教授第一次有意识的集体文化行为。"文革"时期，吴宓（西南师范学院教授）反对批孔，1980 年代匡亚明（南京大学校长）新撰《孔子评传》，形成了这一学统与北京大学的尖锐对立。

另外，1949 年以后被经常提及的"新儒家"，熊十力、方东美、唐君毅都有中央大学执教或读书的经历。唐君毅 17 岁考入北京大学，因熊十力受汤用彤之邀南下，也转学到中央大学哲学系。唐君毅父亲与熊十力都曾到南京支那内学院随欧阳竟无学习佛学。

历史观念

疑古、释古史观的集中体现

"古史辨"讨论，是在北京大学师生胡适、钱玄同、顾颉刚、魏建功等与东南大学师生柳诒徵、刘掞藜、缪凤林之间展开的。北京大学一方的疑古与东南大学一方的信古，形成尖锐对立，并由此引发"整理国故"运动的深化。1921 年 7 月 31 日，胡适应刘伯明主持的东南大学暑期学校邀请，演讲《研究国故的方法》。他"研究国故的方法"分为四个层次：

（1）历史的观念："一切古书皆史也。"

（2）疑古："宁可疑而过，不可信而过。"

（3）系统的研究："要从乱七八糟里寻出个系统条理来。"

（4）整理："要使从前只有专门学者能读的，现在初学亦能了解。"[31]

这是含有怀疑、批判精神的科学方法。在"古史辨"论争中所产生的南北"对立"，顾颉刚明确地认识"是精神上的不一致"[32]。钱玄同、魏建功都感受到"我们的精神与他们不同的地方"[33]。

胡适"一切古书皆史也"的观点，是对元代郝经首倡，清人袁枚、章学诚系统张扬"六经皆史"的继承。他这一学术思想的内在逻辑是进化论。其实胡适早在1917年1月《科学》上刊发《先秦诸子进化论》一文中就明确提出："荒诞神怪的万物原始论都不可算作进化论。进化论的主要性质在于用天然的、物理的理论来说明万物原始变迁一问题，一切无稽之谈，不根之说，须全行抛却。"[34]胡适尤其不认同当时"中国学会"章程中第一条"中国学术与民族主义有密切关系"的说辞。他在1928年11月4日回复泾县友人胡朴安要他加入学会的信中强调："若以民族主义或任何主义来研究学术，则必有夸大或忌讳的弊端。我们整理国故，只是研究历史而已，只是为学术而作功夫，所谓'实事求是'是也，绝无'发扬民族之精神'的感情作用。"[35]

1930年7月，清华大学陈寅恪提出历史研究中要有"了解之同情"，对"古史辨"及"整理国故"运动的偏颇和局限提出相应的修正。陈寅恪在《冯友兰著〈中国哲学史〉审查报告》中提出："凡著中国古代哲学史者，其对于古人之学说，应具了解之同情，方可下笔。"[36]而"了解之同情"一语的源流，来自德国启蒙时代重要思想家赫尔德。[37]此术语在中国学界最早出现于东南大学西洋文学系学生胡梦华《评〈学衡〉》（刊发在1922年4月29日《时事新报·学灯》），他在文中强调："批评者第一要素是了解的同情。"[38]

从"疑古"到"释古"，学术路向在变，"了解之同情"态度的介入，使得学术的信念也发生了变化。

信古史观的集中体现

南京高师—东南大学师生"从不对于国学轻下批评"的"信古"史观，多是在传统史学中打转，这在柳诒徵、刘掞藜几乎相同的历史研究方法上有特别昭示。这一学统的历史观念来自柳诒徵，并影响到他后来的一代学生。柳诒徵、缪凤林、郑鹤声先后对胡适诸子研究、傅斯年民族史观提出批评。

日军侵华的炮声，将在安阳小屯领导殷商考古挖掘的傅斯年惊起，让他开始关注自己并不熟悉的东北历史。1932 年，为配合李顿调查团对东北问题调查，傅斯年联合方壮猷、余逊、徐中舒、萧一山、蒋廷黻匆匆合著一册《东北史纲》，即计划编著的《东北通史》第一卷。《大公报·文学副刊》1933 年 5 月 1 日第 278 期先行刊出邵循正《评傅斯年〈东北史纲〉第一卷〈古代之东北〉》，随后，是缪凤林三万多字的长文八期连载。这是副刊主编吴宓有意为之，因为此时《大公报》主持人受胡适影响，决心全面使用白话，正在动议撤销坚持使用文言、拒绝使用白话标点符号、只用句读的《大公报·文学副刊》。《大公报》张秀鸾、胡霖等先让胡适门生杨振声、沈从文创办《大公报·文艺副刊》，在 9 月 23 日出版发行。也就是说让一字之差的两个副刊（前者文言，后者白话）同时并存，随后，迫使吴宓在 1934 年 1 月 1 日出版第 313 期后，主动停办《大公报·文学副刊》。

傅斯年此时为中央研究院历史语言研究所所长（北平时期），缪凤林为南京中央大学历史系教授。这次学术批评，虽与新旧史学无关，却是南北新旧史学界积怨的爆发，使傅斯年及北方重视新材料和新问题的史学家，遭遇到最为严厉的一次冲撞。缪凤林指出傅斯年为反日政治急需，仓促出版著作，史料严重不足（没有看到），对新出土文物文献更是不了解，以及书中尚有大量的史料错误：

> 综观傅君之书。大抵仅据正史中与东北有关之东夷传（其

地理志部分。则付诸余逊君）。故他纪传中有关东北史事之重要材料。大都缺如。而又好生曲解。好发议论。遂至无往而不表现其缺谬。吾上所评者。虽篇幅略与傅君自著作者相当。而全书之缺谬。犹未尽其什一也。[39]

傅君书之谬误疏漏如是。乃事更有出人意外者。书中所引史文。颇多不明文理。不通句读之处。……文意不明。句读不通。便肆解释。下断语。其欲免于纰缪缺漏。难矣。[40]

傅斯年注重史料，有"上穷碧落下黄泉，动手动脚找材料"的说辞。以他的身份和地位，拿出的著作，理应代表中国国家学术水平，和日本学者对决高下。缪凤林指出的这些问题都是学术硬伤，为学者之大忌，让傅斯年无言以对。这和十年前"古史辨"论争时情况完全不同。那场论争，南北力量悬殊，新旧阵营清晰，特别是文化精神上的差异明显。柳诒徵师徒明显寡不敌众，南不敌北。而这一次，配合缪凤林出场的还有同学郑鹤声。郑鹤声在文章中就明确表示，他的一些观点和论据是和缪凤林讨论沟通过的。这里呈现出原南京高师—东南大学史学派系的报复性反击。尤其是缪凤林文章一开始所说"傅君所著。虽仅寥寥数十页。其缺漏纰缪。殆突破任何出版史籍之记录也"[41]，显然受到宿怨发酵作用的影响。因为缪凤林对二十四史十分熟悉，他的史学基础不在傅斯年之下，虽然不曾出国留学，对北方学者所谓三大新学问也不熟悉，但他是专门研究日本历史的学者。受柳诒徵写通史通论影响，他的愿望是继黄遵宪之后，续写《日本国志》，遗憾的是没有机会留学日本，或到日本访问研究。他前期研究日本的文章已结集为《日本论丛》[42]，1933 年由张其昀主持的钟山书局出版。吴宓在清华大学主编《学衡》第 79 期后，曾计划将主编权自第 80 期交给缪凤林，并登出主编易人广告，但缪凤林没有接手《学衡》，而是和张其昀联手，抛弃《学衡》的老招牌，另起炉灶，新成立"国风社"，推柳诒徵为社长，张其昀、缪凤林、倪尚达为编辑委员，出版《国风》半月刊，钟山书局发行。随后，关注日本与中国东北、华北问题，成为《国风》的亮点。[43]

缪凤林在北方最大的报纸副刊八期连载《评傅斯年君〈东北史纲〉卷首》（分别是 1933 年 6 月 12 日的第 284 期、6 月 19 日的第 285 期、6 月 26 日的第 286 期、7 月 3 日的第 287 期、7 月 31 日的第 291 期、8 月 28 日的第 295 期、9 月 4 日的第 296 期、9 月 25 日的第 299 期），使其成为国内史学界挑战傅斯年的第一人。这里只摘引缪凤林的结语：

> 傅君此书之作。在"九·一八"事变之后。篇首所述编此书之动机。吾人实具无限之同情。然日人之研究东北史。则远在二十余年之前。时当日俄战役结果（光绪三十一年）。白鸟库吉氏已提倡对于东北朝鲜。作学术上根本的研究。以为侵略东北及统治朝鲜之助。嗣得南满洲铁道公司总裁后藤新平氏之赞助。光绪三十四年一月。于公司中设立"历史调查室"。专以研究东北朝鲜史为务。聘白鸟氏主其事。箭内亘稻叶岩吉津田左右吉及松井等氏辅之。从研究历史地理入手。越四载余。至民国二年九月。有《满洲历史地理》二厚册及附图《朝鲜历史地理》二厚册附图以南满洲铁道公司名义出版。前者为白鸟箭内稻叶及松井等氏合著。后者则津田氏一人独著。而皆由白鸟氏监修者也。"历史调查室"旋亦结束。由东京帝国大学文科大学继续研究。箭内松井津田及池内宏氏主其事。共研究论文之刊行者。名曰《满鲜地理历史研究报告》。于民国四年十二月出版第一册。五年一月出版第二册。嗣后或年出一册。或间数年出一册。今已出至十三册（余所见者仅十二册）。内容之关于东北者。以隋唐后各东北民族之专论为多。又稻叶君山氏于民国三年出版《清朝全史》后。续著《满洲发达史》。亦于四年出版。内容于明以后之东北叙述较详（武进杨成能君

曾译登东北丛刊）。皆日人东北史之名著也。傅君此书之体裁。略与《满洲历史地理》同。然白鸟之书。出版在二十年前。虽亦间有缺误。而其可供吾人指斥者。实远不如《东北史纲》之多。此则吾人所认为史学界之不幸者也。吾民族今已与日人立于永久斗争之地位。欲斗争之成功。必求全民族活动之任何方面皆能与日人之相当方面相抗衡。往者已矣。来者可追。窃愿后之治东北史者。慎重立言。民族前途。学术荣誉。两利赖之矣。[44]

被当下学者胡文辉称为"天机星智多星吴用"的傅斯年，在学术江湖上遇上了真正对手。一向专横独断、快人快语的傅斯年被缪凤林一剑封喉，并没有公开回应，只是坊间传出傅斯年要中央大学校长罗家伦平息此事的消息，但缪凤林还是感受到来自北方学界，特别是傅斯年给他的压力。借着陈垣邀请北上就职辅仁大学之机会，他在给陈垣的信中说道：

奉读赐书，感愧交并。评《东北史纲》一文，本为此间文学院院刊而作。嗣因傅君南下，为所探悉，肆布谰言，兼图恐吓。林以学术为天下之公器，是非非个人所能掩，因先付单本，并布之《大公报》。两月以来，傅某因羞成怒，至谓誓必排林去中大而后已。其气度之褊狭，手段之卑陋，几非稍有理性者所能存想（例如介绍方欣安、谢刚主二君来中大以图代林，其致方君信则谓林以辞去中大教职［此系方君语平友某君，某君因以告林者］。一面又在京散布流言，谓中大史学系下年度决实行改革，腐旧之缪某势在必去云云）。林方自惧学之不修，且除学术外亦无暇与之计较也。暑后林决仍应中大聘约（傅君对此事必有出于意外之感。实则林在此间，自有其立场，初非傅君所能贵贱。惟方、谢二君，此间以傅君关系，闻已延聘）。私意拟在此间多住数年，期于国史略植根柢，再行来平，以广见闻。异时学业稍进，倘长者以为可教而辱教之，则幸矣。……[45]

方欣安（壮猷）、谢刚主（国桢）均为清华国学院毕业生。方又参与《东北史纲》编写。

相对于缪凤林行文"激烈"，郑鹤声文章则显得"温和"许多[46]。他首先肯定傅斯年良苦学术用心和写地域史新方法，同时也表示自己并非在缪凤林激烈批评之后，要为傅斯年辩护什么。但是，从他文章末尾所说"傅君等之著《东北史纲》，实所以应付东北事变，不免有临渴掘井之嫌"[47]，还是可以嗅出郑鹤声"温和"之中所藏讥讽：

惟傅君为吾国学术界上有地位之人物，而本书又含有国际宣传之重要性，苟有纰缪，遗笑中外，总以力求美备为是。[48]

傅斯年、缪凤林两位史学家，在1931年以后日军侵华的特殊年代，因民族情绪高涨和政治需要，关注东北，研究日本；也都因为与政治纠缠得太紧而死于高血压。傅斯年1950年12月20日，在台湾大学校长任上脑溢血去世，缪凤林在屈辱中又苟活几年。

缪凤林抗战期间关注西北民族地域史，因胡宗南在西安屯兵，他多次到那里讲学研究。胡宗南1920年7月到南京高师参加暑期学校时，结识浙江同乡缪凤林、张其昀。缪凤林也是1949年之前，公开批评唯物史观的学者之一，他发表在《中国青年》第5卷第9期上的《唯物史观与民生观》影响很大，曾引起浙江大学校长竺可桢关注。竺可桢在1945年1月23日日记中，专门记下阅读此文的感受："批评马克思唯物论，以辩证法论证解释，抨击不遗余力……中山先生三民主义以民生为中心，而不以物质为中心，实远胜之云云。"[49]

缪凤林1948年—1949年短暂到台湾后返回南京一事，目前尚无法查得其主体档案，只能看到零星几页如白寿彝等人的调查证明材料。学界所言有两种：一是南京大学流传的，说他受陈仪之邀去主持台湾省文献委员会，回来搬家时，因国民政府瓦解而没能走了。当然这是一种含有政治意味的说辞。另一说辞来自他的学生唐德刚。唐德刚在台湾《传记文学》第四十四卷第五期上发表《〈通鉴〉与我》一文中，转述近代史专家郭廷以在纽约对他所言，说"缪老师曾一度避难来台。但是在台湾却找不到适当工作，结果又返回大陆"[50]。此文收录在1991年12月31日出版的《史学与红学》一书中。当学生时，常到缪凤林老师家借书、看书的蒋赞初回忆说：缪凤林先生爱书如命，藏书最多。日本投降后，南京旧书市场那些日本出版的重要学术书刊，大都被他收藏。他与国民政府官员有些关系，去台湾之前曾说自己担心共产党占领南京后，这些书要被郭沫若占用，所以先把一部分重要的图书运到台湾。等他再回南京搬家时却走不掉了。他因抗拒到华北人民革命大学接受改造，学校就不让他上课。他心情不好，就病倒了。

缪凤林学生时代即得到柳诒徵、刘伯明赏识。刘伯明在中华书局出版的《西洋古代中世哲学史大纲》《近代西洋哲学史大纲》署名为刘伯明讲，缪凤林述。缪凤林是刘伯明课堂授课讲义的记录、整理者。刘伯明英年早逝，缪凤林随柳诒徵治史学，他除短期到东北大学任教外，一生都与南京高师—东南大学—中央大学共荣辱。

毕业于中央大学历史学系的唐德刚十分健谈，我与他曾于1992、1993、1995年三次相聚，都是整天在听他讲故事，从胡适、李宗仁、顾维钧、张学良到蒋介石。他自称是"天子门生"（他说自己是在台北受蒋介石接见时，当着蒋介石的面说的。因为自己当年在重庆读书时蒋介石一度兼任中央大学校长），亲切地称呼我为"校友小学弟"。1992年7月3日在北京，我说很喜欢他在《胡适口述自传》注释中写到，自己随中央大学流亡重庆沙坪坝时，茶馆灶前喝茶神聊，篱笆后院撒尿这段故事。他签名送我一册《史学与红学》，说他还写到过和缪凤林教授一起聊天、背《通鉴》、吃烧饼。[51]

傅斯年和缪凤林在抗战时期学术活动区域，分别在昆明西南联大、宜宾李庄史语所和重庆中央大学。唐德刚在《胡适口述自传》注释中特别提到，西南联大出身的王浩与他两人，在美国相见时各吹母校。王浩总是说："你们进去比我们好，出来比我们差。"[52] 唐德刚究其原因，说是他们一半时间，在茶馆里喝掉了。

战时大后方教育文化中心有"三坝"之说：重庆沙坪坝、成都华西坝和汉中古路坝。华西坝因处于天府之国首邑成都，故被誉为"天堂"（利用原华西协合大学，接纳燕京大学、齐鲁大学、金陵大学、金陵女子文理学院等教会大学联合办学）；中央大学所在陪都重庆沙坪坝，被称为"人间"；陕西汉中城固古路坝，为西北联合大学（含国立北平大

沈卫威访西北联大工学院旧址（2018年9月20日），火源拍摄

沈卫威访西北联大工学院旧址（2018年9月20日），火源拍摄

学、国立北平师范大学、国立北洋工学院和北平研究院）的部分学校所在地，因条件较差而被称为"地狱"。为写作此书，我曾实地走访过"三坝"。

看过许多回忆老中央大学的文章，唐德刚的文字亦庄亦谐，可谓美妙绝伦，高人大手笔。唐德刚文风颇似《世说新语》，他与王浩各吹母校时，恰似昔日晋王武子与孙子荆各言其土地人物之美。王曰："其地坦而平，其水淡而清，其人廉且贞。"孙云："其山崔巍以嵯峨，其水渟渫而扬波，其人磊砢而英多。"（《世说新语 上卷上德行第一》）

跋山涉水，曾到沙坪坝中央大学旧址寻访，在重庆森林沐浴，听嘉陵江水声，吃火锅麻辣烫；也曾去西南联大踏访，到云南看水看山看云，点一碗过桥米线，炒一盘牛肝菌；更有在城固古路坝国立西北联合大学工学院旧址的泥泞中行走，感受其苍凉与艰辛。在我研究胡适途中遇到"校友大师兄"唐德刚（拟仿先生的亲切称呼，反倒是觉得更为敬重），如他当年遇上胡适，如沐春风，如饮甘露。

学分南北

1924 年 1 月 7 日，胡适在日记中抄录毛奇龄《西河合集》"序"类卷廿四《送潜丘阎徵君归淮安序》中一段话："世每言，北人之学如显处见月，虽大而未晰也；南人之学比之牖中之窥日，见其细而无不烛也。潜丘乃兼之。"接着，胡适写道："此说南北之学之分，颇妙。北学多似大刀阔斧，而南学多似绣花针。颜李之学，真北方之学也。惠戴之学，真南方之学也。"[53]

钱基博 1926 年 12 月 1 日在为《国学文选类纂》写的《总叙》中，对民国初期大学南北差异定位于"人文主义"与"古典主义"的"义""数"之别，与吴宓对这两种主义解说相差甚远。[54] 钱基博日后对胡适批评增多，同时也更加犀利。在 1936 年增订版《现代中国文学史》中，他特别强调，早年受梁启超影响的胡适，在新文化—新文学运动得势后反过来影响梁启超。他说："梁启超清流凤望，亦心畏此咄咄逼人之后生，降心以相从。适亦引而进之以示推重；若曰：'此老少年也！'启超则弥沾沾自喜，标榜后生以为名高。一时大师，骈称梁、胡。二公揄衣扬袖，囊括南北。……启超之病，生于妩媚；而适之病，乃为武谲。"[55] 对于钱基博批评胡适"武谲"之词，金毓黻表示"诚为得当"，但同时认为，胡适在对旧文化破坏之后，另能提出建设新条件和新方案，这是钱基博不及胡适之处。因此，金毓黻说钱基博之论"不过快其口说而已，初非深根宁极之论也"[56]。抗战期间，金毓黻为《史学述林》"题辞"时，对南北史学差异，有回顾性解释，同时寄希望于当下南北融合、沟通。[57]

当然，这也只是一种地域观念上的相对说辞，具体情况却是学者流动已经完全超越了籍贯的地域性，就连当时清华国学研究院的四大导师，也都是南方人。在北京的胡适、陈垣也是南方人。

新材料、新问题作为北方学人"预流"的基本要求

当蔡元培要求大学成为"囊括大典，网络众家之学府"时[58]，北京大学成为现代新文化、新思想策源地。随后，清华国学研究四大导师，将清华人文学术研究推向一个新阶段。王国维从早年诗词创作、文学批评转向国学研究。早在1911年《国学丛刊·序》中，他就明确表示"学无新旧也，无中西也，无有用无用也"[59]，亮出学术独立和价值中立的学者立场。

1925年7月27日上午9时至11时，王国维在清华学校工字厅为学生消夏团演讲《最近二三十年中国新发现之学问》。[60]他明确指出："古来新学问起，大都由于新发见。"自汉以来，中国学问上的最大发现有三：一为孔子壁中书；二为汲冢书；三则今日殷墟甲骨文字，敦煌塞上及西域各处之汉晋木简，敦煌千佛洞之六朝及唐人写本书卷，内阁大库之元明以来书籍档案，中国境外之古外族遗文。并强调今日之时代为"发见时代"。

随后，王国维发表《古史新证》，对上古史传说与史实混而不分的问题，提出解决办法。他说：

> 吾辈生于今日，幸于纸上之材料外，更得地下之新材料。由此种材料，我辈固得据以补正纸上之材料，亦得证明古书之某部分全为实录，即百家不雅驯之言亦不无表示一面之事实。此二重证据法，惟在今日始得为之。[61]

鲁迅、钱玄同作为章太炎门生，从传统学术领域走出，置身新文化阵营。他们对新旧交替时代学术有真切的了解。钱玄同在1937年为

《刘申叔先生遗书》写序时明确指出，最近五十余年，为中国学术思想之革新时代。其中对于国故研究之新运动，进步最速，贡献最多，其"影响于社会政治思想文化者亦最巨"[62]。这正好与陈寅恪《陈垣〈敦煌劫余录〉序》中"新材料""新问题""新潮流"[63]之说不谋而合。

胡适作为"二十世纪中国学术思想史上的一位中心人物"[64]，清华国学研究院组建时，他向曹云祥校长推荐梁启超、王国维、赵元任。王国维的治学方法，陈寅恪在《王静安先生遗书序》中总结为："取地下之实物与纸上之遗文互相释证。取异族之故书与吾国之旧籍互相补正。取外来之观念与固有之材料互相参证"[65]。这是对王国维"二重证据法"更明晰的演示和总结。同时陈寅恪又在学术研究中，提出以诗证史或史诗互证。因此，我特将王国维、陈寅恪治学，归结为"四个二重证据法"。

受胡、王、陈影响的学生很多，其中顾颉刚、傅斯年通过《北京大学研究所国学门周刊》的《一九二六年始刊词》（1926 年 1 月 1 日）、《国立第一中山大学语言历史学研究所周刊》的《发刊词》（1927 年 11 月 1 日）和《历史语言研究所工作之旨趣》（1928 年 10 月）等，将自己学术思想和方法路向明确规定为："历史文献考证"加"田野调查"。特别是北京大学研究所国学门将国学细化为文字学、文学、哲学、史学、考古学。后期清华国学研究院，也是循着这个路子。

顾颉刚明确地说明他们的工作就是：到古文化遗址发掘、到民众中调查搜集方言、到人间社会中采风问俗。这样就可以打破偶像，摈弃成见，建设"新学问"[66]。这也是傅斯年期待的真正"科学的东方学之正统"，形成这样一种崭新的学术规范：古代历史、古文字学研究中地下之物与地上之文互相释证；音韵学研究中历史文献考证与活的方言调查整理相结合；社会史、文明史研究中文献记录的雅文化与民间现实存在的俗文化互相参证，即书写历史与口传历史互相参证（如水浒传故事、妙峰山传说、孟姜女故事、白蛇传等）；文史研究中以诗证史或史诗互证。

应当说，王国维、胡适、陈寅恪、赵元任、钱玄同、黎锦熙、陈垣、李济、傅斯年、顾颉刚在北方实际上形成了一个重视新材料、新问题的学术共同体。他们分别在北京大学、清华大学、北京师范大学、辅仁大学、中央研究院史语所、燕京大学处于文史研究的中心位置。

王国维去世后，胡适与陈寅恪彼此更加信任与敬重。1940 年 3 月，陈寅恪专程从昆明到重庆参加中央研究院院长选举会议，目的只是为投胡适一票。[67] 良好的关系，使得他们在 1948 年 12 月 15 日，能够同机离开北平。

朱希祖离开北京大学的原因较为复杂。因浙人蔡元培执掌教育部，何燏时出任北京大学校长（1912 年 12 月—1913 年 11 月），朱希祖1913 年 4 月随大批章太炎弟子入北京大学为师，取代桐城派后期学人在北京大学文科掌握学术话语权。章太炎弟子，除黄侃外，多数是新文学运动的积极参与者。1919 年 4 月 15 日《新青年》第 6 卷第 4 号上，朱希祖发表有《白话文的价值》《非"折中派"的文学》，与胡适《实验主义》、鲁迅《孔乙己》同在一期。他在史学系主任位置上长达十年，但 1930 年 12 月却被史学系学生"驱逐"。人事关系恶化是一方面原因，他转向保守，是被"驱逐"（被迫辞职）的重要因素。

旧学的继承与坚守作为"东南学风"的立足点

柳诒徵、王伯沆及南京高师—东南大学师生所彰显的学术精神，是梁启超所言"从不对于国学轻下批评"的"东南学风"。

柳诒徵所说的"东南学风"的形成，原因自然是多方面的。1926年胡先骕在《东南大学与政党》一文中特别强调东南大学不受政治影响专事研究学术。[68] 这话含有批评北京大学与北洋政府及国共两党关系过于密切之意。

郭廷以在口述自传中说，江谦（易园）是理学家，学问修养都好，很注重培养学生的朴实风气。"当时学监陈容（主素）和稍晚一点的王伯沆、柳诒徵等都是讲理学的先生，循规蹈矩的，无形中养成了南高朴实的学风。"[69] 同时，他将东南大学与北京大学比较后得出结论："在精神方面，东大先承江易园先生等之理学熏陶，后继以刘伯明先生主讲哲学之启发，学生均循规蹈矩，一切都不走极端，既接受西洋文化，亦不排斥我国固有文化，因此学生虽鲜出类拔萃人物，但太差的也没有，这与北大恰好相反。"[70]

人文学科仍保留有中国传统人文学者文史哲兼通的自身特色，但学科本身属性上却发生了重要质变。现代人文学术和传统人文学术的重要区别在于彰显民主、科学观念。王国维的学术成果在章太炎、黄侃看来就是新学，是胡适的同类。章太炎不相信甲骨文，黄侃也曾嘲笑王国维求新。[71]

王伯沆以讲授"四书"著名，人称"王四书"。同时他又继承明清以来的小说评点学，不做长文或专门著作。他一生阅读《红楼梦》20遍，留下的只是在原书上评点、批注。柳诒徵以史学见长，继承传统治史精神，并吸收由欧洲传入日本的宏观写史法。其《历代史略》就是"根据日本那珂通世的《支那通史》增删而成"[72]。胡适肯定他开"文化史"体例的《中国文化史》，同时也指出新材料不够。胡适处在"疑古"立场，批评柳诒徵由"信古"导致对甲骨文、金文等可信史料抵制。他说："近年新旧石器时代的文化都有多量的发现，殷墟史料的研究也有长足的进步，金文的研究也同时有不少的新成绩，这都是《学衡》杂志时代所能预料的。"[73] 柳诒徵的史学观和学术方法，主要影响到自己的学生。缪凤林喜好写通史通论，刘揆藜的《史法通论》则与柳诒徵史学讲义多相同之处。他在《史地学报》上发表《史法通论——我国史法整理》，将"史法"分为：弁言、史学、史识、史体、通史、史限、详略、史才、史文、史德、自注、史论、史称、阙访、史表、史图、纪元、叙源、句读。[74] 柳诒徵 1940 年代在重庆中央大学的讲义出

《学原》创刊号封面，选自南京大学图书馆

版时，名为《国史要义》，章节是：史原、史权、史统、史联、史德、史识、史义、史例、史术、史化。[75]

　　掌握新材料，提出新问题，是学术发展的重要条件。相对于北京大学、清华大学的学术研究，中央大学研究精神上"略有欠缺"和研究"风气不盛"还另有原因。这就是 1927 年国民政府定都南京后，中央大学教授"近官"。1930 年代关于"京派"与"海派"之争时，所谓"京派"近官，"海派"近商之说，是有特指的时段。南京成为首都之后，北京大学与中央大学的地位和优势正好颠倒过来，真正"近官"的，是中央大学、中央政治学校的教授。郭廷以在自传中承认："战前四五年间，全国的教育、学术进步很快，这应归功于教育部部长朱家骅。待遇提高，中大教员都是规规矩矩的教书，但论研究精神则略有欠缺，这是因为课多而且接近政府的缘故，许多教员混资格'做官'去了，所以赶不上清华。清华安定、条件好。周炳琳就说过'中大是不错，但好像是缺少甚么，研究风气不盛。'"[76]

抗战胜利后中央大学文史学科的情况，夏鼐在 1947 年 9 月 28 日日记中有记录。他转述中央大学历史系主任贺昌群对本系的看法："上午至贺昌群君处闲谈。关于担任考古学课程事，已加辞谢。贺君谈及中大教授，对于东南派颇表示不满，谓文史方面柳诒徵门下三杰，龙（张其昀）、虎（胡焕庸）、狗（缪凤林），皆气派不大，根柢不深；现下之'学原'，乃'学衡'之复活，然无梅光迪、吴雨僧之新人文主义为之主持，较前更差。"[77]"学原"即南京新创刊的《学原》杂志。贺昌群曾就读于沪江大学，在商务印书馆与一批新文学作家为友，之后又到北京大学从事敦煌学研究。他虽长期在中央大学历史系任教，但学术思想一直没有融入中大。夏鼐毕业于清华大学历史系，又留学英国，归国后在中央研究院历史语言研究所任职，他的学术传承属于北派。柳诒徵门下三杰：张其昀 1949 年去台湾，利用从政的有利条件，创办中国文化大学；胡焕庸 1953 年调到华东师范大学，1935 年 6 月曾因提出中国人口的地域分布，以瑷珲—腾冲一线为界划分为东南与西北两大基本差异区而闻名于世，且高寿；只有缪凤林命运悲惨。

传统国学中"经学"和语言文字研究（"小学"），一直是"章黄学派"的强项，并在中央大学文科形成势力。当然，中央大学的保守势力也非铁板一块，而是同中有异，或同而不和。除胡小石重视甲骨文外，文史专业其他教授都不染指。这是"小学"与甲骨文这门"新学"之间的学术屏障。胡小石有过 1920 年—1922 年出任北京女子高等师范学校国文系教授兼系主任的特殊经历。这段北京生活，使"新学问"甲骨文引起他高度关注，改变了他治学方向。1925 年 9 月回南京任金陵大学国文系教授兼系主任后，胡小石写成《甲骨文例》一书。1927 年 8 月改任新成立的第四中山大学教授后（次年改为中央大学），他一直坚持这一研究，并延伸到金文，作《金文释例》。在日后黄侃与吴梅矛盾冲突时，他站在吴梅一边。这样在中央大学文史教授中，实际上形成章黄弟子与吴、胡两派势力的冲突。双方矛盾、冲突的焦点，是治"经学""小学"的黄侃鄙视吴梅词曲之学（"黄季刚先生曾讥讽曲学为小道，甚至耻与擅词曲的人同在中文系当教授，从谩骂发展到动武"），[78]和对胡小石研究甲骨文（"新学"）的排斥。

黄侃以"小学"的音韵、训诂和"经学"见长。他和同门朱希祖、汪东在中央大学时期是章黄学派的重要力量。他们与苏州章太炎的"章氏国学讲习会"互动，形成 1930 年代前期东南文化保守的特殊气象。

蔡元培、章太炎同为反清革命的同盟会成员，浙江同乡。革命之初文化观念趋同，但民国新建，特别是新文化运动开始之后，两人文化观念便呈现出巨大差异。前者为新北大的"保姆"，积极支持新文学运动，并以兼容并包、学术自由的理念扶植学术。相反，早年还写作白话文的章太炎，晚年则趋向保守，不近新学，尤其排斥甲骨文。据《黄侃日记》所示，黄侃晚年对甲骨文看法有所转变，购买多种有关甲骨文的书，但多没来得及读。杨树达《积微翁回忆录》1936 年 12 月 27 日日记有："林景伊来，告余云：黄季刚于没前大买龟甲书读之。尝语渠云：'汝等少年人尽可研究甲骨，惟我则不能变，变则人将讥诮我也。'……余谓，季刚始则不究情实，痛诋龟甲，不免于妄；继知其决非伪物，则又护持前错，不肯自改，又不免于懦矣。"[79]杨树达敬重黄侃在传统"经学""小学"研究中的见识，让侄子杨伯峻到黄侃那里拜师求教，但对黄侃嘲弄王国维学问求新这一点，则表示不满。他在 1944 年 1 月 19 日日记中写道："读王静安《尔雅草木虫（鱼鸟）兽释例》，穿穴全卷，左右逢源，千百黄侃不能到也。"[80]

东南大学—中央大学的文化保守势力，主要是章太炎弟子、原南京高师文史地专业柳诒徵师徒和"学衡社"社员梅光迪、吴宓三股力量聚合，其中梅、吴在校时间较短。而柳诒徵师徒本有自己的刊物《史地学报》作为学术阵地，在《学衡》创刊后也加盟"学衡社"。"学衡派"势力1924年在东南大学分裂后，柳诒徵师徒的实际影响力加大，在中央大学和浙江大学分别以《国风》《思想与时代》《史地杂志》（几个刊物作者实际上是一批师生）群聚人气，从文化保守主义向民族主义顺转。

注释：

[1]奥尔特加·加塞特：《大学的使命》（徐小洲等译）第82页，浙江教育出版社，2001。

[2]刊《东方杂志》第14卷第4号（1917年4月）。中国蔡元培研究会：《蔡元培全集》第3卷第8页，浙江教育出版社，1997。

[3]刊《北京大学日刊》1918年9月21日。中国蔡元培研究会：《蔡元培全集》第3卷第382页。

[4]罗家伦：《学术独立与新清华》，罗家伦先生文存编辑委员会编辑《罗家伦先生文存》第5册第21页，"国史馆"、中国国民党中央委员会党史委员会出版，1988。

[5]梅贻琦：《梅贻琦日记》第91页，商务印书馆，2019。

[6]汪原放：《亚东图书馆与陈独秀》第36页，学林出版社2006年新一版（本书原名《回忆亚东图书馆》，初版为1983年）。

[7]《陈独秀致胡适》，中国社会科学院近代史研究所中华民国史组编《胡适来往书信选》（上）第6页，中华书局，1979。

[8]梅铁山主编、梅杰执行主编《梅光迪文存》第561页。

[9]吴宓：《吴宓自编年谱》第177页，生活·读书·新知三联书店，1995。

[10]吴学昭整理、注释、翻译《吴宓书信集》第13页。

[11]沈卫威：《文化保守主义的历史命运》，《中国图书评论》2011

年第 6 期。

[12]梅铁山主编、梅杰执行主编《梅光迪文存》第 243 页。

[13]吴宓:《吴宓日记》第五册第 56 页,生活·读书·新知三联书店,1998。

[14]吴宓:《吴宓日记》第五册第 72 页。

[15]吴宓:《吴宓日记》第五册第 60 页。

[16]吴宓:《吴宓日记》第五册第 441 页。

[17]吴学昭整理、注释、翻译《吴宓书信集》第 204-205 页。

[18]胡适:《在北大开学典礼会上的讲话》,季羡林主编《胡适全集》第 20 卷第 72-73 页。

[19]胡适:《北京大学第二十五周年纪念日的演说》,季羡林主编《胡适全集》第 20 卷第 107 页。

[20]陈独秀:《宪法与孔教》,《独秀文存》第 79 页,安徽人民出版社,1987。

[21]陈独秀:《一九一六年》,《独秀文存》第 34-35 页。

[22]陈独秀:《吾人最后之觉悟》,《独秀文存》第 41 页。

[23]陈独秀:《复钱玄同》,《新青年》第 3 卷第 4 号。

[24]吴虞:《儒家主张阶级制度之害》,《新青年》第 3 卷第 4 号。

[25]汤志钧:《近代经学与政治》第 346 页,中华书局,1989。

[26]舒衡哲:《张申府访谈录》(李绍明译)第 166 页,北京图书馆出版社,2001。

[27]胡适:《致梅贻琦》,季羡林主编《胡适全集》第 26 卷第 415 页。

[28]李瑞清:《清道人遗集》卷二第 41 页,中华书局,1939。

[29]张其昀:《〈梅光迪先生家书集〉序》,《张其昀先生文集》第 21 册第 11439 页,(台北)中国文化大学出版部,1989。

[30]柳诒徵:《中国文化史》第 263 页,上海古籍出版社,2001。

[31] 胡适:《日记 1921 年》,季羡林主编《胡适全集》第 29 卷第 392—393 页。

[32] 顾颉刚:《答柳翼谋先生》,《北京大学研究所国学门周刊》第 15、16 期合册(1926 年 1 月 27 日)。收入《古史辨》第 1 册,北京朴社,1926。

[33] 魏建功:《新史料与旧心理》,《北京大学研究所国学门周刊》第 15、16 期合册。收入《古史辨》第 1 册。

[34] 胡适:《先秦诸子进化论》,季羡林主编《胡适全集》第 7 卷第 9 页。

[35] 胡适:《致胡朴安》,季羡林主编《胡适全集》第 23 卷第 606 页。

[36] 先刊《大公报·文学副刊》第 132 期,1930 年 7 月 21 日;后登《学衡》第 74 期,1931 年 4 月,将题目改为《冯著〈中国哲学史〉审查报告》。

[37] 陈怀宇:《陈寅恪与赫尔德——以了解之同情为中心》,《清华大学学报(哲学社会科学版)》,2006 年第 4 期。

[38] 此文收入胡梦华、吴淑贞合著《表现的鉴赏》,现代书局 1928 年版。此处引文是用 1984 年自费再版本(台湾)第 145 页。

[39] 缪凤林:《评傅斯年君〈东北史纲〉卷首》(七),《大公报·文学副刊》1933 年 9 月 4 日第 296 期。

[40] 缪凤林:《评傅斯年君〈东北史纲〉卷首》(八),《大公报·文学副刊》1933 年 9 月 25 日第 299 期。

[41] 缪凤林:《评傅斯年君〈东北史纲〉卷首》(一),《大公报·文学副刊》1933 年 6 月 12 日第 284 期。

[42] 南京钟山书局董事多是中央大学教授,因主编张其昀的专业关系,地理图书是该书局主要特色。书籍作者基本上都是中央大学教授。书局常务董事有:编辑张其昀、出版缪凤林、会计倪尚达、营业沈

思璵、西书罗廷光。缪凤林在钟山书局出版的著作有《中国通史纲要》《高中本国历史》《日本论丛》《日本史鸟瞰》等。

[43] 沈卫威:《"学衡派"谱系——历史与叙事》第 198-199 页叙述如下:

柳诒徵在 1933 年 4 月 15 日《国风》第 2 卷第 8 号上发表《明代江苏省倭寇事略》,揭露日本人的侵略本性和中国外患导致的内在问题。而缪凤林的系列文章《日本开化论》《中日战争与日本军备》《日本史鸟瞰》(上、中、下)和《告山本实彦先生》等则向国人介绍日本的具体情况和日本军国主义者发动侵华战争的目的,以及注定要失败的必然性。张其春系统地翻译日本学者写的关于日本各个方面的文章刊登在《国风》或《方志月刊》上,对读者进一步了解日本有较大的作用。诸如广濑净慧著《日本之文教》、小野铁二著《日本之人口》、下田礼佐著《日本之海外贸易》、冈田武松著《日本之气候》、寺田贞次著《日本之工业》、中野竹四郎著《日本之畜牧业》、西田直二郎、池田源太合著《日本国土之沿革》、冈本重彦著《日本之通信》、田中秀作著《日本之国内商业》、泷本真一著《日本之航空》、宇野哲人著《儒教与日本精神》、峰岸米造著《德川光国创修之〈大日本史〉》,并写有《〈日本八大论丛〉序》。张其春同时还译有《战争地理学总论》在钟山书局出版。另外夏禹勋还翻译有小牧实繁著的《日本之民族》。这些文章同时也成为"知己知彼"要求下的国防教育的一个重要组成部分。

对东北失地和正在丧失的华北地区的关注也是《国风》上的一个兴奋点。关注东北的文章,如张其昀的《毋忘东北失地》《兴安岭屯垦工作》、刘广惠的《沈阳回忆录》、王克章的《我之第二故乡·辽宁桓仁》、曾宪文的《辽宁省西安县》、刘咸的《人种学观点下之东北》、汪湘阳的《一角的东北农民生活》。关注华北的文章如张其昀的《二十五年来之河北》《热河省形势论》(上、中、下)、李守廉《介绍最近一个民族战场——热河凌源》。书写这类文章,既是民族意识的张扬,更是一种自觉的爱国精神的体现。书生的无用和有用，有时也就在于这笔端的如何书写。

[44]缪凤林:《评傅斯年君〈东北史纲〉卷首》(八),《大公报·文学副刊》1933年9月25日第299期。

[45]陈智超编注《陈垣来往书信集》第232页,上海古籍出版社,1990。

[46][47][48]郑鹤声:《傅斯年等编著〈东北史纲〉初稿》,《图书评论》1933年7月1日第1卷第11期。

[49]竺可桢:《竺可桢全集　日记》第9卷第16页,上海科学技术出版社,2006。

[50]唐德刚:《〈通鉴〉与我》,《史学与红学》第238页,(台北)传记文学出版社,1991。

[51]唐德刚:《〈通鉴〉与我》,《史学与红学》第237-238页原文如下:

我们沙坪坝那座大庙里，当时还有几位老和尚，他们的功夫，可就不是"鬼拉钻"了。

在一次野餐会中，我和那位绰号"大书箱"的缪凤林老师在一起吃烧饼。缪老师当时在沙磁区师生之间，并不太popular。他食量大如牛，教师食堂内的老师们，拒绝和他"同桌"，所以他只好一人一桌"单吃"。

"进步"的同学们，也因为他"圈点二十四史"，嫌他"封建反动"。我对他也不大"佩服"，因为我比他"左倾"。

可是这次吃烧饼，我倒和他聊了半天。我谈的当然是我的看家本领"通鉴"。谁知我提一句（当然是我最熟的），他就接着背一段；我背三句，他就接着背一页——并把这一页中，每字每句的精华，讲个清清楚楚。

乖乖！这一下我简直觉得我是阎王殿内的小鬼；那个大牛头马面，

会一下把我抓起来，丢到油锅里去。

缪老师那套功夫，乖乖，了得！

[52]唐德刚译注:《胡适口述自传》，季羡林主编《胡适全集》第18卷第289-290页原文如下:

笔者抗战中期所就读的大学，是"人间"一坝的沙坪"中大"（那时后方还有"天上"和"地狱"两"坝"）。可能是因为地区的关系，全国统一招生，报考"第一志愿"的学生太多，沙坪"中大"那时是个有名的"铁门槛"。要爬过这个门槛，真要凭"一命二运三风水，四积阴功五读书"。可是惭愧的是，我们那时的文法科，是个著名的"放生池"。一旦"阴功"积到，跨入大学门栏，然后便吃饭睡觉，不用担心，保证四年毕业！

那时的"联大"据说比我们便好得多了。目前在美国颇有名气的数理逻辑专家王浩教授，便是与笔者"同年"参加"统考"，进入"联大"的。当我二人各吹其母校时，王君总是说:"你们进去比我们好，出来比我们差！"笔者细想，按数理逻辑来推理一番，王君之言，倒不失为持平之论。我想"我们"出来比"他们""差"的道理，是"我们"四年大学，有一半是在茶馆里喝"玻璃"喝掉了。

当年，"我们"在沙坪坝上课，教授与我们似乎没有太大关系。他们上他们的课堂，我们坐我们的茶馆，真是河水不犯井水。考试到了，大家挤入课堂，应付一下。如果有"保送入学"的"边疆学生"，或起义归来的"韩国义士"，用功读书，认真地考了个八十分，大家还要群起讪笑之，认为他们"天资太差，程度不够！"

因此要看"天资不差，程度很够"的高人名士，只有到茶馆里去找；因为他们都是隐于茶馆者也。其实所谓"沙磁区"一带的茶馆里的竹制"躺椅"（美国人叫"沙滩椅"）据说总数有数千张之多。每当夕阳衔山，便家家客满。那些茶馆都是十分别致的。大的茶馆通常台前炉上总放有大铜水壶十来只；门后篱边，则置有溺桶一排七八个。在水壶与溺桶之间川流不息的便是这些蓬头垢面、昂然自得、二十岁上下的"大学士""真名士"。那种满肚皮不合时宜的样子，一个个真都是柏拉图和苏格拉底再生。稍嫌不够罗曼蒂克的，便是生不出苏、柏二公那一大把胡子。

诸公茶余溺后，伸缩乎竹椅之上，打桥牌则"金刚钻""克虏伯"，纸声飕飕。下象棋则过河卒子，拼命向前……无牌无棋，则张家山前，李家山后；饮食男女，政治时事……粪土当朝万户侯！乖乖，真是身在茶馆，心存邦国，眼观世界，牛皮无边！

有时桥牌打够了，饮食男女谈腻了，行有余力，则以学文。换换题目，大家也要谈谈"学问"。就以笔者往还最多的，我自己历史学系里的那批茶博士来说罢，谈起"学问"来，也真是古今中外，人自为战，各有一套；从《通鉴纪事》到"罗马衰亡"。从"至高无上"到《反杜林论》……大家各论其论。论得臭味相投，则交换心得，你吹我捧，相见恨晚！论得面红耳赤，则互骂封建反动，法斯过激，不欢而散。好在彼此都是卧龙岗上，散淡的人；来日方长，三朝重遇，茶余溺后，再见高下。

[53]胡适:《日记 1924 年》，季羡林主编《胡适全集》第 30 卷第 149-150 页。

[54]钱基博著、傅宏星编校《国学文选类纂》第 11-12 页，华东师范大学出版社，2010。

[55]钱基博:《现代中国文学史》第 425 页，华中师范大学出版社，2011。

[56]金毓黻著:《金毓黻文集》，编辑整理组校点《静晤室日记》第 7 册第 5243-5244 页。

[57]金毓黻著:《金毓黻文集》，编辑整理组校点《静晤室日记》第 6 册第 4629 页。

[58]蔡元培:《〈北京大学月刊〉发刊词》，中国蔡元培研究会:《蔡

元培全集》第 3 卷第 451 页。

[59]《国学丛刊》第 1 册，又见《观堂别集》卷四第 7 页，王国维：《王国维遗书》第 3 册。上海书店出版社，1996 年第二次影印本。

[60] 吴宓：《吴宓日记》第三册第 49 页。

[61] 姚淦铭、王燕编《王国维文集》第 4 卷第 2 页，中国文史出版社，1997。

[62] 钱玄同：《钱玄同文集》第 4 卷第 319 页，中国人民大学出版社，1999。

[63] 陈寅恪：《陈垣〈敦煌劫余录〉序》，《学衡》第 74 期，1931 年 4 月。陈寅恪：《金明馆丛稿二编》第 266 页，生活·读书·新知三联书店，2001。

[64] 语出余英时：《中国近代思想史上的胡适——〈胡适之先生年谱长编初稿〉序》，胡颂平编著：《胡适之先生年谱长编初稿》第 5 页，（台北）联经出版事业公司，1984。

[65] 陈寅恪：《金明馆丛稿二编》第 247 页。

[66] 顾颉刚：《发刊词》，《国立第一中山大学语言历史学研究所周刊》创刊号（1927 年 11 月 1 日）。

[67]《傅斯年致胡适》，中国社会科学院近代史研究所中华民国史组编《胡适来往书信选》（中）第 475 页，中华书局，1979。

[68] 胡先骕：《东南大学与政党》，《东南论衡》第 1 卷第 1 期（1926 年 3 月 27 日）。

[69] 郭廷以口述、张朋园等整理《郭廷以口述自传》第 83 页。

[70] 郭廷以口述、张朋园等整理《郭廷以口述自传》第 91 页。

[71] 黄侃：《黄侃日记》第 302 页，江苏教育出版社，2001。

[72] 区志坚：《历史教科书与民族国家形象的营造：柳诒徵〈历代史略〉去取那珂通世〈支那通史〉的内容》，收入冬青书屋同学会编《庆祝卞孝萱先生八十华诞——文史论集》，江苏古籍出版社，2003。刘

龙心在《学术与制度：学科体制与中国史的建立》第 93 页中也指出：
"柳诒徵的《历代史略》改写自那珂通世的《支那通史》，除了元、明
两卷为柳诒徵所增辑外，大体上只有章节标题有所更动而已。"（台北）
远流出版事业有限公司，2002。

[73] 胡适：《评柳诒徵编著〈中国文化史〉》，季羡林主编《胡适全
集》第 13 卷第 151 页。

[74]《史地学报》第 2 卷第 5、6 期。

[75] 柳诒徵：《国史要义》，华东师范大学出版社，2000。

[76] 郭廷以口述、张朋园等整理《郭廷以口述自传》第 145 页。

[77] 夏鼐：《夏鼐日记》（王世民、夏素琴等整理）卷四第 144—145
页，华东师范大学出版社，2011。

[78] 袁鸿寿：《吴瞿安先生二三事》，《学林漫录》第 3 集第 8 页，
中华书局，1981。袁鸿寿所说"黄侃与系主任汪东都是章门弟子，自
然瞿安先生处于下风"，在《瞿安日记》中得到证实。吴梅说："盖旭
初与季刚，同为太炎门人，吾虽同乡，不及同门之谊，万事皆袒护季
刚。"1934 年 11 月 4 日，金陵大学研究班学生宴请老师，席中吴梅遭
黄侃"破口大骂"和"天下安有吴梅"羞辱。使得胡小石揎拳而起，欲
打抱不平。事后胡小石仍表示与黄侃"须有一决斗也"。见吴梅：《吴梅
全集·瞿安日记》第 490 页，河北教育出版社，2002。

[79] 杨树达：《积微翁回忆录·积微居诗文钞》第 126 页，上海古
籍出版社，1986。

[80] 杨树达：《积微翁回忆录·积微居诗文钞》第 208 页。

第八章

积极消极

先知先觉

如今我们已回来，你们请看分晓罢！[1]

　　1917 年 3 月 8 日，胡适在日记中抄录古希腊诗人荷马《伊利亚特》第十八章 125 行的这句诗，同时写道："此亦可作吾辈留学生之先锋旗也。"[2] 话语中显露出昂扬奋进的力量，一派领袖群伦的自信与大气。

　　正是这年 1 月，胡适借助《新青年》发表《文学改良刍议》，并由此引领中国文学的一场变革。文学革命极大地推动了新文化运动的豪迈步伐，革新的语言文学，成为传播新知识的有效工具，改变中国文化的有力手段。这一划时代的变革，被胡适称之为"中国的文艺复兴"。也正是这突如其来的白话新文学运动，使胡适"暴的大名"，最积极的响应者钱玄同，也随之浮出中国思想文化界。这两位新文化领导人一个引领文学革命，一个领导国语运动，二者相辅相成，其言论颇有时代感，引起的讨论也最具时代性。

　　胡适 1917 年在美国写作博士论文时就明确指出："如果对新文化的接受不是有组织的吸收的形式，而是采取突然替换的形式，因而引起旧文化的消亡，这确实是全人类的一个重大损失。因此，真正的问题可以这样说：我们应怎样才能以最有效的方式吸收现代文化，使它能同我们的固有文化相一致、协调和继续发展？"[3] 这和五年之后，即 1922 年吴宓为《学衡》所写宗旨"昌明国粹，融化新知"基本一致。胡适进一步强调说，解决这个重大问题的办法，"唯有依靠新中国知识界领导人物的远见和历史连续性意识，依靠他们的机智和技巧，能够成功地把现代文化的精华与中国自己的文化精华联结起来"[4]。他顺应时势，自然成为"新中国知识界领导人物"。1934年，陈寅恪为冯友兰《中国哲学史》下册写审查报告时所说的这段话，与十七年前胡适之意完全一致，可视为最心仪的回应。陈寅恪说："其真能于思想上自成系统，有所创获者，必须一方面吸收输入外来之学说，一方面不忘本来民族之地位。此二种相反而适相成之态度，乃道教之真精神，新儒家之旧途径，而二千年吾民族与他民族思想接触史之所昭示者也。"[5]陈寅恪、汤用彤是"学衡派"成员中，与胡适彼此敬重、信任、可以事相托的朋友，在实证、考据的"道问学"上也颇为一致。

有留日经历的章太炎门生、北京大学教授钱玄同，在1917年1月1日日记中写道："往访尹默，与谈应用文字改革之法。余谓文学之文，当世哲人如陈仲甫、胡适之二君，均倡改良之论，二君邃于欧西文学，必能为中国文学界开新纪元。余则素乏文学知识，于此事全属门外汉，不能赞一辞。而应用文之改革，则二君所未措意。其实应用文之弊，始于韩、柳，……今日欲图改良，首须与文学之文划清，不可存丝毫美术之观念，而古人文字之疵病，虽见于六艺者，亦不当效。"[6]1月20日，他又明确指出："大凡学术之事，非知识极丰富，立论必多拘墟，前此闭关时代，苦于无域外事可参照，识见拘墟，原非得已。今幸五洲交通，学子正宜多求域外智识，以与本国参照。域外智识愈丰富者，其对于本国学问之观察亦愈见精美。乃年老者深闭固拒，不肯虚心研求，此尚不足怪，独怪青年诸公，亦以保存国粹者自标，抱残守缺，不屑与域外智识相印证，岂非至可惜之事？其实欲昌明本国学术，当从积极着想，不当从消极着想。旁搜博采域外之智识，与本国学术相发明，此所谓积极着想也，抱残守缺，深闭固拒，此所谓消极着想也。"[7]这可以看作是钱玄同对"新中国知识界领导人物"的最好响应。一个熟悉中国文化底蕴，旧学功力深厚的语言学家，首先从旧学阵营里站出来，响应胡适、陈独秀的文学改良，引领国语运动，并旗帜鲜明地分判出"积极"与"消极"两大阵营。随之，他敲开"铁屋子"，鼓动鲁迅为《新青年》写了《狂人日记》，自己也出来挑战"选学妖孽""桐城谬种"，并将半数章太炎门生拉到新文学阵营。

文艺复兴的不同路径

同是留美归来的学界新秀，梅光迪、吴宓、胡先骕等结为"学衡社"，公开反对新文化，反对白话新文学，成为钱玄同五年前即感知到的"从消极着想"一方。

梅光迪在《学衡》第 1 期刊出《评提倡新文化者》，说陈独秀、胡适等提倡新文化者"非思想家乃诡辩家""非创造家乃模仿家""非学问家乃功名之士""非教育家乃政客"，"其言教育哲理文学美术，号为'新文化运动'者，甫一启齿，而弊端丛生，恶果立现，为有识者所诟病"[8]。胡先骕在《学衡》第 1、2 期连载批评胡适的长文《评〈尝试集〉》，认为"胡君之诗与胡君之诗论，皆有一种极大之缺点，即认定以白话为诗"。"胡君者，真正新诗人之前锋，亦犹创乱者为陈胜、吴广，而享其成者为汉高。此或《尝试集》真正价值之所在欤"。[9] 他们一叶遮目，没有看到新文化、新文学"积极"的一面。

写日记骂人，是多数文人的一个习惯。日记作为文人学者的私密写作文本，通常出现在身后文集或全集之中。当时能够公开见诸报刊文集的相关文字，对具体事态、人物的反应，多半淡化或文饰了原本要说的真话。浪漫诗人吴宓，对新文学最为仇视，这在他日记上有明确记录。留美期间，他看到北京大学《新潮》杂志，便极端敌视。日记显示："近见国中所出之《新潮》等杂志，无知狂徒，妖言煽惑，耸动听闻，淆乱人心，贻害邦家，日滋月盛，殊可惊忧。又其妄言'白话文学'，少年学子，纷纷向风。于是文学益将堕落，黑白颠倒，良莠不别。弃珠玉而美粪土，流潮所趋，莫或能挽。"[10]这种反抗情绪，影响到吴宓对国内思想学术界的公正判断。吴宓偏执地把"学生风潮，女子解放"一概加以否定，把各种新思潮视为"邪说异行，横流弥漫"，把新文学视为"乱国之文学"，"其所主张，其所描摹，凡国之衰之时，皆必有之"，是"土匪文学"。说"今中国之以土匪得志者多，故人人思为土匪"。他说："'新文学'之非是，不待词说。一言以蔽之，曰：凡读得几本中国书者，皆不赞成。西文有深造者，亦不赞成。兼通中西学者，最不赞成。惟中西文之书，皆未多读，不明世界实情，不顾国之兴亡，而只喜自己放纵邀名者，则趋附'新文学'焉。"[11]事实上，北京大学学子傅斯年、顾颉刚、毛子水等读得的"中国书"绝对不是几本，他们不是"皆不赞成"新文学，而是由赞成变为新文学运动的积极参与者；他们作为黄侃、刘师培选好的仪徵学统或太炎学派继承人移旗改帜，归到胡适门下，并挥举《新潮》反戈一击。吴宓作为留美预备学校毕业生，到美国学习西洋文学，倒是没有"读得几本中国书"。他一生读得最熟，讲得最多的是《红楼梦》。他甚至将自己比作多情的贾宝玉。他在1919年4月25日日记中承认陈寅恪中西学问皆甚渊博，而自己"中国学问，毫无根底"[12]。他把汪缉斋（敬熙）充当《新青年》《新潮》编辑、冯友兰赞成并竭力鼓吹新文学、吴芳吉（碧柳）亦趋附新文学看作是"倒行逆施"，将中国白话文学及全国教育会，视为"倒行逆施，贻毒召乱"[13]。

面对国内新文学运动的汹汹大势，梅光迪、吴宓等相约学成回国后与胡适、陈独秀等对垒。因此，当1920年3月杨伯钦邀请吴宓到四川任教时，他断然拒绝了。他表示回国后就职北京师范大学，居京师这全国所瞻系高校，好与新文学阵营交战。他在3月4日日记中写道："宓归国后，必当符旧约，与梅君等，共办学报一种，以持正论而辟邪说。

非居京，则不能与梅君等密迩，共相切磋；故不克追陪杨公，而径就北京之聘，至不得已也。"[14]

3月28日，吴宓在日记中表达了要与胡、陈等"鏖战一番"[15]的愿望。同时，又不断对新文学进行谩骂、诋毁："我侪学问未成，而中国已亡不及待。又我侪以文学为专治之业，尚未升堂入室，而中国流毒已遍布。'白话文学'也，'写实主义'也，'易卜生'也，'解放'也，以及种种牛鬼蛇神，怪象毕呈。粪秽疮痂，视为美味，易牙伎俩，更何所施？"[16]1920年4月19日，吴宓写道："今之倡'新文学'者，岂其有眼无珠，不能确察切视，乃取西洋之疮痂狗粪，以进于中国之人。且曰，此山珍海错，汝若不甘之，是汝无舌。呜呼，安得利剑，斩此妖魔，以拨云雾而见天日耶！"[17]

对新文学倡导者有食肉、剑斩之恨的言论，出现在留学生吴宓日记中，堪比国内1919年林纾（琴南）欲将胡适、陈独秀等"食肉寝皮"的短篇小说《荆生》《妖梦》。

吴宓一度精神恍惚，情绪错乱。他说面对国内政治浪潮，文学混乱，自己"忧心如焚"。他担心回国之后，难挡邪说横流，也无处藏身。他对"解放""独立""自由恋爱"诸说盛行难以接受，认为这些"邪说流传"，"必至人伦破灭，礼义廉耻均湮丧"。他感到前途黑暗，苦难重重。为此，他想到自杀，并说"近来常有此想"，"诚不如自戕其生"[18]。1920年4月19日夜，他便经历一次自杀未遂的折腾。他甚至认为"沧海横流，豺狼当道。胡适、陈独秀之伦，盘踞京都，势焰熏天。专以推锄异己为事"[19]。结果，他害怕到北京任教，而选择南京。

事实上，他回国后，对"解放""独立""自由恋爱"诸新道德、新思想、新伦理完全接受了。他为追求毛彦文而自毁家庭，重伤一妻及三个女儿，在追逐新女性时，成了他从前所反对的"邪说流传""人伦破灭，礼义廉耻均湮丧"最积极的实践者。梅光迪和他一样，抛妻弃子，选择和学生李今英结婚。吴、梅两人的不同在于，吴宓离婚后始终没有

《文哲学报》创刊号封面，上海图书馆藏书

民國十一年三月

第一期

文哲學報

上海中華書局印行

找到理想的爱情，悲苦后半生；梅光迪为爱再婚，新建一个幸福的家庭，却极大地伤害了原配及儿子。

吴宓在《学衡》第 4 期刊出《论新文化运动》。他把中国新文化简称为欧化之物，认为清末光绪以来，欧化则国粹亡，新学则灭国粹。"言新学者，于西洋文明之精要，鲜有贯通而彻悟者"。"西洋正真之文化，与吾国之国粹，实多互相发明，互相裨益之处。甚可兼蓄并收，相得益彰。诚能保存国粹，而又昌明欧化，融会贯通，则学艺文章，必多奇光异彩。"[20] 对此，钱玄同有清醒的认识和自信。他在 1923 年 1 月 3 日日记中写道："宇众因谓教育界亦极可悲观：南开主张读经，东大有《学衡》和《文哲学报》。这都是反六七年来新文化运动的现象。我觉得这种现象并不足悲，而且有了这种现象，新文化更加了一重保障。你看，袁世凯称了一次皇帝，共和招牌就钉牢了一点；张勋干了一次复辟的事，中华民国的国基就加了一层巩固：这都是很好的先例。"[21]

梅、吴的言论是文化保守主义者的语境错位。事实上，胡先骕、吴宓和稍后梁实秋（《现代中国文学之浪漫的趋势》）直接拿白璧德反对浪漫派的东西，来反对胡适现实派（写实派）的诗歌，思想方法直接移植，与中国现实并不对接。他们是拿反浪漫派的理论来批评现实派，而西方现实派是在浪漫派之后东西。吴宓所推崇、敬慕的浪漫派诗人拜伦、雪莱也讲格律，更是主情，张扬自我，美化中古。胡先骕、吴宓注重诗词格律，美化中国文化传统，坚持文学的古典精神。可见他们身为浪漫派而又起身反对浪漫派。所以说胡先骕、吴宓本质上是浪漫派诗人，而胡适则是现实派。他们的斗法有"关公战秦琼"荒诞性。陈寅恪认为吴宓"本性浪漫"，却被旧礼教、旧道德之学说拘系，"感情不得发舒"[22]。吴宓在1936年3月1日《宇宙风》第12期发表《徐志摩与雪莱》一文，明确承认"志摩与我中间的关键枢纽，也可以说介绍人，正是雪莱"[23]。"我那时沉酣于雪莱诗集中（虽然同时上着白璧德师的文学批评课），以此因缘，便造成我后来感情生活中许多波折。"[24] "我一生处处感觉 Love（所欲为）与 Duty（所当为）的冲突，使我十分痛苦"，[25] 这一痛苦根源，即作为主观情感上浪漫诗人和信念理性上古典主义者之间的矛盾、分裂。

在阐释"积极自由"与"消极自由"两种看似对立的基本观念时，以赛亚·伯林强调："在目的一致的地方，惟一有可能存在的问题是手段问题，它们不是政治的，而是技术的。"[26] 新文化运动高涨，得益于言论自由、新闻出版自由。那时学人，不论积极、消极，都有充分自由的言说权力。他们都在为中国文化发展寻求现代转机，即中国文化的复兴。

"文艺复兴"是西学外来词，原意是指示"希腊、罗马古典文化的再生"，特指16世纪在欧洲兴起的一场思想文化运动，尤其用来昭示欧洲走出中古时代迈入近代的开始。"文艺复兴"一词，在《新青年》杂志上出现的频率很高。[27] 这既是大汉民族推翻异族统治，复古求新，重建文化秩序的需要，也是应对西方外来文明冲击，知识分子的文化回应。清末民初"国粹派"的"复兴"言论和稍后梁漱溟等"新儒家"的"复兴"论这里不讲，只看"学衡派"与"新青年—新潮派"的复兴之说。前文曾引用过下面两个有趣的实例，来说明知识界如何借助西学来关注本土的文化变革。[28] 吴宓在清华学校读书时把将来要创办的刊物的名字都想好了。他在日记中说他日所办之报英文名 Renaissance（《文艺复兴》），意在"国粹复光"[29]。而 1919 年 1 月北京大学学生所办刊物《新潮》的英文译名也是 Renaissance。但"名同实异"，呈现出"消极"与"积极"的极大差别。[30] 这种"消极"也就是梅光迪所说的"缺乏创造性"[31]。因为《新潮》英文名称用了 Renaissance，所以《学衡》创刊时英文名称为 The Critical Review，意在批评、制衡新文化运动。

胡适 1933 年在美国作了多场演讲，演讲内容结集为《中国的文艺复兴》。他把五四新文化运动比作"中国的文艺复兴"，甚至更强调这一"复兴"并未完成，且在进行之中。随后他一直在讲"文艺复兴"，一直讲到 1950 年代的台湾。1958 年 5 月 4 日，胡适在台北"中国文艺学会"演讲的题目是《中国文艺复兴运动》[32]，重点强调五四新文化运动，对中国社会现实及思想文化曾经产生的重大影响和仍在发挥的巨大作用。直到晚年，胡适仍坚持己见，说过于颂扬中国传统文化，就可能替官方反动思想"助威"[33]。因为这是对体制有所期待的学人和伪装学人与当权者合谋，寻求奴役民众，扼杀个体自由，稳定人心，强化统治的手段。也就是鲁迅《在现代中国的孔夫子》一文中所言："孔夫子之在中国，是权势者们捧起来的，是那些权势者或想做权势者们的圣人，和一般的民众并无什么关系"[34]，"成为权势者们的圣人，终于变成了'敲门砖'"[35]。

胡适在 1930 年代对曾琦（慕韩）说："凡是极端国家主义的运动，

总都含有守旧的成分，总不免在消极方面排斥外来文化，在积极方面拥护或辩护传统文化。所以我觉得，凡提倡狭义的国家主义或狭义的民族主义的朋友们，都得特别小心的戒律自己，偶一不小心，就会给顽固分子加添武器了。"[36]1940 年 1 月 3 日日记中，他特意重复几年前《写在孔子诞辰纪念之后》一文时说过的话："凡受过这个世界的新文化的震撼最大的人物，他们的人格，都可以上比一切时代的圣贤，不但没有愧色，往往超越前人。"[37] 这既是胡适清醒的文化担当，也是敢于吸纳西方先进文化的负责行为。

1935 年 9 月 10 日，中央大学在南京举行"南京高等师范学校二十周年纪念"校友聚会。《国风》第 7 卷第 2 号《南京高等师范学校二十周年纪念刊上》有吴俊升的《纪念母校南高二十周年》。他说："在文化的使命上，南高的成就，虽然在开创方面不能说首屈一指；可是在衡量和批判一切新思想，新制度，融和新旧文化，维持学术思想的继续性和平衡性这一方面，它有独特的贡献。在有些方面，诚然有人批评过南高的保守，可是保守和前进，在促进文化上，是同等的重要。而高等教育机关的文化使命，本是开创与保守，接受与批判缺一不可的。南高对于文化的贡献，如其不能说在开创与接受方面放过异彩，在保守与批评方面，却有不可磨灭的成就。"正是这种"保守"和"批判"才能"维持学术思想的继续性和平衡性"。

整理国故的分歧

新文化运动高潮到来，胡适即发起"整理国故"，并有《研究国故的方法》作为引导。[38]1923 年 1 月胡适为北京大学《国学季刊》写作"发刊宣言"，指明三个方向："第一，用历史的眼光来扩大国学研究的范围。第二，用系统的整理来部勒国学研究的资料。第三，用比较的研

究来帮助国学材料的整理与解释。"[39]顾颉刚立即作出回应。他在 1923
年 1 月 10 日《小说月报》第 14 卷第 1 号"整理国故与新文学运动"[40]
讨论专栏上，写了《我们对于国故应取的态度》，指出我们对于国故应
取的态度是研究而不是实行。是要看出它们原有地位，还给它们原有价
值。顾颉刚强调新文学运动与国故并不是冤仇对垒的两军，乃是一种学
问上的两个阶段。因为在新文学作家和新文化运动参与者看来，"整理
国故"是为了巩固新文化及新文学成果，是为新文学寻求历史依据和创
新的支撑点。同时，顾颉刚也成了那个时代胡适最强音中重要的和声，
并传承、光大胡适的思想、学术。其后展开的"古史辨"讨论，成为
"整理国故"的高地。

两年后，顾实等为应对北京大学"整理国故"，发起另一套整理国
故"计划书"。南北两所国立大学在这一问题上，出现尖锐对立。

1923 年 12 月，东南大学《国学丛刊》第 1 卷第 4 期，刊出顾实执
笔（"顾实起草国文系通过提出"）半文半白的《国立东南大学国学院整
理国学计划书》。1924 年 3 月 15 日、18 日，《北京大学日刊》第 1420、
1422 号作为"专件"分两期转载。

顾实认为，治学功效在于联心积智。旧分心理为智情意三部，不
如分主观客观两面为简要。"其民族心理而主观客观俱强也，其学术必
昌"，"故本学院整理国学，根据心理，假定为两观三支如左（沈按：原
文为竖排，"如左"即"如下"）。客观：以科学理董国故——科学部；
以国故理董国故——典籍部。主观（客观化之主观）——诗文部"。他
说明东南大学国学院特设"诗文部"的缘由，和"衡量现代之作品"的
两大主义：

> 今日虽非君主时代可比，而共和国民，居安思危，见危授
> 命之精神，又曷可少诸。大抵天地之间，无物为大，惟心为
> 大，其民族心理之强弱，足以支配国家社会兴否，而影响及于

兴衰存亡者，往往流露于诗歌文词之字里行间。强者必有毅然决然杀身成仁之概，弱者必有索然恢然贪生乞怜之状。是知强者重视精神，弱者重视躯壳也。此其所以悬殊也。语云：前事不忘，后事之师，历史公例，灼然不昧，风雅指归，万目共睹，故本学院特设诗文部。

诗文之设，非以理董往籍也，将欲以衡量现代之作品云尔。移风易俗，责无旁贷，效在潜默，渐而不顿。故揭橥标的，略示宗尚。诗文之求美，由其本职，无间优美壮美，宜采两大主义：一、乐天主义。二、成仁主义。

若夫诗文之类目，总言之，则为韵文散文，分言之，则如小说戏曲之类皆是也。

清廷倒台后，中国出现幼稚、脆弱的宪政，社会政治生活中出现民主选举、议会、法制、人权等现代国家的基本元素，现代政治体制有了雏形。但这些现代国家的基本元素，很快被袁世凯称帝和张勋复辟所摧毁。新文化运动的主攻方向和最大作用是解放个体，鼓动年轻人追求个性解放，成为自由、独立、自主的个人。因为新道德、新伦理最能引导年轻人，这正是几千年来一人一家专制政治所害怕之事。顾实文章表面上强调"今日虽非君主时代可比"，人为"共和国民"，但字里行间还在宣扬"杀身成仁"的"成仁主义"。正如同当时三妻四妾的长辈，反对子孙自由恋爱、自由婚姻的怪诞行为。这份"计划书"一出现，便遭到北京大学多位学者的批评。东南大学"国学院"在强烈的批评声中没能成立。[41]

当时，"国粹""国故""国学"用词不一，但内涵基本相似。章太炎说："为什么提倡国粹？不是要人尊信孔教，只是要人爱惜我们汉种的历史。这个历史，是就广义说的。其中可以分为三项：一、语言文字。二、典章制度。三、人物事迹。"[42]1912年以后，"国粹""国

《国学丛刊》创刊号封面，选自复旦大学图书馆

故""国学"被教育立法，分解到文、史、哲三个基本学科之中。北京大学有自身所设置的文学门（系）、历史门（系）、哲学门（系）。学科细化，出于与国际大学学制接轨的实际需要。大学体制之外，坚守"国学"即被视为保守或消极，唐文治自南洋公学（上海交通大学前身）退回无锡创办"无锡国学专修学校"和章太炎晚年在苏州开设"章氏国学讲习会"，只是现代大学之外的另类，无法改变高等教育走向现代大学体制化的路向。

　　鲁迅是北京大学"整理国故"的积极响应者，反对"国粹"派的意见十分明确。他借用一位朋友的话说："要我们保存国粹，也须国粹能保存我们。"[43] 反对"国故"最激进的要数吴稚晖。他在 1924 年针对张君劢、丁文江"玄学与科学"论争，写了《箴洋八股化之理学》，他说："这国故的臭东西，他本同小老婆吸鸦片相依为命。小老婆吸鸦片，又同升官发财相依为命。国学大盛，政治无不腐败。因为孔孟老墨便是春秋战国乱世的产物。非再把他丢在毛厕里三十年，现今鼓吹成一个干燥无味的物质文明，人家用机关枪打来，我也用机关枪对打。把中国站住了，再整理什么国故，毫不嫌迟。"[44]胡适说吴稚晖是反理学的思想家，认为吴的思想主张在民国初年思想界有巨大的影响力。以至于在1947年—1948年选举第一届中央研究院院士时，胡适极力推荐吴稚晖当选，理由是"他是现存的思想界老前辈，他的思想比一般哲学教授透辟的多"[45]。

在胡适提出"整理国故"后，关于"国故"名称的讨论也在继续。为此，1927年上海群学社还出版了许啸天编的三册《国故学讨论集》。许啸天在编辑前言中嘲弄"国故学"，说可以从"国故学"三个字"看出我中华大国民浪漫不羁的特性来。这一种国民性，适足以表示他粗陋、怠惰，缺乏科学精神，绝少进取观念的劣等气质"[46]。他表示："反对中国人这浪漫的态度，紧接着便是反对这国故学浪漫的名词。"[47]许啸天在思想方法上与胡适同路，私交也好，以至于他的文风都接近胡适。

从"西洋文学系"到"东方语文系"

1949年以后的台湾，文化教育界仍延续着"学衡派"（"宣传部长""教育部长"张其昀为代表）与"新青年—新潮派"（台湾大学校长傅斯年、"中央研究院"院长胡适、党史委员会主任罗家伦）两方势力的较量。1962年2月，胡适病逝台北。恰好这一年，张其昀在台北阳明山创办中国文化学院（中国文化大学前身），同时，新出校刊就取名《文艺复兴》。随后，他又参与策划影印《学衡》《史地学报》两大杂志。1966年11月12日，台湾为纪念孙中山百年诞辰，由孙科、陈立夫、张其昀等发起"中华文化复兴运动"，并将这一天定为"中华文化复兴节"。

当时，台湾青年人尤其喜爱美国的时尚文化，出国留学也首选美国。张其昀在谈到阳明山华冈创办中国文化大学时，说这是对中国正宗文化的继承。他说："民国十年左右，南高与北大并称，有南北对峙的形势。北大是新文化运动的策源地，而南高则是人文主义的大本营，提倡正宗的文化。Classics 一词，一般译为经典，南高大师们称之为正宗。从孔子、孟子、朱子、阳明，一直到三民主义，都是中国的正宗。本人在南高求学期间，正当新文化运动风靡一世，而南高师生，主张融贯新旧，综罗百代，承东西之道统，集中外之精神，俨然有砥柱中流的气概。南高北大成为民国初期大学教育的两大支柱，实非偶然。"[48]

1922年12月《学衡》出版第12期之后，梅光迪即不再为刊物写

南京高等师范学校首次招收的女生合影

1923 年 6 月梅光迪、吴宓与西洋文学系部分师生合影，选自南京大学档案馆

文章，实际上是退出"学衡社"。梅光迪、吴宓都是西洋文学教授，在
与新文学家争夺话语权失败后，试图在大学学科建设上有所作为，以另
一种方式抗衡新文学。在梅光迪的积极倡言和努力下，东南大学在原有
英语系基础上，新开设西洋文学系，并于 1922 年 9 月正式招生，梅光
迪为系主任。据《吴宓自编年谱》1922 年时段所示："今秋开学时，两
系分立。学校命每一学生自抉自择：或转入西洋文学系或留在英语系
（年级不变）。择定后，不许再改。——结果，四分之三皆愿转入西洋
文学系。英语系益相形见绌矣。"[49] 其中原南京高师英语科（后改系）
七位女生李今英、吴淑贞、曹美思、陈美宝、张佩英、黄叔班、黄季马
都转入西洋文学系。导致英语系系主任张士一（谔）与西洋文学主任梅
光迪结怨。1923 年 9 月，梅光迪、吴宓等新引进留法的李思纯和留美
的楼光来，正谋求势力壮大，大干一场时，学校内部出现办学理念分歧

　　　　　　　　　　古典与现代：民国大学的潮与岸

和政治势力纷争，梅光迪、张士一同时下台，两系合并为外国语言文学系，要求新系须兼包英、法、德、日语言及文学。新从哈佛大学回来的楼光来为系主任。中国大学的第一个"西洋文学系"仅存在一年。吴宓说自己"辞却北京高师校'系主任'三年之聘约，舍弃每月 300 圆之厚薪，而到东南大学就任月薪 160 圆之'教授'"[50]，乃为"西洋文学系"而来，这个系没有了，他便决定带着《学衡》杂志一起离开。

梅光迪后来的文化观念相较于《学衡》初期有重大转变。1924 年他离开东南大学后长期在美国讲授汉语，直到抗战前才回国任教。他 1938 年当选为国民参政会参议员，在 1944 年提交的《国民参政会提案二件》中，他明确反对国内教育界"故步自封"，主张战后"请教育部通令国立各大学增设东方语文系"，"改国立各大学现有之外国语文学系为西方文学系"，使得"吾人改变观念，重新估价，以弥过去之缺陷，以作未来之准备"[51]。这是梅光迪首创"西洋文学系"后，再次为中国大学留下建言。1945 年 12 月 27 日，梅光迪在贵阳病逝，他倡议在中国各大学"增设东方语文系"的主张，首先在 1946 年胡适回国执掌北京大学时实现了。经陈寅恪推荐，胡适聘请留学德国十年归来的原清华大学毕业生季羡林，在北京大学创建中国第一个"东方语文系"。季羡林在为 2003 年版《胡适全集》写《序》时说："由于我的恩师陈寅恪先生的推荐，当时北大校长正是胡适，代理校长是傅斯年，文学院长是汤用彤，他们接受了我，我才能到北大来任教。……我一进北大，只当了一两个星期的副教授——这是北大的规定，拿到外国学位的回国留学生只能担任副教授，为期数年——立即被提为正教授兼任东方语言文学系主任"。[52] 梅光迪的建言在中央大学和浙江大学都没有反应，倒是在北京大学实现了。这可以看作是梅光迪"积极"建言的"结果"。和胡适相比，梅光迪确实是时运不佳，在美国和胡适讨论文学改良，把胡适"逼上梁山"，胡适回国发动文学革命，取得空前成功，他却落入"学衡派"消极对抗的狭小阵营。自创中国第一个"西洋文学系"，却因自己和本系女学生谈恋爱，被本校反对势力借机吞并掉。在中国大学首倡设立"东方语文系"，自己不争气的身体垮掉，又被胡适当校长的北京大学拔得头筹。"西洋文学系"是民国文学教育空间里自然生长、短暂绽放的一朵奇葩，"东方语文系"却成为跨越民国、共和国两个时代，七十多年独立不倒的一棵大树。

据《吴宓日记》所示，1926 年 1 月 5 日，他起草的《国学研究院明年发展计划及预算大纲》和《下届招生办法》在本日校务会议上被否决。他又继续撰写《研究院发展计划意见书》。19 日，其《研究院发展计划意见书》再次被校务会议否决。这其中的关键问题，是吴宓主张研究院办普通国学。研究院内部只有梁启超一人支持他的意见，而王国维、李济二人都主张研究院应作专题研究，不授普通国学。[53] 张彭春、陆懋德也反对讲授普通国学。后来实践证明，"专题研究"的路走通了，在研究院也取得了成功。

梅光迪在国民参政会还反对设立专门的"国学"。他说："谓今日焉有不识西文之国学家？焉有不治外国学问之国学家？"对此，当 1940 年国民党中央组织部部长朱家骅牵头的"管理中英庚款董事会"（后改名为"中英文教基金董事会"）要增设"国学"一科时，傅斯年又站出来把它砸掉。

傅斯年 1940 年 7 月 8 日致信朱家骅，反对"管理中英庚款董事会"内增设"国学"一科时，就引用梅光迪之言。傅斯年信中说：

> 民国元年严右陵到京师大学，即废经科改入文科，是时蔡子（民）师在教部，废各地之存古学堂，皆有见于此也。以后文史之学大有进步，以质论，以量论，皆远胜于前，其所以致此者，即以学者颇受近代化，分科治之。上次参政会中有此提案，梅光迪痛驳之，谓今日焉有不识西文之国学家？焉有不治外国学问之国学家？国家何事奖励此等冬烘头脑之国学家？梅

本国粹主义，而其言如此，实以彼有外国文学之基础，故与教育部莫名其妙者不同也。

今贵会已有历史、语言等科，如再设所谓国学，将何以划分乎？兄必不信冬烘头脑在今日可以治学问；然于史学，语学之外而有此，无异奖励此辈。教育部年来之开倒车，无足怪，乃兄亦谓必不可少，似亦颇受流俗之影响，今日之事，有近代训练者，于"国术"、"国学"、"国医"诸问题，皆宜有不可动摇之立场，所望于兄者，在主持反对此等"废物复活"之运动，奈何贵会复徇流俗也。且十四年前，兄在中山大学时始办语言历史学研究所，弟亦躬与其役，一时于风气之转变，颇有影响，今设国学，无异反其道而行之矣。

且贵会已有历史、语言等科，则治所谓"国学"而有近代训练者，必不至见遗，何事多此一科，反为叠床架屋乎？且此辈治"国学"者，老幼不齐，要多反对近代化，贵会如办理此项补助，要求者必不可胜数，办理者无从下手，而自多事矣。故弟于兄"必不可少"之意见，转以为"必不可有"……[54]

在教育界和学术界，傅斯年的意见可以直接影响胡适、朱家骅的决策。他发现了梅光迪这一转变，并顺势加以利用。

注释：

[1][2] 胡适：《留学日记 卷十五》，季羡林主编《胡适全集》第28卷第529页。

[3] 胡适：《先秦名学史》，季羡林主编《胡适全集》第5卷第10页。

[4] 胡适：《先秦名学史》，季羡林主编《胡适全集》第5卷第11页。

[5]陈寅恪:《金明馆丛稿二编》第284-285页,生活·读书·新知三联书店,2001。

[6]杨天石主编《钱玄同日记》(整理本)上册第296页,北京大学出版社,2014。

[7]杨天石主编《钱玄同日记》(整理本)上册第303页。

[8]梅铁山主编、梅杰执行主编《梅光迪文存》第132-137页。

[9]张大为、胡德熙、胡德焜合编《胡先骕文存》(上卷)第25-59页,江西高教出版社,1995。

[10]吴宓:《吴宓日记》第二册第90-91页,生活·读书·新知三联书店,2001。

[11]吴宓:《吴宓日记》第二册第114-115页,生活·读书·新知三联书店,1998。

[12]吴宓:《吴宓日记》第二册第28页,生活·读书·新知三联书店,1998。

[13]吴宓:《吴宓日记》第二册第129页。

[14]吴宓:《吴宓日记》第二册第134页。

[15]吴宓:《吴宓日记》第二册第144页。

[16]吴宓:《吴宓日记》第二册第148页。

[17]吴宓:《吴宓日记》第二册第152页。

[18]吴宓:《吴宓日记》第二册第154页。

[19]吴宓:《吴宓日记》第二册第161页。

[20]初刊《留美学生季报》第8卷第1号(1921年春季号),1922年4月《学衡》第4期转载。

[21]杨天石主编《钱玄同日记》(整理本)中册第494页,北京大学出版社,2014。

[22]吴宓:《吴宓日记》第五册第60页,生活·读书·新知三联书店,1998。

[23]徐葆耕编《会通派如是说：吴宓集》第265-266页，上海文艺出版社，1998。

[24]徐葆耕编《会通派如是说：吴宓集》第266页。

[25]徐葆耕编《会通派如是说：吴宓集》第270页。

[26]以赛亚·伯林：《自由论》（胡传胜译）第186页，译林出版社，2003。

[27]金观涛、刘青峰：《观念史研究：中国现代重要政治术语的形成》第408页，法律出版社，2009。

[28]沈卫威：《"学衡派"文化理念的坚守与转变》，载《文艺研究》2015年第9期。

[29]吴宓：《吴宓日记》第一册第504页，生活·读书·新知三联书店，1998。

[30]余英时：《重寻胡适历程》第245页，广西师范大学出版社，2004。

[31]梅铁山主编、梅杰执行主编《梅光迪文存》第186页。

[32]此文收入《胡适作品集》第24册《胡适演讲集》（一），（台北）远流出版事业股份有限公司，1986。安徽教育出版社2003年版季羡林主编《胡适全集》未收录。

[33]胡适：《致梅贻琦》，季羡林主编《胡适全集》第26卷第415页。

[34]鲁迅：《鲁迅全集》第6卷第316页，人民文学出版社，1981。

[35]鲁迅：《鲁迅全集》第6卷第318页，人民文学出版社，1981。

[36]胡适：《日记 1961年》，季羡林主编《胡适全集》第34卷第744-745页。

[37]胡适：《日记 1940年》，季羡林主编《胡适全集》第33卷第

324 页。

[38] 胡适:《日记 1921 年》,季羡林主编《胡适全集》第 29 卷第 392-393 页。

[39] 胡适:《〈国学季刊〉发刊宣言》,季羡林主编《胡适全集》第 2 卷第 17 页。

[40] 此专栏有 7 篇文章,作者分别是西谛(《发端》)、郑振铎(《新文学建设与国故之新研究》)、顾颉刚(《我们对于国故应取的态度》)、王伯祥(《国故的地位》)、余祥森(《整理国故与新文学运动》)、严既澄(《韵文及诗歌之整理》)、玄珠(《心理上的障碍》)。

[41] 沈卫威:《"学衡派"谱系——历史与叙事》第 317-322 页。

[42] 章炳麟:《章太炎的白话文》第 72 页,辽宁教育出版社,2003。

[43] 鲁迅:《鲁迅全集》第 1 卷第 306 页。

[44] 吴稚晖:《吴稚晖学术论著》第 124 页,上海书店,1991(影印本)。

[45] 胡适:《致萨本栋、傅斯年》,季羡林主编《胡适全集》第 25 卷第 253 页。

[46] 许啸天编《国故学讨论集》(上)第 1 页,上海书店,1991(影印本)。

[47] 许啸天编《国故学讨论集》(上)第 10 页,上海书店,1991(影印本)。

[48] 张其昀:《华冈学园的萌芽》,《张其昀先生文集》第 17 册第 9038-9039 页,(台北)中国文化大学出版部,1989。

[49] 吴宓:《吴宓自编年谱》第 238-239 页。

[50] 吴宓:《吴宓自编年谱》第 253 页。

[51] 梅铁山主编、梅杰执行主编《梅光迪文存》第 254 页。

[52] 季羡林:《序》,季羡林主编《胡适全集》第 1 卷第 27-28 页。

[53]吴宓:《吴宓日记》第三册第 126 页，生活·读书·新知三联书店，1998。

[54]王汎森、潘光哲、吴政上主编《傅斯年遗札》第 2 卷第 821-822 页。

第九章

古典现代

从国语统一到文学教育

民国初建，一个多民族国家，当务之急是语言统一。武力统一和政治经济统一，都可以一蹴而就，唯独语言统一需要一个相当长的渐进教育过程，往往需要几代人的努力。从民国初年"读音统一会"到1917年年底"国语统一会"筹备，都是在为语言统一寻找积极路径。"语言是造成民族的一种自然力量"[1]，这句话是1930年2月，国民党中央执行委员会令教育部通饬全国中小学校在最短期间，厉行国语教育时所列举的重要理由。[2]此时"国语统一"主要依靠教育法令和教科书来保障，是统一多民族国家社会化的全民教育行为。

"文学革命"是继"国语统一"这种工具变革之后，思想变革的急速跟进，同时又在相辅相成中将"国语"实力突显，使得语言形式与文学内容有机融合。

当然，民国大学的文学教育，并非新文学的天地。大学教授中新文学作家只是少数。文学教育实际上包括文学创作、批评鉴赏、文学史研究、文学翻译四个方面。就文学创作而言，大学的文学空间，白话诗文与古体诗词曲赋共存于国文系、外文系和哲学系。新文学作家（诗人、小说家、剧作家、翻译家）也主要在这三个系里。北京大学、清华大学、燕京大学、北京师范大学等北方大学的"创新"，主要表现在师生对新文学创作、新文学批评的热情支持和参与，同时也培育了一代又一代新文学作家。而代表南方学术实力东南大学—中央大学的"守旧"，

　　　　　　　　　　古典与现代：民国大学的潮与岸

是指该校教授对新文学排斥、批评。在不允许新文学进课堂的同时，师生们集体性地坚持写作古体诗词曲。在此大环境下，新文学创作只是少数学生的个人行为，或参与校外的文学结社活动（如"新月社""土星笔会""文艺研究会"）。

东南大学—中央大学师生坚守文学的古典传统

晚清排满革命，以章太炎为首的革命派强调并提升了汉语言文字的特殊地位，使之成为民族革命的一种文化力量和斗争策略。进入民国，特别是五四运动之后，以白话为主体的"国语统一"和"文学革命"，极大地消解了"章黄学派"的地位和学术范式。1928年黄侃到中央大学后对传统"经学""小学"的坚守和章太炎始终排斥甲骨文，都是文化守成的明显实例。从"文学革命"到"革命文学"，文学性质发生了变化。文学之用，被当成涌动的新意识形态主导下的革命斗争工具。周作人在《中国新文学的源流》一书中，把这种变化概括为"从反载道始到载道终"，是文学运动过程中"言志"与"载道"的轮回。

1921年至1922年、1934年间，中国文学界和教育界两次公开主张复活文言文、反对白话文的肇始者，都在南京活动，是以东南大学—中央大学教授、学生为主力，并且多为"学衡派"成员。他们不理睬教育部关于使用白话文的通令。这也从另一个方面说明，民国大学教授享有相对的言论自由和学术自由。

邵洵美留学英国时，因假期到法国游玩，与谢寿康、徐悲鸿、张道藩相识，四人义结金兰。回国后，他的三位弟兄都进入大学或民国的政府体制内就职（徐为中央大学美术系教授。张为青岛大学教务长，后从政。谢为中央大学文学院院长，后为"外交官"，"驻外使节"），而他自己则特立独行于上海文坛。1935年《人言周刊》第2卷第46期"艺文闲话"专栏登有邵洵美《青年与老人》一文，他提供了一位美国记者在中国旅行后的观察结果——对各大城市印象：

南京：青年＝老人
北平：老人多，青年少
上海：青年多，老人少
杭州：青年在湖里，老人在家里
苏州：青年在家里，老人在茶馆里
天津：青年在报馆里，老人在衙门里[3]

"朝气"与"暮气"的城市气象，是地域政治文化和文学思想空间的展示，更是有趣的文学地理，形象的文学地图。首都给人的感觉是：青年等于老人。从 1930 年代南京文坛的实际状况来看，确有历史和地域文化的特殊原因。

胡小石有《南京与文学》，论两者之关系。他指出："南京在文学史上可谓诗国。尤其在六朝以后建都之数百年中，国势虽属偏安，而其人士之文学思想，多倾向自由方面，能打破传统桎梏，而又富于创造能力，足称黄金时代，其影响后世至巨。"胡小石特别列出南京对文学的创造性贡献有四个方面：

山水文学。
文学教育，即文学之得列入大学分科。
文学批评之独立。
声律及宫体文学。[4]

这里着重引述他"文学教育，即文学之得列入大学分科"之说。胡小石引用《宋书·雷次宗传》记载，说宋文帝元嘉十五年（438）在北郊鸡笼山（今之北极阁）开四馆教学，以雷次宗主儒学，何尚之主玄学，何承天主史学，谢元（谢灵运从祖弟）主文学，此为宋之国学。此前，文学在国家大学中无地位。这次开四馆，可为世界分科大学之最早者。以文学（诗赋）与儒学（经学）平列，又为文学地位增高之新纪录，因此胡小石认为"此与唐代自开元起以诗取进士，有同等重要"[5]。

但民国以后的情形，却有悖南京在文学上开风气之先的传统，陷入文化保守的尴尬境地。1917年—1927年，校园新文学活动的号召力与社会影响力较弱。之后，几个相对活跃的校园文学新人都成了上海《新月》杂志的作者。其他人则参加校内外文学社团的活动，如"春泥社""樱花剧社""新声社""文艺研究会""土星笔会"[6]。大学校园本来只是年轻学子的一段求学时光，文学是礼赞青春的最好方式。新文学爱好者在校写作时龄较短，能够坚持下来的更少。关露、苏青是走出大学之后才成为作家的，与中央大学的校园文学几乎没有关系。

此时，活跃的文学活动，是教授与社会名流的修禊联句，这在中央大学、金陵大学师生中，曾有过长时间的文学回响。我把这一现象称之为文学古典主义的复活。[7]南京山水相依，江河湖城掩映生境，庙宇楼台丝竹不绝，自然、历史、宗教融为一体。紫金山、玄武湖、鸡鸣寺、台城、清凉山、石头城、古林寺、乌龙潭、夫子庙、秦淮河、燕子矶等地，是中央大学师生修禊联句的好去处，也留下大量诗作为后人乐道。

1928年2月，黄侃到南京时，同学汪东为国文系主任，校外也多故旧好友。他是"禊社"的主要组织者和参与者。4月3日（农历戊辰闰二月十三日）他与汪旭初等九人泛舟玄武湖看桃花时，诗兴大发，并提议结社，且得同人响应。22日是农历上巳节。他与王易、王瀣、汪东、胡小石、汪长禄（友箕）、汪辟疆等人玄武湖（北湖、后湖）禊集，有《戊辰上巳北湖湖神祠楼修禊联句》问世：

佳辰晴朗疾亦蠲（侃），相携北郭寻春妍（易）。

平湖落照沙洲圆（瀣），新荷出水才如钱（东）。

蟠红頳青迎画船（炜），清游俊语皆渊玄（不羡仙）（禄）。

就中仲御态最便（辟），或谈史汉如茂先（侃）。

兰亭嘉会堪溯沿（易），风日怀抱今犹前（瀣）。

亦有修竹何便娟（东），羽觞流波安足贤（炜）。

登楼极目平芜鲜（禄），柳花密密吹香绵（辟）。

游丝牵情欲到天（侃），远山窥人应輾然（易）。

山葬僧解折竹煎（瀣），题名扫壁龙蛇颠（东）。

掷笔大笑惊鸥眠（炜），人生何必苦拘挛（禄）?

尺箠取半亦可怜（辟），焉用蒿目忧戈鋋（侃）。

浩歌归去徐扣舷（易），烟水葭薍延复缘（瀣）。

落霞如绮明微涟（东），夕岚袅窕鸡笼悬（炜）。

今日之乐非言宣（禄），休文率尔聊成篇（辟）。[8]

从此，以黄侃为首的结社集会，分韵联句成为南京中央大学教授时常进行的活动。据《黄侃日记》和《黄侃年谱》《吴梅日记》所示，仅1928年在南京的这种活动就有多次。如：

5月6日，青溪集会。

5月20日，玄武湖集会。赋七言古诗。

5月25日，社集，有陈伯弢新加入。以咸、衔、严、凡韵联句。

6月3日，社集，有王瀣、汪东、胡小石、汪辟疆、陈伯弢等，柳翼谋新加入。先后游梅庵、扫叶楼、石头城等名胜。约各作五律二首。

6月24日，社集，游孝陵等地，有陈伯弢、胡小石、汪辟疆等参加，联句纪游词及诗。

7月2日，游玄武湖，与汪东联句，和白石《闹红一舸》词。

12月2日，游古林寺，与王易、汪东、汪辟疆联句。此次《游古林寺联句》在《汪辟疆文集》中存录十六首，[9]1941年5月31日，金

《豁蒙楼联句》稿本影印件，选自南京大学档案馆

毓鋆在重庆以"季刚先生遗诗及词"为名收录入《静晤室日记》，[10]《黄侃年谱》汇校收录。[11]

1929 年 1 月 1 日，中央大学陈伯弢、王伯沆、胡翔冬、黄侃、汪辟疆、胡小石、王晓湘（依照生年 1864、1871、1884、1886、1887、1888、1889 年为先后出场顺序）共同参加鸡鸣寺"禊社"，有《豁蒙楼联句》：

> 蒙蔽久难豁（弢），风日寒愈美（沆）。
>
> 来年袖底湖（翔），近人城畔寺（侃）。
>
> 筛廊落山影（辟），压酒潋波理（石）。
>
> 霜林已齐髡（晓），冰化倏缬绮（弢）。
>
> 旁眺时开屏（沆），烂嚼一伸纸（翔）。
>
> 人间急换世（侃），高遁谢隐几（辟）。
>
> 履屯情则泰（石），风变乱方始（晓）。
>
> 南鸿飞鸣嗷（弢），汉腊岁月驶（沆）。
>
> 易暴吾安放（翔），监流今欲止（侃）。
>
> 且尽尊前欢（辟），复探柱下旨（石）。

群屐异少年（晓），楼堞空往纪（弢）。
浮眉挹晴翠（沆），接叶带霜紫（翔）。
钟山龙已堕（侃），埭口鸡仍起（辟）。
哀乐亦可齐（石），联吟动清沘（晓）。

"六朝松"，作为南京文人的精神图腾，成为文人聚会时通常要拜谒的一大景观，并常常出现在诗作中。黄侃之作，将"六朝松"与南京诗人群体联为一体：

名为六朝松，谁知真与假。松既不自知，我岂知松者。六朝松
陈君信耆宿，考订老常劳。江山挺雄俊，科第困英豪。陈伯弢先生
王君有道者，心宽轻境促。既擅谈天口，复有寻山足。王伯沆君
王君敦内行，常有鹤原悲。四海一子由，此外知心谁。王晓湘

中央大学图书馆的六朝松藏书票，选自南京大学图书馆

我爱小孤山，突兀江流里。借问去君家，水程可几里。汪辟疆

小石最勤劬，于学无不研。手拓三代文，心系千载前。胡小石

簷雨夜浪浪，闻音意慷慨。何期千载下，重得听霓裳。吴瞿安

总角缔深交，衰迟意深厚。精神日往来，何在接尊酒。汪旭初

虽言未尝言，虽默未尝默。言与不言同，未尝不自得。自评

沾襟何所为，怅然怀古意。秦俗犹为平，汉道将何冀。又自评 [12]

1930 年 6 月 1 日，《国立中央大学半月刊》第 1 卷第 15 期又刊出
"上巳社诗钞"和"禊社诗钞"，作者分别有王伯沆（瀣）、汪国垣（辟
疆）、何鲁（奎垣）、黄侃（季刚）、胡光炜（小石）、王易（晓湘、晓
香）、汪东（旭初）。"禊社诗钞"只有两首诗，一首是何鲁的，另一首
是五人联句《浣溪沙·后湖夜泛联句》：

北渚风光属此宵。（季刚）

人随明月上兰桡。（旭初）

水宫帷箔卷鲛绡。（晓湘用义山句）

两部蛙声供鼓吹。

一轮蟾影助萧寥。（季刚）

薄寒残醉不禁销。（小石）

青嶂收岚水静波。（季刚）

迎船孤月镜新磨。（小石）

微风还让柳边多。（季刚）

如此清游能几度。（奎垣）

只应对酒复高歌。（旭初）

闲愁英气两蹉跎。（小石）

后湖即玄武湖。诗作者中，数学系教授何鲁（1894—1973）为四川广安人，留学法国里昂大学，其他均为国文系教授。

1935 年 10 月 8 日，嗜酒的黄侃在中央大学逝世。11 月 4 日，《国府公报》第八十五集第一八八八号有《国民政府令》：

> 国立中央大学教授黄侃，学识渊邃，性行高洁，早岁奔走崎岖，参加革命，近年专心教育，阐扬文化，于党于国，厥功昭著。兹闻溘逝，悼惜殊深，应即特予褒扬，并交湖北省政府妥为安葬，用示政府轸念贤劳之至意。此令 [13]

同日，金陵大学国学研究班举行黄季刚先生追悼会。朱锦江主席、尚笏司仪、沈祖棻献花。校长陈裕光、文学院院长刘国钧、国文系主任刘继宣、胡小石、汪辟疆、佘磊霞（贤勋）、张君宜（守义）、吴白匋（徵铸）、高实斋（文、石斋）、徐益棠、王古鲁（锺麟）、商承祚（锡永）、李小缘等百余人参加。

4 日，《金陵大学校刊专号》暨《金陵大学国学研究班黄季刚先生追悼专刊》出版。游寿、尚笏、陆恩涌、徐复、陈裕光、刘国钧、刘继宣、胡光炜、吴睡白、朱锦江、吴梅等有纪念诗文。黄侃、胡光炜、吴梅都是中央大学文学院教授，同时在金陵大学兼职授课。

4 日，《金陵大学校刊》第 171 号刊发"悼黄季刚先生诗词一束"，作者为萧奚骙、薛宗元、程会昌（千帆）、孙望、宋家淇、陆恩涌。本期同时另有宋家淇《双头莲》《醉汝词》、程会昌《杜诗考叙例》、伍挹芳《秋兴》。

"上巳社"活动有过多次。黄侃去世后，苏州《制言》半月刊为纪念黄侃，在 1936 年 2 月 16 日第 11 期刊登"上巳诗社第一集"和"上巳诗社第二集"。1936 年 6 月 1 日《制言》第 18 期又刊登"上巳社诗钞"。

抗战开始后，胡小石随中央大学迁移到重庆，他老师王伯沆因年事已高，滞留南京，生活陷入困境，靠弟子门生救助。胡小石在《客有驰书告冬饮翁饿者，苏宇奔走醵资以赒之。长谣叙悲，并赠苏宇》一诗中，深情地书写当年儒彦英英的情景，同时表达了对黄侃、陈汉章、吴梅的悼念：

在昔南雍厕儒彦，英英愧市如云屯。

陈侯（伯弢）通博踵伯厚，四明学派推承源。

季刚说字千鬼哭，胜义欲固扬许樊。

刌度玉琯定宫羽，霜厓声律真轩轩。

就中胡三最横绝，哦诗睥睨飙霆犇。

群于翁也服玄览，逍遥顿破风与幡。

广敷文史张五馆，即谈空有穷祇洹。

按剑时或笑毛李，高咏颇亦寻谢袁。[14]

所谓"禊社"的"禊",本是古代春秋两季在水边举行的一种祭礼，后来发展成为文人骚客游山玩水时，借酒赋诗联句的聚会，以至于有"曲水流觞""兰亭高会"的禊集雅聚。春天聚会通常选上巳日。这是指以干支纪日历法中，夏历三月第一个巳日，故又称为"上巳"。三月初三多逢巳日，因此后人习惯在这一天相聚。

民国开国后，有影响力的一次修禊，是1913年4月9日（夏历3月3日上巳日），梁启超邀集四十余人，在北京万牲园"续禊赋诗"。梁启超对这次"老宿咸集"印象极深，在致女儿梁令娴信中说："今年太岁在癸丑，与兰亭修禊之年同甲子，人生只能一遇耳。"[15]"兰亭以后，此为第一佳话矣。再阅六十年，世人亦不复知有癸丑二字矣。"[16]1927年国民政府南京定都后，这种传统文人雅聚在南京兴盛，并在中央大学蔚然成风。

这里特别要说的是南社成员、《学衡》作者曹经沅（纕蘅）。是他将中央大学、金陵大学的学院诗人群体与社会上的古体诗词阵营联通，极大地推动了文学古典主义诗人群体在南京复活。曹经沅1933年—1934年任国民党南京政府行政院秘书，兼高等文官考试委员期间，共组织四次大规模诗人雅集。他先于1933年农历三月主持"上巳日莫愁湖禊集"，继之又因参加7月29日"同光体"诗坛盟主陈三立主持的庐山"万松林"诗会，编辑有《癸酉庐山雅集诗草》。陈三立这年秋自庐山来宁，曹经沅又组织诗人聚会，并在农历九月九重阳日登高赋诗，有87人到场，留下《癸酉九日扫叶楼登高诗集》，于第二年春印行。

曹经沅为1934年农历三月三日87人玄武湖修禊和九月九日103人豁蒙楼登高赋诗，编辑有《甲戌玄武湖修禊豁蒙楼登高诗集》，于第二年（乙亥）铅印。陈三立为《甲戌玄武湖修禊豁蒙楼登高诗集》题写书名，陈衍和柳诒徵分别写序。

这几次南京诗会，成为首都的文化盛事。也正是在这样的文化背景下，才有1934年5月4日、6月1日、6月22日《时代公论》第110

期、114 期、117 期刊出"学衡派"成员、南京中央政治学校教授汪懋祖的《禁习文言与强令读经》《中小学文言运动》和许梦因的《告白话派青年》，直接对 1920 年 1 月、1930 年 2 月政府教育部两次禁习用文言、改用白话文的通令提出反驳意见，呼吁"今用学术救国，急应恢复文言"。当然，这只是极少数大学教授的个人行为，根本无法改变白话文进入国民学制的格局。

民国以来对戏曲的重视，有三位关键人物：王国维、吴梅、齐如山。由王国维初开戏曲史实考证，到吴梅注重戏曲文本的欣赏、研究和写作，同时指导学生创作词曲，从而使得戏曲这种雅俗并存、上流社会与民间基层共享的文艺形式，有了进一步繁荣的学术推动，并进入大学课堂。齐如山则是重视戏曲的舞台演出，成功改造并铸就以梅兰芳为代表的京剧体系。

接下来要说吴梅。吴梅执教北京大学、东南大学—中央大学、金陵大学、光华大学期间，在学生中发现和培养了一批学人，他们中除卢前英年早逝（1951 年）外，大多数成为著名词曲学者，在大学开设词曲课程，再传词曲学人。如：

俞平伯，毕业于北京大学国文系，后执教于清华大学、北京大学，1952 年转入中国社会科学院文学所。

任讷（中敏，二北），毕业于北京大学国文系，后执教于四川大学、扬州师范学院。

王玉章（玉璋），毕业于东南大学国文系，后执教于南开大学。

钱南扬（绍箕），毕业于北京大学国文系，后执教于杭州大学、南京大学。

孙为霆（玉廷），毕业于东南大学国文系，后执教于中央大学、震旦大学、陕西师范学院。

唐圭璋（季特），毕业于中央大学国文系，后执教于南京师范大学。

王季思（起），毕业于中央大学国文系，后执教于中山大学。

吴白匋（征铸），毕业于金陵大学历史系，后执教于南京大学。

万云骏（西笑），毕业于光华大学，后执教于华东师范大学。

汪经昌（薇史），毕业于光华大学政治系，后执教于台湾师范大学。

在吴梅指导的"潜社"成员中，张世禄（1926届）、周法高（1939届）后来以语言学研究见长。"潜社"后期，因吴梅改指导学生研习南北曲，填词由汪辟疆、汪东指导。吴梅弟子在词曲活动中，坚持学院与民间联通，词曲创作与演出实践结合，最直接的社会效果，是推动了昆曲进一步繁荣。

古体词在大学校园复活，体现在词学教授创作与教学并重。词学教授同时也是词人。龙沐勋（榆生）主编《词学季刊》1933年4月1日创刊发行，创刊号上《词坛消息》专栏刊出的《南北各大学词学教授近讯》中写道：

> 南北各大学词学教授，据记者所知，南京中央大学为吴瞿安梅、汪旭初东、王简庵易三先生，广州中山大学为陈述叔洵先生，湖北武汉大学为刘洪度永济先生，北平北京大学为赵飞云万里先生，杭州浙江大学为储皖峰先生，之江大学为夏瞿禅承焘先生，开封河南大学为邵次公瑞彭、蔡嵩云桢、卢冀野前三先生，四川重庆大学为周癸叔登岸先生，上海暨南大学龙榆生沐勋、易大厂韦斋两先生，除吴、卢两先生兼治南北曲外，余并词学专家，且大多数赞助本社，原为基本社员云。

在述说中央大学师生词学教授和词创作之前，可先回首十年前的北京校园。

1920年代初期，石评梅、冯沅君、苏雪林（梅）与庐隐（黄英）是女高师同学、朋友，石评梅与高君宇有短暂的爱情绝唱；庐隐几度婚恋，难产而殇；冯沅君与陆侃如结束各自的包办婚姻，珠联璧合，研究古典文学；苏雪林婚而不幸，干脆独处，高寿而终。

苏雪林听到庐隐难产去世消息后，立即在 1934 年 8 月 1 日《文学》第 3 卷第 2 号上刊出《关于庐隐的回忆》，说庐隐读书期间还结识三位朋友：王世瑛（1924 年的"文学研究会会员录"登录号为 35）、陈定秀、程俊英，她们合称"四公子"。庐隐自认孟尝君。可是，由于时局变迁，四位朋友渐渐失去联系，当年的激情和壮志都不复存在。庐隐小说《海滨故人》中人物露莎系自指，云青、玲玉、宗莹，则分别指王世瑛、陈定秀和程俊英。苏雪林曾在诗中这样嘉赏"四公子"中定秀之美、庐隐之雄、俊英之少、世瑛之俏：

> 我当时曾有"戏赠本级诸同学"长歌一首，将同级 30 余人，中国文学成绩较为优异的十余人写入。说到她们四人时有这样几句话：
>
> 子昂翩翩号才子，目光点漆容颜美，圆如明珠走玉盘，清似芙蓉出秋水（陈定秀）。亚洲侠少气更雄，巨刃直欲摩苍穹。夜雨春雷苗新笋，霜天秋准抟长风（黄英君自号亚洲侠少）。横渠（张雪聪）肃静伊川少（程俊英），晦庵（朱学静）从容阳明峭（王世瑛），闽水湘烟聚一堂，怪底文章尽清妙。[17]

下边这段往事，可媲美北京女高师（师大）一群才女的青春礼赞，但又不同于《海滨故人》的凄美结局，因为历史整整相隔十年。1930年代在南京中央大学，出了多位喜爱文学的才女，且多依词牌为笔名：

> 雪花腴曾昭燏
> 点绛唇沈祖棻（子苾）
> 虞美人章伯璠（令晖）
> 菩萨蛮徐品玉（天度）

声声慢杭淑娟

破阵子张丕环

巫山一段云胡元度

齐天乐游介眉（寿）

钗头凤龙芷芬（沅）

西江月尉素秋[18]

最早，由五位女同学在已故老校长李瑞清故居"梅庵"发起词社，名为"梅社"，请吴梅、胡小石、汪旭初、王易等教授指导。据尉素秋《词林旧侣》所示，给她们"梅社"指导最多的老师是吴梅和汪东。对文学院院长兼系主任汪东，她有这样的追忆：

> 我们告诉他不止词社，还有另一种关系在。即同是大观园中的脚色。例如元度是元春，我是探春，伯璠是宝钗，祖菜是宝琴，品玉是湘云，淑娟是岫烟等等。汪师说："不错，都有几分相似。"我们告以有些老师也派了脚色，他搔首说："糟！我一定是贾政之流。"我们报以热烈的鼓掌。
>
> 隔日，汪师送来一笺，上面写着："伯璠素秋告余，曩在女生宿舍时，以红楼梦中人自况，而比余以贾政，闻之绝倒。……因成二绝句，示素秋辈。"诗是这样的：
>
> 悼红轩里铸新词，刻骨悲欢我最知。
>
> 梦堕楼中忽惊笑，老夫曾有少年时。
>
> 若个元春与探春，宝钗横髻黛痕新。
>
> 化工日试春风手，桃李花开却笑人。
>
> 第一首说他幼时，家中长辈以他比拟宝玉，现在却变成了贾政；第二首说他培植的门墙桃李，居然开老师的玩笑。[19]

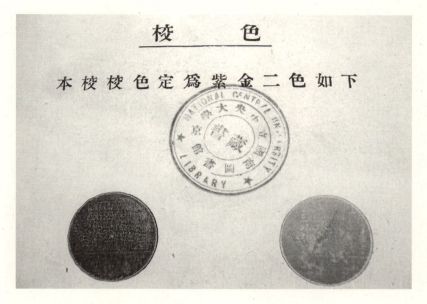

中央大学校色，选自南京大学档案馆

　　曾昭燏是曾国藩大弟曾国潢的长曾孙女，中央大学毕业后留学英德，后任南京博物院院长，终身未嫁。1964 年 12 月 22 日，从南京灵谷塔跳下自杀。沈祖棻因白话小说、新诗和古体诗词双管齐下，《涉江词》文苑称道，佳句"有斜阳处有春愁"广为流传。随后她与程千帆琴瑟和鸣，执教于武汉大学。尉素秋嫁给任卓宣（叶青），1949 年以后为台湾成功大学教授，著有《秋声集》。徐品如嫁给著名报人卜少夫。游寿毕业后专注考古与古文字（书法）研究，曾与曾昭燏同在中央博物院及中研院史语所工作，1949 年以后远走哈尔滨师范学院工作。游寿当年在中央大学校那首拟《敕勒歌》而写成的诗歌，至今还在南京大学校园为师生所传诵：

　　　中山院，层楼高。四壁如笼，鸟雀难逃。心慌慌，意茫茫，抬头又见王晓湘。[20]

校　　聲

中央 啦！ 中央 啦！ 中——央——

啦，啦，啦！ 蓬，勃．澎！ 蓬，勃，澎！

中 央 大 學 蓬 蓬 勃！

中央大学校声，选自南京大学档案馆

　　抗战开始后，王易（晓湘）回到江西，执教乡里，中正大学成立后，他应校长胡先骕邀请，出任文学院院长。蒋经国主政赣南时，请他做经学老师。1947 年，王易在南昌王大铸创办的《问政》杂志创刊号上发表《内战辨》一文。[21] 这两件大事，导致他 1949 年以后失业，寄寓长沙儿子那里，郁郁寡欢中，于 1956 年 8 月 30 日病逝。

　　1928 年中央大学的教授们，因居于首都，以"中央"自豪，一时兴起，还为中央大学设定了校色、校声。这在民国大学中独有，因为其他大学多是只有校徽、校歌、校训。1949 年以后，教授们不再提此事。昔日校声不再有，新的"校声"却又响起。[22]

北京大学、清华大学学脉中文学教育的新文学元素

民国文化教育史上，绍兴人的特立地位和独异作用，值得在这里强调。北京大学连续四位浙人出任校长，三位是绍兴人。1928 年—1930 年执掌清华大学、1932 年—1941 年执掌中央大学的罗家伦，1936 年—1949 年执掌浙江大学的竺可桢也是绍兴人。徐诵明先后任北平大学校长、同济大学校长。可以想象，民国的大学教育如果没有北京大学、清华大学、中央大学、浙江大学、同济大学，将会是个什么样子？绍兴还有两位知名的兄弟作家，两位出色的编辑。

这里只说孙伏园、章锡琛（1924 年的"文学研究会会员录"登录号为 127）两位来自绍兴山会（山阴、会稽）师范学堂，立足京沪的新文学传播者。孙伏园追随周氏兄弟多年，主持《晨报副刊》《京报副刊》《语丝》，对推动新文学有功，特别是对周氏兄弟文学的传播更是不遗余力。他 1927 年 3 月—8 月主编武汉《中央日报》的《中央副刊》，独当一面，刊发毛泽东《湖南农民运动考察报告》、郭沫若《请看今日之蒋介石》、谢冰莹《从军日记》，皆一时奇文。章锡琛在商务印书馆主编《妇女杂志》六年后，于 1926 年 8 月 1 日在上海创办开明书店，对传播新文学和推动新文学教育，贡献大，影响远，以至于现在许多人，还在关注和阅读"开明本"中小学语文教材。

胡适 1931 年出任北京大学文学院院长后，立即着手解决北京大学乃至全国大学国文系面临的问题。他想方设法要"新文学"进入北京大学课堂。这里包含四个具体动作：延揽师资、增设"新文艺试作"课程、开设"现代文艺"研究课程、指导学生撰写新文学研究论文。

前面曾引用，《北京大学日刊》1931 年 9 月 24、25、26 日连续三日登载《国文学系布告》，告知国文系新添"新文艺试作"。[23] 废名"现代文艺"课程讲义，即 1944 年出版的《谈新诗》。[24] 随后，在其他大学讲授新文学的讲义也多成为研究专书。[25]

1931 年 12 月 30 日，胡适在北京大学国文系演讲《中国文学过去与来路》。他说：

> 近四十年来，在事实上，中国的文学，多半偏于考据，对于新文学殊少研究。以我专从事研究学术与思想的人去讲文学，颇觉不当。……我觉得文学有三方面：一是历史的，二是创造的，三是鉴赏的。历史的研究固甚重要，但创造方面更其要紧，而鉴赏与批评也是不可偏废的。[26]

这是胡适对中国文学，特别是新文学现状最为清醒的认识。曾经引领新文学运动的资历和当时所处的位置，使他不得不考虑中国文学的未来。

1934 年 2 月 14 日，胡适在翻检资料时，看到中国公学学生丘良任所谈该校学生近年常作文艺的有甘祠森、何家槐、何德明、李辉英、何嘉、钟灵、孙佳讯、刘宇等，于是便在这一天日记中写道："此风气皆是陆侃如、冯沅君、沈从文、白薇诸人所开。"这特指他四年前做中国公学校长时，注重新文学教育，鼓励文学创作，聘陆、冯、沈、白几位教师。但后来陆侃如夫妇远离新文学，走古典文学研究的路，也不重视学生的新文学创作了，所以他说："北大国文系偏重考古，我在南方见侃如夫妇皆不看重学生试作文艺，始觉此风之偏。从文在中公最受学生爱戴，久而不衰。"为此，他强调大学中国文学系应当"兼顾到三方面：历史的；欣赏与批评的；创造的"[27]。

在上述"新文艺试作"课程中所列师资之外，胡适还看好梁实秋和朱光潜。因为要创造新文学就需要有导师指引。这时更需除旧迎新，即解聘一些多年没有学术著作的中国文学教授，物色一些适合胡适创作理想，兼通中西文学的新人。

胡适与傅斯年合力，得校长蒋梦麟认同，北大文学院 1934 年解聘中国文学教授林损、许之衡。[28] 同时，胡适在 1934 年 4 月 26 日致信梁实秋，希望他离开山东大学（原青岛大学）到北京大学来。胡适是希望梁实秋和朱光潜一班兼通中西文学者，在北大形成一个健全的文学中心，同时为国文系授课。胡适说："北大旧人中，如周岂明先生和我，这几年都有点放弃文学运动的事业了，若能有你来做一个生力军的中心，逐渐为中国计划文学的改进，逐渐吸收一些人才，我想我们这几个老朽也许还有可以返老还童的希望，也许还可以跟着你们做一点摇旗呐喊的'新生活'。"[29]

聘用梁实秋一事，胡适曾与校长蒋梦麟商量过，[30] 但傅斯年提出质疑，最后胡适还是在 1934 年秋聘了梁实秋和朱光潜。傅斯年的意见，是说朱光潜"实学"在梁实秋"学行"之上。[31] 朱光潜进北大后在外文系执教，同时于 1935 年 9 月至 1936 年 6 月为国文系开设"诗论"选修课。也正是傅斯年、胡适对朱光潜的肯定，使得朱光潜战时西迁，在执教四川大学、武汉大学之后，于 1946 年年底重回北大，并终老于此（1945 年 9 月 6 日，国民政府任命胡适为北京大学校长的同时，决定在胡适未返国之前由傅斯年代理校长）。

在"指导学生撰写新文学研究论文"这方面，特别值得一提的是胡适 1935 年指导北京大学国文系学生、诗人徐芳（1912—2008）撰写《中国新诗史》。[32] 也正是这位毕业后留校任助教的徐芳，先是拒绝清华才子、诗人李长之的追求，接着又拒艺术史家滕固于门外，在爱胡适而不成数年之后，操持"宁为英雄妾，不为凡人妻"的信念，于 1943 年嫁给陆军大学教育长徐培根（1897—1991，"左联五烈士"之一殷夫的哥哥。殷夫《别了，哥哥》就是写给他的）。天下之大，文坛很小。而我大学时代发表的第一篇文章，竟是采访殷夫（徐祖华）学生杨秀英的实录。三年后又结缘胡适，搅进这文学与政治纠结，连兄弟是非都难以清断的民国文坛。

1937 年 7 月 4 日，胡适主编《独立评论》第 241 号上，刊发了沈从文致胡适通信《关于看不懂》。沈从文主张将新文学传播到中学生中去，引导学生对中国新文学有一个正面的认识，这其中关键人物是中学老师。而中学教师又是大学（国立大学或师范大学）出身，因此，他提出："在大学课程中，应当有人努力来打破习惯，国文系每星期至少有两小时对于'现代中国文学'的研究，作为每个预备作中学教员的朋友必修课"，希望胡适请"所有国立大学（尤其是师范大学）文史学系的负责人注意注意"[33]。

胡适的答复是："对于从文先生大学校应该注意中国现代文学的提议，我当然同情。从文先生大概还记得我是十年前就请他到一个私立大学去教中国现代文艺的。现代文学不须顾虑大学校不注意，只须顾虑本身有无做大学研究对象的价值。"[34]

胡适、周作人分别为新文学研究确立典范，提供了《五十年来之中国文学》《逼上梁山》《中国新文学的源流》。他们1920至1930年代的弟子门生朱自清、沈从文、苏雪林、废名、任访秋等都为新文学研究留下有专门论著。其中任访秋1944年5月在河南前锋报社出版的《中国现代文学史》（上），第一次将约定俗成的"中国新文学史"命名为"中国现代文学史"[35]。抗战期间，胡适到美国从事外交公务和学术研究，周作人在北平变节落水。其弟子门生或受其影响而成长起来的新文学作家杨振声、朱自清、沈从文、冯至、闻一多、陈梦家、陈铨、孙毓棠、李广田、卞之琳、徐訏等逃离北平，流亡、迁徙，最后多到达昆明（徐訏去了重庆），在西南联合大学、云南大学任教，并指导学生文学社团，培植文学新人。当年西南联大的文学青年王瑶、孙昌熙、刘绶松、王景山、吴宏聪，1949年后，分别在北京大学、山东大学、武汉大学、北京师范学院、中山大学执教，成为研究新文学的新一代学人。原清华大学学生华忱之、北京师范大学学生吴奔星等承受过新文学滋润的都转向现代文学研究。

接下来，简略说及燕京大学的新文学"家族"：先后两任神学院院长刘廷芳（1921 年新文学社团"文学研究会"成员，1924 年的"文学研究会会员录"登录号为 36，刘廷藩为 37 号）、赵紫宸和校长陆志韦留学美国（赵紫宸在东吴大学时，经济上帮助过陆志韦），赵紫宸之女赵萝蕤和夫婿陈梦家也都有留学或游学美国的经历。刘、赵、陆、陈四个教会神学家族联姻（陆志韦是刘廷芳妹夫、赵萝蕤的义父，赵萝蕤和陈梦家是夫妻），是新文学支持者、参与者，即写作白话新诗，诗中都有"神"的灵光。

英国著名传教士苏慧廉说，传教士在中国所经营的事业犹如三条腿木凳：传教、办学、医疗。相对应的是修教堂、建学校、办医院。1903年，苏慧廉、苏路熙夫妇在温州创办艺文学堂，从这里走出的首届学生刘廷芳，历经上海圣约翰大学预科、美国耶鲁大学神学、哥伦比亚大学教育心理学学习后，1920 年回国，任教于燕京大学，并担任司徒雷登校长的助理。[36]

传奇还在继续。苏慧廉的女儿谢福芸 1914 年在北京创办培华女中，从这所学校走出了女作家林徽因。

陆志韦白话诗集《渡河》（1923）、赵紫宸白话新诗集《打鱼》（1930）、刘廷芳的白话新诗集《山雨》（1930）、陈梦家新诗集《梦家诗集》（1931）、刘廷芳参与编写的白话基督教圣歌集《普天颂赞》（与杨荫浏合作，联合国内六大教会团体编订，1936 年 3 月由上海广学会出版。现收入江苏文艺出版社 2009 年出版的《杨荫浏全集》第 12 卷）即是这个神学家族共同的诗性呈现。

先后就读于燕京大学、清华大学的赵萝蕤，在 1937 年翻译出版T.S. 艾略特《荒原》之前，已开始在刊物上发表新诗（1936）。[37] 陈梦家、赵萝蕤父辈是教会神职人员，他们夫妇是新文学第二代作家。他们上承父辈对新文学，特别是白话诗的写作实践，同时分别受老师闻一多、徐志摩、周作人、冰心、叶公超指导。因为在中央大学国文系排斥新文学的情况下，就读法律系的陈梦家写作新诗自然成为一个异数。他的诗作多得徐志摩推荐，在《新月》发表，1931 年 1 月在新月书店出版《梦家诗集》，则由徐志摩题名，成为"新月派"的后起之秀。《新月诗选》也是他编的。其中《梦家诗集》中埋葬着他对史人范未完成的爱情。《梦家诗集》中多首情诗，是写给中央大学外文系学生史人范（笔名伊凡、史伊凡）的。史人范 1927 年曾参加过北伐军宣传队，1928 年考入中央大学，开始文学创作，在中央大学读书过半，中途退学。1932 年"一·二八"淞沪抗战时，她参加战地救护医疗队，后嫁给药理学家张昌绍。晚年因外孙女陈冲星光影坛，她再度进入大众视野。

陈梦家入燕京大学师从容庚研究古文字后，不再写新诗。作为甲骨文研究领域的杰出学者，他是"四堂之学"的第五人（"四堂"：罗雪堂、王观堂、郭鼎堂、董彦堂，此说为余英时先生所强化）。诗人想象力丰富，为研究象形文字始祖甲骨文的天生优势。赵萝蕤读小学时，受到过苏雪林作文训练，读燕京大学国文系，得周作人、冰心指教，入清华大学外国文学研究所，研究英美文学，又得叶公超指导，她翻译、研究外国诗歌，也写作新诗。[38] 因而陈梦家与赵萝蕤结缘，是中学与西学璧合，古文与新诗珠联。

民国年间，包括基督徒在内的教会神职人员，对白话和白话新诗的接受、喜爱，以及写作实践，远远超过从传统中国走向民国的士大夫。信念改变人生观，也决定他们对中国文化和西洋文化接受的态度，同时对中国文化传统的叛逆，也在诗学理念上有突出呈现。这在陆志韦《渡河》序言中有明确的自我表白。赵紫宸一生坚持写作古体诗词，同时也尝试用白话写作大量颂诗（宗教诗，主要写人与上帝的关系），而白话新诗集《打鱼》中多数诗篇，都是对大海、湖泊、河流、小溪、雨、雪、霜月、海月、夜、石头等大自然的赞美，对人与自然特殊关系的诗意呈现，对社会现实的人间关怀。[39] 这主要是白话和白话新诗作为传播工具，对宗教传播者有强烈的吸引。唱诗班的歌词都变成白话。教会神职人员和他们的第二代与白话新诗的关系，首先建立在这一工具理性之上。

　　陈梦家、赵萝蕤受新文学第一代作家哺育，他们诗歌的情感与形式、思想与审美，都富有创新性和时代特色，同时也超越父辈的"尝试"性、探索性，超越了对宗教神学的精神依赖，彰显出自由与自我的独立品格。1931年1月24日，胡适看了《梦家诗集》和《诗刊》第1期后，在日记中写道："他很年轻，有此大成绩，令人生大乐观。……新诗到此时可算是成立了。"[40] 面对即将全面成熟的中国新诗和一群富有创作精神的新诗人，胡适在1931年2月9日给诗人陈梦家信中感叹自己作为新诗"尝试"者，是"提倡有心，实行无力"，说"现在有了你们这一班新作家加入努力，我想新诗的成熟时期快到了"[41]。从现存陈梦家给胡适的十三封信，可以看出胡适对他的重要影响，他从收到胡适信时表示"更思努力"[42]，到后来因和胡适熟悉，通信时便以"小弟"自称[43]。

　　1931年3月5日，徐志摩把T.S.艾略特的诗交给胡适看，胡适老老实实说了句："丝毫不懂得。"[44]。徐志摩又给胡适看乔伊斯的东西，胡适说："我更不懂。"[45] 这距胡适在美国接受意象派诗学理论的时间，才过去十六年。胡适看不懂的《荒原》，1937年6月在赵萝蕤笔下，被译成中文白话新诗，作为上海"新诗社丛书"出版发行。1946年9月7日，T.S.艾略特在哈佛俱乐部宴请陈梦家、赵萝蕤夫妇。其间，T.S.艾略特将《1909—1935的诗集》和《四个四重奏》两部作品赠送给赵萝蕤，并在前者的扉页题词："为赵萝蕤而签署，感谢她翻译了我的《荒原》。1946年9月7日。"[46] 也正是这次聚会，T.S.艾略特得知赵萝蕤也写过许多诗歌，当即表示要她把诗歌译成英文，由他帮助在英国出版。

　　时间给陈梦家、赵萝蕤夫妇开了个残酷的玩笑——T.S.艾略特1948年获得诺贝尔文学奖，他们夫妇在1947年和1948年先后回国。他们回来后与T.S.艾略特也中断联系。兼通中西诗学的诗人夫妻——一代有才华的诗人、学者，被胡适称道"有绝高天才"[47]的陈梦家和1948年冬以研究亨利·詹姆士小说获得博士学位的赵萝蕤，逐渐凋零。

陈梦家1957年成为"右派"，随后到山海关、洛阳、兰州等地劳动改造，1966年9月3日自杀，年仅55岁。

赵萝蕤依据T.S.艾略特亲笔签名赠送的《1909—1935的诗集》原版译出《艾略特诗选》，1999年由山东大学出版社出版，而她已在1998年1月1日与陈梦家相会在通往天堂的路上。

注释：

[1]《教育部通令中小学校励行国语教育——禁止采用文言教科书，实行部颁国语标准》，1930年2月3日《民国日报》。胡适:《日记1930年》，引自季羡林主编《胡适全集》第31卷第604页粘贴的剪报。

[2]《教育部通令中小学校励行国语教育——禁止采用文言教科书，实行部颁国语标准》，1930年2月3日《民国日报》。胡适:《日记1930年》，引自季羡林主编《胡适全集》第31卷第604-605页粘贴的剪报。

[3]邵洵美:《不能说谎的职业》第155页，上海书店出版社，2008。

[4]胡小石:《胡小石论文集》第139页，上海古籍出版社，1982。

[5]胡小石:《胡小石论文集》第141页。

[6]在东南大学—中央大学从事新文学活动的人，随南京成为首都、报刊繁荣而逐年增多。他们的名字依次是顾仲彝（1923届，英文科）、侯曜（1924届，教育专修科。在校组织东大戏剧研究会东南剧社，著有《影戏剧本作法》，泰东书局1926年版）、濮舜卿（1927年3月毕业，政治经济系，为侯曜妻子）、卢前（1927届，国文系）、汪鸿勋（汪铭

竹，1928届，哲学系）、胡寿楣（关露，1928届，哲学系肄业）、陆垚（陆少执，1929届，外文系）、陈楚淮（1929届，外文系）、王起（王季思，1929届，国文系）、李絜非（1931届，史学系）、常任侠（1931届，国文系）、陈梦家（1932届，法律系）、杨晋豪（1932届，政治学系肄业）、王伯祥（1932届，外文系）、方玮德（1933届，外文系）、储安平（1933届，社会学系）、孙侯录（孙洵侯，1933届，外文系）、高植（1933届，社会学系）、庄心在（庄晴光，1933届，政治学）、沈祖棻（1934届，国文系）、冯和仪（苏青，1935年外文系肄业）。

这些当年的学子，最初是新文学中人，后来卢前、王季思、常任侠、沈祖棻都转向古体诗词，研究古典文学、艺术学，陈梦家研究甲骨文、青铜器。写散文、小说的储安平留学英国归来后转向政治学，成为著名编辑。汪铭竹有《自画像》《纪德与蝶》两本新诗集，1949年赴台后，40年不再写诗。三位肄业生杨晋豪、关露、苏青，与政治纠缠，后半生命运多舛。

[7]沈卫威：《文学的古典主义的复活》，《文艺争鸣》2008年第5期。

[8]胡小石：《愿夏庐诗钞》，《胡小石论文集》第239页，上海古籍出版社，1982。司马朝军、王文晖：《黄侃年谱》第244-245页所录此诗文字上有不同，个人所署名或字号也不同，但作者无误，湖北人民出版社，2005年第2版。

[9]汪辟疆：《汪辟疆文集》第863-864页，上海古籍出版社，1988。

[10]金毓黻著，《金毓黻文集》编辑整理组校点《静晤室日记》第6册第4726-4727页。

[11]司马朝军、王文晖：《黄侃年谱》第274-275页收录：

城西见说古林幽（一作寺）（黄侃季刚），暇日招邀作俊游（汪东旭初，一作王易晓湘）。一片疏林万竿竹（王易晓湘，一作汪东旭初），目（一作日）成先与释千忧（汪辟疆）。

野色荒寒却入城（季刚），陂陁高下总难名（辟疆）。经霜红叶知多少（晓湘），只傍归云一带明（季刚）。

弄暝悭晴亦自佳（辟疆），不因人热证高怀（晓湘）。凡人识得山林趣，布韈青鞋便可偕（旭初）。

金粉南朝一扫除（旭初），寒林败箨日萧疏（季刚）。相奉莫作新亭泣（晓湘），但道江山画不如（辟疆）。

频年梵宇几蒿莱（季刚），古寺偏能避劫灰（辟疆）。留得城西荒寂景，尽教词客一徘徊（季刚）。

清新不减青玉案，瘦硬还宜金错刀（旭初）。应为古林添掌故，莫（一作英）辞妙墨两能豪（辟疆）。

佛火青荧照诵经（季刚），禅关知隔几重扄（晓湘）。他生更结鱼山愿，梵呗从教梦（一作静）里听（旭初）。

蜿蜒细路入修篁（季刚），清浅寒流满野塘（季刚，一作旭初）。只觉儿童看客喜（辟疆），岂教（一作知）鱼鸟（一作凫）笑人忙（季刚）。

漫云天险限华夷（晓湘），蕃落零星类置棋（季刚）。胜绝林峦孤迥（一作回）处（辟疆），蜂房雁户也相宜（旭初）。

清磬一声山鸟惊（旭初），石头城角暮寒生（季刚）。经行似入云林画（辟疆），清绝犹嫌画不成（季刚）。

华严冈畔晚烟低（旭初），咫尺归云路易迷（辟疆）。千遍徘徊应有谓，他年认取古城西（季刚）。

小筑偏居世外天（晓湘），不须历日记流年。谁知竹树阴森处（季刚），只在风尘滇洞边（辟疆）。

此地真疑盘谷隐（辟疆），他年应伴草堂灵（晓湘）。无多好景供排闷（辟疆），要放钟山一角青（晓湘）。

写景谁如柏枧文，黄山遗集付斜曛（季刚）。百年好事来吾辈，相约团瓢访隐君（辟疆）。

世乱岂妨人作乐（旭初），山深不碍我夺幽（晓湘）。青苔寺里僧何在？黄叶声中客独留（季刚）。

偶从林壑得天真（旭初），胜侣连袂发兴新（晓湘）。向晚冲寒归路远（辟疆），骖衢广广正无人（季刚）。

[12] 金毓黻著，《金毓黻文集》编辑整理组校点《静晤室日记》第6册第4724页。

[13] 中国第二历史档案馆三四—1754《国立中央大学教授黄侃褒扬传记资料》第4页。

[14] 胡小石:《胡小石论文集》第264页。

[15][16] 丁文江、赵丰田:《梁启超年谱长编》第432页，上海人民出版社，2009。

[17] 沈晖编《苏雪林文集》第2卷第360页，安徽文艺出版社，1996。

[18] 巩本栋编《程千帆沈祖棻学记》第403页，贵州人民出版社，1997。

[19] 巩本栋编《程千帆沈祖棻学记》第404页。

[20] 我的学生尹奇岭（2010届）对此有专门博士学位论文。见尹奇岭:《民国南京旧体诗人雅集与结社研究》，中国社会科学出版社，2011。

[21] 赵宏祥:《王易先生年谱》第206-209页，线装书局，2012。

[22] 1980年代末，南京大学校园出现一种独特的声音。每到周末夜深人静之时或黎明时分，南苑研究生楼周围总会听到几声"狗叫声"。每当这时，门卫、宿管就闻声寻找，却总也寻"它"不得。奇怪，老师学生都是靠粮票定量吃饭，根本没有多余粮食养狗，况且校园里也禁止饲养这种动物。几个熬夜或失眠的哥们儿，相约在周围寻觅，想捕声捉影，却发现声音总是从博士生住的荟萃楼某个窗口传出，第二天他们到走廊转悠，也不见"它"的踪影。时间久了，哥们儿才弄清楚，这是我

一位学习戏剧博士生师兄绝妙传神的口技。

1989年之后，师兄在北京某刊物发表一篇评介他读硕士研究生时导师陈安湖研究鲁迅的书评，尽管是笔名，却被我在图书馆翻书时无意捉获。他到我住七舍二楼神聊，被我当面说破，他瞪我一眼，说：人情！然后，他让我将门窗关上，出乎意料地给我来几声他精湛的口技。我在乡下长大，猫狗之声常闻，对这位来自陕北汉子如此逼真的叫声，真是惊呆！

那时一起读书的师兄弟，很少校外的纷乱杂事，感情也是特别的投机。1993年冬我南下到海口与师兄开会相聚，三年的期待，又闻师兄口技声！

匆匆又七年，我在河南大学兼任一份行政工作，有半间自己的办公室。一天下午，桌上电话铃声响起，没有来电显示，问对方哪位？却传来一个男声：是卫威老弟吗？我再问你是哪位？对方说：等我看一下外面走廊有没有人，关上门。突然，电话里传来一阵我熟悉的口技声。惊得我大喊师兄！

为什么要看走廊有没有人，关上门？

师兄已成领导海南某大学的书记了，平时高坐大会主席台，这种昔日同学兄弟间玩的口技如何能让下属听得，岂不有失书记尊严！

许多年过去，读书时谁写过什么文章，兄弟们大都忘记，不忘的是这校园昔日的叫声！

民国大学文学课的有趣往事也向我等这样1980年代的学子传染，这正是大学文脉的绵延和学统承传。我在河南大学读书时，研究生硕士学位课程中有鲁迅研究，同门师兄弟中，现在已是某高校副书记的师弟，自己把一届师兄妹四人在鲁迅小说《阿Q正传》中对号入座：师妹是小D，我是王胡，师兄学习日语，想去日本留学（三年后果真去日本东京大学留学，后为新华社驻东京、纽约记者），成了假洋鬼子，他自己谦虚而又很不好意思说"那我就是阿贵（阿Q）了"。讲鲁迅研究课的老师正好姓赵，自然成了"赵老太爷"。只要师兄妹四人到一起，就开始进入角色，表演《阿Q正传》，以至于现在相互还保留着这样的称呼。当时，他对我这个师兄不敬，不称"王胡"，而是像阿Q那样称呼我"王癞胡"，同学穷聚，喝点廉价的烧酒，我不喝酒，负责给同学斟酒（从开封斟到南京，技术日益精湛）。酒场上他还要学着阿Q发飙的样子，唱着悔不该酒醉错斩了郑贤弟，手持钢鞭将我打。我要扯他的"辫子"，他就立刻歪着头说"君子动口不动手"。每当这时，他总会学着阿Q的样子，又还原起王胡、阿Q捉虱子比赛的情景，嘴里念念有词："他很想寻一两个大的，然而竟没有，好不容易才捉到一个中的，恨恨的塞在厚嘴唇里，狠命一咬，辟的一声，又不及王胡响。"于是，同学们的穷聚在欢笑中结束。

师弟当书记去了，我到东京、纽约见到师兄，他还一直夸赞："阿Q真能做！"

[23]《国文学系布告》,《北京大学日刊》1931年9月24、25、26日连续刊登。

[24]陈建军编著:《废名年谱》第235-238页，华中师范大学出版社，2003。废名:《新诗十二讲——废名的老北大讲义》，辽宁教育出版社，2006。

[25]中国现代作家在大学国文系讲"新文学研究"，是周作人首开。1921年2月14日，胡适致信周作人，推荐他去北平教会燕京大学做国文门主任，办一个"新的国文学门"。周作人自1922年下半年到燕京大学校园执教即开讲新文学，且坚持十年。胡适在1922年3月4日日记中记有燕京大学想改良国文部，邀请胡适去执教，胡适向司徒雷登、刘廷芳推荐了周作人。这一天，司徒雷登、刘廷芳、周作人三人访问胡适，由胡适介绍，共同商议，最终有周作人去燕京大学国文系执教的满意结果。后来周作人在回忆录说这事给胡适的"白话新文学开辟一个新领土"。

其次是朱自清，他同时在北平师范大学、燕京大学兼课开讲。杨振声在清华大学开设，并在燕京大学讲授新文学作家作品。沈从文、苏雪林随其后。朱自清、沈从文的讲义可以在他们的全集中看到。朱自清1929年春在清华大学国文系首开的"新文学研究"的讲义后来以《中国新文学研究纲要》为题收入《朱自清全集》第8卷，江苏教育出版社1993年版。沈从文"新文学研究"是1930年上半年在中国公学首次开讲，下半年在武汉大学再讲，并印成讲义发给学生。现收入《沈从文全集》第16卷，北岳文艺出版社2002年版。而苏雪林1934年下半年（这里是依《浮生九四——雪林回忆录》，三民书局，1991年版第110页所说。她在《中国二三十年代作家》第3页"自序"中说担任新文学这门课程是1932年起，1937年抗战发生时止）在武汉大学文学院讲授"新文学研究"的讲义，我们不易读着。她说自己在1930年代和1940年代发表的一些现代作家论就是取自课堂讲义。她"新文学研究"的讲义底本在台湾整理出来后，以《二三十年代作家与作品》为名，于1979年12月由广东出版社出版，三次印刷后，又于1983年重新修订，交林海音主持的纯文学出版社，易名为《中国二三十年代作家》。周作人1932年应沈兼士邀请在辅仁大学讲授《中国新文学的源流》，随后经邓广铭整理出书。

[26] 胡适：《中国文学过去与来路》，季羡林主编《胡适全集》第12卷第221页。

[27] 胡适：《日记 1934年》，季羡林主编《胡适全集》第32卷第310页。

[28]《傅斯年致蒋梦麟》，《胡适来往书信选》（下）第531页，中华书局，1980。

[29] 胡适：《致梁实秋》，季羡林主编《胡适全集》第24卷第194-195页。

[30] 胡适：《致梁实秋》，季羡林主编《胡适全集》第24卷第200

页。梁实秋对此事有专门追忆文章。

[31]《傅斯年致蒋梦麟》,《胡适来往书信选》(下)第531页。对此事详细考证,早有桑兵《近代中国学术的地缘与流派》,收入桑兵《晚清民国的国学研究》,上海古籍出版社2001年版。近有季剑青《北平的大学教育与文学生产:1928—1937》第43-45页,北京大学出版社2011年版。1943年朱光潜在国民出版社出版《诗论》时,在序言中对此事有专门言说。见朱光潜《朱光潜全集》第3卷第4页"抗战版序",安徽教育出版社,1987。

[32]徐芳:《中国新诗史》,(台北)秀威资讯科技股份有限公司,2006。李又宁主编《胡适与他的学生》中有专门关于徐芳的故事,南京大学出版社,2016。

[33]沈从文:《关于看不懂》,《沈从文文集》第12卷第338页,花城出版社、生活·读书·新知三联书店香港分店,1984。

[34]胡适:《二四一号编辑后记》,季羡林主编《胡适全集》第22卷第579页。

[35]黄修己的《中国新文学史编纂史》第100-108页对此书有详细的评价,北京大学出版社,1995。

[36]沈迦:《寻找·苏慧廉》第200页,新星出版社,2013。

[37]赵萝蕤创作的诗文在1949年以前没有结集。赵紫宸、赵萝蕤父女纪念馆所编,2009年11月南京师范大学出版社出版署名赵萝蕤著的《读书生活散记》中收录有她自1936年始发表的新诗。

[38]赵萝蕤:《我的读书生涯》第1-2页,北京大学出版社,1996。

[39]《赵紫宸文集》第4卷,商务印书馆2010年版中收录《玻璃声》《打鱼》,这两本诗集中,前者包括古体诗与白话诗,后者全是白话新诗。赵紫宸称这些白话新诗为语体诗。

[40]胡适:《日记 1931年》,季羡林主编《胡适全集》第32卷第

40 页。

[41] 胡适:《致陈梦家》,季羡林主编《胡适全集》第 24 卷第 81 页。

[42]《陈梦家信十三通》,耿云志主编《胡适遗稿及秘藏书信》(手稿本) 第 35 册第 501 页,黄山书社,1994。

[43]《陈梦家信十三通》,耿云志主编《胡适遗稿及秘藏书信》(手稿本) 第 35 册第 511 页。

[44][45] 胡适:《日记 1931 年》,季羡林主编《胡适全集》第 32 卷第 79 页。

[46] 赵萝蕤:《我与艾略特》,《我的读书生涯》第 242 页。赵萝蕤:《〈艾略特诗选〉序言》,《读书生活散记》第 243 页。

[47] 胡适:《日记 1931 年》,季羡林主编《胡适全集》第 32 卷第 40 页。

第十章

激进保守

民国大学教育兴起，是中国迈向现代化过程中阻力最小的一场社会变革，也是与民族、国家及个人关系最为密切的大事。民国的大学生态，首先是被西化的现代大学理念和大学精神所笼罩，其次才是本土化调适。门户开放，中西文化交流，知识革新，使得学人"天朝""家国"的"中国观"，逐步变成"世界观"。世界观形成后，随之而来是科学、民主、自由、平等的价值观和重个体、个性的人生观剧变。新学术体制下，精细的学科分类人为地将学术割裂成系科内的不同专业，教授只能是某个学科专业的专家，而非学术通人。

保守与激进、本土与外来，只是相对说辞，其内在纠缠和紧张往往不易理清，或本身就是一个很难解开的结。所谓保守，就是坚守固有。作为坚守"本土"文化立场的"自我"感知，自然把吸纳"外来"文化的激进行为视作"他者"。保守、激进同时与哲学关联，实际上是将话题互为"镜像"化。正如神会和尚所言："是以无念不可说。今言语者，为对问故。若不对问，终无言说。譬如明镜，若不对像，镜中终不现像。"[1]

1912 年北京大学文科设立哲学门，即今天的哲学系。这里所谓"哲学门"，一取原本真实的情景称谓，二取隐喻的情景，即以哲学为话语的个体在场。行文策略为情景叙事，而非分析推理。

迷恋"哲学""文学"的王国维遇上罗振玉

一个学科的设立，对知识界、思想界的影响巨大。1903 年（农历癸卯）7 月，清政府命张百熙、荣庆、张之洞以日本学制为参照，拟定学堂章程，并于 1904 年 1 月 13 日公布。这份《奏定学堂章程》（因制定时间为农历癸卯年，所以称"癸卯学制"）大学章程的经学、文学二科中，缺哲学一科。对此，王国维在《教育世界》1906 年第 2、3 期（总第 118、119 期）连载《奏定经学科大学文学科大学章程书后》。他认为此章程"但袭日本大学之旧，不知中国现在之情形有当否"[2]，并明确指出"其根本之误何在？曰在缺哲学一科而已"[3]。他特别强调："人于生活之欲外，有知识焉，有感情焉。感情之最高之满足，必求之文学、美术；知识之最高之满足，必求诸哲学。"[4] 最后，他大声疾呼："今日之时代，已入研究自由之时代，而非教权专制之时代。苟儒家之说而有价值也，则因研究诸子之学而益明；……若夫西洋哲学之于中国哲学，其关系亦与诸子哲学之于儒教哲学等。今即不论西洋哲学自己之价值，而欲完全知此土之哲学，势不可不研究彼土之哲学。异日发明光大我国之学术者，必在兼通世界学术之人，而不在一孔之陋儒，固可决也。"[5] 而此时，正是王国维沉迷文学、哲学，写作《人间词》《〈红楼梦〉评论》，并出版《静安文集》的年代（1905）。王国维此时对文学、哲学十分投入，其吸纳康德、尼采、叔本华哲学思想，张扬个性解放和自我解脱以批评程朱理学的系列文章，特别是其借言叔本华、尼采"贱仁义、薄谦逊、非节制，欲创新文化以代旧文化"的言论，被罗振玉视为"想干思想革命"[6]。他在《叔本华与尼采》一文中曾明确指出两者的异同："叔本华说涅槃，尼采则说转灭；一则欲一灭而不复生，一则以灭为生超人之手段，其说之所归虽不同，然其欲破坏旧文化而创造新文化则一也。"[7] 推崇唯意志论的王国维，视叔本华、尼采"二人者，知力之伟大相似，意志之强烈相似。以极强烈之意志，而辅以极伟大之知力，其高掌远蹠于精神界，固秦皇、汉武之所北面，而成吉思汗、拿破仑之所望而却走者也"[8]。其用心就是想一新中国思想界，为创造新文化打哲学基础。西哲的思想资源，使想做诗人、哲人的王国维走在中国学术思想激进的潮头，但他又清醒地认识到自己"感情"与"知力"的内在矛盾。如 1907 年 7 月《静安文集续编·自序二》中所言：

> 余疲于哲学有日矣。哲学上之说，大都可爱者不可信，可信者不可爱。余知真理，而余又爱其谬误。伟大之形而上学、高严之伦理学与纯粹之美学，此吾人所酷嗜也。然求其可信者，则宁在知识论上之实证论、伦理学上之快乐论与美学上之经验论。知其可信而不能爱，觉其可爱而不能信，此近二三年中最大之烦闷。而近日之嗜好，所以渐由哲学而移于文学，而欲于其中求直接之慰藉者也。要之，余之性质，欲为哲学家，则感情苦多而知力苦寡；欲为诗人，则又苦感情寡而理性多。诗歌乎？哲学乎？他日以何者终吾身，所不敢知，抑在二者之间乎？[9]

在经历了"欲为哲学家则感情苦多而知力苦寡，欲为诗人则又苦感情寡而理性多"的"最大之烦闷"，感叹"他日以何者终吾身"之后，他受到罗振玉对其"专研国学"的"力劝"。

1911 年辛亥革命之后，王国维随同罗振玉东渡日本，罗振玉把他拉进殷商文物考释、敦煌文献考释、文字学、音韵学等中国古典学术研究领域，并成就他日后精深的学问，使他走向文化保守，即从"他者"回归"本土"。

所幸，中华民国元年，北京大学"哲学门"正式建立，1914 年起开始招生，1919 年更名哲学系，这自然是中国最早的哲学系。这个学科带给中国社会，特别是知识界的，并不单是王国维所期待的"知识之最高之满足"，更是对思想界，对中国政治的冲击。

罗振玉在《海宁王忠悫公传》中曾专门提及他对王国维由诗人、哲人转向专治朴学，进而成为学问大家的诱导：

> 至是予力劝公专研国学，而先于小学训诂植其基，并与论学术得失，谓尼山之学在信古，今人则信今而疑古。国朝学者疑《古文尚书》、疑《尚书》孔注、疑《家语》，所疑固未尝不当，及大名崔氏著《考信录》，则多疑所不必疑矣。至于晚近，变本加厉，至谓诸经皆出伪造。至欧西哲学，其立论多似周秦诸子，若尼采诸家学说，贱仁义、薄谦逊、非节制，欲创新文化以代旧文化，则流弊滋多。方今世论益歧，三千年之教泽不绝如线，非矫枉不能反经。士生今日，万事无可为，欲拯此横流，舍反经信古末由也。公年方壮，予亦未至衰暮，守先待后，期与子共勉之。公闻而悚然，自怼以前所学未醇，乃取行箧《静安文集》百余册悉摧烧之。欲北面称弟子，予以东原之于茂堂者谢之。其迁善徙义之勇如此。公既居海东，乃尽弃所学，而寝馈于往岁予所赠诸家之书。予复尽出大云书库藏书五十万卷、古器物铭识拓本数千通、古彝器及他古器物千余品，恣公搜讨。复与海内外学者移书论学。[10]

罗振玉选编的《海宁王忠悫公遗书》，没有收录1905年商务印书馆印行的《静安文集》。后世学者海宁吴文祺在《王国维学术思想评价》一文中，说"自怼以前所学未醇，乃取行箧《静安文集》百余册悉摧烧之"，"是罗振玉编造出来的骗人鬼话"，并用三个证据证明"此不可信"[11]。吴文祺写作此文时，并没有看到罗振玉、王国维的974函往来书信，"三个证据"无法坐实。其中"不可信者二"，是说王国维"取行箧《静安文集》百余册悉摧烧之"，而商务印书馆1920年、1921年的

《图书汇报》上仍留有《静安文集》之名，"天下宁有此理"[12]？其实，王国维烧掉自己"行箧"中《静安文集》，和出版商仍在销售自己印行的出版物《静安文集》，并不构成必然的冲突。前者是王国维欲学术转向，对罗振玉的个人表态；后者作为商业行为继续销售。两者都在事理上。我以为在王国维治学之路转变关头，罗振玉的确起了关键作用。殷商文物考释、敦煌文献考释、文字学、音韵学等中国古典学术研究的卓越成果，是奠定王国维学术地位的基石。

从文学、哲学转向纯粹朴学的王国维，十五年后自沉昆明湖。他在诀别尘世前几日，应门生谢国桢及友人所托，借唐人韩冬郎（偓）、李义山（商隐）、近人陈宝琛诗句分别书写了两页扇面，以诗词了情，哲思绝命。前引"诗歌乎？哲学乎？他日以何者终吾身，所不敢知，抑在二者之间乎"可谓谶语。诗中流露出"色即空""付东风""曲终尽""去不留""求净土"，即明确传递出他自己将完成哲学的解脱和文学的告别，同时也是文化—义尽的挽歌。谢国桢说这是"托此以见志"的"绝命词"[13]。也正是这向昆明湖的纵身一跳，陈寅恪在《王静安先生遗书序》中将其死与民族学术、文化结合起来看待，称之为文化"托命之人"，强调："自昔大师巨子，其关系于民族盛衰学术兴废者，不仅在能承续先哲将坠之业，为其托命之人，而尤在能开拓学术之区宇，补前修所未逮。故其著作可以转移一时之风气，而示来者以轨则也。先生之学博矣，精矣，几若无涯岸之可望，辙迹之可寻。然详绎遗书，其学术内容及治学方法，殆可举三目以概括之者。一曰取地下之实物与纸上之遗文互相释证。凡属于考古学及上古史之作，如《殷卜辞中所见先公先王考》及《鬼方昆夷猃狁考》等是也。二曰取异族之故书与吾国之旧籍互相补正。凡属于辽金元史事及边疆地理之作，如《萌古考》及《元朝秘史之主因亦儿坚考》等是也。三曰取外来之观念，与固有之材料互相参证。凡属于文艺批评及小说戏曲之作，如《红楼梦评论》及《宋元戏曲考》《唐宋大曲考》等是也。此三类之著作，其学术性质固有异同，所用方法亦不尽符会，要皆足以转移一时之风气，而示来者以轨则。吾国他日文史考据之学，范围纵广，途径纵多，恐亦无以远出三类之外。此先生之书所以为吾国近代学术界最重要之产物也。"[14]

明示"释证""补证""参证"三个二重证法，是陈寅恪对王国维"足以转移一时之风气，而示来者以轨则"学术著作的最准确定位，也是对"先生之书所以为吾国近代学术界最重要之产物"的学理研判。王国维之后，陈寅恪的诗史"互证"，正是在"释证""补证""参证"基础上的推进，是大师的学术接力。

顾颉刚、傅斯年听了胡适的"哲学"课

这里，还不能明确判断出王国维《奏定经学科大学文学科大学章程书后》一文，对1912年北京大学开设哲学门的实际作用，但接下来的事实，可以"后见"此文"之明"，即北京大学、东南大学、清华国学研究院都曾聘请他执教。

北京大学哲学门在摸索中前进，1917年胡适入北大，给这个学科带来转机。

北京大学哲学门是经史子集四部之学被新学制整合后，文科经学、文学二门之外新设的门类。没有留学经历的本土教授，在哲学门根本不知道中国哲学史如何讲授。更为奇特的是，陈汉章1909年被聘为京师大学堂经学教习，因举人身份，在科举废止后，再无更进一步获取进士、被点翰林的机会。于是，他一边教书，一边在京师大学堂做学生，企及一个学堂"洋翰林"的名分。1913年，他在改制为国立北京大学的史学门毕业。第二年哲学门正式招生，他成了哲学门讲授中国哲学史的教授。

胡适是改变北京大学哲学门的一位重要人物。[15]顾颉刚说，在新

建哲学门讲中国哲学史的浙东象山陈汉章（伯弢），他从伏羲讲起，讲了一年，只讲到商朝"洪范"。并且，他的讲义秘不示人。胡适接课后，抛开以前课程大纲，重编讲义。开头一章是"中国哲学结胎的时代"，用《诗经》作为时代说明材料，丢开唐虞夏商，从周宣王以后讲起。顾颉刚说，这样一改，对一般人充满着三皇五帝的脑筋，给了一个重大打击，"骇得一堂中挢舌不能下"，但他们又都不以为然。只因班中没有激烈分子，还没有闹起风潮。慕名而至的顾颉刚听了几堂课，心中豁然开朗，感到"听出一个道理来了"。便去找傅斯年，对他说："胡先生讲得的确不差，他有眼光，有胆量，有断制，确是一个有能力的历史家，他的议论处处合于我的理性，都是我想说而不知道怎样说才好的。你虽不是哲学系，何妨去听一听呢？"傅斯年去旁听了，也很满意。[16] 顾颉刚晚年回忆说：

> 他又年轻，那时才二十七岁，许多同学都瞧不起他。我瞧他略去了从远古到夏、商的可疑而又不胜其烦的一段，只从《诗经》里取材，称西周后期为"诗人时代"，有截断众流的魄力，就对傅斯年说了。傅斯年本是"中国文学系"的学生，黄侃教授的高足，而黄侃则是北大里有力的守旧派，一向为了《新青年》派提倡白话文而引起他的痛骂的，料想不到我竟把傅斯年引进了胡适的路子上去，后来竟办起《新潮》来，成为《新青年》的得力助手。[17]

胡适的哲学课，改变了顾颉刚、傅斯年的人生轨迹和学术志业。余英时认为："在中国近代思想史上只有梁启超 1890 年在万木草堂初谒康有为时的内心震动可以和顾颉刚、傅斯年 1917 年听胡适讲课的经验相提并论。"[18] 梁启超在《三十自述》中说：

　　　　　　　　　　　　古典与现代：民国大学的潮与岸

时余以年少科第，且于时流所推重之训诂词章学，颇有所知，辄沾沾自喜。先生乃以大海潮音，作狮子吼，取其所挟持之数百年无用旧学更端驳诘，悉举而摧陷廓清之。自辰入见，及戌始退，冷水浇背，当头一棒，一旦尽失其故垒，惘惘然不知所从事，且惊且喜，且怨且艾，且疑且惧，与通甫联床，竟夕不能寐。[19]

梁启超、顾颉刚、傅斯年这种从师而后巨变的心理震动，以及由此而产生的深远影响，是因为他们精神和学问上的导师乃是思想史上划时代、开风气的大人物。从顾颉刚《古史辨·自序》和傅斯年当时的情形看，他们虽有丰富的旧学知识，有对学问的孜孜追求，却苦于找不到一个系统的，可以把这些知识贯穿起来的思想方法，将传统学问进行现代转化。所以余英时指出："胡适的新观点和新方法便恰好在这里发挥了决定性的转化作用。他能把北大国学程度最深而且具有领导力量的几个学生从旧派教授的阵营中争取了过来，他在中国学术界的地位才坚固地建立起来了。"[20] 同时，也开创和确立了新的学术"范式"。

胡适取代陈汉章讲授中国哲学史，陈汉章便到史学门讲授中国通史。转变通常是一念之间，或一事之触动。傅斯年、顾颉刚此时实际是处在一种"边际情境"[21]，有欲变与不变的心理感应，退一步回到保守阵营，进一步走向激进阵营，胡适的几堂哲学史课改变了他们的处境，他们与胡适互为成全。顾颉刚几年后发起整理国故的"古史辨"运动，傅斯年筹建并长期领导"史语所"，原动力就是胡适的几堂哲学史课。

傅斯年上书蔡元培将"哲学"归理科

五四运动高潮之后，参与学潮的傅斯年、段锡朋、罗家伦、康白情、周炳琳、汪敬熙等相继出国留学。当年的学生运动领袖，日后成长为学术领导者的，傅斯年是个特例，这也显示出学业为立身之本。

1918年10月8日，《北京大学日刊》登出在校学生傅斯年8月9日致校长蔡元培信，及蔡校长所加按语《傅君斯年致校长函：论哲学门隶属文科之流弊》。傅斯年认为哲学门隶属文科之建制不合适，应该归属理科，他说："中国人之研治哲学者，恒以历史为材料，西洋人则恒以自然科学为材料。考之哲学历史，凡自然科学作一大进步时，即哲学发一异彩之日，以历史为哲学之根据，其用甚局；以自然科学为哲学之根据，其用至溥。"[22]傅斯年从"为使大众对于哲学有一正确之观念""为谋与理科诸门教授上之联络""为预科课程计"三个方面，提出哲学"不得不入之理科"的理由。他在指明中国之研治哲学者，恒以历史为材料之后，更是认为"文学与哲学合为一门，于文学无害也，而于哲学则未当"：

> 以为哲学文学，联络最为密切，哲学科学，若少关系者，中国人之谬见然也。盖习文学者，恒发为立想，作玄谈者，每娴于文学，不知文学本质，原属普遍……中国文学，历来缺普及之性，独以高典幽艰为当然，又以无科学家，而文士又惯以玄语盖其浅陋，遂致文学与科学之关系，不可得见，反以哲学、文学、史学为三位一体焉。今为学制，宜祛除此惑，不宜仍此弊也。……哲学主知，文学主情，哲学于各种问题恒求其能决，文学则恒以不解解之，哲学于事理分析毫厘，文学则独以感象为重，其本异，其殊途。今固不可谓哲学与文学渺不相干，然哲学所取资于文学者，较之所取资于科学者，固不及什一也。[23]

蔡元培校长十分重视傅斯年来信，他加了下面这段"案语"后，交给《北京大学日刊》发出，同时作为对傅斯年的答复：

> 傅君以哲学门隶属文科为不当，诚然。然组入理科，则所谓文科者，不益将使人视为空虚之府乎。治哲学者不能不根据科学，即文学史学，亦何莫不然。不特文学史学近皆用科学的研究法也。文学必根据于心理学及美学等，今之实验心理学，及实验美学，皆可属于理科者也。史学必根据于地质学、地文学、人类学等，是数者，皆属于理科者也。如哲学可并入理科，则文史亦然。如以理科之名，仅足为自然科学之代表，不足以包文学，则哲学之玄学，亦决非理科所能包也。至于分设文哲理三科，则彼此错综之处更多。以上两法似皆不如破除文理两科之界限，而合组为大学本科之为适当也。蔡元培附识。[24]

随后，傅斯年在 1919 年 5 月《新潮》第 1 卷第 5 号刊出《对于中国今日谈哲学者之感念》，进一步强化了他的科学理性精神，且具有十足的"唯科学主义"倾向 [25]，同时，也将年前给蔡元培信中曾讨论的问题更加深化。他认为："现代的哲学是被科学陶铸过的，想研究他，必须不和现代的科学立于反背的地位；不特不立于反背的地位，并且必须应用现代的科学中所得作为根据。哲学是一个时代学术的会通的总积。"[26] 傅斯年从以下五个方面，阐明自己的看法（摘录）：

> 第一，哲学不是离开科学而存在的哲学；是一切科学的总积。
> 第二，我们须要认定"科学有限"一句话是再要不通没有的。我们只能说现日科学的所得有限，不能说科学在性质上是有限的；只能说现日的科学还不很发达，不能说科学的方法有限。

第三，我们要晓得哲学也不是抽象的学问，他的性质也是具体的。

第四，哲学是一个大假定（Hypothesis）——一群假定的集合。

第五，历来的哲学家大概有两种趋向：一、以知识为前提；二、以人生为前提。[27]

这些论述，实际含有对中国谈论哲学者多不懂科学的批评，也即传统学术将文史哲融为一体，分科及知识局限使中国哲学家与西方哲学家有所不同。最后他特别强调"不要忘现代的哲学早已受过科学的洗礼"[28]。

赴英国留学的傅斯年，此前虽然没有说动蔡元培校长将哲学从文科分割出来，划归理科，此时（1920 年 9 月）只好转向蔡校长进言，建议北大改"议论的风气"，转向"讲学的风气"，即"科学之教授法与学者对于科学之兴趣上"。蔡元培将此信以《傅斯年君致校长函》为题刊发于 10 月 13 日《北京大学日刊》：

> 北大此刻之讲学风气，从严格上说去，仍是议论的风气，而非讲学的风气。就是说，大学供给舆论者颇多，而供给学术者颇少。这并不是我不满之词，是望大学更进一步去。大学之精神虽振作，而科学之成就颇不厚。这样的精神大发作之后，若没有一种学术上的供［沈按：贡］献接着，则其去文化增进上犹远。近代欧美之第一流的大学，皆植根基于科学上，其专植根基于文艺哲学者乃是中世纪之学院。今北大之科学成绩何若？颇是可以注意的。跛行的发达，固不如一致的发达。愿先生此后于北大中科学之教授法与学者对于科学之兴趣上，加以注意。[29]

傅斯年话中有话，他实际上是在说议论风气之盛的北大，有点像"专植根基于文艺哲学者"的"中世纪之学院"。最后他说自己近来因与丁文江、李四光接触，"很感得学科学者之可敬"，对自己"无力专致自然科，且恨且惭"[30]。也就是说他开始鄙视和"恨""文艺哲学"。

傅斯年、顾颉刚当年是北京大学国文门、哲学门中的"学霸"。1926 年 8 月 17、18 日，在欧洲的傅斯年给胡适写了一封长信，他说："我将来如果有和颉刚同事的机会，未必不写一篇一篇的中国古代思想集叙。假如有此事，我要遵守下列的'教条'。"[31] 其中最为重要的一条就是，他认为中国没有哲学：

> 因为中国严格说起，没有哲学，（多谢上帝，使得我们天汉的民族走这么健康的一路！）至多不过有从苏格拉底（inclusive）以前的，连柏拉图的都不尽有。至于近代的哲学（学院的），自 Descartes,Leibnitz,Kant 以来的，更绝对没有。[32]

在傅斯年看来，胡适的哲学研究，也只是哲学的历史叙事，即"哲学史"，而非本体论。从主张大学学科设置上将哲学归入理科，到鄙视"文艺哲学"，这下干脆否认中国有哲学，这是中央研究院创院初始，为什么设立"历史语言研究所"（"史语所"），而不设文学所、哲学所的缘故。蔡元培 1928 年任中央研究院院长，请傅斯年、顾颉刚、杨振声为"历史语言学研究所"筹备人。[33] 傅斯年与顾颉刚有共事机会，他们做的第一件大事，就是设立"历史语言研究所"，"教条"地将文学、哲学排斥在中央研究院这个最高科学研究机构之外。

傅斯年长期执掌"史语所"，他在学术界的影响力仅次于胡适。因此，中央研究院一直不设"文学研究所"和"哲学研究所"。直到 1989 年，台北"中央研究院"才设立"中国文哲研究所筹备处"，这一"筹"就是十多年。2002 年 7 月 1 日"中国文哲研究所"才去掉"筹"字，正式挂牌，这是傅斯年的潜在影响力在发挥作用。青年学者朱洪涛对此有专题性讨论。[34]

傅斯年鄙视"文艺哲学"，也厌恶"国学"之说。他在 1920 年 8 月 1 日给胡适的信中曾说："回想在大学时六年，一误于预科一部，再误于文科国文门，言之可叹。"[35]

1940 年 7 月 8 日，他致信朱家骅，反对"管理中英庚款董事会"内增设"国学"一科。[36]一向激进的傅斯年，用主张"国粹主义"的梅光迪之言来说事，激进与保守再次纠结在一起。

更明显的"教条"，是 1947 年—1948 年中央研究院院士选举时，认为此时只有"哲学史"研究而没有哲学的傅斯年和胡适联手，在"哲学"类只提名研究"哲学史"的学者冯友兰、汤用彤和研究逻辑学、西方哲学的金岳霖为院士候选人。[37]作家或非科学的玄学派哲学家，都不作为候选人提名。

胡适听王国维谈"哲学""文学"之后

1917 年，胡适从美国留学归来，他发现此时学术界只有王国维的《宋元戏曲考》是很好的。[38]1922 年 5 月 29 日，王国维在致顾颉刚的信中说道："顷阅胡君适之《水浒》《红楼》二考，犁然有当于心，其提倡白话诗文则所未敢赞同也。"[39]重视俗文学，主张"一代有一代文学"的王国维，此时看重胡适的《水浒传》《红楼梦》研究，却不赞同"其提倡白话诗文"。这也是王国维的内在矛盾之一。他对胡适的评说，很快由顾颉刚传给胡适。8 月 28 日，胡适在日记中写到，现今中国学术界，"只有王国维最有希望"[40]。有了这种相互赏识，随之是胡适对王国维的拜访。胡适日记 1923 年 12 月 16 日记：

往访王静庵先生（国维），谈了一点多钟。他说戴东原之哲学，他的弟子都不懂得，几乎及身而绝。此言是也。戴氏弟子如段玉裁可谓佼佼者了。然而他在《年谱》里恭维戴氏的古文和八股，而不及他的哲学，何其陋也！

静庵先生问我，小说《薛家将》写薛丁山弑父，樊梨花也弑父，有没有特别意义？我竟不曾想过这个问题。希腊古代悲剧中常有这一类的事。

他又说，西洋人太提倡欲望，过了一定限期，必至破坏毁灭。我对此事却不悲观。即使悲观，我们在今日势不能跟西洋人向这条路上走去。他也以为然。我以为西洋今日之大患不在欲望的发展，而在理智的进步不曾赶上物质文明的进步。

他举美国一家公司制一影片，费钱六百万元，用地千余亩，说这种办法是不能持久的。我说，制一影片而费如许资本工夫，正如我们考据一个字而费几许精力，寻无数版本，同是一种做事必求完备尽善的精神，正未可厚非也。[41]

一个在世人看来政治上为废帝之师，文化上转向保守的学者，他考虑的问题却十分现代，他的思想没有停滞，他对新知的追求没有停止。其所谈"哲学""文学"时的问题意识和学术敏感力，还是写作、出版《静安文集》时代的王国维。更何况在自己不明白的情况下，又主动地向一位后生请教。

王国维所谈对胡适都有刺激，但他只能回答自己熟悉的第三个问题，第二个问题他"竟不曾想过"。小说《薛家将》作者不可能看过古希腊悲剧、莎士比亚戏剧，更不可能知道此时弗洛伊德学派所揭示出的"恋母弑父"（"俄狄浦斯情结"或"哈姆雷特情结"），王国维在考虑一个中西戏剧史上共存的问题，并寻求答案。心有灵犀一点通，从王宅出来，敏感的胡适便到北大国文系主任马幼渔那里，借得戴震后学焦循

（里堂）《雕菰楼集》一部。在王国维启发下，他开始关注第一个问题，即戴东原的哲学思想及清代学术。

胡适在 1916 年 7 月 17 日致信许怡荪时曾表示："他日归来，当以二十年之力作一'中国哲学史'，以为终生一件大事，虽作他事，必不将此志放弃。"[42] 这次与王国维见面的潜在影响力，在二十年后充分显现，戴震研究及《水经注》版本考辨，成为胡适最后二十年学术生活的主要内容。即由哲学史研究转向纯粹的考据学。这事，与罗振玉引导王国维学术转向颇为相似。

推荐王国维入清华的主意是顾颉刚向胡适提出的。他在 1924 年 12 月 4 日日记中记有："写适之先生信，荐静安先生入清华。"[43] 查胡适档案，有顾来信：

> 静安先生清宫俸既停，研究所薪亦欠，月入五十元，何以度日。曾与幼渔先生谈及，他说北大功课静安先生不会肯担任，惟有俟北京书局成立时，以友谊请其主持编辑事务。然北京书局不知何日能成立，即使成立，而资本有限，亦不能供给较多之薪水。我意，清华校既要组织大学国文系，而又托先生主持其事，未知可将静安先生介绍进去否？他如能去，则国文系已有中坚，可以办得出精彩。想先生亦以为然也。
>
> 清宫事件，报纸评论对于先生都好作尖酸刻薄之言，足见不成气候的人之多。[44]

1925 年，胡适力推王国维入清华国学研究院执教一事，在学界反响很大，特别是在王国维去世后，陈寅恪将此事写进《王观堂先生挽词》："鲁连黄鹞绩溪胡，独为神州惜大儒。学院遂闻传绝业，园林差喜适幽居。"[45] 这事，也是陈寅恪敬重胡适的原因之一。

胡适与王国维因"戴东原之哲学"相遇相知，并开始了王国维在清

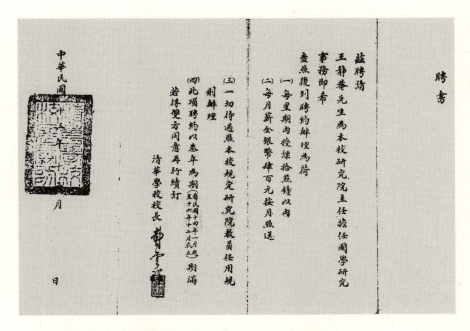

清华学校校长曹云祥给王国维的聘书影印件，选自胡适档案

华学校研究院的辉煌，同时也开启胡适的清代学术史研究。

哲学之"结"即中国人的思想之"结"

　　激进与保守之"结"，既是认识论上的，也是方法论上的问题，这一哲学之"结"即中国学术之"结"，也是中国人思想之"结"。激进保守如影随行，互为存在。特别是每一个体，会因时空变换而形影互换、互为消长，或依附在真实的面相与表演的形象上，更可能是真实的情景与隐喻的情景同在。在新旧文化、新旧文学、新旧道德、新旧思想这个既相互纠结又激烈争锋的角斗场上，胡适得到蒋介石"新文化中旧道德的楷模，旧伦理中新思想的师表"的盖棺定论。挑战胡适的吴宓，陷入婚姻与爱情的困境，便说出肺腑之言："宓本具浪漫之特质，急激而重感情。……宓则以本身提倡道德及旧礼教，乃偏有如此之遭遇。"[46]

这里可以往前翻看历史。1840年以后，大清帝国因内忧外患，遭遇空前危机，朝野人士面对外来冲击，从洋务派到维新派，逐步明确并提出了最为实际的回应，就是中学为主，西学为辅；中学为体，西学为用。1896年，梁启超在《西学书目表后序》一文中明确表示："舍西学而言中学者，其中学必为无用。舍中学而言西学者，其西学必为无本。无用无本，皆不足以治天下，虽庠序如林，逢掖如鲫，适以蠹国，无救危亡。"[47]同年，他在《变法通议》中更是强调："自古未有不通他国之学，而能通本国之学者。亦未有不通本国之学，而能通他国之学者。"[48]

先前思想激进而后转向文化保守的王国维，与先前思想保守而后转向文化激进的傅斯年，以及反对胡适及新文化的"国粹主义"者梅光迪，在这个学术结点上与梁启超看法大同小异，即大方向上一致。

作为与主体"自我"相对存在的"他者"，或作为中心范畴的"本土"与对应存在的"他者"，都是强调由于他人意识出现，自我意识才会显现。自我与他者，本土与他国，都会因主体立足空间的置换而发生改变。晚清民初，以"国粹""国故""国学"为号召的本土保守思潮的兴起，自然是回应他者激进思潮的涌入。中体西用的实用工具理性，试图化解本土与他者的矛盾冲突，将两者整合在实际的行为之中。但彼此的主体空间都保留有自我的向度。真正的学者是有偏爱、有极端趋向的，那是个性。正如胡适与梅光迪、吴宓、胡先骕之争斗，斗来争去，自由主义成为最高的政治理性，连最为人性的东西如情爱也斗成了一致性。梅光迪把胡适"逼上梁山"，胡适功成名就，对他来说是"虐心"的折磨。梅光迪的言行与胡适形成巨大矛盾和逆差，他与胡适"逆袭"式的争斗，便成为"心中的逆反情绪"[49]驱使的一种戏剧性表演。而陈寅恪却是一个夹在中间的调和者。这也正是《论语·子路》中所说"君子和而不同，小人同而不和"的真精神。

注释:

[1] 杨曾文编校《神会和尚禅话录》第69页，中华书局，1996。

[2] 王国维：《奏定经学科大学文学科大学章程书后》，谢维扬、房鑫亮主编《王国维全集》第14卷第32页，浙江教育出版社，2009。

[3] 王国维：《奏定经学科大学文学科大学章程书后》，谢维扬、房鑫亮主编《王国维全集》第14卷第33页。

[4] 王国维：《奏定经学科大学文学科大学章程书后》，谢维扬、房鑫亮主编《王国维全集》第14卷第34页。

[5] 王国维：《奏定经学科大学文学科大学章程书后》，谢维扬、房鑫亮主编《王国维全集》第14卷第36页。

[6] 刘慧孙：《我所了解的王静安先生》，陈平原、王枫编《追忆王国维》第547页，中国广播电视出版社，1997。

[7] 王国维：《叔本华与尼采》，谢维扬、房鑫亮主编《王国维全集》第1卷第89—90页。

[8] 王国维：《叔本华与尼采》，谢维扬、房鑫亮主编《王国维全集》第1卷第93页。

[9] 王国维：《静安文集续编·自序二》，谢维扬、房鑫亮主编《王国维全集》第14卷第121页。

[10] 罗振玉：《海宁王忠悫公传》，谢维扬、房鑫亮主编《王国维全集》第20卷第228—229页。

[11] 吴文祺：《王国维学术思想评价》，吴泽主编、袁英光选编《王国维学术研究论集》（一）第431页，华东师范大学出版社，1983。

[12] 吴文祺：《王国维学术思想评价》，吴泽主编、袁英光选编《王国维学术研究论集》（一）第431页。

[13] 谢国桢：《悼静安先生》，谢维扬、房鑫亮主编《王国维全集》第20卷第294页。

[14]陈寅恪:《金明馆丛稿二编》第247-248页,生活·读书·新知三联书店,2001。

[15]沈卫威:《无地自由:胡适传》第51-55页,上海文艺出版社,1994。

[16]顾颉刚:《顾颉刚全集 古史论文集卷一》第1卷第32页,中华书局,2010。

[17]顾颉刚:《顾颉刚全集 古史论文集卷一》第1卷第151页。

[18]余英时:《中国近代思想史上的胡适》,载胡颂平:《胡适之先生年谱长编初稿》第1册第32页,台北联经出版事业公司,1984。

[19]梁启超:《饮冰室合集 文集之十一》第16页,中华书局,1989(据1936年版影印)。

[20]余英时:《中国近代思想史上的胡适》,载胡颂平:《胡适之先生年谱长编初稿》第1册第33页。

[21]沈卫威:《无地自由:胡适传》第54页。

[22]王汎森、潘光哲、吴政上主编《傅斯年遗札》第1卷第1页。

[23]王汎森、潘光哲、吴政上主编《傅斯年遗札》第1卷第1-2页。

[24]王汎森、潘光哲、吴政上主编《傅斯年遗札》第1卷第3页。

[25]参见郭颖颐:《中国现代思想中的唯科学主义》(雷颐译),江苏人民出版社,1998。

[26]傅斯年:《傅斯年全集》第4册第203页,台湾联经出版事业公司,1980。

[27]傅斯年:《傅斯年全集》第4册第204-208页。

[28]傅斯年:《傅斯年全集》第4册第209页。

[29]王汎森、潘光哲、吴政上主编《傅斯年遗札》第1卷第14-15页。

[30]王汎森、潘光哲、吴政上主编《傅斯年遗札》第1卷第16页。

[31]王汎森、潘光哲、吴政上主编《傅斯年遗札》第1卷第33页。

[32]王汎森、潘光哲、吴政上主编《傅斯年遗札》第1卷第33页。

[33]顾颉刚:《顾颉刚全集　日记卷二》第45卷,第160页。

[34]朱洪涛有《知识·观念·情怀——傅斯年关于北京大学哲学学科的思考》的长文,详论此事。载《名作欣赏》2015年第1期。

[35]王汎森、潘光哲、吴政上主编《傅斯年遗札》第1卷第11-12页。

[36]王汎森、潘光哲、吴政上主编《傅斯年遗札》第2卷第821-822页。

[37]《傅斯年信、电五十六通》,耿云志主编《胡适遗稿及秘藏书信》(手稿本)第37册第524-528页,黄山书社,1994。

[38]胡适:《归国杂感》,季羡林主编《胡适全集》第1卷第593页。

[39]王国维:《致顾颉刚》,谢维扬、房鑫亮主编《王国维全集》第15卷第844页。

[40]胡适:《日记 1922年》,季羡林主编《胡适全集》第29卷,第729页。

[41]胡适:《日记 1923年》,季羡林主编《胡适全集》第30卷,第127-128页。

[42]梁勤峰、杨永平、梁正坤整理《胡适许怡荪通信集》第65页,上海人民出版社,2017。

[43]顾颉刚:《顾颉刚全集　日记卷一》第44卷第557页。

[44]《顾颉刚信一三六通》,耿云志主编《胡适遗稿及秘藏书信》(手稿本)第42册第291页。

[45]陈寅恪:《陈寅恪诗集》第15页,清华大学出版社,1993。沈卫威在《独为神州惜大儒》一文中,首次使用胡适日记手稿中的胡王谈话,纪念王国维逝世70周年。刊《书城》1997年第4期。

[46]吴宓:《吴宓日记》第四册第168页,生活·读书·新知三联

书店，1998。

[47]梁启超:《饮冰室合集·饮冰室文集之一》第 1 册第 129 页，中华书局，1989（据 1936 年影印）。

[48]梁启超:《饮冰室合集·饮冰室文集之一》第 1 册第 61 页。

[49]梅光迪:《人文主义和现代中国》，梅铁山主编、梅杰执行主编《梅光迪文存》第 187 页。

第十一章

双衡相承

语境的内在关联

美国哥伦比亚大学哲学与教育两大学科，对中华民国大学的影响最大。民国的大学校长、师范学院院长有三十多位出自哥伦比亚大学，这是其他任何一个外国大学都没法比的。《新青年》最有影响力的时候，是蔡元培任北京大学校长。《学衡》在东南大学有影响的三年，勇于挑战北京大学胡适及新文化派，此时南北两所国立大学校长分别是出身哥伦比亚大学的郭秉文、蒋梦麟。后来中央大学最稳定、最好的九年（1932—1941），是在有过哥伦比亚大学学习经历的罗家伦任上。这是思想自由、学术独立在民国大学及舆论空间的最好体现。

由"学衡社"及《学衡》衍生出的"学衡派"，属于相对松散的"文化保守主义"或"新传统主义"文人群体。其社员的言论，有相对的同一性，即试图从文化发展的承继性和规范化上，在国粹与新知、保守与开创的实际生活中追求继续性和平衡性融合。在明晰、定义"学衡派"所体现的中国保守主义思潮时，我借鉴塞缪尔·亨廷顿《作为一种意识形态的保守主义》界定保守主义的三个维度：贵族式、自主式、情境式。[1]

有意从文化上指认，是为了强调其非政治化、非贵族化，只能是既兼顾其自主式的重视秩序、规范、中庸、纪律、平衡等普遍观念，又关联其历史语境下情境式反抗的特殊性。这种最为显现的表现形式，即以制衡、拨乱反正的方式，来抗拒新文化运动的激进主义，以期对传统文化的保持、守护。同时，也明辨出"学衡派"所具有的吸纳性，即国粹派民族主义理念成为其内在文化支撑，白璧德新人文主义思想成为其外在精神资源。

作为一个文化保守主义社团流派，学衡派既不是当事人凭心想象出的乌托邦式团体，也不是后来研究者想象出来的学术共同体，而是一个有文化伦理意图、有学术理性依据、有责任担当、有意识结社、有自己阵地、有基本作者队伍、有明确宗旨的群体。虽无政治党团的内在严密性、纪律性，却是卡尔·曼海姆在《保守主义》一书中所强调的"精神结构复合体"中有文化信念的一批人。即发起人梅光迪在《学衡》杂志社第一次会议上宣布的清高主张，谓《学衡》杂志应脱尽俗氛，不立社长、总编辑、撰述员等名目，以免有争夺职位之事。甚至社员亦不必确定：凡有文章登载于《学衡》杂志中者，其人即是社员；原是社员而久不作文者，则亦不复为社员。[2] 这是重点强调社员要在思想观念上自觉认同《学衡》杂志的宗旨。

1921 年，梅光迪联络胡先骕、吴宓、刘伯明等一批留美归来学子，在郭秉文任校长的东南大学相聚，结为"学衡社"，创办《学衡》。因是归国留学生群体公开反对新文化—新文学，所以在当时就特别引人注目。在常人看来，前清的遗老遗少或旧文人反对新文化，拒绝白话新文学是可以理解的，而沐浴欧风美雨，负载新思想、新文化归来的留学生反对新文化—新文学就匪夷所思，这正是《学衡》杂志当时的亮点。

进入民国后的许多思想交锋和文化论争，已经不是1840 年以来中西、古今、新旧、传统现代等以本位文化为坐标看外来文化的思维模式，更多的是外国的政党政治、意识形态和思想方法直接转移到中国的现实舞台上碰撞，对中国政治、社会或学术问题的解释，就是直接移植西学的思想方法，连话语本身都要全面接受。仅就学术而言，从王国维借用康德、尼采、叔本华的基本理论批评中国文学，到胡适用进化论史观写哲学史、文学史，无不具有"拿来"的急功近利。"学衡社"社员从哈佛大学带回的新人文主义思想，就直接对撞胡适从哥伦比亚大学带回的实验主义。导师正是美国的白璧德、杜威。

中华书局负责《学衡》杂志的出版发行，这里有更复杂的内在关联。1912年1月1日陆费逵出资创办中华书局，主要经营中小学教科书。他原本是商务印书馆的重要人物，与商务高层分裂后出来单干。在新文化运动兴起后，商务印书馆迅速接纳胡适的《中国哲学史大纲》卷上，以及大批新文学作家的著作，改革《小说月报》，同时将儿童刊物、中学生读物、妇女杂志、教育杂志等改用白话文，以适应新文化、新教育的需要。在编辑队伍中也聚集一大批归国留学生和新文学作家。东南大学校长郭秉文与商务印书馆大股东鲍咸恩、鲍咸昌兄弟有姻亲关系（其夫人鲍懿为鲍氏兄弟的小妹），同时也是商务印书馆的股东。所以东南大学的《史地学报》《国学丛刊》等刊物，特别是许多教授的专著或教科书在商务印书馆出版。1921年夏，商务印书馆高层有请胡适来出任编译所所长的举措，胡适考察后决定自己仍留在北大，特推荐王云五出任此职。胡适7月20日日记记载，在上海商务印书馆考察时，遇到东南大学校长郭秉文。郭劝胡适留在商务印书馆，同时兼任东南大学教授。胡适当面拒绝。他说："东南大学是不容我的。我在北京，反对我的人是旧学者与古文家，这是很在意中的事；但在南京反对我的人都是留学生，未免使人失望。"[3]

中华书局与商务印书馆有对着干的矛盾，所以就接受反对新文化、反胡适的《学衡》杂志。郭秉文出身哥大，与胡适为友，不是"学衡社"社员，也不为《学衡》写文章，唯一一篇署名"郭秉文述"的悼念文章是《刘伯明先生事略》。

"学衡社"主要社员胡先骕、梅光迪，在文章中均公开表示对校长郭秉文不满。柳诒徵更是参与了1925年初倒郭的派系斗争。胡适日记中记录了自己对杨杏佛策划倒郭的气愤："今天……杏佛在座，我把叔永来信给他看了。此次东南大学换校长的问题，由国民党人作主力，也是他们的包办大学教育的计划的一部分。叔永来信痛说此事的办理不当。"[4]

吴宓说《学衡》"与东南大学始终无丝毫关系"，是指"未尝借用东南大学一张纸一管笔一圆一角之经费"。这实际上是挑明校长郭秉文有能力支持《学衡》，却没有给予实际的支持。他和梅光迪只好把刊物交给商务印书馆的敌对一方出版。所以说，仅《学衡》的出版发行，即关联着中国两大出版机构背后复杂的人事关系和矛盾、冲突。

《东南论衡》与《学衡》的关系

1922 年 1 月《学衡》创刊时，"学衡社"的主要社员和编辑责任人依次是：柳诒徵（写作"弁言"）、梅光迪（发起人，"通论"编辑）、马

《东南论衡》创刊号封面，选自南京大学图书馆

承塈（"述学"编辑）、吴宓（"集稿员""书评"编辑）、胡先骕（"文苑"编辑）、邵祖平（"杂缀"编辑）。此时东南大学的校办主任为刘伯明（实际职权相当于副校长），也是"学衡社"社员，更是《学衡》杂志强有力的精神支持者。他协助校长郭秉文工作，是东南大学在1922年—1924年，群贤纷至、学者济济的灵魂人物。可惜天公不假以时日，他在1923年11月24日就英年早逝。吴宓为刘伯明写有一特长的挽联：

> 　　以道德入政治，先目的后定方法。不违吾素，允称端人。几载绾学校中枢，苦矣当遗大投艰之任。开诚心，布公道，纳忠谏，务远图。处内外怨毒谤毁所集聚，致抱郁沉沉入骨之疾。世路多崎岖，何至厄才若是。固知成仁者必无憾，君获安乐，搔首叩天道茫茫。痛当前，只留得老母孤孀凄凉对泣。
>
> 　　合学问与事功，有理想并期实行。强为所难，斯真苦志。平居念天下安危，毅然效东林复社之规。辟瞽说，放淫辞，正民彝，固邦本。撷中西礼教学术之菁华，以立岷蚩蚩成德之基。大业初发轫，遽尔撒手独归。虽云后死者皆有责，我愧疏庸，忍泪对钟山兀兀。问今后，更何人高标硕望领袖群贤。[5]

　　这么工对的一副挽联，正是"学衡社"社员梅光迪在与胡适就是否使用白话文论争时所强调的："我仍旧相信小说、戏剧可用白话，作论文和庄严的传记（如历史和碑志等）不可用白话。"[6]这也是"学衡社"社员所要保守的底线。

　　1924年9月起，"学衡社"社员胡先骕、梅光迪、吴宓先后离开东南大学。

　　1925年1月7日，校长郭秉文被北洋政府教育部免职，柳诒徵陷入新校长任命过程中的派系之争，被迫辞职（东南大学教授杨杏佛、柳诒徵、胡刚复、萧纯锦参与倒郭。1912 年初曾为临时大总统孙中山秘书处工作人员、与国民党关系密切的杨杏佛，此时联络北方国民党势力，致使国民党人吴稚晖、汪精卫、李石曾主张并主使教育次长、代理部务马叙伦将郭秉文免职。柳诒徵、萧纯锦是学衡社社员）。所以，吴宓说《学衡》在东南大学的时间只有三年。

1925 年，吴宓任教清华后，把《学衡》编辑部设在清华学校。1934 年 5 月 7 日《清华周刊》41 卷第 7 期刊发有《学衡杂志编者吴宓先生来函》：

> 顷见《清华周刊》四十一卷六期《本刊二十周年纪念号导言》第三页，文中有"前东南大学的学衡"云云，实与事实不符。按查学衡杂志，乃私人团体之刊物，与东南大学始终无丝毫关系。此志乃民国九年冬梅光迪君在南京发起，旋因东南大学之教授欲加入者颇不少，梅君恐此纯粹自由之刊物，与学校公共团体牵混，而失其声光及意义，故迳主张停办。民国十六年冬，重行发起，社员咸属私人同志，散布全国。其中仅有三数人（在社员中为少数）任东南大学教职，然本志历来各期即已宣明"与所任事之学校及隶属之团体毫无关系"，盖学衡社同人始终不愿被人误认与东南大学或任何学校为有关系也。读者试阅学衡各期内容，则间弟［第］二十期以后，几无一篇之作者为东南大学教员。而民国十三年七月（本志第三十期）总编辑吴宓北上，所有社员分散，且无一人留居南京者。自是迄今，凡阅九载，学衡由三十期出至七十九期，总编辑吴宓长居北平，诸撰稿人无一在南京，而经费二千数百圆悉由吴宓与三四社友暨社外人士（有名单久已公布）捐助，未尝借用东南大学一张纸一管笔一圆一角之经费。夫其实情如此，而社会人士每以学衡与东南大学连为一谈，实属未察，而乃学衡社友尤

1922 年 1 月南京高师史地研究会全体会员合影，选自南京大学图书馆

其总编辑吴宓所疾首痛心而亟欲自明者也。今敬求贵刊将此函登载，俾清华同学校友均可明悉此中真象［相］。又附学衡社启事一纸，亦望赐登，以便世人得知学衡现状，及负责为何人。

　　吴宓　五月初四日

民国以来，言论、结社与出版自由，在新文化运动高涨后尤为明显，南京高师—东南大学，先后有"科学社""新教育共进社""史地研究会""学衡社""文学研究会""哲学研究会"等。社团风起云涌，是大学内部思想、学术自由的象征。这种以言论自由为标志的无恐怖状态，在 1928 年国民党"党天下"时代到来、党政军一体化统治后，即发生根本性改变。

　　在 1926 年 3 月 27 日"东南论衡社"成立及《东南论衡》出版发行

1922 年 4 月南京高师文学研究会全体会员合影，选自南京大学图书馆

之前，东南大学或任职于东南大学的思想文化界人士创办的刊物，主要有《新教育》《史地学报》《学衡》《文哲学报》《国学丛刊》。《东南论衡》的名字就有延续《学衡》在东南大学之意。

　　"东南论衡社"，主力仍是有留学经历的几位东南大学教授。《东南论衡》为周刊，每星期六出版。刊物自 1926 年 3 月 27 日—1927 年 1 月 15 日共出版 30 期。第 1 卷第 1 期刊出的《本刊启事一》说"本刊为纯粹公开讨论机关"。编辑部在东南大学。7 月初放暑假，7 月 3 日出版第 15 期后，暂时停刊。7、8、9 月不出版。第 16 期出版时间为 1926 年 10 月 2 日。

　　《东南论衡》刊出的《本刊启事一》：

　　　　本刊为纯粹公开讨论机关如承社外人士不我遐弃　　　宠锡
　　篇章无不竭诚欢迎尽优先选录来稿一经登载敬备薄贶（每篇千

1922 年 4 月南京高师哲学研究会全体会员合影，选自南京大学图书馆

字以上一元至五元为率）已答

　　雅意不敢言酬聊供钞胥之费云尔其不愿受者听惟以不盖私人钤记为号

《本刊启事二》：

　　本刊编辑计共九人凡自己署名所发表论文责任完全由各个人自负至外来稿件经本刊披露者其责任由投稿者及本社编辑共同负之

　　在《东南论衡》第 12、16 期的封二相继出现词句稍稍不同《本刊编辑部启事》，其中第 16 期内容为：

本刊为全国学者公开讨论机关主旨在博採群议研求真理无门户之见无畛域之分秉不偏不党之精神收切磋观摩之效用凡有足供讨论增见识之文不论其作何种主张或持何种意见均所乐为披露惟词涉谩骂意存攻击者恕不登录

三份"启事"可见,《东南论衡》抗拒白话文及新式标点符号。

其"博採群议研求真理无门户之见无畛域之分秉不偏不党之精神"与《学衡》宗旨中"论究学术,阐求真理""无偏无党,不激不随"完全一致。

同时在刊物封二或封三多次出现名为《学衡杂志》的广告,即介绍《学衡》。《学衡》侧重文化批评,《东南论衡》侧重时政批评。但在反对胡适及白话新文学这一点上,两个刊物保持一致性,即坚持刊登古体诗词曲。

《东南论衡》重要作者

《东南论衡》作者中,胡先骕、吴梅、张其昀是"学衡社"社员。其中胡先骕是政论、诗词的跨界作者。

有资格、有能力在《东南论衡》谈论时政,批评当下时局的几位作者,都是大学校长或日后国民政府部长,并且多有在国外留学经历。从政治、经济、军事、外交、教育,到学术研究、文学创作,他们都有相应的意见,体现出言论自由和参政议政的热情。如"中俄复交""学生运动与政治""美还庚款之分配""学阀问题""国民党问题""制宪运动""联省自治""北京血案"(三·一八)"教育独立""日本侵略东三省""赤化""言论自由""党化教育""劳资问题""反基督运动"等等,都是他们讨论的话题。

先后成为大学校长、部长的几位作者是：

陈茹玄（1894—1955），字逸凡，广东兴宁县人，留学美国伊利诺伊大学、哥伦比亚大学，政治学、法学专家。在郭秉文被教育部免去校长，新任校长胡敦复被学生赶走后，陈茹玄曾被新成立的校务委员会推选为主席，短期主持校政。他是刊物实际主持人，写文章最多。

胡先骕（1894—1968），字步曾，号忏盦，江西新建县人，获哈佛大学博士学位，抗战期间在江西创办中正大学，出任校长。

吴倚沧（1886—1927），字雨苍，广东平远县人，肄业于广东实业学堂，同盟会会员，参加广东新军起义，后赴美国伊利诺伊大学留学，此时任教于上海暨南学校，1927年代理国民党中央执行委员会组织部部长职务。

范存忠（1903—1987），字雪桥、雪樵，上海崇明人，此时为东南大学外文系学生，随后获哈佛大学博士学位，1956年始任南京大学副校长。

陈庆瑜（1899—1981），字瑾功，江苏常熟人，东南大学经济系毕业。1949年去台湾后，任"行政院"秘书长、"财政部"部长等。

李建勋（1884—1976），字湘宸，河南清丰县人，清末秀才，毕业于北洋大学师范班，留学日本广岛高等师范学校、美国哥伦比亚大学，曾任北京高等师范学校校长。

卢锡荣（1895—1958），字晋侯，云南陆良县人，1919年获哥伦比亚大学哲学博士，曾任东陆大学副校长。1927年4月，受国民政府委派，参与接管中央大学，出任中央大学文科主任、法学院院长。

蒋维乔（1873—1958），字竹庄，江苏武进人。曾任民国教育部秘书长、江苏省教育厅厅长。继郭秉文、胡敦复之后短期任东南大学校长。同时在东南大学开佛学课程。

《东南论衡》"文苑"栏目作者多是东南大学吴梅弟子、"潜社"

成员。

吴梅（1884—1939），字瞿安，号霜厓，江苏苏州人，"南社"社员。吴梅在北京大学执教 5 年后，于 1922 年 9 月到东南大学任教。吴梅特立独行，他以个人努力代表着文学传统在词曲上的坚守。因有北京大学任教的特殊背景，他虽是《学衡》作者，却不反对白话新文学，也不与新文学作家为敌，而是坚持向学生传授词曲理论，并以填词谱曲，特别是演唱词曲作为文学实践。因为在胡适的白话文学史观中，词曲本是白话演进的一个重要环节和过程，是格律诗进化演变，也是一代有一代之文学的进化标志。这一点，吴梅和胡适有共识。他自 1924 年 2 月始，与学生组织"潜社"，每一月或两月一聚，在游玩饮酒中填词谱曲。"潜社"分前后两个时期。前期以词为主，"后约为南北曲"。"社有规条三：一、不标榜；二、不逃课；三、潜修为主。"[7]1924 年春至 1926 年三年间，在东南大学词曲班上的学生有赵万里、陆维钊、孙雨庭、王起、王玉章、袁鸿寿、唐圭璋、张世禄、叶光球、龚慕兰、周惠专、濮舜卿等十多人，"潜社"习词活动，也由原来游玩饮酒中的填词谱曲，发展到印行刊物《潜社词刊》。作词容易度曲难，传统文人稍稍用力即可填词，但能度曲者很少。

在《东南论衡》发表文章的几个"潜社"成员是：

卢冀野（1905—1951），原名卢正绅，后改名为卢前，江苏南京人，此时为东南大学学生，同时写作白话新诗、古体诗词曲。

王玉章（1895—1969），江苏江阴人，1919 年入南京高等师范学校国文史地部，"史地学会"成员，1952 年以后任南开大学中文系教授。

周慧专又名周惠专，东南大学学生。

徐景铨（？—1934），字管略，江苏常熟人，南京高师"史地学会"成员，后任教于无锡国专，为《国风》作者。1934 年 7 月 1 日钱锺书在《国风》第 5 卷第 1 号上发表诗作《哭管略》。

张世禄（1902—1991），字福崇，浙江浦江人，1926 年毕业于东南大学，曾任教于中央大学，1952年以后任教于复旦大学中文系，著名语言学家。

唐圭璋（1901—1990），字季特，江苏南京人，此时为东南大学学生，曾在中央大学、金陵大学任教，1949年以后任教于南京师范大学中文系，编著有《全宋词》《全金元词》等。

在《东南论衡》发表文章的非"潜社"成员陈家庆（1903—1970），字秀元，号碧湘，湖南宁乡人，其兄长家鼎（汉元）、家蕭（寿元）、家杰（志元）与其姊家英（定元）皆为同盟会会员、南社社员。其兄家鼎为同盟会湖南分会的主要创立者，也因率弟妹四人一同加入南社而闻名。陈家庆先就读于北京女子师范大学，此时为东南大学学生。先后从刘毓盘、吴梅学习词曲。著有《碧湘阁词》，曾任教于安徽大学、重庆大学，1949年后任教于上海中医学院。其丈夫徐英为著名诗人、《学衡》作者，1949年后任复旦大学教授、石河子医专教授、上海文史馆馆员。

梁实秋（1903—1987）是《东南论衡》中最为特殊的一位作者。他说自己在学生时代写的第一篇批评文字《现代中国文学之浪漫的趋势》就是在哈佛读书时写的。随后他又写作《文学的纪律》《文人有行》，以至于较后对于辛克莱拜金艺术的评论，都可以说是受了白璧德的影响。他在反思五四新文学运动时，把视野投向西方，说这种浪漫趋势来自欧美，是对欧美文化思潮和文学思潮的移植，或者说是在中国的延续性表现，"现今中国的新文学就是外国式的文学"。他在《现代中国文学之浪漫的趋势》一文所揭示"新文学运动"的趋向是"浪漫主义"。他在《东南论衡》上连载《亚里斯多德以后之希腊文学批评》（第23、24期）、《西塞罗的文学批评》（第28期）。

他在清华学校读书时，专心研究新诗，1923年3月到南京东南大学拜访吴宓时，住在西洋文学系学生胡梦华的宿舍，并听吴宓、梅光迪讲课数日。后留学美国哈佛大学，接受新人文主义，1926年9月—

1927 年 4 月在东南大学任教。他在新文学领导人胡适和"学衡派"反新文学重要人物吴宓之间选择相对中立，不为《学衡》写文章，不加入"学衡社"，即不属于梅光迪所说的"学衡社"社员。他因毕业于哈佛大学，为白璧德门生缘故，1929 年，他作为新月书店总编辑时，编辑《白璧德与人文主义》一书由上海新月书店出版发行。内收文章包括胡先骕译《白璧德的中西人文教育谈》，徐震堮译《白璧德的人文主义》，马西尔著、吴宓译《白璧德之人文主义》，吴宓译《白璧德论民治与领袖》《论欧亚两洲文化》。而胡适正是新月书店和《新月》杂志的实际掌舵人。梁实秋身上兼具政治上的自由主义，与文化上的保守主义双重属性，所以他有游走两派之间的能力，并保持独立性。

胡先骕的坚持与转变

胡先骕为"南社"社员，宗法宋诗，推崇"同光体"。留学时，他和胡适、任鸿隽、陈衡哲、杨铨、唐钺、赵元任、张孝若等一起在《留美学生季报》上发表古体诗词。当胡适等转向白话新诗后，他是极端的反对者，《学衡》创刊初期为东南大学生物系主任、教授。主持《学衡》"文苑"时，把多位江西籍学人如汪国垣、王易兄弟、陈三立父子的诗词编进来；主持《东南论衡》时继续保持原《学衡》传统，开设"文苑"诗词栏目，并刊发自己的多首诗词。

他在《东南论衡》上刊发两篇重要政论文章《东南大学与政党》（第 1 期）、《学阀之罪恶》（第 6 期）。《东南大学与政党》一文，猛烈抨击北方新文化运动，点名批评胡适、陈独秀、吴稚晖、张东荪、李石曾及《新青年》《新潮》《晨报》《时事新报》。他特别强调说："东南大学与政党素不发生关系。言论思想至为自由。教职员中亦无党派地域之别。"东南大学"为不受政治影响专事研究学术之机关"。他指出自从易长风潮发生，"外间攻击郭秉文校长者，谓彼结纳军阀，又认郭为研究系，此乃最不平之事。郭氏为事业家，以成功为目的，对学术政治无一定之主张。此固其大缺点。然在军阀统治之下，欲求学校经济之发展，对于军阀政客与所谓之名人，势不得不与之周旋"。胡先骕以身处其中，又相对客观的言辞，说明东南大学无党派的自由情景："予为对于郭校长治校政策向表不满之人，即因其缺大学校长之度，无教育家之目光，但以成功为目的。然退一步论之，处今日人欲横流道德颓落之世，责人过苛，亦非所宜，统观今日之大学校长，自蔡孑民以下能胜于郭氏者又有几人乎？然在郭氏任内，一方请梁任公演讲，一方学衡社同人即批评戊戌党人；一方请江亢虎演讲，一方杨杏佛即兴之笔战。大学言论自由，亦不过如此而已。"[8]

《学阀之罪恶》一文中，延续他一贯的批胡立场。他说："吾国学阀之兴，始于胡适之新文化运动。胡氏以新闻式文学家之天才，秉犀利之笔，持偏颇之论，以逢迎青年喜新厌故之心理。风从草偃，一唱百和。有非议之者，则以憸薄尖刻之恶声报之。陈独秀之流，复以卑劣政客之手段，利诱黠桀之学生，为其徒党。于是笃学之士，不见重于学校，浮夸之辈名利兼收。"胡先骕还进一步列举学阀、政客对教育抱有怀疑态度，以教育为武器，学生为爪牙，破坏固有文化，倡虚伪之教育，不顾国家命脉等多种罪状。"学阀"们"据学校为渊薮，引学生为爪牙"，"卑劣远胜于官僚"，"横暴倍蓰于武夫"。最后他表示要把"学阀""投诸豺虎，投诸有北"，使之"匿迹销声于光天化日之下"。[9]

《东南论衡》只生存了两个学期，但吴宓在清华大学仍艰难地支撑着《学衡》。时间和现实生活会改变人际关系，《东南论衡》停刊之后，胡先骕与胡适关系缓和，不再出谩骂之声，在一定程度上接受了新文化和"新式讲国学者"。同时胡先骕与吴宓的矛盾凸显。1927 年 11 月 14 日胡先骕到北平与吴宓相聚会之后，吴宓在日记中记述《学衡》社友如今已无法做到"志同道合"的实情，他说："始吾望胡之来，以为《学衡》社友，多年暌隔，今兹重叙，志同道合，必可于事业有裨。乃结果大失所望。盖胡先骕不惟谓（一）专心生物学，不能多作文。（二）胡适对我（胡）颇好，等等。且谓（三）《学衡》缺点太多，且成为抱残守缺，为新式讲国学者所不喜。业已玷污，无可补救。（四）今可改在南京出版，由柳〔沈按：柳诒徵〕、汤〔沈按：汤用彤〕、王易三人主编。（五）但须先将现有之《学衡》停办，完全另行改组。丝毫不用《学衡》旧名义，前后渺不相涉，以期焕然一新。而免新者为旧者所带坏云云。"[10] 在吴宓提出改良内容，仍用《学衡》名义办下去的建议时，胡先骕断然否定，认为"《学衡》名已玷污，断不可用。今之改组，决不可有仍旧贯之心，而宜完全另出一新杂志。至于原有之《学衡》，公（指宓）所经营者，即使可以续出，亦当设法停止云云。"[11] 胡先骕所期待的"完全另出一新杂志"，即 1932 年 9 月中央大学创办的《国风》。

卢冀野在《东南论衡》崭露头角

1926 年，中国政治正走向国共合作，欲推翻北洋政府。"三一八"执政府屠杀学生的惨案，导致广大青年学子对政府失望，并纷纷投身革命。他们以高昂的热情，迎接"大革命"的到来。党派势力利用学潮由此开始，所以傅斯年 1946 年 8 月 4 日在北平《经世日报》上发表的《漫谈办学》一文中强调五四学潮是纯粹的学生爱国运动："五四与今天的学潮大不同。五四全是自动的……我深知其中的内幕，那内幕便是无内幕。"[12] 东南大学校园更乱，自 1925 年 1 月郭秉文被免除校长一职后，这所学校在新校长任命上，陷入北洋政府与国民党势力、江苏地方势力和各派教授之间争斗的泥潭。多位校长，走马灯式上场，又被赶下或自动辞职，加上国民党执政带来的新变，这所学校有八年的动荡不安，直到 1932 年罗家伦出任校长，才稳住学校大局。

在南北政治势力纷争的 1926 年，被搅乱的大学校园，年轻学子能够静下心来写诗的，的确是少数。这一年，南京校园文坛属于卢冀野。在北方新文化中心北京大学、清华学校、北京女子师范大学、燕京大学校园作家、诗人群星闪耀之后，东南大学在校学生卢冀野以白话新诗集和古典词曲并举之强势崛起。《东南论衡》及时充当了卢冀野展示才华的舞台。

14 岁（1919 年）即被新文学启蒙的少年诗人卢冀野，1922 年 8 月 15 日南京高等师范学校附属中学毕业后，在附中谋得一校刊编辑职位，创作了这首白话新诗《记得》：

> 记得那时你我年纪都小，
> 我爱谈天你爱笑；
> 有一回相肩坐在桃花下，
> 风在林梢鸟在叫。
> 我们不知怎么困觉了，
> 梦里花儿落多少？
>
> 记得是你年十岁我十一，
> 同在你家度七夕；
> 我们共卧在那庭院儿里，
> 数着残星问了你，
> 问你：我织女姑娘儿可愿意？
> 你笑咪咪，我也喜。
>
> 记得五年来你我各西东，
> 来匆匆，去也匆匆！
> 不想到在他乡一笑相逢，

欢快转疑是梦中？

那知道相对默默竟无言；

你颈儿垂，脸儿红！

　　17 岁创作，18 岁刊出的这首新诗《记得》是《劫火》组诗的其中一首，刊发在 1923 年 3 月 1 日上海李石岑主编的《民铎》杂志第 4 卷第 1 号。这个刊物包容了文学研究会、创造社、新月社及研究系的多方作者，仅这一期上，就有李石岑、严既澄、郭任远、朱谦之、徐志摩、郭绍虞、郑振铎、耿济之、王恩洋这些五四新文化运动的一代名流。1923 年 9 月，卢冀野被南京高等师范学校附属中学保送入东南大学国文系，1926 年印行新诗集《春雨》时，改《记得》题名为《本事》，删改后诗句简洁、凝练：

记得那时你我年纪都小，

我爱谈天你爱笑；

有一回并肩坐在桃花下，

风在林梢鸟在叫。

我们不知怎么样困觉了，

梦里花儿落多少？

　　1934 年，《本事》经由黄自谱曲，收入小学音乐课本，经久传唱。"桃花"改为"桃树"，童真、清纯、澄明，更适合小学生阅读、传唱——因为桃花在诗词中有情色的文学隐喻。

记得当时年纪小，

我爱谈天你爱笑；

有一回并肩坐在桃树下，

风在林梢鸟在叫。

我们不知怎样睡着了，

梦里花落知多少？

正是这首修改、删节后谱曲的《本事》，被作家三毛借用了一次。被郭敬明借用了第二次（作为小说结尾）。还都用《梦里花落知多少》作书名。

《本事》给一代人留下了文学记忆，传唱在琼瑶小说《船》[13]、宗璞小说《东藏记》中[14]。

1928 年，卢冀野编辑新诗集《时代新声》，收录胡适、沈尹默、冰心、刘复、刘大白、俞平伯、朱自清、郭沫若、徐志摩等二十多位诗人的作品，由上海泰东书局出版。1930 年，他在开明书店出版了第二本新诗集《绿帘》。

大学的几年，吴梅改变了卢冀野的文学人生和学术人生。1926 年，他创作了五部戏曲：正目《琵琶赚蒋檀青落魄》《茱萸会万苍头流涕》《无为州蒋令甘棠》《仇宛娘碧海恨深》《燕子僧生天成佛》。《东南论衡》上连续刊登四部，依次是《燕子僧生天成佛（鸠由韵）》（第 5 期）、《仇宛娘碧海恨深（齐微韵）》（第 17 期）、《琵琶赚（家麻韵）》（第 23 期）、《茱萸会（萧豪韵）》（第 29 期），这四种曲本发表时有三种都是署名"卢冀野原稿，吴瞿安删润"或"卢冀野原稿，吴瞿安润辞"。这四个曲本与《无为州蒋令甘棠》合印本为《饮虹五种曲》（《琵琶赚》《茱萸会》《无为州》《仇宛娘》《燕子僧》）。

1929 年 3 月 4 日，原东南大学同学，此时任教于清华大学的浦江清以"毅"为笔名，专门为他写了书评《卢冀野五种曲》，刊登在天津《大公报·文学副刊》第 60 期上。

卢冀野在《东南论衡》还刊有词《台城路》《金缕曲》等十多首，书评《读王次回〈疑雨集〉》，研究论文《泰州学派源流述略》《再论泰州学派》《清代女诗人一瞥》《所望于今之执笔者》。可以说吴梅在 1926 年 3 月至 1927 年 1 月近一年三十期《东南论衡》上，集中推出自己最得意的诗词曲传人卢冀野。这一年，卢冀野 21 岁。

更为重要的是，卢冀野也因此从白话新诗转向古体词曲，《春雨琴声》（第 8 期）一文展露了他这一转变的心迹。

卢冀野 1926 年转向的时间，正是闻一多在《晨报·诗镌》发表《诗的格律》（5 月 13 日）之年。闻一多提出音乐美、绘画美、建筑美，是对白话自由诗发展十年的反思和反拨。闻一多在美国是学美术的，也有古诗格律的旧学基础，但相对于卢冀野这样真正懂得音律并写作词曲的诗人，就显出弱势。卢冀野在《春雨琴声》一文中说：

> 自胡适倡诗体解放，举国风从；光怪陆离，日甚一日；牛鬼蛇神，登骚坛而为盟主。五年前，予亦尝与二三子埋首为之，尝促膝斗室，相与纵谈：使民国后，能别创格调，以适新乐；远承词曲之遗，近采欧西之萃；亦盛事也，既而颇以为苦，成稿弃置箧中，自此不复下笔；去年，有友自海上来，谓武昌盲音乐家昌烈卿先生，精乐理，愿为予逐首制谱，共三十有二章，五月而就；集为一卷，名曰《春雨》。[15]

文章后面，卢冀野引出三首新诗，其一为《阳关曲》：

> 一行杨柳，
> 二分明月；
> 记得别离时，
> 恰是这般时节。
>
> 当日离情切切，

却不道重来告别！

是多少时光偷过了？

城南陌上花如雪。[16]

其三为《怀田汉》：

初逢在静安寺外，

握手相看一笑。

绿酒红灯都成梦了！

今夜风寒如许！

望望这明月江天，

照着几个飘零诗侣？[17]

象形表意汉字，形声合体，传统诗学的声韵格律，建立在这个基石之上。白话新诗革命倡导者胡适的理想，是要通过形式解决内容问题。形式易改，而汉语的诗意弱化了。不讲声韵，音乐美感失去了。闻一多、卢冀野反思白话诗革命，在为新诗寻求发展变革的新路径。卢冀野的新诗，将小令、词、曲的形式，赋以新思想、新生活、新意境的创造性转化，并且是自觉的。将新诗、词曲创作打通，并以坚实的学术研究作为依托，是卢冀野的文学路向，他在雅俗、古今、新旧之间，寻求化解内在紧张的元素，成功消弭了其间的对立、疏离或人为设置的壁垒。

卢冀野不属于梅光迪所说的"学衡社"社员，但他的文学主张、学术观念十分契合《学衡》宗旨中所说的"昌明国粹，融化新知"。卢冀野传承吴梅曲学，成就最大；"以纯熟的技巧择适宜的体裁，装进丰富的材料，造成活泼的意境"，他的新诗创作又独树一帜。

1938 年 10 月 10 日、19 日、21 日下午 7 时，卢冀野在中央广播电台讲《民国以来我民族诗歌》，演讲收录入《民族诗歌论集》，由重庆国民图书出版社 1940 年出版发行。他说"与新体白话诗相反对的主张，以'学衡派'为代表。胡步曾先生的《中国文学改良论》《文学之标准》《评〈尝试集〉》《评〈五十年来中国之文学〉》，这几篇论文皆抨击胡适而击中要害。……力持以新材料入旧格律的主张者是吴雨僧先生。"[18]他最后明确提出："我们现有的意识与材料和前人都不尽同。只要能以纯熟的技巧择适宜的体裁，装进丰富的材料，造成活泼的意境，自然成其为我们中华民国的诗歌。……把民族精神与时代精神反映到诗歌之中……所以先要舍弃以往诗人晦涩、居奇、鄙陋、享受诸旧习。发挥诗的力量，给他成为全民族的歌声！"[19]这充分体现了卢冀野超越新旧之争，融合外来与本土，进而将材料、技巧、体裁、意境合理会通，行至于文字的诗学观。

注释：

[1]塞缪尔·亨廷顿:《作为一种意识形态的保守主义》(王敏译、刘训练校)，《政治思想史》2010 年第 1 期。

[2]吴宓:《吴宓自编年谱》第 229 页。

[3]胡适:《日记 1921 年》，季羡林主编《胡适全集》第 29 卷第 373 页。

[4]胡适:《日记 1925 年》，季羡林主编《胡适全集》第 30 卷第 191 页。

[5]吴宓:《吴宓自编年谱》第 254 页。

[6]梅铁山主编、梅杰执行主编《梅光迪文存》第 553 页。

[7]吴梅:《吴梅全集·瞿安日记》第 28 页，河北教育出版社，2002。

[8]《东南论衡》第 1 卷第 1 期（1926 年 3 月 27 日）。

[9]《东南论衡》第 1 卷第 6 期（1926 年 5 月 1 日）。

[10] 吴宓:《吴宓日记》第三册第 437 页，生活·读书·新知三联书店，1998。

[11] 吴宓:《吴宓日记》第三册第 438 页。

[12]《傅斯年全集》第 7 册第 317-318 页，台湾联经出版事业公司，1980。

[13] 琼瑶:《船》第 168 页，台湾皇冠杂志社，1981。

[14] 宗璞:《东藏记》第 345-346 页，人民文学出版社，2001。

[15]《东南论衡》杂志第 1 卷第 8 期（1926 年 5 月 15 日）。

[16]《东南论衡》杂志第 1 卷第 8 期（1926 年 5 月 15 日）。

[17]《东南论衡》杂志第 1 卷第 8 期（1926 年 5 月 15 日）。

[18] 卢前:《卢前文史论稿》第 279-280 页，中华书局，2006。

[19] 卢前:《卢前文史论稿》第 281 页。

第十二章

南渡西迁

自 2017 年开始，我利用中国第二历史档案馆新开放的档案文献，与当事人的日记、书信、回忆录互证，同时行脚到长沙、衡山、昆明、城固、南郑、勉县，现场勘查，置身危急时刻大学南渡、西迁的历史现场，确定长沙临时大学第一区、西安临时大学第二区组建的基本事实。这里，我首次以编年史的精准叙事，明确最初动议者、决策者、经费及文学活动，同时展示中央大学等西迁重庆组建第三区之前的艰难过程，进而触摸民国文脉战时的律动，感受文化教育抗战的巨大能量。

迁校动议人、决策者和经费来源

日本侵华战争，给中华民族带来了巨大的灾难与牺牲。建设逐步完备的现代大学体系，面临入侵者炮火的欺凌与肢解。为保存民族的文化火种，济苍生安黎元，国立大学、私立大学、教会大学相继南渡、西迁。

维时遭艰虞。谁是南渡、西迁的最初动议者？

1950 年底，即傅斯年去世十天后，罗家伦在《元气淋漓的傅孟真》一文中说："在抗战开始的时候，将北大、清华、南开三校合组而为西南联合大学的主张，是孟真出的，他为西南联大，颇尽维护之能事。"这里"西南联合大学"说法虽不准确，却披露了一个重要的信息，即傅斯年是 1937 年抗战之初，大学南渡、西迁的最初动议者。但这只是孤证。

谁是最终决策者？钱从哪来？

历史在细节中。2016 年 12 月，中国第二历史档案馆教育部档案开放，国民政府教育部部长王世杰的电报手稿显示出了大学南渡、西迁的最终决策者。即王世杰在电报中说，他与胡适、傅斯年等商议，将平津高校撤离后，在长沙、西安建立临时大学。

下面将展示具体的筹划日程及细节。

1937 年 7 月 7 日，卢沟桥抗战枪响。17 日，蒋介石主持召开庐山谈话会，并发表《对卢沟桥事件之严正声明》，号召全民御敌，共负守土抗战之责。许多大学校长、著名教授，文教界中流砥柱，如王星拱、任鸿隽、竺可桢、何炳松、吴贻芳、张寿镛、徐诵明、张伯苓、陈垣、梅贻琦、陆志韦、邹鲁、罗家伦、蒋梦麟、刘湛恩、胡适、傅斯年、丁西林等应邀参会。全国上下抗战意见统一，连 1927 年 4 月因刊发《请看今日之蒋介石》而遭"通缉"，流亡日本十年的郭沫若也在 1937 年 7 月 27 日下午秘密回到上海，参加抗战。国民政府行政院政务处处长何廉亲自到码头迎接。

同日，国民党中央执行委员会宥字第五四七号函开：

> 案奉中央执行委员会二十六年七月二十七日宥字第五四七号函开：查郭沫若前因政治关系，经中央监察委员会，于十六年五月廿一日咨请政府严令通缉归案究办在案。兹经本会决定：郭沫若应予取消通缉，除函中央监察委员会外，相应函达查照办理，等因自应照办，合行令仰行政院、司法院及军事委员会知照，并饬当地一体知照。[1]

一苇所如凌万顷。党政军高层联动，以对郭沫若"取消通缉"为标志，开启战时政治改革。31 日，上海《立报》即刊出了国民党中央执行委员会这份"郭沫若应予取消通缉"的公函。这是文化教育界抛弃政治前嫌，团结一致，形成抗日统一战线的重要事件，如棠棣之华。

从庐山下来的多位校长及著名教授，聚在南京，共商高校面临的艰难及解救措施。因为7月28日深夜至29日凌晨，日军出动飞机炸毁了私立南开大学校舍。这是继1932年1月28日至2月1日日军侵犯上海时，炸毁商务印书馆及东方图书馆后，又一次针对中国文化教育机构的定点毁灭，迫使中华民族文化教育抗战合力的形成。

据竺可桢日记所示，8月1日上午10点，竺可桢、梅贻琦到南京衡山路中央研究院总干事傅斯年家，商谈在长沙租屋，作为中央研究院及清华大学避难之所。2日上午，在南京中央研究院总办事处召开院务会议，总干事傅斯年报告中央研究院迁长沙之事。当晚，傅斯年在史语所宴请张伯苓、胡适、陶希圣、梅贻琦、曾昭抡、何廉、竺可桢等人，继续讨论迁移事项。因为清华大学正在长沙建立分校，校舍施工建设中（原址上修建的楼舍，现在中南大学校区内）；中央研究院已在长沙筹建了工作站。[2]

3日，教育部部长王世杰在家约胡适之、吴达铨（鼎昌）、周梅荪（炳琳）、彭浩徐（学沛）、罗志希（家伦）、蒋梦麟密谈。[3]

3日，教育部公布《战区内学校处置办法》，规定北平、天津等已发生战事的战区，"于战事发生或逼近时，量予迁移，其方式得以各校为单位，或混合各校各年级学生统筹支配，或暂行归并，或暂行附设于他校"。"国立各校由本部依照前条之规定，查酌情形，径行处理。"

6日，中央研究院总干事傅斯年致蔡元培院长信，说此时在长沙有设立"临时大学第一区"之计。[4]同时教育部出台了临时大学区划细节。

1927年6月—1929年6月，国民政府大学院（院长蔡元培）第一次划区管理，设立多个大学区；1937年8月，国民政府教育部第二次划区管理。临时大学第一区设在长沙；临时大学第二区设在西安；临时大学第三区地址在选择中，即日后分别设在四川重庆、成都的大学区。

15 日，中央大学校长罗家伦发布公告：

> 本京随时有遭空袭可能，应立即举办下列各事项：
>
> （一）设置避难所，用箭号标明（于钢骨水泥建筑内设置为安）。
>
> （二）加紧添筑防空壕。
>
> （三）举行防空演习（本日先举行避难室演习）。
>
> （四）全校校工分队编制，分区防守火警。
>
> （五）消防队随时准备待发。
>
> （六）各院组馆昼夜有职员四人轮值。
>
> （七）留校学生（无论在受军训期间内者与否）一律由军事教官编队，遇空袭时，应一律分队集合，循序分赴避难所。
>
> （八）拟制调查表，调查学生之（1）志愿战时服务或继续随校求学；（2）如愿服务，有何种专长？（3）家庭关系允许其服务或求学与否？调查完毕后，听候审核。
>
> 校长　罗家伦
> 八月十五日 [5]

因中英庚款董事会董事长朱家骅此时为浙江省主席，中英庚款董事会日常事务由干事杭立武具体负责，21 日，杭立武约教育部部长常务次长周炳琳与胡适、傅斯年商谈救济大学教育问题：将来各大教员有余人，可送往边地大学服务；将来宜在内地筹设一个科学工程研究所，以应付国家的需要。这在胡适日记中有记录。[6]

杭立武与周炳琳、胡适、傅斯年商谈之后，即由教育部部长王世杰致电浙江省主席、中英庚款董事会董事长朱家骅，说与胡适、傅斯年等商议，将平津高校撤离后，在长沙、西安建立临时大学，需要一百万元，提议由朱家骅主持管理的中英庚款中拨出若干成，并盼能分两期拨款。

> 杭州省政府朱主席骝先兄

> 惠鉴□密。战区扩大，全国高等教育多受影响，平津尤甚，近与适之、孟真诸兄细商，拟在长沙、西安两处筹设临时大学各一所。长沙一所已租定圣经学校房屋为校址，拟由北大、清华、南开三校合并办理，并由中研院予以赞助；西安一所拟由平津国立他校合办，俾平津优良师资不至无处效力，学生不至失学。其经常费拟就各原校原有经费酌量扩充，唯开办费须另设法。拟恳兄主持由中英庚款拨长沙、西安两所开办费共一百万元。其中，有若干成可即以中英庚款会原助平津各学校及其他机关之款移充，余请另行筹拨，并盼能分两期拨款。此事意在集中原有力量，于内地创造一、二学术中心，以求效力国家，务恳吾兄予以鼎助。　再此事原拟请孟真兄偕锡朋赴杭面商，以交通不便，用特电商，敬祈电示尊意。

> 弟　世○锡○炳○（日）

> 同叩

> 此电即发

> 世杰　廿六、八月廿一日[7]

"世○锡○炳○"为王世杰、段锡朋、周炳琳。

查朱家骅《中英庚款十年来管理概况》，却没有提及这项拨款份额。[8]

但王世杰1937年8月29日的日记提及另一份南迁所需款项：

> 今日与中美庚款董事会商定，由该会移拨五十万元，助长沙、西安两处成立临时大学。[9]

1937 年 8 月 24 日，教育部部长王世杰分别致电湖南教育厅厅长朱经农、清华大学校长梅贻琦（月涵），就在长沙建立临时大学事交涉。[10]25 日，教育部部长王世杰致电陕西省主席孙蔚如，就在西安建立临时大学事交涉。

> 即发　杰　八、廿五
>
> 西安陕西省政府孙主席蔚如兄勋鉴：承枉驾失迎，走访未遇为怅。李委员志刚已晤。本部为使平津各校师生迁地研习并（为）发展西北高等教育创立基础起见，决定在西安设一临时大学，谅荷赞助。俟筹备委员会成立，当即派员前来进行办理。惟将来建筑地基及暂时必须之校舍，尚望吾兄饬属预为规画。不胜感激。
>
> 弟王〇〇叩　印　[11]

26 日，教育部部长王世杰核准，聘周炳琳、梅贻琦、蒋梦麟、张伯苓、傅斯年、胡适、杨振声、何廉、皮宗石、朱经农、顾毓琇为国立长沙临时大学筹备委员会委员。

28 日，教育部高等教育司分别致函北大、清华、南开等校校长，表示"奉部长密谕：指定张委员伯苓、梅委员贻琦、蒋委员梦麟为长沙临时大学筹备委员会常务委员，杨委员振声为长沙临时大学筹备委员会秘书主任"。

9 月 1 日，教育部部长王世杰核准，聘李书华、李蒸、徐诵明、李书田、臧启芳、辛树帜、周伯敏、童冠贤、陈剑修为西安临时大学筹备委员会委员。

2 日，教育部正式在西安、长沙分设临时大学。[12]

4 日，上午，南京中央大学召开校务会议，参加者孙光远、童冠贤、艾伟、戚寿南、邹树文、罗家伦、张广舆，校长罗家伦主持，讨论本校择地迁校筹备开学案、附属实验学校应如何开学案、专任教授讲师集中案、各院系助教应如何处理案、本校教职员同人认购救国公债案。决议（摘录）：

> 重庆如有适当地址，则迁重庆，否则迁成都。以最大之努力准备于十一月一日开学。各院系并以集合一地上课为原则。
> 小学、幼稚园暂停。
> 高初中部在南京附近地方择地开学，学生中之不愿前往者，得由该校发给证明书，令其借读。
> 专任教授讲师应于九月廿日在南京本校集合。
> 九月廿日不到而又无亲笔函件说明理由者，八月份薪水一律停发。
> 九月廿日未在南京集合之专任教授讲师应于十月十日在武汉集合，其不到者解除聘约，并不发给八、九两月份薪。
> 兼任教授讲师因本校迁移，事实上难以到校上课，其聘约一律无效。
> 专任教授讲师如确有被困战区等特殊情事时，得考核情形办理。[13]

9月10日，教育部发布第16696号令，决定北京大学、清华大学、南开大学及中央研究院部分师资南迁长沙，合组长沙临时大学。北平大学、北平师范大学、北洋工学院及北平研究院部分师资西迁西安，合组西安临时大学。

由北京大学、清华大学、南开大学在长沙组建长沙临时大学；平津其他高校西迁，在西安建立临时大学之事，尘埃落定。

9月23日，教育部批复中央大学西迁重庆。

同时决定，长沙临时大学11月1日正式开学。

在日军的炮火碾压式打击下，中国大学团结自救，浴火前行。

1938 年 1 月 1 日，国民政府明令裁撤针对共产党人"政治犯"的反省院，"犯人"取保释放。兄弟阋于墙，外御其侮。这是抗战需要，国共两党联合，淡化党争的基本措施。[14]4 月 2 日，长沙临时大学改名为国立西南联合大学；15 日，西安临时大学改称国立西北联合大学。[15]

"停云千古留大名"

家国不幸诗人幸。战火中的流亡离散，对于教授、诗人来说，是极端的生命体验，也铸就出崭新的文学创作形态：抗战文艺。

据《吴宓日记》所示，1937 年 11 月 10 日，吴宓自天津乘船，13 日抵达青岛，经济南、徐州、郑州、汉口，19 日到达长沙，与先期到达的沈履、潘光旦相见，随之访湖南省教育厅厅长朱经农、清华大学校长梅贻琦，得知临时大学文学院现在设于衡山的南岳圣经学校。

12 月 6 日，吴宓与汤用彤、贺麟、钱穆等同车到达衡阳。7 日，入住南岳圣经学校临时大学文学院所在之山坳，居于 384 级台阶之上的圣经学校宿舍"停云楼"，与先期到达的钱穆、柳无忌、朱自清、浦江清、钱穆、陈梦家、闻一多、沈有鼎等同住。与冯友兰、叶公超等相见，开始接课。

有关长沙临时大学及西南联大的回忆文章很多，文学追忆是对历史真实的补充和个体心态、境遇的记录。在我行脚所至，步步文学踪影。这里只选择与长沙临时大学在南岳衡山的有关部分。

日月不住空，诗人临风。临时大学文学院教学、生活维艰，但元气淋漓。先期到达者的情况，柳无忌在 12 月 1 日日记中有记录，他说"同事容肇祖作打油诗数首，套射在此楼居住之人士，颇饶兴趣，借录如下"。这一组诗将到此任教的部分教授与教育部职员的名字嵌入：

冯阑雅趣竟如何（冯友兰）

闻一由来未见多（闻一多）

性缓佩弦犹可急（朱佩弦）

愿公超上莫蹉跎（叶公超）

鼎沈洛水是耶非（沈有鼎）

秉璧犹能完莹归（郑秉璧）

养士三千江上浦（浦江清）

无忌何时破赵围（柳无忌）

从容先着祖生鞭（容肇祖）

未达元希扫虏烟（吴达元）

晓梦醒来身在楚（孙晓梦）

皑岚依旧听鸣泉（罗皑岚）

久旱苍生望岳霖（金岳霖）

谁能济事与寿民（刘寿民）

汉家重见王业治（杨业治）

堂前燕子亦卜荪（燕卜荪）（此绝句为冯芝生作）

卜得先甲与先庚（周先庚）

大家有喜报俊升（吴俊升）

功在朝廷光史册（罗廷光）

停云千古留大名（停云楼，我们的宿舍）[16]

关山南岳，声发衡阳，天光云影共诗歌。

诗中所记罗廷光、吴俊升分别是教育部的秘书、高等教育司司长，是来协调临时大学文学院迁居衡山南岳圣经学校之事。两位写作白话新诗的朱佩弦（自清）、闻一多被套进了看似打油的古体诗中。

此时，三校的国文、外文、历史、哲学四大系整合为临时大学文学院，冯芝生（友兰）为文学院代理院长。秋水揽星河，冬雪追岁月，东南箭金。威廉·燕卜荪是英国著名诗人、批评家，作为外籍教授，他与南渡的北京大学文学院师生一同到了南岳，并著有234行的长诗《南岳之秋》。我这里节录王佐良《英国诗选》（上海译文出版社1988年版）中的译本：

> 同北平来的流亡大学在一起
>
> 它是佛教圣山，本身也是神灵
>
> "灵魂记住了"——这正是
>
> 我们教授该做的事
>
> 课堂上所讲一切题目的内容
>
> 都埋在丢在北方的图书馆里
>
> 我们讲诗，诗随讲而长成整体
>
> 而我算是兄弟，这倒也值得捧场
>
> 同朋友痛饮开怀
>
> 诗讲得成为一种乐趣
>
> 我忽然感到不设法飞去
>
> 我们在这里过了秋天
>
> 那可爱的晒台已经不见
>
> 正当群山把初雪迎到
>
> 溪水仍会边流边谈边笑

威廉·燕卜荪与中华民族一同经历这最艰难的岁月，并以诗歌记录下南岳临时大学文学院师生的真实生活。层林尽染，天凉好个秋。又见雪冬，弦歌依旧。

八十六年后，炎炎夏日，我随岳麓学人拾级登楼，满目青山，无云停聚。与山风相拥，在威廉·燕卜荪"可爱的晒台"相逢，溪水仍边流

沈卫威在南岳衡山停云楼（2023 年 6 月 4 日）˙易彬拍摄

边谈边笑。用脚步丈量柳无忌、钱穆、吴宓及燕卜荪诗文所记，钟期既遇奏流水，重绘文学地图。

两个月后，教育部决定长沙临时大学西迁昆明。居于南岳圣经学校的临时大学文学院师生，随之又准备西行。

烈士命短，儿女情长。花自飘零水自流，星光不语添新愁。长沙、衡山对于吴宓来说，一是《学衡》杂志停刊四年后，他能与《学衡》的支持者、明德中学校长胡元倓及明德同人刘朴、胡徵等在楚地相聚，故人重逢诗骚中。二是让他在烽火佳人的特殊境遇中，经历苦难风流的神游迷狂。眼前这个吴宓暗恋的姗姗女子，兰膏明烛华容备，将成为别人（陈之迈）的新娘，吴宓痴情原地难自禁，单相思的热情被吹散在寒冷的风中；远在香港的前总理（熊希龄）夫人，吴宓追求多年的海伦，12 月 25 日，新寡落寞。吴宓被痴情困，太执念，刚下眉头，却上心头，一场游戏一场错。南岳圣山可避一时之难，却不灭死灰复燃的期待，不解情丝缠绕的烦恼，只好在日记中念念叨叨，表演相思苦愁，任孤独折磨。

1938 年 2 月 20 日，南开学生刘兆吉（1913—2001）参加了由二百多位教授、学生组成的"湘黔滇旅行团"，从长沙徒步，4 月 28 日走到昆明。此行，由闻一多、黄钰生、李继侗及曾昭抡教授带领，跋山涉水，走了六十多天。沿途多位学生参与收集散落在民间的歌谣，最终由刘兆吉主持整理成《西南采风录》。这是西南联合大学形成过程中产生的一个民间文学经典选本。

1940 年底，刘兆吉先将《西南采风录》稿本送到教育部社会教育司。1941 年 2 月 1 日，他又托人直接将《西南采风录》送交重庆青木关教育部教科用书编辑委员会民众读物组，请求出版。民众读物组随即将此书稿转给了国立编译馆。因战时出版条件困难，没有办法出版这本书，此书稿被搁置。1945 年 2 月 7 日，刘兆吉致函教育部，请求发还《西南采风录》一稿，以便出版发行。抗战胜利后的 1945 年 10 月 15 日，在重庆沙坪坝私立南开中学任教的刘兆吉致信教育部部长朱家骅，询问 1940 年送呈的《西南采风录》印刷出版事宜。朱家骅将信转给教育部社会教育司，并由国立编译馆立即查证落实此事。

他的努力，得到教育部的回复及批示。随之，教育部给他落实了 400 元出版奖励。

1946 年底，上海商务印书馆印行了《西南采风录》。这是湘黔滇旅行团二百多个学生最重要的文学收获和历史记忆，在这本书上，朱自清、黄钰生、闻一多都写有序言。风流烽火中，行行重行，风雅诗颂。

西南联合大学西迁昆明途中，1938 年 12 月，在广西宜山产生了罗庸（膺中）作词、张清常制谱的这首著名校歌《国立西南联合大学校歌》（1939 年校方正式确定时，个别字词有改动）：

万里长征，辞却了五朝宫阙，暂驻足，衡山湘水，又成离别。绝徼移栽贞干质，九州遍洒黎元血。尽笳吹弦诵在山城，情弥切。

千秋耻，终当雪；中兴业，须人杰。便一成三户，壮怀难折。多难殷忧新国运，动心忍性希前哲。待驱除倭虏复神京，还燕碣。

衡山秋点兵，笳吹弦诵，孕育此歌满江红。

灵魂记住了。大学南渡西迁，是要保护民族文化的命脉。文学与玄学有内在的情感关联，以及不可言说的玄机。家住南京衡山路的傅斯年，是北方三所高校南渡长沙的最初动议人，长沙临时大学文学院随即驻足衡山；联合大学校歌用"一成三户，壮怀难折"表达"驱除倭虏"的坚定信念，则是化用"楚虽三户，亡秦必楚"的楚人谶语誓言，1945年8月21日，战败的日军正是在楚地湖南芷江受降，还我河山。系铃解铃。抗战胜利，国民党政府任命傅斯年在胡适回国之前代理北京大学校长。傅斯年将此比作是"宋江出马，李逵打头阵"。他为北京大学从昆明西南联合大学分离，北归燕碣，出力最大。

我曾四次到纽约拜访抗战时期的流亡学生、散文家王鼎钧，得知抗战时期产生了三千六百多首抗战歌曲。这首校歌是历史的重要见证。

诗情激活历史，见证苦难与文学。特别是民族危急时刻，新旧文学作家团结，古体格律与白话口语共生包容，被五四白话新文学重压的古体诗词曲赋全面复活，发挥出文学抗战的重要作用。这种文学古典主义形式的复兴，也成为抗战文艺新格局中情感与形式的一个亮点。特别是学衡派主要成员吴宓、胡先骕、陈寅恪的古体诗创作，呈现出新的峰值，如胡先骕仿杜甫《北征》创作的《南征》，名噪一时；学衡派的后起之秀卢前1938年5月主编的《民族诗坛》在武汉创刊，更是以刊登古体诗词为主；以写作白话新诗登上文坛的中央大学学生沈祖棻，从南京辗转跋涉到成都,有《涉江词》出手。以至于二十年前反对南京高等师范学校—东南大学"诗学研究号"古体诗作的叶绍钧、沈雁冰等也都转向古体诗写作。这正是民族危急时刻给文学界带来的一次整合与民族文化诗学认同。诗词歌赋,涛声依旧,回归旧体文学形式,不仅仅是文学古典主义的复活,更是民族精神借助诗词的一次重新凝聚、诗可以群,兴正气歌。

注释:

[1] 中国第二历史档案馆三四—1107,第 90-91 页。

[2] 竺可桢:《竺可桢全集》第 6 卷第 344-345 页,上海科学技术出版社,2005。

[3][9] 王世杰:《王世杰日记》(手稿本)第一册第 83 页,第 95 页,(台北)"中央研究院"近代史研究所,1990。

[4] 王汎森、潘光哲、吴政上主编《傅斯年遗札》第二卷第 620 页,社会科学文献出版社,2015。

[5] 中国第二历史档案馆六四八—915,第 82-85 页。

[6] 季羡林主编《胡适全集》第 32 卷第 675 页,安徽教育出版社,2003。

[7] 中国第二历史档案馆五—2210,第 3-11 页。

[8] 中国第二历史档案馆五(2)—215,第 45-57 页。

[10] 中国第二历史档案馆五—2210,第 18-19 页。

[11] 中国第二历史档案馆五—2210,第 20 页。

[12] 中国第二历史档案馆三四—1110,第 25 页。

[13] 中国第二历史档案馆六四八—915,第 74-75 页。

[14] 中国第二历史档案馆三四—1115,第 6 页。

[15]中国第二历史档案馆三四—1121，第 104 页。

[16]柳无忌:《柳无忌散文选》第 100-101 页，中国友谊出版公司，1984。